二見文庫

愛といつわりの誓い

トレイシー・アン・ウォレン／久野郁子＝訳

The Wife Trap
by
Tracy Anne Warren

謝辞

永遠に消えることのない愛を込めて、この本を父リチャード・フランク・ウォレン・ジュニアに捧げる。読書が大好きで、つねになにかを学ぶ姿勢を忘れなかった。

小説の執筆というわくわくする体験を分かち合うことができたら、どんなによかっただろう。すぐそばでわたしを励まし、物語の詳細について、さまざまなことを訊いてほしかった。きっと一緒に冒険を楽しんでもらえたと思う。

パパ、あなたに会いたい。

編集者のシャーロット・ハーシャーへ

的確なアドバイスと励ましをわたしに与え、この本をよりよいものにするために力を貸してくれたことに感謝する。

愛といつわりの誓い

登場人物紹介

ジーネット・ローズ・ブラントフォード	ワイトブリッジ伯爵の娘
ダラー・ロデリック・オブライエン	第十一代マルホランド伯爵。建築家
バイオレット	ジーネットの双子の妹
エイドリアン	第六代ラエバーン公爵。バイオレットの夫
クリストファー(キット)	エイドリアンの弟
イライザ・ハモンド	バイオレットの親友
ウィルダ・メリウェザー	ジーネットの親戚
カスバート・メリウェザー	ウィルダの夫
テオドール・トディ・マーカム	ジーネットの元恋人
ローレンス・マクギャレット	ダラーの友人
ベッツィー	ジーネットの侍女

アイルランド、一八一七年六月

1

レディ・ジーネット・ローズ・ブラントフォードは、ハンカチでそっと鼻をかんだ。そして美しいスズランの刺繍《ししゅう》の施されたシルクのハンカチをたたみ、頬を伝う涙をぬぐった。〝泣いたって仕方がないじゃないの〟そう自分に言い聞かせた。〝もういい加減に、めそめそするのはやめなくちゃ〟

船旅をしているあいだは、ちゃんと自分の感情を抑制できているつもりだった。屈辱的な罰だが、受け入れる覚悟はできていた。だがその日の朝、陸路で親戚の屋敷に向かうために馬車で出発したとき、自分の置かれた状況が急に現実感をともなって胸に迫ってきた。まるでアイルランドの荒れ地に転がっている石のひとつで、頭をがんと殴られたようだった。

〝パパもママも、どうしてこれほどひどいことができるのかしら？〟こんなへんぴな場所に、自分を追いやるなんて。これならスコットランドのほうがまだましだ。少なくとも、母なるイングランドと陸続きなのだから。たしかにスコットランドも馬車でかなりの時間がかかるが、なんといっても、ここアイルランドは海で隔《へだ》てられているのだ！

だが両親は、どうしても自分をアイルランドに行かせると言ってきかなかった。なだめたりすかしたり、涙ながらに訴えたりもしたが、ふたりは頑として折れなかった。両親が自分の言うことを聞いてくれなかったのは、この二十一年間で初めてのことだ。

しかも、長年仕えてくれた侍女《レディーズメイド》のジェイコブもいない。こんなときこそ、彼女の慰《なぐさ》めや励ましが欲しいのに。昨年の夏、双子の妹のバイオレットと入れ替わることにしたとき、ジェイコブに自分の正体について少しばかり嘘をついたのは事実だ。だがそれが、主人である自分を見捨ててもいい理由にはならないだろう。両親がスキャンダルの罰として自分をアイルランドに行かせることに決めたからといって、新しい仕事を探し、さっさと辞めてしまうなんてあんまりではないか。忠実な使用人なら、たとえ主人が勘当されても喜んで一緒についてくるはずだ。

ジーネットはまた一筋、頬を伝う涙をぬぐい、座席の反対側に座っている新しいメイドのベッツィーを見た。親切で感じのいい娘だが、レディーズメイドになってまだ間もない。しかも恐ろしく経験が浅く、ドレスの手入れや髪のセット、流行のファッションについてこれから学ぼうというところなのだ。ジェイコブなら、なにもかも心得ていたのに。

ジーネットはため息をついた。

まあいいわ。ベッツィーの教育という、新しい目標ができたと思えばいい。これから始まる新しい人生の目標が。ジーネットの目にふたたび涙があふれた。

〝ひとりぼっちだわ。ああ、わたしは本当にひとりぼっちになってしまった〟

そのとき馬車が耳障りな音をたてて急停車した。ジーネットはその勢いで前にのめり、ふんわり広がったスカートもろとも床に転げ落ちそうになった。

ベッツィーがジーネットの体を支えた。ふたりは互いの体を支えながら、ゆっくり背筋を伸ばして座席に座り直した。

「いったいなにごとなの？」ジーネットはボンネットを整えた。つばで半分目が隠れているせいで、まわりがよく見えない。

「なにかにぶつかったようですわ」ベッツィーは小さな窓から外を覗《のぞ》いた。窓の向こうには荒涼とした景色が広がっている。「たいしたことじゃなければいいんですが」

御者と従僕《フットマン》が飛び降りて馬車が揺れ、なにごとかを話し合う男たちの低い声が聞こえてきた。

ジーネットはハンカチをぎゅっと握りしめた。〝今度はなに？　これ以上悪いことは勘弁してほしいわ〟

やがて猫背の御者が、しわだらけの顔を窓からのぞかせた。「すみません、馬車が動けなくなりまして」

ジーネットは眉を吊《つ》り上げた。「動けないって、どういう意味？」

「このところの天気のせいですよ。雨続きですっかり地面がぬかるんでしまって」

ぬかるみですって？　車輪がぬかるみにはまって、動けなくなったってこと？　ジーネットは思わず叫びそうになった。だがそれをこらえ、わなわなと震えそうな下唇を嚙《か》んだ。

「ジェムとサミュエルとわたしとでなんとかします」御者は言った。「ですが、少し時間がかかりそうです。いったん馬車から降りてもらって……」

ジーネットは唖然《あぜん》とした顔で御者を見た。御者はジーネットの表情に、その先の言葉を呑みこんだ。

〝この人、いったいなにを言っているの？〟ジーネットは思った。頭がおかしいんじゃないかしら？　それとも目が悪いの？　この素敵なオレンジ色のドレスが見えないんだわ。マンダリンオレンジのように、色鮮やかで美しいこのドレスが。ロンドンを発《た》つ前にドレスに合わせて染めさせた、流行最先端のキッド革のハーフブーツも見えないのかしら？　常識もなければ、流行のファッションのこともまるでわかってないようね。だけどそれも、仕方がないことなのかもしれない。だいたい男というものは、女性のファッションについては無知も同然なんだから。

「降りるって、どこへ？　まさかこの泥だらけの地面に？」ジーネットは大きくかぶりをふった。「わたしはここで待たせてもらうわ」

「かなり激しく揺れますよ。降りていただいたほうが安全です」

「わたしのことなら気にしないでちょうだい。ここで結構よ。もし荷物を減らしたほうがいいなら、トランクを下ろしてもいいわ。でも、泥の上に置かないように気をつけて。汚れたり傷がついたりしないよう、充分注意してちょうだい」そう言うと手袋をした手をふった。

「ベッツィーは降りたければ降りてもいいのよ」

ベッツィーはためらった。「だいじょうぶですか？　おひとりでここに残していくのは心配ですわ」

「わたしならだいじょうぶよ、ベッツィー。あなたがいても、なにも手伝えることはないわ。ジョンと一緒に行きなさい」

〝それに〟ジーネットは心のなかでつぶやいた。〝最近はもう、ひとりぼっちにされることに慣れているもの〟

白髪頭の御者が温和な目でベッツィーを見た。「さあ、行きましょう。安全な場所に案内します」

ベッツィーがバルーシュ型の四輪馬車を降り、安全なところまで離れると、扉にしっかり鍵がかけられた。使用人はまず荷物を下ろし、次にぬかるみにはまった車輪を動かそうと全力で馬車を押しはじめた。

ゆうに三十分が過ぎたが、進展はなかった。使用人と馬はなんとか馬車をぬかるみから脱出させようと、満身の力をふりしぼっている。ジーネットは断続的に激しく揺れる馬車のなかで、少し吐き気を覚えながら、それでも意地になって座席にしがみついていた。男たちのいらいらしたような叫び声が田舎の静寂を破っている。だが彼らの懸命の努力にもかかわらず、どうやら車輪はますます深みにはまっているようだ。

ジーネットはハンドバッグから新しいハンカチを取り出し、額の汗をぬぐった。雲が切れて太陽がじりじりと照りつけているが、ぬかるんだ地面を乾かすことまでは期待できそうにない。午後になって気温が上昇し、空気が湿気を含んでまとわりつくような重さになっている。いくら夏の盛りとはいえ、このあたりでは珍しいことだろう。この地方では、それほど暑くなることはないと聞いていた。

だが少なくとも、涙はもう乾いている。これで泣きはらした真っ赤な目で親戚の屋敷に行かなくてすむ――もちろん、無事に着ければの話だが。自分が両親から追い出されたことを親戚たちがどう思うか、そのことを考えただけで屈辱で身が震えそうだ。せめて挨拶《あいさつ》するときは、最高の自分でありたい。

馬車のなかに大きな黒いハエが入ってきた。

ジーネットは不快感で唇をゆがめた。ハンカチで追い払い、反対側の窓から出ていかせようとした。だがハエは向きを変え、こちらの顔めがけてまっすぐ飛んでくる。ジーネットは悲鳴を上げ、ふたたびハンカチをふりまわした。

ハエはジーネットの鼻先をかすめるようにして飛び、窓枠にとまった。薄い羽がまぶしい陽差しを受けて光っている。やがてペンキの塗られた木製の窓枠を、毛ほどの細さの脚で平然と歩きはじめた。

ジーネットはさりげなく扇を手に取った。金メッキされた象牙《ぞうげ》の縁を親指でなぞりながら、じっと機会をうかがった。そしてハエが動きを止めるやいなや、扇をぴしゃりと打ち下ろした。

大きな黒いハエは、つぶれて大きな黒い塊になった。ジーネットは満足し、扇が汚れていないかどうか確かめた。お気に入りの扇なのだ。

小さな染みがついているのを見つけると、ジーネットは唇をゆがめ、ハエの死骸を外にはじき飛ばした。

「たいした腕前だ、お嬢さん」甘く魅力的な声がした。陽気で伸びやかな男の声だった。「あのハエは、ひとたまりもなかったな。本物の武器の扱いも、それくらいうまいのか？」

ジーネットが驚いてふり向くと、反対側の窓から見知らぬ男がのぞいていた。がっしりした片方の前腕を、ぶしつけに窓枠の上にもたせかけている。

いったい、いつからいたんだろう。どうやら自分がハエを退治する一部始終を見ていたらしい。

男は背が高く、たくましい体つきだった。ウェーブのかかった短い栗色の髪に、きれいな肌をしている。瞳は満開のリンドウのように鮮やかなブルーだ。好奇心を隠そうともせず、きらきらした目でこちらを見ている。口元に笑みを浮かべ、愉快そうな表情だ。

〝なんてハンサムなの〟

思わず心のなかでつぶやいた。信じられないほどハンサムだ。ジーネットはどきりとした。息が乱れ、ボディスの下で胸が大きく上下している。

〝わたしったら、どうしたのよ〟

ジーネットは自分を叱《しか》り、動揺する心を鎮《しず》めようとした。よく見ると、完璧な容姿というわけではない。額だってそれほど広くないし、鼻も少しばかり長すぎる。それに、ちょっと鷲鼻《わしばな》だ。いかにも頑固そうなあごに、薄い唇をしている。

だが全体として見ると、男の顔立ちはとても整っていた。まともな女なら、誰でもそう思うだろう。人を惹きつける魅力が全身から漂い、まるで人間の姿をした悪魔のようだ。

ジーネットはため息《ひ》をついた。そう、彼はどう見ても紳士じゃない。あの粗末な服装――地味な麻のシャツにネッカチーフ、黄褐色の質素な上着――を見れば、平民であることはすぐにわかる。レディに対するマナーも、まったくなっていない。馬車の扉に寄りかかっている無作法な姿は、まるでごろつきか泥棒のようではないか。

ジーネットははっとした。そうだ、もしかすると泥棒かもしれない。だが、もしそうだとしても、怖がっているそぶりを見せてはいけない。もちろん、たまには声を上げて泣くこともあるが、自分は意気地なしのめそめそした女じゃない。なにか少しでも怖いことがあるたび、気付け薬を欲しがるようなひ弱な女ではないのだ。

「わたしはちゃんと自分の身を守れるわ」ジーネットは毅然《きぜん》とした口調で言った。「あなたが訊《き》きたいことはそれなんでしょう。必要とあらば、あなたを銃で撃つことだって簡単にできるのよ」

〝嘘ばっかり〟生まれてこのかた、銃を撃った経験などないのに。おまけに、馬車のなかに銃はない。武器は御者が持っている。

彼はどこにいるんだろう？　ジーネットは、御者や使用人が縛り上げられていないことを祈った。

男が驚きで目を丸くした。「どうしてぼくが撃たれなくちゃならないんだ？」

「馬車に乗っているときに見知らぬ男が近寄ってきたら、目的はひとつに決まってるでしょう?」

「助けにきたのかもしれないだろう」

「助けるですって? わたしの持ち物を盗むためじゃないの?」

男は目を細めた。苛立《いらだ》っているような、おもしろがっているような表情だ。「きみは疑り深い性格だな、お嬢さん。ぼくを即座に泥棒だと決めつけて」身を乗り出し、少しかすれた声で言った。「いいだろう、ぼくが泥棒だとしよう。貴重品はなにを持っている?」

ジーネットの唇がかすかに開き、恐怖と不安で脈が速く打ちはじめた。「ドレスと宝石が少しあるだけよ。欲しいなら、外のトランクにあるわ」

「そういうものが目的なら、もうとっくにいただいている」男にじっと目を見据《みす》えられ、ジーネットは動けなくなった。男がゆっくり視線を唇に落とした。「そうじゃない。ぼくが望んでいることはただひとつだけ……」

男はそこで思わせぶりに言葉を切った。ジーネットははっと息を呑んだ。この男は、わたしが欲しいと言っているのだろうか? 馬車に押し入ってきて、物じゃないなにかを盗むつもり? キス、それとも? この状況からすると、恐怖に震えて絶叫するのが普通だろう。だがジーネットは、胸が早鐘のように打つのを感じながら、男の言葉の続きを待った。

「それで?」小声で言った。「あなたの望みはなんなの?」

男はにっこり笑った。「きみだよ、お嬢さん。その可愛《かわい》いお尻を上げて、馬車から降りてくれないかな。そうすれば、きみの使用人とぼくとで馬車をぬかるみから脱出させられる」

ジーネットはしばらくのあいだ、なにを言われたのか理解できなかったが、やがて少しずつ呑みこめてきた。いまのは聞き間違いだろうか？　この人は本当に、お尻を上げて馬車から降りろと言ったのか？

ジーネットは口をあんぐり開け、背中をこわばらせた。

〝なんて無礼な男なの！〟こんなに無作法で失礼な物言いをされたのは、生まれて初めてだ。この男は、いったい何様のつもりだろう。

「あなた、誰なの？」

「失礼、まだ自己紹介してなかったな」男は背筋をまっすぐに伸ばした。そして指を二本そろえ、額に軽くあてた。「ダラー・オブライエンだ」

「ダラー？」ジーネットは眉をひそめた。「変わった名前ね」

男も眉根を寄せた。「別に変わってないさ。アイルランドではよくある名前だ。きみもイングランドからやってきたばかりじゃなければ、珍しい名前だとは思わなかっただろう」

「どうしてわたしのことがわかるの？」

「そのきれいな顔を見れば、きみがイングランド出身で、この土地に初めてやってきたということはすぐにわかる」

たった二、三分話しただけで、本当にそんなことがわかるのだろうか？　だがとりあえず彼は、ちょっとだけお世辞を言ってくれた。皮肉が込められた言い方ではあったが。

「さあ、お嬢さん。ぼくは自己紹介をした。次はきみが名乗る番だ。これからどこに行くんだい？　きみの使用人は教えてくれなかった」

「当たり前でしょう。わたしがこれからどうしようと、あなたにはまったく関係のないことだわ。あなたがこのあたりをうろうろしているちんぴらなら、なおさらのことよ」

「ほう、今度はちんぴらか。泥棒の疑いは晴れたのかな？」

「まだわからないわ」

男は声を上げて笑った。「いやはや、きみは毒舌だ。きっと山賊も、尻尾《しっぽ》を巻いて退散するだろう」

「もしそうなら」ジーネットはからかうような笑みを浮かべた。「あなたはどうして逃げないの？」

男はにっこり笑った。明らかにジーネットの言葉をおもしろがっている。「そうだな、ぼくは危険な目にあっても、そこから逃げ出すタイプじゃないんだ。しかも、なにか問題が起きている場面に出くわすと、そのまま放っておけない性格ときている」

ジーネットは眉を上げた。この人は、わたしが問題を起こしていると言ってるのだろうか。でも考えてみると、たしかにわたしは困った状況にある。

「さっきも言おうとしたが、ぼくは手を貸そうとしているだけだ。たまたま馬で通りかかったら、馬車が立ち往生しているじゃないか。ぼくが手を貸せば、きみも使用人も助かるんじゃないかと思ってね」

その言葉を聞いて、ジーネットは思い出した。そういえば、使用人たちはいったいどこにいるのだろう。「みんなはどこなの？」

「そこだ」男は手で示した。「さっきからずっとそこにいる」

ジーネットは腰を浮かせ、肩越しに窓の外をのぞいた。四人全員——御者、従僕ふたり、メイドのベッツィー——がそろい、乾いた地面に置かれた荷物を囲んでいる。まるで小さな無人島に漂着した人々のようだ。暑さにうんざりした顔だが、身の危険を感じている様子はまるでない。

「わかっただろう？」

ジーネットは小さく舌打ちし、座席に座りなおした。

「さあ、ぼくはちゃんと名乗ったぞ。きみの名前を教えてくれないか、お嬢さん？」男はふたたび馬車に寄りかかり、両方の前腕を窓枠に乗せた。

「ジーネット・ローズ・ブラントフォードよ。レディ・ジーネット・ローズ・ブラントフォード。お嬢さんじゃないわ。そういうなれなれしい呼び方は、二度としないでもらえるかしら」

その高慢な言い方に、男は満面の笑みを浮かべた。臆《おく》する様子もなくきらきらした目で見つめる男に、ジーネットはまたもや胸がどきりとした。

「レディ・ブラントフォード、か」男は気取った口調で言った。「それで、ご主人はどこだ？　きみをひとりで旅に出したのか？」

「わたしは親戚の屋敷に行くところなの。ウォーターフォードの北にあるなんとかという村の近くよ。たしかイニス……イニス……」ジーネットはその先が思い出せず、口をつぐんだ。

「まあ、いやだわ。名前が出てこない。とにかく、イニスなんとかという村よ」

「イニスティオージ？」

「そう、たしかそれだわ。あなた、知ってるの？」

「ああ、よく知っている」

まだ安心はできないが、どうやら彼はちんぴらではなく、とりあえずまともな人物のようだ。おそらく地元の農夫か、このあたりの土地の自由保有権者だろう。もしかすると商人かもしれない。だがこれほど無作法でずうずうしい男が、誰かに仕えているところなど想像できない。

それでも、彼が親戚の領地の近くの村を知っているということは、屋敷はここからそう遠くないということだろう。早く馬車から降りて、スカートのしわを伸ばしたい。

「親戚を訪問するの」ジーネットは言った。「それから、これもあなたには関係のないことだけど、わたしの肩書きは婚家じゃなくて生家のものよ。まだ結婚はしてないわ」

ダラーの表情豊かな目がさらに輝きを増した。「そうなのかい、お嬢さん？　イングランドの男には見る目がないとつねづね思っていたが、きみを放っておくとはまったく驚きだな」

ジーネットの胸がまたしても高鳴った。〝ばかね〟どれほど魅力的であろうと、彼は自分のような身分のレディにふさわしい相手ではない。

「〝お嬢さん〟と呼ぶのはやめてと言わなかったかしら」そう抗議したが、どきどきして声がかすれ、まるで迫力がなかった。

「ああ、聞いたよ」ダラーは悪びれる様子もなく、にっこり笑った。「お嬢さん」

そしてびっくりするような行動に出た――ジーネットにウィンクをしてみせたのだ。厚かましいにもほどがある。だがその瞬間、ジーネットの全身がかっと熱くなり、肌がぞくりとした。

瓜《うり》ふたつの双子の妹、バイオレットのような性格なら、きっといまごろはケシの花そっくりに赤くなっていただろう。だがありがたいことに、自分はバイオレットとは違い、誰かの何気ない一言にいちいち頬を染めるタイプではない。

きっと暑さのせいよ。ジーネットはそう思うことにした。だからわたし、ちょっとおかしくなっているんだわ。ただでさえ神経が参っているのに、そこにもってきて、この季節外れの蒸し暑さだもの。これがロンドンなら、きっとこんな人には目もくれないわ。いや、ちらりと見るくらいのことはするかもしれないけど、思わず目を奪われるなんてことはありえない。

「さあ、行こう」ダラーはまじめな口調になった。「もう話は充分だろう。馬車から降りてくれ」

「いいえ、降りないわ。あなたは聞いてないようだけど、このことについてはもう御者と話がついてるの。馬車が動くまで、わたしはここにいるわ」

ダラーは首をふった。「いや、降りてもらわないとだめだ。もちろん、きみが馬車のなかで暮らしたいというなら別だが。念のため言っておくが、車輪は完全に泥に埋もれている。きみが乗ったままでは、動かすことができない」

「危ないからということなら、心配しないでちょうだい。わたしはだいじょうぶよ」

〝少しばかり吐き気はするけど、だいじょうぶよ〟

「たしかに危ないというのも理由のひとつだが、それより大きな問題がある。きみの体重だ」

「わたしの体重がなんだというの！」ジーネットは眉を高く吊り上げた。

ダラーはボンネットの縁からハーフブーツの先まで、ジーネットの全身に無遠慮に視線を走らせた。「いや、別にきみが太ってると言っているわけじゃない。きみは女らしいスタイルをしている。だけどいまは石ころ二、三個の重さでも、馬車が動くか、ますます沈むかを分ける鍵になるんだ」

ジーネットは座ったまま、しばらく言葉を失った。なんて失礼な男だろう。わたしの体重のことを口にしたかと思えば、その舌の根も乾かぬうちにスタイルのことにも触れるなんて！　紳士なら絶対にそんなことはしない。だがしょせん、この男は紳士ではない。ただの無教養な男なのだ。まるで、家畜を別の畜舎に移す話でもしているような口ぶりではないか。

しばらくしてダラーが口を開いた。「もちろん、どうしてもと言うならここにいればいい。

ぼくが馬で行ってくる。きみの親戚に、手を貸してくれと頼んでくるよ。だがそうすると、馬車が動くようになるまで、あと四、五時間はかかるだろう」

四、五時間ですって！　そんなに長い時間、ここにいられるわけがない。この人はきっと、自分を馬車から降ろすために、わざと大げさに言っているのだろう。でも、もしそうじゃないとしたら？　自分がこのまま馬車から降りないと言い張ったら、身動きがとれず、旅を続けられなくなるのだろうか？　四、五時間も経ったら、暗くなってしまうではないか！

ジーネットは身震いした。このあたりに、どんな恐ろしい動物が潜《ひそ》んでいるかもわからないのだ。日が暮れると、そうした動物が闇のなかから這《は》い出してくるかもしれない。狼《おおかみ》――アイルランドに狼はいただろうか？――か、それと同じくらい獰猛《どうもう》な動物が。お腹を空かせ、若いレディだろうとなんだろうと、かまわず食いちぎろうとする野獣が棲《す》んでいるかもしれない。

ジーネットは声が震えないよう気をつけながら、最後にもう一度抵抗を試みた。「もしそれが本当だとしても、どうして御者じゃなくてあなたが説明しているの？　それほど深刻な状況なら、彼が自分でわたしに伝えるはずだわ」

「ぼくが通りかかったとき、彼はちょうど勇気をふりしぼってきみに話そうとしているところだった。だけど、どうにも気が進まないようだったから、ぼくが代わりにその役を買って出たわけだ」

ジーネットはもう一度、馬車のまわりに広がる泥の海に目をやった。「でも、どこで待てばいいの？　まさかこんな泥だらけの場所で、トランクの上に座って待てとは言わないでしょうね。陽差しがこんなに強いのに」

ダラーが茶目っ気をたたえた目になった。「そうかりかりしないでくれ。そのへんに日陰があるだろう。どこかいい場所が見つかるさ」

ジーネットは半信半疑だったが、ほかに選択肢はなさそうだった。馬車を降りるか、それとも孤立した無防備な状態で夜を迎えるか、そのどちらかしかない。

ダラーはジレンマに陥り、葛藤《かっとう》するジーネットを気遣うような目で見た。そして馬車の扉を開け、身を乗り出した。「さあ、行こう。強情を張るのはまた今度にしてくれ。早く出発したければ、いますぐ馬車を降りるんだ」

「あなた、いままで誰かに礼儀知らずだと言われたことがある？」ジーネットはしぶしぶ立ち上がった。

ダラーはくすくす笑った。「一、二度あるよ、お嬢さん。一度や二度なら。さあ、必要なものだけ持って、早く行こう」

ジーネットはしばらくのあいだぐずぐず迷っていたが、やがて腰をかがめて座席に置いてあったバッグに手を伸ばした。ジーネットがバッグを持ったか持たないかのところで、ダラーが両腕を伸ばしてその体をふわりと抱き上げた。ジーネットは悲鳴を上げ、もう少しでバッグを落としそうになった。もし彼の筋力が弱く、バランスを崩せば、大変なことになる。

だがダラーは、たくましい胸にジーネットをしっかり抱きかかえた。体重のことをあれこれ言ったわりには、まるで羽根のように軽々と抱えている。息遣いがわかるくらいの近さに彼を感じ、ジーネットははっと息を呑んだ。そして、うっとりした感覚に包まれた。新鮮な空気と馬のにおいが鼻をくすぐっている。それに混じり、なんともいえず素敵な、男の人のにおいがする。

ジーネットはかすかに首を傾け、そのにおいを深く吸いこんだ。甘く惑わせるような、独特のにおいだ。そして目をつぶり、一瞬その首筋に顔をうずめたい衝動に駆られた。だが、ぬかるんだどろどろの地面が足元に広がっていることを思い出し、ダラーの腕のなかでじっとしていた。

「落とさないでちょうだいよ」ジーネットはスカートが地面につかないよう、裾《すそ》を持ち上げながら言った。

ダラーは一歩一歩慎重に進んだ。ロングブーツを履《は》いた足をぬかるみから引き抜くようにして歩くたび、びちゃびちゃと大きな音がする。使用人が心配そうな顔をして見守っている場所まであと半分というところで、ふいにダラーの体がふらつき、ひざががくりと折れそうになった。ジーネットは心臓が止まるほど驚いた。そして悲鳴を上げ、泥だらけの地面に落ちないよう、ダラーの首に抱きついた。

だがダラーはすぐに体勢を立て直した。まるで何事もなかったように、しっかりした足取りでふたたび歩きだした。

ジーネットは心臓が胸を破って飛び出すのではないかと思った。口ものどもからからに渇いている。だが、だんだん状況が呑みこめてきた。ダラーが悪びれた様子もなく、いたずらっぽく笑っているのを見て、ジーネットは確信した。

「なんて人なの」ダラーの肩を平手で叩《たた》いた。「わざとやったのね」

「ああ、そうだ。きみに少しばかり刺激を味わわせてやろうと思った。まるで女の子のように悲鳴を上げて、おかしかったな」

「わたしは女よ。それに、ちっともおかしくなんかないわ」もし彼が本当にバランスを崩し、自分を地面に落としたら、大変なことになるところだった。ジーネットは抱きついた両腕にぐっと力を入れた。

ダラーがまたもや笑い声を上げた。

この人はわたしが誰だか知らないから、笑ったりばかにしたりできるのだ。スキャンダルが起きる前、イングランドでは、身分の高い男性がわたしの歓心を買おうと、なんでも言うことを聞いてくれた。裕福で洗練された紳士が、われ先にと寄ってきて、わたしのほんのささいな、思いつきのような望みを叶《かな》えようとしてくれたのに。わたしは去年と一昨年の社交界で一番の美女と呼ばれていた。両親が正気に戻ったら、もう一度その座に返り咲いてみせる。もうじきママがわたしを恋しがり、パパの怒りも収まるだろう。ふたりとも、自分たちが愛する娘をへんぴな田舎に追いやるというとんでもないあやまちを犯したことに、まもなく気づくにちがいない。

それまでは、言葉では表わせないほどの屈辱にも耐えなくては。オブライエンのように失礼な、アイルランド人の男に抱きかかえられることにも。

使用人たちが輪になり、目を丸くして無言で見守るなか、ダラーがジーネットを地面に下ろした。ジーネットはベッツィーがすぐに駆け寄ってきて、女主人の手からそっとバッグを受け取ろうとした。ベッツィーの気遣いを嬉しく思った。

ダラーがくるりと後ろを向いた。

「どこに行くの？」

ダラーは足を止めてふり返った。「馬車を動かすのを手伝ってくる」

「でもあなた、わたしが座って休めるような日陰を探すと約束してくれたじゃない」

ダラーは大きな両手を引き締まった腰に当て、あたりを見まわすふりをした。そしてジーネットの目を見た。「残念ながら、日陰はあそこの小さな湿地にしかないようだ」そう言うと、数えるほどのモミの木が並んだ数ヤード先の場所を指さした。「だがあそこも、ここと同じくらいぬかるんでいるだろう。日傘があるなら、メイドに頼んで差してもらえばいい。

それからぼくは、座って休めるような場所を探すと約束した覚えはない。ぼくがきみなら、一番丈夫なスーツケースの上に座ることにするだろう。それにきみには立派な脚があるんだから、立って待つことだってできる。ずっと馬車に揺られてきたなら、そろそろ体を伸ばしたくなってるころだろうから、ちょうどいいんじゃないか」

それだけ言うと、ダラーはくるりと向きを変え、ぬかるみにはまっている馬車のほうに大またで歩き去った。御者や従僕もひとりずつ、遠慮がちにそのあとを追った。草むらで歌うように鳴いている虫の音だけが、暑い夏の日の静寂を破っている。

ジーネットは呆然としてその場に立ち尽くし、言葉を失った。悔しさのあまり、地団駄を踏むか、わっと泣き出してしまいそうだった。

だがあの男に、取り乱した姿は見せたくない。

〝なんて卑怯《ひきょう》な男だろう〟

誰にも見られていないことがわかっていたので、ジーネットはダラーの背中に向かって舌を突き出した。子どもっぽい腹いせをすると少し気分が晴れ、どこか座れる場所はないかとあたりを見まわしはじめた。

2

レディ・ジーネットは血気盛んな女だ。御者や従僕たちと一緒に、馬車をてこの原理で動かすのに役立ちそうな平たい石と木の枝を探しながら、第十一代マルホランド伯爵ことダラー・ロデリック・オブライエンは思った。

あれでは、高慢でわがままだと後ろ指をさされても仕方がないだろう。まるで古代ケルトの伝説に出てくる女王メイヴのようだ——気性が激しく直情的で、一度こうと決めたらてこでも動かない。その昔、女王メイヴが自分の力を誇示《こじ》するためにクーリーの牡牛を強奪しようと軍隊を遣わしたように、彼女も欲しいもののためなら手段を選ばないだろう——心臓の強さという点でも大胆さという点でも、レディ・ジーネットはケルト神話の女王にそっくりだ。

だがどれだけ気丈な性格であっても、しょせん自分にはかなわない。女王メイヴに恐れることなく戦いを挑んだ戦士クーフリンのように、自分もレディ・ジーネットに逆らうことなどなんとも思わない。

彼女のような女性には、これまでにも会ったことがある——甘やかされて育ち、生来の身分の高さをかさに着て、人を見下す美しいイングランドの女性。その態度が癇《かん》に障り、腹を立てる男もいるだろう。自分もアイルランド人なのだから、怒りを覚えてもおかしくないところだ。だが自分はかっとなりやすい性格ではない。よほどひどいことをされたのでない限り、根に持つほうでもない。

第一、レディ・ジーネットはまだ若い娘ではないか。見知らぬ土地にやってきて、きっと不安でいっぱいなのだ。もしかすると、内心では怯《おび》えているのかもしれない。だが自分を泥棒だと思いこんで果敢に立ち向かってきたときの彼女は、恐怖や不安といったものをほとんど表に出していなかった。知り合いの女性が、あれほど強気な態度で自分に接するところは想像もできない。しかも彼女は、必要とあらば自分を銃で撃つとも言い放った。あの言葉はまんざら脅しではないだろう。なにはともあれ、撃たれなくて助かった。たしかに気が強すぎるきらいはあるが、さっきのあの言動は、レディ・ジーネットが勇敢な心の持ち主であることを物語っている。そのことには、ただ感嘆するしかない。

ダラーは彼女の名前をもう一度頭に思い浮かべた――ジーネット・ローズ。持ち主である驚くほど魅力的な若い女性にぴったりの、とても優美な名前だ。だが美しいバラの花と同じように、鋭いとげがある。辛辣《しんらつ》な言葉で、容赦なく相手をやっつける。彼女を甘く見た男は、傷を負って血を流しながら退散することになるだろう。

レディ・ジーネットは、まさに小さなバラの木《リトル・ローズブッシュ》だ。ダラーの口元が自然にゆるんだ。さっき本人にも言ったとおり、美しい容姿に鋭い舌鋒《ぜっぽう》を持つ。馬車のところでやり取りしていたときの彼女の無遠慮な言葉が、脳裏にありありとよみがえってくる。

だが自分は、ずけずけものを言う女性が苦手というわけではない。気性の激しい女連中に囲まれて育ったので、毒舌には慣れている。小さいころから、彼女たちのウィットを尊重し、どれだけきつい冗談も笑って受け流すよう徹底的に鍛えられてきた。うまくかわすコツさえわかっていれば、女の辛辣《しんらつ》な言葉に傷つくことなどないのだ。

レディ・ジーネットも、そうしたタイプの女性だ。そして正直に言うと、彼女とやりあうのはとても楽しかった。

ダラーは肩越しにふり返り、ジーネットが背筋をまっすぐ伸ばしてトランクに腰を下ろしているのを見た。メイドが頭上に日傘を差しかけている。その姿を見ているうちに、ジーネットともう一度舌戦を交えてもいいという気がしてきた。それに自分も男なのだから、もっとほかのことをしてもいい。

レディ・ジーネットは美しい。そのことに疑問をはさむ余地はない。肌はすべすべし、桃のようにふっくらしている。豊かな髪の毛はなめらかで、若い秋まきの小麦のように淡いブロンドだ。そして南の海のきらめく波を思わせる、明るく透き通ったターコイズブルーの瞳をしている。

ジーネットを腕に抱いたときの女性らしく柔らかな感触を思い出し、ダラーは欲望が高まるのを感じた。りんごの花に似て甘く、気持ちのいい春の日にヒースを刈《か》ったときのようにみずみずしいにおいだった。

気が強く、辛辣な言葉こそ口にするが、レディ・ジーネットは間違いなく魅力的な女性だ。唇を重ねてキスができたら、きっと最高の気分になるだろう。もちろん自分がそういうことをしたら、彼女は日傘でもなんでも、そのへんにあるもので殴りかかってくるにちがいない。

ダラーはその光景を想像し、ばかげた願望を抱いてしまったと笑った。そして石や枝をもっと真剣に探すことにした。

それから数分後、ダラーは大きな石をふたつ持ち、使用人たちと合流した。石を地面の乾いた場所に置くと、ぬかるみにはまった馬車と格闘するのに備え、上着を脱いでシャツの袖《そで》をまくり上げた。

今日はいい服を着ていなくてよかった。どうせすぐに泥だらけになってしまうのだから。貴族でありながら建築家のダラーは、現在請け負っている邸宅《カントリーハウス》の改修工事に使う石を近くの採石場に探しにきたところだったため、その日はたまたま汚れてもいいような格好をしていた。

イングランドの貴族はもちろんのこと、アイルランドの貴族のなかにも、高貴な身分の人間が職業を持つべきではないと考える者は多い。だが、ダラーの考えは違った。ほかの貴族のように、娯楽や社交界の付き合いに精を出すかたわら、つまらないスポーツをし、ほんの気晴らし程度に不動産業や政治に首を突っこむことが、高貴な生き方だとは思えなかった。といってもダラーの場合は、つねにありあまる富に恵まれていたわけではない。何年か前、もう少しで一族の富が尽きそうになったことがあった。そしてダラーは、マルホランド伯爵家の財産をなんとしても守ろうと決意した。そのためには、優れた知性と建築の才能、強い精神力こそが頼りなのだ。

ダラーはそのとき学んだ教訓をしっかり胸に刻み、道を見誤らないよう気をつけてきた。仕事は楽しかった。自分の手で成し遂げたものを誇りに思うし、一心不乱に仕事に打ちこむことは、恥ずかしいことでも卑《いや》しいことでもない。たとえ文字どおり、自分の手を汚して働くのだとしても。

集めてきた石と枝を最大限の効果を発揮しそうな場所に置くと、ダラーと使用人たちは馬車を囲むようにして位置についた。四人はうまくいくことを心のなかで祈った。

ダラーは歯を食いしばり、満身の力を込めて押した。全身の筋肉をこわばらせながら、ぬかるみにはまった馬車を動かそうとした。

「ミスター・オブライエン、ちょっとお話があるの」

レディ・ジーネットの声が左の後方から聞こえた。ダラーは一瞬、空耳かと思ったが、そのときふたたび声がした。

「聞こえてるの、ミスター・オブライエン？」

なんてことだ、本当に彼女だ。いったいなんの用だろう？　自分もみんなも手が放せないことがわからないのか？　まったく、女には目というものがないのだろうか。

ダラーは目をつぶり、ジーネットを無視して全身に力を込めた。ペンキの塗られた木板を押すとわずかに両手が滑ったが、その瞬間、馬車が動きそうな手ごたえを感じた。

「ねえ、ミスター・オブライエン。こちらを向いてちょうだい」

ダラーは大きくため息をついた。「いまは取り込み中だ、お嬢さん。わからないかな」

全身を火照らせ、汗と泥にまみれながら、ダラーはふたたび両腕に力を入れた。だがさっきの手ごたえはもう消えている。ダラーは悪態をつき、後ろをふり返ってジーネットをにらんだ。

ジーネットは乾いた場所を歩くよう注意しながら、ダラーのほうに近づいた。「あとどれくらいかかるの？　もう待ちくたびれたわ。肌が日焼けしてひりひりしてきたのよ」手袋をはめた手を挙げ、このありさまを見てというように自分の顔を指さした。「ベッツィーに鼻が赤くなっていると言われたわ」

ダラーはジーネットの鼻に目をやった。離れたところから見ても、すべすべした白い肌をしている。ベッツィーというメイドも、思ったことをなんでも口にすればいいというものではないだろう。それにレディ・ジーネットは、たいしたことでもないのに大げさに騒ぎすぎだ。

「それは気の毒に」ダラーは辛抱強く言った。「もう少し座って待っててくれないか。あと二、三回押せば動くだろう」

ジーネットは顔をしかめた。「気の毒だなんて思ってないでしょう」

「なんだって？」

「わたしの鼻のこと。こんなに日焼けしているのに、とても同情しているようには見えないわ。本当は、わたしをばかにして笑ってるんじゃないの」

普段は温厚な性格のダラーも、その言葉にはさすがにむっとした。だが怒りをこらえて言った。「ばかにしてなんかいない。さあ、いい子にしてトランクに座っててくれ」

ジーネットは地面が乾いているぎりぎりのところまで進み、馬車の後部から少し離れた場所で立ち止まった。「今度はわたしを子ども扱いして。あなた、自分の立場を忘れているようね。念のために言っておくけど、わたしは伯爵令嬢なのよ」

ぼくも伯爵だ。その言葉がダラーののどまで出かかった。だが、つまらない口論をするより、まずは目の前の仕事に戻ったほうがいいだろう。

「もしぼくが、なにか気に障るようなことを言ったのなら謝るよ。さあ、申し訳ないが後ろに下がってくれ。馬車を動かすから」

そう言うとジーネットの返事を待たず、立ち往生している馬車に向き直った。

御者の鋭い号令で馬が全力で前に進もうとすると同時に、ダラーと従僕ふたりは満身の力を込めて馬車を押した。ダラーは叫び声を上げ、全身の筋肉を震わせた。もう一押しだ。あとほんの数インチだろう。

次の瞬間、車輪が動き、勢いよく回転して泥をあたり一面にまき散らした。馬車がぬかるみから脱出し、地面の乾いたところまで進んだ。

男たちが歓声を上げた。ダラーも満面の笑みを浮かべ、御者や従僕と誇らしげに肩を叩き合った。

そのとき鋭い悲鳴がした——絹を裂くような女性の悲鳴だ。

ダラーは声のしたほうを向き、目に飛びこんできた光景に息を呑んだ。

レディ・ジーネットがわなわなと震えながら、体の脇で両のこぶしを握りしめている。ドレスといわず顔といわず、頭のてっぺんから足の先まで泥を浴びているではないか。

ダラーは驚きのあまり、一瞬息が止まった。どことなく、まだら模様の猫を思わせる姿だ。まっさらのオレンジ色のドレスのあちこちに、黄褐色の染みがついている。ボンネットも汚れ、洒落《しゃれ》た白いオーストリッチの羽根飾りが、しおれた花束のようにてっぺんから垂れ下がっている。

一本の羽根の先端に、泥の塊がついていまにも落ちそうになっていた。ダラーが呆然として見ている前で、水気をたっぷり含んだ泥がぽとりと落ち、ジーネットがついさっき日焼けでひりひりすると文句を言っていた鼻の上に着地した。ジーネットはターコイズブルーの目を大きく見開いた。凍りついたようなその表情は、滑稽《こっけい》そのものだ。

ダラーは思わず吹き出し、やがて大爆笑した。やめなければと思っても、次から次へと笑いがこみあげてきて止まらない。

それまで無言でその場に立ち尽くしていた使用人たちも、つられて笑いだした。従僕のひとりがこらえきれず吹き出し、体をふたつに折って笑っている。ほかの使用人も大声で笑いはじめた。ベッツィーでさえ、ゆるみそうな口元を片方の手で隠している。そして急いでジーネットのもとに駆け寄った。

だがジーネットは怒りとばつの悪さから、恐ろしい形相でベッツィーを退けた。激怒のあまり、その場で炎となって燃え上がるのではないかとダラーは思った。

あれほどみじめな状態にある彼女を、からかったりしてはいけないとわかっている。それでもダラーは、いたずら心を抑えることができなかった。

「レディ・ジーネット」ダラーは言った。「馬車までお連れいたしましょうか？　ドレスのことは残念ですが、隅々まで泥で染まっているというわけでもなさそうですし」

ジーネットが鋭利な刃物のような目でダラーを見た。こちらをずたずたに引き裂きそうなほど鋭い視線だ。なにか言い返す言葉を探しているようだったが、ここは無視するのが得策だと考えたらしい。そしてつんとあごを上げ、後ろを向いた。

「すぐに荷物を積んでちょうだい」ジーネットは使用人に命じた。「これ以上遅れたくないわ」

そして公園を散歩でもしているような足取りで、泥道を歩いて馬車に向かった。

ダラーもそのあとに続き、ジーネットとメイドが従僕の手を借りて馬車に乗りこみ、御者が扉を閉めるのを見守った。

それから前かがみになり、窓越しにジーネットに微笑みかけた。「知り合いになれて光栄だったよ、レディ・ジーネット・ローズ・ブラントフォード。またいつか会おう」

ジーネットがふっくらした下唇を震わせた。「地獄が吹雪で包まれたら会いましょう」そう言うと、ダラーの鼻先で勢いよく窓の日よけを下ろした。

それから馬車が親戚の屋敷に向かって走るあいだ、ジーネットは泣きそうになるのを懸命にこらえていた。涙を押しとどめているのは、プライドだけだった。

それと怒りだ。

怒りに支えられていなければ、きっといまごろは顔をくしゃくしゃにして泣いていただろう。

ああ、あのダラー・オブライエンという男。今度会ったら……思い切りひっぱたいてやりたい。これまで生きてきて、あんなに無礼な扱いを受けたのは初めてだ。

自分のことをユーモアのセンスがある楽しい男だとでも思っているのだろうか？　あれほど不愉快な男には、いままで会ったことがない。

ジーネットはスカートに視線を落とし、無数についている泥染みのひとつをじっと見た。涙がこぼれそうになり、鼻をすすった。素敵な美しいドレスが、だめになってしまった。どれだけ腕のいい洗濯女でも、この染みを全部落とすことは無理だ。ベッツィーもほかの使用人も、こんなドレスはいらないと言うに決まっている。これほどひどい状態のドレスは、最下級のメイドでも着たがらないだろう。お気に入りのドレスだったのに、もうぼろ入れ袋にするくらいしか使いみちはない。

両親からこの奥地に行くよう告げられた日を除けば、今日は間違いなく人生最悪の日だ。

それから長い時間馬車に揺られ、一行はようやく目的地に着いた。従僕のひとりが小走りに寄ってきて、ジーネットが馬車から降りるのを手伝ってくれたが、その間ずっと畏《おそ》れ入ったように目を伏せていた。〝当然だわ〟ジーネットは思った。みんなと一緒に、あれほど自分のことを笑ったのだから。だけど、彼やほかの使用人を責めるのはお門《かど》違いだろう。みんなはただ、びっくりするような光景を見て、人としてごく自然な反応を示したにすぎないのだ。

そう、悪いのはひとりだけ。あのオブライエンという男だ。

またしても屈辱感がこみあげ、ジーネットの胸を鋭く刺した。そのとき、やや時代遅れのスタイルの室内帽《モブキャップ》とドレスを身に着けた白髪の小柄な女性が屋敷から出てきた。そしてジーネットを見ると、温和そうなグレーの目をこれ以上ないというくらい大きく見開いた。

女性は私道の途中で立ち止まり、あんぐり開いた口を小さな手でおおった。二度まばたきするとようやくわれに返った様子で、ジーネットのもとに駆け寄ってきた。

「ジーネットなのね？　まあ、かわいそうに。いったいなにがあったの？　パーティもわたしも、もうじき暗くなるから今日はもう来ないんじゃないかと思っていたところなのよ。でも、そんなことはもういいわ。わたしがウィルダよ。ウィルダ・メリウェザー。ブランブルベリー邸にようこそ」

ウィルダの優しい言葉に、それまで張りつめていた糸がぷつんと切れた。ジーネットの泥で汚れた頬に涙がこぼれた。

馬車のなかでもベッツィーが懸命に泥を落とそうとしてくれたが、水がなければしょせん無駄な努力だった。顔には乾いた泥がマスクのようにこびりつき、ばりばりに割れてしまいそうになっている。初めて会う親戚には優雅な第一印象を与えたかったのに、こんなぶざまな格好を見せることになるなんて。赤い鼻と泣きはらした目で挨拶などしたくないと思っていたが、それでもこの格好を見せるよりはましだっただろう。自分はいま、赤い鼻と泣きはらした目をしているだけでなく、全身泥だらけになっているのだ！

「なにがあったの？」ウィルダが慰めるように手を差し伸べた。「わたしに話してごらんなさい」

ジーネットは涙が頬を伝うのに任せ、年上のウィルダの胸に顔をうずめた。「とても……ひどいことがあったの」ウィルダの両腕に優しく抱かれ、しゃくりあげた。

「馬車が……はまって……」涙ながらに説明しようとした。「……男の人が来て……わたしを降ろしたの……強い陽差しが……そこらじゅうが泥だらけで……そいつは笑ったわ。ああ、わたしのドレスが……この素敵なブーツも」そこまで言うと、不覚にもわっと泣きだした。

「さあ、落ち着いて」ウィルダはなだめた。「だいじょうぶよ、心配しないで。なかに入りましょう。まっすぐ部屋に案内するから、温かいお風呂に入って休むといいわ。さぞや疲れたでしょう。長旅をしてきたんですものね。わたしなんて、たまにウォーターフォードに行くだけでもくたくたになってしまうわ。本当にぐったりよ。あなたがどれだけ疲れているか、よくわかるわ。泣きたいだけお泣きなさい。遠慮しなくていいのよ」

ジーネットはあふれ出る涙をハンカチで拭きながら、ウィルダに連れられて屋敷に入り、二階に上がった。

陽気な黄色の色調でまとめられた寝室に通されたが、ジーネットはほとんど部屋のなかを見まわすこともしなかった。きっとこれからここが、自分の寝室になるのだろう。ベッツィーが汚れたドレスを脱がせようと近寄ってきた。隣接した化粧室に大きな風呂桶《おけ》が運びこまれ、湯気の立ったお湯がなみなみと注がれている。ベッツィーを残してほかの使用人が下がると、部屋はしんと静かになった。

ジーネットは鼻をすすり、恐れていた赤く泣きはらした目で、温かいお湯に浸かった。ベッツィーが髪の毛を洗ってすすいでくれた。そしてジーネットがひとりでゆっくりくつろげるよう、部屋を出ていった。それから五分ぐらいして、ジーネットは銅製の風呂桶の縁に頭を乗せたまま眠りに落ちた。

まもなくベッツィーに軽く叩かれ、目を覚ました。しずくを垂らしながら風呂桶から出ると、ベッツィーがふわふわの大きなタオルをさっと体にかけた。眠気もするし、気分は最悪だ。ジーネットは一番厚手のネグリジェとガウンを着て暖炉の前に腰かけた。用意されていた温かい紅茶を飲むと、少し気持ちが落ち着いた。そしてウエストまである髪の毛をベッツィーが梳《と》かして乾かしてくれているあいだに、おいしいバター・ビスケットと冷たいチキンのスライスを少しずつかじった。

それからベッドに入った。シーツはひんやりして心地よく、糊《のり》とラベンダーのいいにおいがする。ジーネットはふっくらした羽根枕のひとつに顔をうずめ、またもや涙に暮れた。

家に帰りたい。イングランドが恋しい。

両親と妹に会いたい。

弟のダリンでさえ恋しい。相変わらず放蕩《ほうとう》な生活をしているようだけど。

昔の生活を取り戻せるなら、なにを差し出してもかまわない。家に帰って自分のベッドで眠り、以前の暮らしができるなら。だがもう、以前と同じ暮らしは二度と戻ってこない。あの日々はとうに過ぎ去ってしまった。

自分はなぜホームシックにかかっているのだろう。大叔母のアガサと何カ月もイタリアに滞在し、少し前に帰国したばかりなのに。あのときはホームシックになどならなかった。途中までは、わくわくするような楽しい旅だった。イタリアに発《た》ったのは、婚約していた公爵との結婚から逃れるため、挙式当日の朝に双子の妹と入れ替わった直後のことだった。そして、妹のバイオレットが身代わりで公爵と結婚した――姉である自分のふりをして。自分も妹も、自分たちがとんでもなく悪いことをしているとわかっていたが、結局はすべてが丸く収まった。少なくとも、バイオレットとエイドリアンにとっては。ふたりとも気持ちが悪いくらい相手のことを想っていて、今年の冬には第一子が産まれる予定だ。

それなのに自分は、不幸のどん底にある。恥をさらし、みじめにも家を追い出された。なにもかも、愛ゆえにしたことだったのに。

〝ああ、トディ〟ジーネットはため息をついた。〝なぜわたしを裏切ったの？〟

テオドール・マーカムのような遊びなれた男の手管に引っかかってしまうとは、自分はなんと世間知らずでばかな娘だったんだろう。トディがこの世でたったひとりの運命の相手だと思ったからこそ、自分はエイドリアンを見捨てることにしたのだ。永遠にきみを愛し、ずっと大切にすると甘い言葉をささやいたトディ。そして自分は、愚かにもその言葉を信じてしまった。きみはあまりに美しいなどと賛美の言葉を浴びせかけ、なにかと気を配って優しくしてくれたトディ。男性のそうした一途《いちず》な愛情がずっと欲しかったのに、婚約者のエイドリアンは仕事や友だちとの付き合いや趣味に忙しく、自分のことをほとんどかまってくれなかった。

だがトディは、自分を求めてくれた。愛してくれたのだ。イタリアで再会するまでは、そう信じていた。なのにトディは、自分と結婚しても持参金がほとんどないことを知ると、手のひらを返したような態度になった。そして、もう用ずみだといわんばかりに自分を捨てた。あとでわかったことだが、トディはさっさと次の獲物を物色し、もっと金持ちの女に狙《ねら》いをつけて口説《くど》いていたらしい。

ジーネットは目をぎゅっと閉じ、トディのことを頭から追い払おうとした。あれからずっと、忘れようと努力している。もう彼を愛してはいない。愛などという、もろくてはかない感情にはこりごりした。だが彼が、自分のなかの大切ななにかを傷つけたことはたしかだ。愛とはなんと残酷なものだろう。あんなに苦しく悲しい思いをするくらいなら、いっそ誰も愛さないほうがましだ。それよりも、この世でもっと価値のあるものを探すほうがいい——富や地位や名声を。

もともと自分は肩書き目当てで結婚するつもりだったのだから、初心に戻って適当な相手を見つければいい。魅力的な男に惑わされて道を誤ることなど、二度としない。お金を持った年配の男性はどうだろう。もしかすると、結婚してすぐにあの世に行くかもしれない。そうすれば、自分は裕福で勝手気ままに暮らす未亡人になれる。都会に戻ったら、さっそくそういう人を見つけよう。

自分は一度は公爵と婚約した。だったらまた、地位と財産を持った男性をつかまえることができるはずだ。

ジーネットはため息をつき、毛布にくるまって気持ちを落ち着かせようとした。そしてまもなく眠りに落ちた。だが一晩じゅう変な夢を見つづけた……。

——ジーネットは立ち往生している馬車のなかにひとりで座っていた。車輪が完全にぬかるみにはまっている。そのとき、なんの前触れもなく馬車の扉がばんと開いたかと思うと、がっしりした男が照りつけるような陽差しを背中に受けて立っていた。ジーネットははっと息を呑んだ。男が馬車のなかに入ってきて、ジーネットの隣りに座った。そして筋肉質の長い腕を伸ばし、反対側の窓枠に手をついた。ジーネットは後ずさりしたが、男がにじり寄ってきてそれ以上逃げられなくなった。

男の不敵な青い瞳を見つめながら、ジーネットは恐怖と緊張で震え、脈が激しく打つのを感じた。だが同時に、男に惹きつけられてもいた。「目的はなに？　お金、それとも宝石？」

男が口を開く前から、ジーネットにはその声がどれほど甘く伸びやかで、アイルランドの山々のように野性味にあふれているかがわかっていた。不安と期待で震えながら、男の言葉を待った。

「いや」男がささやいた。優しい愛撫のようになめらかな声が、ジーネットの背中をくすぐった。「目の前にもっと素晴らしい宝があるのに、そんなものはいらない。さあ、貞操と命のどちらを選ぶ？」

ジーネットは唇を開き、蚊《か》の鳴くような声で言った。「わたしにどういう選択肢があるというの？　あなたの好きにしたらいいわ」

次の瞬間、男がジーネットの唇を奪った。頭がしびれるような素晴らしい感覚に、全身が熱くなり手足から力が抜けていく。男が唇を割るようにして舌を入れてきて、ジーネットの舌にからませた。ジーネットは男の肌と髪の毛のにおいにうっとりし、自分の体と男の体が溶け合う感覚に包まれた。

「今度はきみからキスしてくれ、お嬢さん」男が言った。

ジーネットは言われたとおりにし、覚えてはいけないはずの禁断の欲望に身悶《みもだ》えした。男に触れたくてたまらなくなり、両手をその豊かな茶色の髪に差しこみ、唇を強く押し当てた。そして自分の心を盗んだその男に、もっと先に進むよう促した。

男が乳房を手のひらで包むと、ジーネットの乳首がつんと立った。男が慣れたように親指で乳首を愛撫している。首筋にキスの雨が降り、ジーネットは吐息を漏らして身を震わせた。

男は次に耳たぶを嚙み、舌を這わせた。

「ぼくの目的がなにかわかるかな、お嬢さん？」男がかすれた声でささやくと、ジーネットの耳元に温かい息がかかった。

ジーネットはゆっくり首をふって待った。男に満たしてほしい欲望で、脚をしきりにもぞもぞさせた。

男がふいにジーネットの体を引き離した。「きみだ。その可愛いお尻を上げて、馬車から降りてくれ。さあ、手を貸そう」

抗議する間もなく、男がジーネットを抱えるようにして立たせ、馬車の外に突き落とした。地面はひどくぬかるんでいる。男が馬車のなかからジーネットを見て笑った。おかしそうに何度も手のひらで壁を叩いている――

その音が変化してだんだん大きくなった。やがてなにかを打ちつけるような単調な音に変わり、ジーネットは夢から醒《さ》めた。

うめき声を上げ、窓から差しこんでくる早朝の光に目を細めた。まだ頭がもうろうとし、湿った泥の感触とともに、ぞくぞくするような欲望が肌に残っている。

ジーネットは恥ずかしさを覚え、顔をしかめて枕につっぷした。どうしてあんなにエロティックな夢を見てしまったのだろう。しかもその相手が、よりによってダラー・オブライエンだなんて！　自分があんな男を求めているわけがない。いくらたくましくハンサムだとはいえ、ただの平民にすぎないあの男の夢を見てしまうなんて、いったい自分はどうしてしまったのだろう?

でもしょせん、ただの夢だ。ジーネットは自分にそう言い聞かせた。無意味でばかげた、くだらない夢。

耐えがたい騒音がまだ続いている。

〝まったく、このうるさい音はなんなの?〟ジーネットは片方のひじをついて上体を起こし、暖炉の上のマントルピースに置かれた時計を見た。

七時半だ。

〝ひどすぎるわ〟

〝信じられない〟

自分は普段、十時前に起きることはない。前日の夜遅くまで起きていたときなどは、十一時まで寝ていることもある。まともで文化的な人間は、早起きをしようとは思わないものだ。自分に言わせると、朝日とともに起きるのが好きだなどと言う人間は、医者に診てもらって薬を飲んだほうがいい。あるいはたっぷり瀉血《しゃけつ》して悪い気質を治し、ばかげた習性を正すようにするべきだ。

ジーネットはぐったりしたまま、腹立たしげな声を上げると、その耳障りな音から逃れようと枕を頭からかぶった。なにかを強く打ちつけるような、どんどんと響く音だ。ほんのわずかなあいだ、音が鳴りやんだ。ジーネットは恥ずべき夢のことなどすっかり忘れ、うとうとまどろみはじめた。だが次の瞬間、大きな音が容赦なく鳴り響き、驚いて目を覚ました。ジーネットはしばらくのあいだ、なんとかもう一度眠ろうと頑張ったが、やがて紳士のほとんどがびっくりして顔を赤くするような悪態をつきながら、がばと起き上がった。そして上掛けを荒々しくはねのけると、急ぎ足で窓のところに行った。

なにも変わった様子はないようだ。草木が茂り、花が咲き、小鳥が木の枝にとまって鳴いている。だがその愛らしい歌声は、どんどんというううるさい単調な音にかき消され、ほとんど聞こえない。

いったいなんの音なのか？　どこから聞こえてくるのだろう？　あれはまるで……ハンマーやのみでなにかを思い切り叩き、金属と金属をぶつけているような音だ。

〝冗談じゃないわ。わたしはとんでもないところに来てしまったのかしら？〟

部屋を横切って呼び鈴を鳴らし、ベッツィーを呼んだ。この騒音のなかで眠ることなどとても無理だ。

少し疲れたような顔をして、ベッツィーが部屋に入ってきた。「おはようございます。もうお目覚めですか？」

「外でこんなにうるさい音がしているのに、寝ていられるわけがないでしょう？　いったいなんの音なの？」

「建設業者ですわ。お屋敷の西棟《ウエスト・ウイング》を修理していると聞きました」

「修理ですって？　ふうん。でも少しは礼儀をわきまえて、もうちょっと遅く作業を始めてくれてもいいんじゃないのかしら。ウィルダに話してみるわ」ジーネットはため息をついた。

「もう眠れそうにないから、着替えを手伝ってちょうだい」

「かしこまりました」ベッツィーは軽くひざを曲げて言った。

三十分後、ジーネットはまだ強い疲労を感じながらも、綿モスリンでできた水玉模様のペールピンクの美しいデイドレスを着て、お気に入りのプリムローズイエローの靴を履き、少し気分がよくなっていた。そして屋敷のなかを歩き、朝食室を探した。ここにやってきて一日目の朝だし、早く目が覚めてしまったので、メリウェザー夫妻と一緒に朝食を食べようと考えたのだ。ふたりはいつも、これくらいの時間に朝食をとると言っていた。

サリー州の実家ほどではないが、屋敷は広く、前世紀に大流行したパラディオ式の建築様式だった。だがずいぶん、節約して建てられたようだ。壁の継ぎ目がはっきりわかる箇所が、あちこちに見られる。装飾目的で立てられた一対のドリス様式の柱――軽く触れただけで人造大理石だとわかる――の横を通り過ぎたところで、ようやく朝食室が見つかった。

音源から離れたらしく、耳をつんざくような音がわずかに小さくなった。〝これがいつまで続くのかしら?〟ジーネットは心のなかでつぶやいた。

ウィルダがクロスのかかったテーブルに着いていた。家族の食事用に、肩ひじの張らないテーブル・セッティングがされている。今日もまた垢抜《あかぬ》けないドレスに身を包んだウィルダは、野暮ったい田舎の婦人そのものだ。ウェーブした短い白髪をフリルのついたモブキャップにたくしこんだその姿は、妙にプードルに似ている。

ジーネットは口元がゆるみそうになるのをこらえた。

少なくとも、ドレスの色はそんなに悪くない。ヤグルマソウのように鮮やかなブルーの色合いが、ウィルダのグレーの瞳を引き立てている。

ジーネットがなかに入ると、ウィルダが皿の端にナイフを置いた。左手に持ったトーストはこんがり焼け、つやつやしたいちごジャムが塗られている。

ウィルダはジーネットに微笑みかけた。「あら、おはよう。さあ、入ってちょうだい。どうぞお座りになって」

ジーネットは部屋の奥に進んでウィルダの向かいの席に着き、小さな声で礼儀正しく朝の挨拶をした。従僕がティーポットを持ってやってくると、ジーネットは無言でうなずき、紅茶が欲しいという意思表示をした。従僕が新しいティーカップと受け皿をジーネットの前に置き、紅茶を注いだ。

ジーネットは湯気を立てている紅茶の色に目を丸くした――木の実のように濃い茶色で、紅茶というよりもコーヒーのようだ。自分の好きな花の香りのする淡い金色のダージリンとは、明らかに種類が違う。きっとアイルランドの紅茶なのだろう。ダラー・オブライエンも飲んでいるにちがいない。

ダラーのことを頭から追い払おうとしながら、ジーネットは手を伸ばして砂糖とミルクを取り、どちらもたっぷりカップに入れた。

「朝はたいてい、かしこまらずに食べるの」ウィルダが言い、すぐそばのサイドボードの上に並んだふたつきの銀器を指さした。「卵やソーセージや燻製《くんせい》の魚があるから、好きにお食べなさい。まだ温かいと思うわ。それとも、シェフになにか別のものを作らせましょうか。パンケーキはどう？」

「ご親切にありがとう。でも、卵とトーストで結構よ」

ジーネットが動こうとしないのを見て、ウィルダは従僕に皿を用意するよう合図した。それから手に持ったトーストをかじり、口をもぐもぐさせながらティーカップを軽く指先で叩いた。

自分がいるから落ち着かないのだろうか？　ジーネットは考えた。ロンドン社交界の作法なら、それはありえることだ。たとえ未婚だとはいえ、自分の社会的な身分はウィルダよりも高い。ミセス・メリウェザーは母方のハミルトン家につながる親戚だが、身内であることを手放しで喜べるような相手ではない。

ウィルダの父親はただの準男爵で、夫のミスター・メリウェザーは子爵の子息ではあるものの、長男ではない。その子爵にはあまり財産がなく、子どもたちにイングランドで裕福な生活をさせることができなかったという。そこでウィルダとその夫カスバートは、四十年近く前にアイルランドに移住したのだ。

従僕がジーネットの前に皿を置いた。食べ物が山のように盛られ、見た目が悪い。卵の量は多すぎるし、頼んでもいないブラッドソーセージが載っている。トーストはたった一枚だけだ。だが、これもしかたがない。自宅にいるわけではないのだから、ここの家のルールや習慣にも慣れなくては。ジーネットはフォークを手に取り、スクランブルエッグをひと口食べた。

それを飲みこんだとき、すさまじく大きな音が屋敷じゅうに鳴り響いた。ジーネットは椅子から飛び上がり、思わずウィルダの顔を見た。だがウィルダは、何事もなかったように紅茶をすすっている。

ウィルダがジーネットの目を見た。「ところで昨夜はゆっくり眠れたかしら、ジーネット？　そうだといいんだけど」

ジーネットは返事に詰まった。波止場に造船作業員が群がっているよりもうるさい音が、ひっきりなしに聞こえているのだ。

「ええ、部屋はとても居心地がよかったわ。インテリアの色調も素敵だったし」

ウィルダがにっこり笑った。

「でも、ちょっと音の問題が——」

「やあ、おはよう」年配の男性が大きな声で言い、あまり長くはない脚を機敏に動かしながら、つかつかと部屋に入ってきた。

かろうじて残った真っ白な髪の毛がほぼ垂直に立ち、頭をぐるりと囲む輪のように生えている。目はマホガニーのように黒く、透明感がない。どことなく焦点が定まっていないように見えるのは、なにか考えごとでもしているせいだろうか。身に着けているのは、茶色のウーステッドのひざ丈ズボンに、地味な紺色のベストと上着だ。首に巻かれたタイは洗濯したてのようだが、結び方が雑だったらしく、ひどくしわが寄っている。

男性はジーネットやウィルダのほうをほとんど見ようともせず、まっすぐサイドボードに向かい、銀器のふたを次々に開けて目当てのものを探した。そしてソーセージをひとつつまみ上げ、三口でぺろりと平らげた。ジーネットが驚いて見ていると、その風変わりな年配の紳士は皿を取り、その上に卵料理やスコーン、バター、ジャム、ベーコン、さらに四つつながったリンク・ソーセージなどを山盛りに載せた。

そしてフォークとナプキンを持ち、ドアのほうに戻ろうとした。「悪いが、ゆっくりしていられないんだ。実験の途中でね。すぐに戻らなくちゃならない」

「なんの実験なの？」それまで穏やかだったウィルダの声が、警戒したように高くなった。「まさかまた、水銀の入ったビーカーを火にかけたままにしているんじゃないでしょうね？」

カスバートと思《おぼ》しき男性は、ひどく気を悪くしたような顔で妻のウィルダを見た。

「そんなわけがないだろう。前回のことがあってから、もう二度とあんなことはしないときみに約束したじゃないか。知りたいなら教えてやるが、いまは〝ゴクラクチョウカ〟の授粉サイクルを調べているところだ」

「そう」ウィルダは安堵《あんど》のため息をついた。「熱帯の花なら、少しくらい放っといても平気でしょう。ジーネットに挨拶してちょうだい。これからしばらく、ここに滞在するのよ。ほら、話したでしょう、パーティ？」

カスバートはジーネットを見ると、一瞬いぶかしむように、ふさふさした白い眉をひそめた。ジーネットがダイニング・テーブルに座っていることに、初めて気がついたようだ。

ふいにその怪訝《けげん》そうな表情が消え、代わりに笑みが広がった。「ああ、そうだった。ブラントフォード家のお嬢さんだね？　ジーネットだったっけ？　よく来てくださった。心から歓迎するよ。失礼をお許し願いたい」そしてひょいと頭を下げた。短いが、ちゃんと礼儀に則《のっと》ったお辞儀だった。

ジーネットは椅子から立ち上がり、ひざを曲げてお辞儀を返した。「お招きくださってありがとうございます」

「わたしが聞いたところによると、こちらから招いたというより、母君がきみをここによこしたらしいな。エディスはまだきみより若かったころから、言いだしたら聞かない性格だった。わたしはずっと昔からきみの母君を知っているが、本当におっかなかったよ。女神ディアナに矢を持って追いかけまわされるより恐ろしかった」そこでいったん言葉を切り、ジーネットに向かってうなずいた。「ここに来ることになったのは、スキャンダルが原因だと聞いたが、そうなのかね？」

「バーティ」ウィルダが鋭い一瞥《いちべつ》をくれ、夫を黙らせようとした。

「なんだい？」カスバートは肩をすくめた。「彼女は騒動の主役だったんだから、いまさら隠すことがあるかな？　どうだい、ジーネット。そんな話は初耳でびっくりした、なんて言わないだろう？」

ジーネットは怒っていいものか、笑っていいものか迷った。だがだんだんおかしさが勝り、気がつくと吹き出していた。声を上げて笑ったことなど、本当に久しぶりだ。「ええ、よく知ってる話よ」

「ごらん、ウィルダ。本人は気にしてないじゃないか。さてと、卵料理が冷たくなってしまう。ゴクラクチョウカのところに戻らなくては。ジーネット、わが家だと思ってゆっくりくつろいでくれ。ウィルダ、午後のお茶の時間に会おう」

カスバートはそう言い残し、朝食を手に急いで部屋から出ていった。

「お茶ですって」ウィルダは鼻先で笑った。「研究に夢中になって、時間を忘れなければいいけれど。あの人はいつもそうなのよ」

ジーネットは椅子に座り、従僕に紅茶を注ぎ足してもらった。

「そのうちパーティにも慣れるわ」ウィルダは続けた。「食事のときは現われるけど、すぐにいなくなるの。わたしったら、あんな人にどうしてまだ愛想を尽かさないのかしら。植物の世話をしていないときは、太陽光を利用してなにかの像を定着させるとかいう実験をやってるわ。花の画像を作りたいんですって」

「絵を描くということ?」

「いいえ、違うの。世の中にはきっと、目が見えなくてもパーティよりうまく絵が描ける人がいるんじゃないかしら。あの人は鉛筆や絵筆の扱い方をまるで知らないのよ。そうじゃなくて、なにかの表面に、生きているものの画像を焼き付けてみようと考えついたらしいの。ときどき銀塩がどうとか話してるけど、わたしには半分も理解できないわ。トーマス・ウェツジウッドや、なんとかというフランス人——たしかニエプスという名前だったわね——と競い合っているみたい。みんな危険でばかげた実験に夢中になってるの。ほかの人たちも、バーティみたいに家を半焼させたりしなければいいけれど」

ジーネットはトーストにバターを塗る手を止めた。「家を半焼させたですって?」

ウィルダが大げさにうなずいてみせると、モブキャップの縁取りのレースが揺れた。「そのとおりよ。あの人ったら、実験器具を直火にかけたまま、なにかを調べようと図書室に行ったらしいの。戻ったときには、実験室は完全に炎に包まれていたそうよ。焼け落ちたのがウェスト・ウィングだけで助かったわ。近所の人たちがすぐそばの小川からバケツリレーをしてくれなければ、きっと全焼していたんじゃないかしら」

「ひどい目にあったのね」ジーネットは同情した。

「ええ、それから作業員に来てもらっているの。うるさい音がするのに気づいているでしょう?」

そのとき外からがしゃんという大きな音がして、男たちがなにやら怒鳴る声が聞こえてきた。

ジーネットは顔をしかめたくなるのをこらえながら、ナイフとトーストを皿に置いて優雅な仕草でマーマレードの容器に手を伸ばした。ウィルダは少し耳が悪いんじゃないだろうか。普通の聴力を持っている人間なら、あのけたたましい音が聞こえないわけがない。

「ええ」ジーネットは言った。「もちろん気づいているわ」

ウィルダはもうひと口紅茶を飲むと、カップを受け皿に戻した。磁器と磁器が当たり、かちんと小さな音がした。「作業が始まってから五カ月経つうちに、あの音にもすっかり慣れてしまったみたい。最近ではほとんど気にならないわ」

そう言うと、ふとなにかを思いついたように首をかしげた。「今朝はあの音で起こされたんじゃないわよね？　現場責任者の建築家に、今日はいつもより遅く作業を開始するようにちゃんと頼んだのよ。あなただって今朝くらいゆっくり寝ていたいだろうと思ったから。いつもは朝日の昇る六時ごろに始まるの」

〝ゆっくり寝るですって！〟ジーネットはぞっとした。ウィルダは七時半が遅い時間だとでも思っているのだろうか？　どうやら彼女は、田舎の生活をあまりに長く続けすぎたらしい。ジーネットがその間違いを正そうと口を開きかけたとき、ウィルダの無邪気な視線とぶつかった。

さあ、いまがチャンスだ。苦情を言わなければ。この一時間、ずっと言いたくてうずうずしていたのだ。ジーネットは口を開いたが、どうしても切り出せなかった。いくら悪いのは作業員だとはいえ、自分が文句を言えばウィルダは傷つくだろう。

それでも毎朝六時などという、とんでもない時間に起こされることには耐えられない。こうなったら、妥協点を見つけるしかなさそうだ。

ジーネットは微笑んだ。「お気遣いありがとう。でも、ひとつお願いがあるんだけど、聞いていただける？」

「ええ、もちろんよ。なにかしら?」

「これからも今朝みたいに、遅い時間に作業を始めてもらうことはできないかしら? じつを言うと、わたしはすっかりロンドンの生活時間に慣れているから、夜明けと同時に起きなきゃいけないとなると、ストレスで体調を崩すんじゃないかと心配なの。それに、あなたの体にもよくないんじゃないかしら」

「まあ、そんなこと考えもしなかったわ」ウィルダは驚いたような口調だった。「長年早起きを続けてきて、もうすっかりその生活に慣れているものだから。けれどあなたが困るのなら、なんとかしなくちゃいけないわね。でも前もって言っておくけど、わたしたちが説得しなくちゃならない相手は男なの。男というものがどれだけつむじ曲がりな生き物か、あなたも知っているでしょう」

その言葉に、ジーネットはふとダラー・オブライエンのことを思い出した。ダラーの顔をちらちら脳裏に思い浮かべながら、トーストにマーマレードを塗り終えた。そしてひと口がぶりとかじると、唇をナプキンで軽くぬぐった。

「ええ」そうつぶやいた。「よく知ってるわ」

3

〝退屈だ〟

ここに来てまだ一日も経っていないが、退屈のあまり頭がどうにかなりそうだ。このままでは本当におかしくなり、縛られて猿ぐつわを噛まされ、このへんぴな土地のどこかにある収容施設に送られるかもしれない。

そよ風がスカートを揺らしている。太陽はまぶしく、空は抜けるように青い。昨日ほど暑くはなく、今日はさわやかな天気だ。工事現場からは、あの単調なうるさい音が絶え間なく聞こえてくるけれど……できるだけ気にしないようにしよう。ジーネットはぶらぶらと歩いていた足を止め、屋敷の裏手の庭を横切る小道に落ちている砂利を、つま先で蹴った。

そして憂鬱《ゆううつ》そうにため息をついた。

本でも読もうか。さっき屋敷のなかをざっと案内してもらったとき、図書室――幸運なことに焼け落ちなかった――に膨大な量の文学作品があることがわかった。

そうだ。本が唯一の救いになるかもしれない。

ジーネットはかすかに微笑んだ。自分が読書をしようと考えていることを知ったら、知り合いはみなびっくりするだろう。家族でさえ、自分のことを読み書きができないも同然だと思っている。だが、それは違う。ときどきこっそり読書を楽しむことがある。とくにミネルバ出版のドラマチックなロマンス小説が大好きだ。とはいえ、自分の場合、本を思う存分読む機会は滅多になかった。

本の虫のバイオレットのふりをしている数カ月間は、誰の目も気にせずに読書に没頭することができた。そのとき読んだ本のなかに、自分と入れ替わった日にバイオレットがしぶしぶ置いていったジェイン・オースティンの小説がある。あれはとてもおもしろい本だった。メリウェザー家の図書室にも、あれと同じくらいおもしろい本があるだろうか。

いや、きっとないだろう。ウィルダは本好きなタイプには見えないし、カスバートがお堅い科学の本や植物に関する学術書以外の本を読むとは思えない。

ジーネットはがっかりして鼻にしわを寄せた。早くも退屈で死にそうだ。

だが本に手を伸ばすのは、やはり賢明な選択肢ではないかもしれない。ロンドンから遠く離れたからといって、悪い習慣を身につけていいというわけではないだろう。ずっと昔、社交界で人気を得たければ、レディは本など読むものではないと教えられた。たとえ本当は頭がよくとも、それを表に出してはいけないという――とくに男性の前では。

ジーネットは何年も前に、母方の祖母のコルトン侯爵夫人が訪ねてきたときのことを思い出した。とても高貴な女性で、若いころは自他ともに認める上流社会の中心的存在だったそうだ。その祖母が娘の子どもたちに会おうと、珍しく三階の勉強部屋にやってきた。そのとき弟のダリンは九歳、自分とバイオレットは十一歳になるかならないかというところだった。

いまでもあのときの、淡黄色《キズイセン》をした見事なドレスの衣擦《きぬず》れの音や堅木の床に響く柔らかなヒールの音、部屋にふわりと漂うスズランの香水のにおいを覚えている。

いつもはあきれるくらい怖いもの知らずの自分も、緊張でがちがちになった。あわてて目を伏せ、あまりよく知らない祖母がワイトブリッジ伯爵家の跡継ぎであるダリンに注意を向けてくれることを願った。だがその願いもむなしく、侯爵夫人はつかつかとこちらにやってきて、手袋をはめた手をためらうことなく伸ばし、くいと自分のあごを上げた。

年を取ってもなお美しい祖母は、薄紫色の鋭い目で自分の顔を調べた。まるで馬か犬でも品評するように、あごを右に、次に左に向けてしげしげとながめた。そしてぶっきらぼうに手を離した。

「きれいな顔をしているわ」祖母は言った。「もうひとりのほうも」そこで言葉を切り、本に顔をくっつけるようにして字を追っているバイオレットをじろりと見た。

「でも気をつけるのよ、エディス」侯爵夫人は娘に言った。「勉強させるのは必要最低限になさい。女が知識を身につけすぎるのはよくないわ。学問好きにでもなったら、それこそ身の破滅よ。どんなに器量がよくても、結婚相手が見つからなくなってしまう。なんだかんだいっても、女の仕事は男性を喜ばせるこつを学び、ゆくゆくはぜいたくな暮らしを手に入れることにあるんだから。この子たちが婚期を逃さないよう、いますぐ刺繍の基礎縫いや絵を教えなさい」

バイオレットはやれやれという顔をしてふたたび本を読みはじめたが、自分は祖母の言葉を重く受け止めた。女にとって、婚期を逃して誰からも求愛されないまま年を取るほどみじめなことはないと、幼心にわかっていたのだ。

そのときから、自分は学問というものに背を向け、女ならではの領域に関心を持つことにした。それはむずかしいことではなかった。自分はファッションや装飾品が大好きだし、歌にピアノ、それからダンスや絵が得意だ。祖母は鋭い審美眼を持ち、社交界をリードする存在だった。自分もいつかそうなってみせる。社会的に成功するために頭が空っぽのふりを装うことが必要なら、そうするまでだ。社交界の人々を魅了することに比べたら、本を読む機会が多少減るくらい、なんでもないことではないか？

そしていったんいい相手と結婚してしまえば、祖母が言っていたように、あとは自分の望むように生きればいい。そのときになって、自分はまわりが考えているようにものを知らないわけではないと明かしたくなったら、そうすればいい。そしてみんなにいいゴシップのねたを提供してやろう。

だがとりあえずいまはこの煉獄《れんごく》のような場所で、なんの楽しみもないまま、ひたすら退屈な時間に耐えなければならない。

今朝ウィルダに屋敷を案内してもらいながら、地元の社交界など、なにか退屈しのぎになりそうなことについて訊いてみた。驚いたことに、ウィルダもカスバートもめったに人を招いてもてなすことがないそうだ。パーティに出席したければ、ウォーターフォードまで行くしかないというが、ふたりの年齢を考えるとかなりの距離だ。そしてそのあとウィルダが言ったことに、ジーネットの背筋はさらに寒くなった。教区司祭の妻に郷士の妻、そして婚期を逃した地元の女性ふたりと、月に二回集まっているという――みな五十歳を超えた女性ばかりだ。次に集まるときにはあなたもどうぞと言われ、ジーネットはぎょっとしたが、表情には出さず丁重に辞退した。

〝ああ。パパもママも、どうしてわたしをこんな目にあわせるの？　ふたりからこれほどひどい仕打ちを受けたのは、生まれて初めてだわ〟

ジーネットは小石を蹴《け》り、すぐそばの真っ赤なケシが生えた花壇を物憂げに見つめた。

そのとき興奮したような鳴き声が聞こえ、ジーネットははっとした。ふり返ると、灰色の大きな動物が屋敷の角を曲がって走ってくるのが見えた。狼のような姿の獣が、体を斜めにしながら自分を目指して全力で駆けてくる。ジーネットは恐怖で凍りついた。だが逃げる暇もなく、ふさふさした巨大な前脚で肩に飛びかかられ、背中から倒れた。

悲鳴を上げながら花壇に倒れたジーネットの上に、動物がのしかかってきた。大きなピンクの舌で顔をなめまわそうとしている。ジーネットはふたたび悲鳴を上げた。そして震えながら、なんとか逃げようとした。獣臭い息が顔にかかる。だがその動物は石の詰まった袋のようにずっしりと重く、ジーネットは体を動かすことができなかった。

「ウィトルウィルス、やめろ」

動物はその声にぴくりと反応した。しかしすぐには離れようとせず、べそをかいていやがるジーネットの顔を無理やりもう一度なめた。そしてようやく観念し、ぱっと跳ぶようにしてジーネットの上から降りた。

「ウィトルウィルス。お前は悪い犬だ。本当に悪い犬だな」

〝これが犬ですって？ まるで化け物じゃないの〟ジーネットは顔をしかめ、不快感もあらわに唇を手でぬぐった。よだれで顔がべたべただ。〝ひどいわ〟

「行儀の悪い犬ですみません。失礼をお詫びします。だいじょうぶですか？」

地面に倒れたジーネットの目には、真っ青な空とゆっくり流れる白い雲が映っていた。だが次の瞬間、男が顔をのぞきこんだために視界がさえぎられた。ジーネットは整った男の顔を凝視し、それから視線を下に移した。仕立てはいいがごくありふれた白いコットンシャツに、茶色のリンネル地のズボンとベストを着け、紺のシルクのネッカチーフを首に巻いている。あの憎たらしいダラー・オブライエンに、妙に似ている。こんなことがあるのだろうか？ アイルランド人の男はみな同じような顔をしているのか？ やがてジーネットは、真実に気づいてはっとした。冷たい冬の湖に飛びこんだような衝撃が全身に走った。

ダラー・オブライエンだ。

「あなたなの！」

「レディ・ジーネット？ 本当にきみなのかい、お嬢さん？」

「ええ、わたしよ。それと、わたしをお嬢さんと呼ぶのはいい加減にやめてちょうだい」

ダラーは笑みを浮かべ、片手を差し出した。「ほら、手を貸してごらん」

ジーネットはダラーの手を払った。「いいえ、結構よ」

そしてダラーを無視し、いったんうつぶせの姿勢になってからひざをつき、よろよろ立ち上がった。それから汚れて台無しになったスカートを手ではたいた。そのあいだじゅう、犬は大きな歯の生えた口の横から巨大な舌を垂らし、じっと座ったままジーネットを見ていた。

「この……この動物は」ジーネットは犬を指さした。「なんて恐ろしいの。檻《おり》に閉じこめておくべきだわ」

「そう言わないでくれ、お嬢さん。たしかに困ったやつだが、まだ子犬なんだ。元気がありあまっているせいで、ちょっとはしゃぎすぎるところがある。べつにきみを襲おうと思ったわけじゃない。そうだろう、お前？」

ダラーはウィトルウィルスを見下ろし、優しく頭をなでた。犬は嬉しそうに主人を見上げ、砂利道に尻尾を打ちつけている。

「子犬ですって？」ジーネットは言った。「子犬なわけがないでしょう。まるで熊か狼みたいだわ。のどを嚙み切られていても、おかしくなかったのよ」

ダラーは鼻を鳴らした。「いや、そんなことをするやつじゃない。こいつはアイリッシュ・ウルフハウンドだが、獰猛な犬種のわりにはとてもおとなしいやつなんだ。これ以上の悪さはしない。もっとも、こいつの舌が結構な武器になることは認めなくちゃいけないな」

「前脚もよ。わたしを転ばせたんだから」

ダラーが一瞬、心からすまなそうな顔をした。「そうだな。そのことについては、本当に申し訳ないと思っている。怪我《けが》はなかったかい、お嬢さん？」

〝お嬢さん〟またその呼び方だ。彼は自分がわたしにどれだけ失礼な態度をとっているか、わかっているのだろうか。彼には身分の高いわたしに敬意を表し、礼儀正しく接する義務がある。それとも、そんなことはどうでもいいとでも思っているのか？　きっとそうに違いない。だが、この腹立たしい男にそもそも礼儀を守るつもりがないのなら、なにを言ったところで無駄だろう。このろくでもない犬と飼い主は、まったくの似た者同士というしかない。

とりあえず、どこにも怪我はないようだ。もちろん、ひどい傷を負ったと大騒ぎしてやりたいのはやまやまだが、すぐに嘘だとわかってしまうにちがいない。たったいま、自力でさっさと立ち上がったのであればなおさらだ。とはいえ明日の朝になって、体のあちこちにあざができているということも充分ありえる。

ジーネットはシルクのハンカチを取り出し、顔と手を拭いてからポケットに戻した。「わたしはどうにか無事よ。でも、ドレスがだめになってしまったわ。ひどいありさまよ。見てちょうだい、足あとだらけじゃないの。汚れた巨大な足あとが」そう言うとあらためて悔しさがこみあげ、涙がこぼれそうになった。

こんなことがあってもいいのだろうか。お気に入りのドレスが、またしてもだめになってしまった。しかも、たった二十四時間のうちに。絶対に許せない。こうなってしまったのは、ひとえにこの男のせいだ。いったいなんの因果で、自分はこの男から立て続けにひどい目にあわされなければならないのだろう。

ジーネットは首をぐっと後ろに倒し、見上げるようにしてダラーの顔をにらんだ。〝まったく、なんて背が高いのかしら〟改めて、ダラーがどれほど長身であるかを実感した。引き締まってすらりとしているが、昨日自分を難なく抱きかかえて馬車から運んだとおり、たくましい筋肉質の体をしている。

ジーネットは前日にダラーの腕に抱かれ、ぞくぞくするような感覚が走ったことを思い出した。そのことに動揺を覚えながら、強い口調で言った。「それで、いったいここでなにをしているの、ミスター・オブライエン――」

「ああ、そのことか」ダラーはジーネットの言葉をさえぎり、ふいに落ち着かなくなったように、がっしりしたあごの片側を指でかいた。「ぼくのことを〝ミスター〟と呼ぶ必要はない。オブライエンでもダラーでも、好きに呼んでくれ。堅苦しいことは嫌いなんだ。だけどきみがもしそうしたいなら、肩書きで――」

「ミスター・オブライエンでいいわ」たとえ深い意味はないにしても、親しく呼んだりするべきではないだろう。とくにこの男の前に出ると不覚にもどきどきしてしまうことを考えれば、ガードを崩すようなことをしてはいけない。「それで、どうしてここにいるの？　わたしの親戚になにか用かしら？　それとも不法侵入しているの？　あのしつけのできてない犬を連れて」

ジーネットはいまいましそうにダラーの飼い犬を見た。とはいうものの、本当に悪いのは犬ではない。ちゃんと管理できない飼い主なのだ。

当のウィトルウィルスはどこ吹く風といった様子で、巨大な片方の前脚にあごを載せ、毛の生えたまぶたを閉じている。

ダラーの青い瞳がぱっと明るくなった。「そうか、きみは親戚を訪ねてきているんだったな」そして胸の前で腕組みをした。「じつを言うと、もっと年配の女性が来るのかと思っていた。でもまあ、きみでも不思議じゃないな」

ジーネットは気色ばんだ。「わたしでも不思議じゃないですって！　あなたの言うことは、我慢の限界《ペイル》を越えているわ」

ダラーはにやりとした。「そうだ、ぼくたちはペイルからずっと離れたところにいる」そして親指を立てた。「あれがあるのはダブリンの近くだ。何百年も昔、きみたちイングランド人が、柵で囲まれた領地が必要だと考えて造った場所じゃないか」

ジーネットはダラーをにらんだ。彼がなんのことを話しているのか、さっぱりわからないのがしゃくに障る。あとで詳しく調べてみることにしよう。「ともかく、あなたとその犬がここでなにをしているのか、まだ答えを聞いてないわ」

「そうだったな。ぼくはメリウェザー夫妻から頼まれ、焼け落ちたウェスト・ウィングを建て直している」

ジーネットはなぜかがっかりし、唇の端を嚙んだ。ダラーが平民であることはわかっていたが、心のどこかでそうでないことを期待していたのだ。だがいまの言葉で、その期待は打ち砕《くだ》かれてしまった。

「つまりあなたは、大工かなにかなのね」

「いや、建築家だ。新しい建物を設計して、そのとおりに出来上がるよう現場を監督している」

建築家ですって。この人が？　ジーネットはアイルランド人のなかに、ちゃんとした建築家がいることすら知らなかった。彼の腕がどの程度のものかはわからないが、メリウェザー夫妻はもっといい人材をイングランドから呼び寄せるべきではなかったか。たとえ素性が貧しくても、イングランド人ならレディに対する礼儀ぐらいはわきまえていただろう。チャンスと見れば、レディをからかったり困らせたりするようなことはしないはずだ。それにたとえ建築家であっても、彼が自分と親しくするのにふさわしい身分でないことに変わりはない。

しばらくすると、敷地の反対側からまたうるさい音が聞こえてきた。ジーネットはうんざりした。まだ今日の作業は終わっていないのか？　あのいまいましい音は永遠に続くのだろうか。

ジーネットはふとあることに気がついた。建築家であるということは、あの音を発生させている作業の責任者であるということだ。つまり彼には、それをやめさせる権限がある。

「なるほど、わたしがぐっすり眠ることができないのは、あなたのせいなのね」

ダラーは口元に浮かんだ笑みを押し殺した。「そうか、今朝きみを起こしてしまったんだな？　石工が石を細工しているんだが、早朝から作業を始めたいと言うもんでね」

「まだ夜が完全に明けないうちに始めたいらしいわね。悪いけど、わたしはとても迷惑しているの。体にだってよくないわ。明日からもっと遅い時間に始めるよう、責任者のあなたから言ってちょうだい。十時でどうかしら？」

ダラーはしばらく啞然とした顔をしていたが、やがてのけぞって笑いだした。おかしくてたまらないというように、低く大きな声で腹の底から笑った。その声に驚き、二匹の赤毛のリスが近くの木から飛び出してきた。リスが草の生い茂った芝生をあわてふためいて逃げまわっているあいだも、オブライエンは身をよじって笑っている。騒動に目を覚ました犬が、ぱっと立ち上がったかと思うと、興奮して吠えながらリスのあとを追った。

ジーネットは腕組みし、つま先で地面をとんとん叩いた。「わたしのお願いのどこがおかしいのかしら」

ダラーはなおも笑いながら、なんとか落ち着こうとして首をふり、涙のにじんだ目尻を片手でぬぐった。「お嬢さん、きみはなんておもしろいんだ。いや、じつにおもしろい。女じゃなかったら、いつかパブに招待したいくらいだ。きっとみんな盛り上がるだろうな」

「わたしはふざけてるんじゃないのよ。睡眠が必要だと言ってるの。満足に寝られなかったら、すぐにげっそりしてしまうわ」

「まあ、そうかりかりしないでくれ。少しぐらいやつれても、見事な朝日のようなきみの美しさは変わらないさ」

ジーネットは一瞬、ダラーのお世辞に気をよくした。だがすぐに、ダラーが話題をそらそうとしてそう言ったのだとわかった。〝なるほどね〟ジーネットは肩をいからせた。〝でも、その手には乗らないわ〟

「そうだとしても」ジーネットは言った。「わたしの普段の生活リズムからすると、十時が精いっぱいよ。もう長年そのリズムで生活しているんだから、そう簡単には変えられないわ」

ダラーはまたもや首をふった。今度はあきれたような顔をしている。「だとしたら、これからきみにとっては大変な日々になるな。作業員はまだ気温が低く、陽差しがあまり強くないうちに仕事を始めなくちゃならない。そうでないと、暑さで体をやられてしまう。それにぼくはメリウェザー夫妻に、木の葉が落ち始める前に屋敷を完成させると約束した」

「ふたりともちゃんとした理由があれば、少しぐらい作業が遅れても異存はないはずよ」

「ちゃんとした理由、か。きみの美容のための睡眠が、ちゃんとした理由と言えるかどうかが問題だ。怠け者のトルコの高官やわがままなお姫さまのように、作業員たちを半日近くもだらだら遊ばせていたら、屋敷はいつまでたっても完成しないだろう。そんなことをすれば、雪が降るころになっても作業は終わらない」

〝わがままなお姫さま？　美容のための睡眠ですって？〟アイルランド人の田舎者には、レディに必要なことなどまったくわかっていないのだ。紳士なら、こんなにひどいことは絶対に言わないだろう。

「それに」ダラーは続けた。「これはきみの親戚が決めることだ。今朝のことは別にして、ふたりはスケジュールを変更することなど一言も言ってなかったぞ」

「ウィルダからあなたに話すそうよ」ジーネットはウィルダの言葉を、自分の都合のいいように誇張した。「そのことについてはもう彼女と話し合って、了解をもらってあるわ」

「なるほど、十時でいいと言ったんだな？」ダラーは疑わしそうな目でジーネットを見た。

ジーネットはダラーの視線に苛立ちを覚えながら、あごをつんと上げて平然と言い放った。

「そのとおりよ」

「そうか、だったらこれからちょっと屋敷のなかに入って、彼女と話をしてきてもかまわないかい？」

ふたりはじっと目を見合った。ダラーはすべてお見通しだというように、いやにすましした顔をしている。〝頭にくるわ〟ジーネットはひそかに悪態をついた。彼はわたしがはったりをかけていることを見抜いている。

ジーネットは誰かに負けることが、なによりも嫌いだった。

しばらくそのままダラーの目をにらんでいたが、やがていまいましそうに大きく息をついた。そしてダラーの横をかすめるようにして、つかつかと屋敷に向かった。

小道を半分ほど戻ったところで、素早く動くなにかがジーネットの視界の隅に飛びこんできた。ダラーの犬が、こちらをめがけて走ってくる。大きな四本の足は、さっきよりも泥だらけだ。ジーネットは間に合いますようにと祈りながら、歩調を速めた。だが犬はすぐに追いつき、ジーネットのまわりをぐるぐる走りはじめた。尻尾をふり、巨大な体をジーネットのスカートにこすりつけ、上着一枚が織れるほどの抜け毛を残している。

〝まったくもう、今度はなんなの!〟

そのとき鋭い口笛が聞こえた。犬は動きを止めてふり返った。

「ウィトルウィルス、来い」ダラーが厳しい口調で命じた。

犬はためらった。ジーネットにもっとじゃれつきたい気持ちと、主人の命令に従わなければという気持ちのあいだで揺れている。だがやがてダラーのほうにゆっくり歩き去り、ジーネットはほっとした。

そして無言のまま、屋敷に向かった。

「またお会いできて楽しかったよ、レディ・ジーネット」ダラーがよく通る声で叫んだ。

「気持ちのいい晴れた朝にまた会おう」

空が緑に、草が青になったらね。ジーネットは心のなかでつぶやき、屋敷へと急いだ。

ダラーはにっこり笑いながらジーネットの後ろ姿を見送り、テラスのドアが勢いよく閉まる音に一瞬ぎくりとした。

つまり、小さなバラの木《リトル・ローズブッシュ》のレディ・ジーネットはメリウェザー夫妻の親戚で、しばらくここに滞在するわけだ。ダラーはジーネットの噂《うわさ》を耳にしたことがあった。詳しいことは知らないが、とんでもないスキャンダルを起こし、この地に追いやられることになったという話だ。なるほど、彼女に会えばそれもうなずける。ジーネット・ブラントフォードなら、通りを歩いただけでなにかしら騒動を巻き起こすにちがいない。

彼女はじゃじゃ馬だ。気性が激しく、強情なじゃじゃ馬。彼女を娶《めと》ろうと思う男は、手綱《たづな》さばきにひどく苦労することになるだろう。あまり強く押さえつけず、あの凜《りん》とした気高い心を傷つけないよう気をつけながら、優しくなだめるようにして手なずけなければならない。だが、自分がその男になることはありえない。とくにいまは、結婚する気がまるでないのだから。だとすれば、彼女をたまにからかったり茶化したりすることに、なんの問題があるだろうか？　雌鳥が暴風雨にあって羽毛を逆立てるよりも激しく、レディ・ジーネットが怒りで全身を震わせるのを見るのが楽しくて仕方がないのだ。

ダラーは手を下に伸ばし、ウィトルウィルスのあごをつかんでその顔を自分のほうに向けた。「まったくお前は困ったやつだ。本当に悪い子だな。レディ・ジーネットを花壇に倒すなんて、とんでもなく悪いことだぞ。まあ、その姿を見て笑ったぼくも同罪だ。たしかに彼女の足首は魅力的だが、もう二度とあんなことをするんじゃない。ぼくもお詫びをしなくちゃならないな。なにかいい方法を考えよう」

ダラーは腰を軽く叩き、作業現場に戻ることにした。「さあ、行こう。まだ今日の分の仕事が残っている」

4

それから二週間が経つころ、ジーネットは早朝から午後遅くまで絶え間なく鳴り響く音に、耳がほとんど慣れてしまっていた。

唯一、日曜日だけは、さわやかなそよ風のような静寂が屋敷を包んだ。心からほっとする、真の安息日だ。

だが、〝ほとんど慣れた〟といっても、あの騒音が邪魔であることに変わりはない。ジーネットはそのうるさい音をなんとかしてやめさせようと頑張った。やめさせるのが無理なら、せめてもっとまともな時間に作業を始めるようにさせなければ。だがどれだけ知恵を絞っても、なかなかいい方法は見つからなかった。

そう、いろいろやってみたのだ。

まずはウィルダに訴えた。ダラーとそのどうしようもない飼い犬に出くわした翌日の朝食のとき、彼らからひどい目にあわされた話を切り出した。

ウィルダに話せばきっと同情してくれるだろう、とジーネットは思っていた。いくら時代遅れの野暮ったい格好をしていても、ウィルダだってレディなのだ。同じ女性として、自分がちゃんとした睡眠を必要としていることくらい、わかってくれるにちがいない。あんな時間に起こされては、ちゃんとした睡眠などとれるわけがない。夜が明けるか明けないかのうちに起きだすのは、鳥やネズミや台所女中《キッチンメイド》ぐらいのものだろう。いや、鳥にネズミにキッチンメイド、そして作業員だ。

あの憎たらしい男たちは、翌朝は七時半まで待つこともせず、まるまる一時間も早く作業を開始した。それがオブライエンのしわざであることは明らかだった。

ジーネットはウィルダに事情を説明し、責任者の建築家に作業の開始時間を遅らせるよう頼んでくれる話はどうなったかと、それとなく訊いてみた。するとウィルダは、建築家にはすでに話をしたと答えた。

「ええ、話したわ」ウィルダは言った。「あなたが困っていることを伝えたら、彼はとても気の毒がっていたのよ」

ジーネットの胸に一瞬、希望の灯《あか》りがともった。だがすぐに、その日の朝何時に起こされたかを思い出し、希望はむなしく消えた。

「本当に気の毒がっていたの？　だったらなぜ、今朝は六時半に作業を始めたりしたのかしら？」

ウィルダは困り果てた顔でジーネットを見た。「わかってちょうだい、あの人たちだって仕方がないのよ。どうしても早朝から作業を始めなければならないと言うの。毎日一時間か二時間、開始時間を遅らせるだけで、スケジュールが狂ってしまうんですって。ごめんなさいね。でもそう言われたら、なにも返す言葉がないでしょう？」そして生来の気の弱さを示すように、両手を挙げて降参のポーズをしてみせた。

次にジーネットはカスバートを探し、仮設の実験室に行った。男性のカスバートなら、オブライエンに毅然と命令を下し、ちゃんと従わせることができるだろう。

ジーネットはカスバートのご機嫌をとろうと、おいしそうな朝食を皿に盛りつけて持っていった。カスバートはそれを飢えた子どものようにがつがつ食べたが、ジーネットが窮状を訴えても心を動かさなかった。

「いや、それは無理だな」カスバートは言った。「こんな物置のような部屋で実験することには、ほとほとうんざりしている。オブライエンはわたしのために、特別設計の研究室を造ってくれているんだ。母屋から独立して、光を通さず、蒸気室を備えた部屋だ。それに、新しい温室もできる。〝デンドロビウム・アグレガタム〟や〝パフィオペディラム・フェイリエアナム〟を並べるのが待ち遠しい。どちらのランも、知り合いの冒険家を通じてわざわざインドから手に入れた。素晴らしい花だよ」

カスバートは手を叩いた。「それに新しいウェスト・ウィングは、驚くほど見事な設計だ。オブライエンの才能には脱帽するよ。最先端の画期的な技術と様式を取り入れている。ウィルダも完成が待ち切れないようだ。なんといっても、彼女のために新しくカードルームを造ったんだからな。ウィルダはカードゲームが大好きなんだ」

カスバートのその言葉で、ジーネットは薄暗い物置のような部屋からあっけなく退散することになった。時間にして十分ほどだったが、生まれてこのかたこれほどわけのわからない話を聞かされたのは初めてだ。しかも終わってみれば、まったく得るもののない会話だった。だがメリウェザー夫妻が協力してくれなかったからといって、自分の決意が揺らぐわけではない。本当ならふたりが困っている自分を見捨てたことに、腹を立ててもいいところだ。けれども、カスバートとウィルダは年を取り、あの尊大な男と渡り合うことができないだけなのだ。メリウェザー夫妻を自分の言いなりにすることなど、オブライエンにとっては赤子の手をひねるように簡単なことであるにちがいない。

だが自分はふたりとは違う。

早朝の作業をやめさせる方法を、なんとかして見つけなければ。なにかいいアイデアがひらめけば、問題はすぐに解決するだろう。

ところが二週間近く経ったいまでも、ジーネットはこれといった解決策も、単調で退屈な毎日を慰めるすべも見つけられないでいた。

二階の応接室の窓のすぐ外にある木の枝に、小鳥がとまった。そしてしばらく羽づくろいをしていたが、やがて白と茶の羽根を広げて飛び去った。

〝ああ。いっそ死んだほうがましだわ。退屈でおかしくなりそう〟

ウィルダが近くに座り、器用な手つきでかぎ針と糸を操りながら、クロッシェ編みをしている。ジーネットはため息をつき、やりかけの刺繍に視線を戻した。

それから間もなく、屋敷じゅうに鳴り響くうるさい音がぱたりとやんだ。ようやく今日の作業が終わったらしい。ジーネットはにわかに元気になった。最近では午後作業員たちが帰ったあと、外を散歩するのが日課になっている。あの失礼なアイルランド人の男と行儀の悪い飼い犬に出くわさないよう、その時間まで待つことにしているのだ。

それから二十分ほど我慢して刺繍を続けると、ジーネットは道具をさっさとかごにしまって立ち上がった。「夕食前にちょっと散歩してくるわ。一緒にいかが？」

ウィルダは手を止め、穏やかな目でジーネットを見上げた。「ありがとう。でも、わたしはやめておくわ。どうぞ行ってらっしゃい」

ジーネットはうなずき、そそくさと部屋を出ていった。

それから数分後、ジーネットはふちが波打つようにカーブしたオートランド・ビレッジのボンネットをさっそうとかぶり、階段を下りた。あごの下で結んだアーモンド色のリボンが、くすんだ黄緑色《イエローグリーン》の綿モスリンのデイドレスをよく引き立てている。それに合わせているのは、しなやかなカーフスキン製で、みずみずしい若葉のように鮮やかなグリーンの靴だ。

屋敷を出て、奥の庭園へと続く小道のひとつを、砂利をざくざく踏みながら歩いた。優しいそよ風がスカートを揺らし、頭上では午後の太陽がさんさんと輝いている。空を流れる縞《しま》状の雲は、下のほうがかすかに灰色がかり、夕立の気配を感じさせていた。

だがジーネットは、少しぐらい濡れてもかまわないという気分だった。屋敷にじっと閉じこもっている時間から、やっと解放されたのだ。あんなふうにひとりで黙って過ごすことには、どうしてもなじめない。何時間も刺繍をするか手紙を書く以外に、なにもすることがない毎日だ。あとはウィルダと世間話をするくらいだが、日に日にうんざりする気持ちが募っている。

ウィルダ自身に悪気はないのだろうが、どうでもいいことを延々と聞かされるのには閉口する。今日の午後は、リネン類の最適な収納方法について自説をぶっていた。しかもその前置きとして、蛾《が》を防ぐのに自分が一番気に入っている煎《せん》じ薬について、三十分も熱弁をふるったのだ。

〝まったくもう、近くでなにか気晴らしになるようなことはないのかしら？〟こうなったら、ただのカントリー・ダンスだって歓迎だ。

ジーネットは歩調をゆるめ、ピンクのジギタリスが一面に咲いている花壇の前でふと立ち止まった。黒と黄色の柄の太ったミツバチが数匹、花粉を求めて筒状の花を出入りしながら、あたりを飛びまわっている。だがジーネットは空想に夢中になるあまり、花もミツバチもほとんど目に入らなかった。

ジーネットの脳裏には、パーティ・ルームが浮かんでいた。ろうそくが煌々《こうこう》と灯る部屋に、さまざまな香水の入り混じったにおいが漂い、人々が談笑している。

当然ながら自分は、息を呑むほど美しい装いだ。玉虫色に輝くシルクのアイボリーの豪華なドレスに、淡いスカイブルーのオーバースカートを重ね、アップに結った髪にワスレナグサの花を散らしている。部屋にいる女性が羨望《せんぼう》のまなざしで見つめる一方、男性は自分の美しさと気品に圧倒され、うっとりするような視線をこちらに向けている。

そのなかで一番ハンサムな若い紳士がやってきて、手袋をした自分の手を取って深々とお辞儀をし、ダンスを申し込む。自分は笑い声を上げ、どうしようかしらと迷うふりをして彼を焦《じ》らす。だがもちろん、すぐに承諾する。そしてこのうえなく優雅なカップルとして、ダンスフロアに進み出るのだ。

ああ、なんて素敵なんだろう。ロンドンの社交界にも引けをとらないくらいだ。ジーネットは知らず知らずのうちにまぶたを閉じ、空想の世界に浸《ひた》った。

背後から砂利を踏むブーツの音がした。

「考えごとかい、お嬢さん。どんな楽しい想像をしてるんだ?」

ジーネットはどきりとした。その伸びやかな低い声に、大きな手で優しく背中をなでられたような感覚を覚えた。朗々として深みがあるが、いかにも抜け目のないアイルランド人らしい声だ。まるで本当に手で触られたように、肌がぞくりとした。

ジーネットはぱっと目を開いた。そこには宿敵ダラー・オブライエンがいた。今日は黄褐色のズボンに白いシャツ、薄手の淡黄褐色の上着をまとっている。いつも着ている服に比べると、仕立てがよく生地も上質で、体にぴったり合っているようだ。これまでの彼の格好からすれば、ドレスアップしているといってもいいだろう。額にウェーブした茶色い髪の毛が一筋かかっている。ジーネットは手を伸ばし、それを後ろになでつけたい衝動に駆られた。

だがすぐに、ばかげた考えだと自分を戒めた。

〝いまいましい男だわ〟

どうして自分が行くところどこにでも、この男が現われるのだろうか？　だが、話しかけられたからといって、なにも丁寧に返事をする必要はないだろう。適当に挨拶だけ返し、すぐに立ち去ればいい。自分を二度もあんな目にあわせた男と、長話をするつもりは毛頭ない。とくにあの犬が近くにいるときは。

ジーネットははっとしてあたりを見まわした。ひょっとしたら、あの巨大な犬が茂みの奥から駆けてきて、飛びかかってくるのではないかと思ったのだ。

「あいつならいない」ダラーがジーネットの心のなかを読んだように言った。「ウィトルウィルスは家にいる。もっとも、ぼくが今日は家に置いていくと言ったら、あいつもメイドも不満そうだったが」

「帰ったらメイドがいなくなってるんじゃないの？　あのどうしようもない犬と一日じゅう一緒にいたら、辞めたくなるに決まってるわ」

ダラーは白い歯をのぞかせて笑った。「だいじょうぶだ。ミセス・ライアンは、あいつのやることなどすべてお見通しだ。もし彼女を怒らせるようなことをしたら、あいつは罰として裏庭につながれ、悲しそうな目でぼくの帰りを待つことになるだろう。帰ったら三十分はかまってやらないと、機嫌を直しそうにない」

だめな犬だわ。ジーネットは思った。どうりで服従訓練が必要なわけね。

「ところで、ここ何日か見かけなかったけど」ダラーはズボンのポケットに右手を入れた。

「どこかに隠れていたのかい？」

「まさか、違うわ」ジーネットはあわてて言った。「メリウェザー夫妻とゆっくり話をしてるだけよ。それに、午後遅い時間にならないとまず外には出ないわ」

「作業員たちが帰ってからというわけか。それとも、ぼくを避けようとしてるのかな？」

ジーネットは鈴を転がすような声で笑った。「どうしてわたしがそんなことを？　それじゃあまるで、わたしがあなたのことを気にしているみたいじゃないの。ミスター・オブライエン、わたしにはもっとほかにやることがあるのよ」

だがダラーは、きみの本心はわかってるというように、口元に笑みを浮かべた。

ジーネットは話題を変えようとした。「ところで作業員といえば、そろそろあなたもわかってくれるころじゃないかと期待してたんだけど」

ダラーはがっしりした胸の前で腕を組んだ。「なにがわかるころだと？」

「レディをほんの少しゆっくり眠らせてくれること。朝早くから、うるさいったらありゃしないわ」

ダラーは肩をすくめた。「その話ならもう聞いた。悪いが、あの音はどうしようもないんだ。家を建てようと思えば、大きな音がするのは避けられない」

「でもあなたがその気になりさえすれば、調整はできるはずよ。ほかの男性なら、きっとわたしの言うことを理解して、少しぐらい同情してくれるわ。あなたみたいに心が冷たい人なんて、そうそういないもの」

ダラーは声を上げて笑いだした。「きみの頼みをいちいち聞き入れていたら、男はすぐに失業してしまうだろう。言っておくが、ぼくは温かい心の持ち主だ。ただ少々、頭が固いもんでね」

「そのとおりだと思うわ。あなたはまったくの石頭よ」

ダラーがにっこり笑うと、青い瞳が紺碧《こんぺき》の空のように輝いた。

ジーネットは思わず息を呑み、鼓動が速まるのを感じた。〝いやになるわ〟彼はどうしてこんなにハンサムなのだろう？　こんな人がハンサムであっていいわけがない。それに自分は、いったいどうしたというのか？　会うたびにはらわたが煮えくり返るような思いをさせられているというのに、彼の前に出るとどきどきしてしまうなんて。最後に男性からこんなふうに落ち着かない気持ちにさせられたのは、いつのことだっただろう。

ここは早々に立ち去ったほうがよさそうだ。ジーネットは軽くうなずいてみせた。「さようなら、ミスター・オブライエン。わたしは散歩を続けるわ」

だがジーネットが二歩も行かないうちに、ダラーが腕を伸ばし、ちょっと待ってくれというように軽く体に触れた。「まあまあ、レディ・ジーネット、そう急がなくてもいいだろう。きみに用があって探してたんだ。プレゼントがある」

プレゼントですって？　ジーネットの胸に好奇心がむくむくと湧《わ》き上がった。それに抗《あらが》うことができず、ジーネットはダラーに向き直った。「あなたがわたしに、なにをくださるのかしら？」

ダラーは近くの石のベンチの前に行き、その上に置いてあった紙包みを手に取った。飾り気のない茶色のひもが、包みの真ん中に十字がけに結んである。ダラーはそれを持ち、大またで歩いてジーネットのところに戻ってきた。

そしてジーネットの前で足を止め、驚くほど優雅にお辞儀をして包みを差し出した。「ぼくたちは、あまりいい出会い方をしなかった。それと、この前のことは申し訳ないと思っている。ウィトルウィルスがきみを倒したときのことだ。あいつは可愛い犬だが、行儀が悪い。いいドレスを台無しにしてしまって、すまなかった。それに馬車がぬかるみにはまったときにも、きれいなドレスをもう一枚だめにした。きみがあの日着ていた、だいだい色のドレスを」

だいだい色？ そう、あの美しいオレンジ色の旅行用ドレスだ。だが、そのことには触れてほしくなかった。自分はあれ以来ずっと、あのみじめな出来事を忘れようとしてきたのだから。ジーネットは、頭のてっぺんから足の先まで泥まみれになったときのぞっとするような感覚を思い出し、かすかに身震いした。あの感覚を完全に忘れることは、きっと一生できないだろう。

「つまり、このプレゼントは」ジーネットは紙包みにちらりと目をやった。「お詫びというわけなの？」

〝驚いたわ。考えてもみなかった〟

ダラーはあごを指でなでた。「ああ。きみには悪いことをした。ウィトルウィルスのことは、飼い主であるぼくの責任だ。なにかお詫びをしたいと思ってね」

ジーネットの肩からいつのまにか力が抜けていた。包みを受け取りたくて手がうずうずしているが、本当にもらってもいいのだろうか。

レディが紳士から受け取ってもいいとされるプレゼントは決まっている。花束やお菓子や詩集などだ。大胆な相手であれば、手袋や小さな香水をくれることもある。だがそれ以外のプレゼントをもらうのは、上品なことではないとされているのだ。

けれどダラー・オブライエンは、そもそも紳士ではない。そのふるまいも、上品という言葉からはかけ離れている。なのに、そう思えば思うほど、ますます目の前のプレゼントが欲しくなるのはどういうわけだろう。

ジーネットは両手をじっと体の横に下ろしていた。「中身はなに?」

ダラーは愉快そうな顔になった。「いまここで答えを聞いたら、包みを開ける楽しみが半減するんじゃないか。とにかく受け取って、自分で開けてみたらいい」そして、さあどうぞというように、包みを持った手をさらに前に突き出した。

ジーネットはごくりとつばを飲んだ。断ってプレゼントを押し返し、すぐにこの場を立ち去ったほうがいいことはわかっている。だがジーネットは一分ほど迷ったあと、ダラーの手からひったくるようにして包みを受け取った。

想像していたよりもずっと軽く、難なく抱えることができる。ジーネットはさらに興味をかき立てられ、包みを持ち上げて耳元で揺すってみたくなったが、さすがにそれはやめることにした。レディはプレゼントを揺すったりしないものだ――少なくとも人前では。

ダラーは大きな両手を引き締まった腰に当て、どことなくそわそわしていた。「開けないのかい?」

ジーネットは首をふった。「あとにするわ」

もしかすると中身は本当に、レディが受け取ってはいけないようなものかもしれない。もしそうだとしても、ひとりでこっそり開ければ、わざわざ憤慨《ふんがい》したふりをしてみせる必要はないのだ。だが、仮に中身が眉をひそめるようなものだったとして、それがなんであるかは見当もつかない。

「それじゃあ」ジーネットは言った。「もうじき日が暮れるわ。まだ散歩がすんでないの。夕食の着替えに間に合わなくなるから、そろそろ行かなくちゃ。メリウェザー夫妻は早寝早起きなの」というより、あまりに早すぎるのだ。毎日六時の夕食は、田舎の標準からしても早い。ジーネットは軽くうなずき、きびすを返して歩み去ろうとした。

ダラーがジーネットの腕に軽く触れた。「なにか忘れてるだろう?」

「なんのことかしら」

「本当にわからないのか? それともイングランドのレディは、誰かにプレゼントをもらってもお礼を言わないのかな?」

ジーネットの胸に恥ずかしさがこみあげた。早くプレゼントを開けたくて先を急ぐあまり、礼儀作法を忘れてしまった。

それでもジーネットは、プライドを守るため、高慢そうに軽く会釈をするにとどめた。

「そうだったわね。ありがとう」

「心がこもっているようには聞こえない」

「とにかく、お礼は言ったわ」

「そうかな？」ダラーは一歩近づき、ジーネットの上腕を片手で軽くつかんだ。

ダラーに触れられ、ジーネットは胸がどきりとした。

ダラーの目がきらりと光った。「もっときちんと言えるはずだ。さあ」

「放してちょうだい」

ダラーがジーネットの両腕をつかみ、ふたりのあいだの距離をさらに縮めた。「ああ、きみの口からちゃんとしたお礼が聞けたら放そう。さあ、もっと丁寧に言ってごらん。でなければ、別の方法でお礼をしてもらってもいいが」

〝別の方法？〟

ジーネットの全身にぞくりとした感触が走った。さわやかな石けんの香りに混じり、一日の仕事を終えた汗のにおいがする。あまり馴染みのないにおいだ。素朴で力強く、どことなく野性味が感じられる。ジーネットは落ち着かない気分になり、だんだん口が渇いてきた。

ダラーと視線が合った。ここで少しでも目をそらしたら、こちらの負けだ。だがダラーも自分に負けず劣らず頑固で、じっとこちらの目を見据えている。

たった一言、心をこめてお礼を言えば、すぐに放してもらえることはわかっている。だがプライドが邪魔をして、そうすることができない。しかし邪魔をしているのは、プライドだけではなかった。もっと危険ななにかが、ジーネットの鼓動を速め、呼吸を浅くしていた。

ジーネットがなにも言わないのを見て、ダラーがその体を引き寄せた。包みを持ったジーネットの手から力が抜けた。

「きみがお望みなら」ダラーはささやいた。

そしていきなりジーネットに唇を重ねた。がっしりした腕でその体を支え、大胆で濃厚なキスをした。ジーネットはダラーに有無を言わさぬ力で抱きしめられ、やがて抵抗するのをやめた。

ジーネットはダラーの唇を吸った。ダラーも同じことをし、ジーネットの下唇を軽く噛むと、次に舌で優しく愛撫した。ジーネットはおののき、その男らしい愛撫に身を委《ゆだ》ねた。ダラーはふいにやり方を変え、今度はそっと優しく触れるようなキスをした。ジーネットを焦らすように、官能的に唇を動かしている。ジーネットは頭がぼうっとした。誰かに摘まれて風に散る花びらのように、抵抗する力が体から抜けていった。

この人は本物の悪魔だわ。ジーネットはぼんやりした頭で考えた。キスもまるで悪魔のようだ。いや、ルシファーでさえ、これほど上手に人を惑わすことはできないだろう。靴のなかでつま先がぞくぞくし、全身がとろけそうになっている。

ジーネットはすすり泣くような声を出し、ダラーに胸を押しつけた。そして唇を開き、ダラーの口のなかに舌を入れた。

しばらくしてダラーが体を離した。「未婚の女性なのに、きみはやり方がわかっているようだ。これまでにも一度か二度、キスをしたことがあるだろう」

その言葉にジーネットは頭をがんと殴られたような気分になり、一瞬息ができなかった。最初は否定しようと考えたが、どうせ嘘だということはわかってしまうにちがいない、と思い直した。それに、本当のことを言ってはいけない理由がどこにあるだろう。彼にどう思われようと、関係ないではないか？

「そうよ」ジーネットは背中をそらせた。「前にもキスをしたことがあるわ。あなたよりずっと上手な相手とね」

ダラーが目を細めた。透き通った瞳の色が、嵐の前の空のように濃くなった。

「そうかい？」ささやくように言った。「記憶なんてものは、それほど当てにならないぞ。自分で思っているほど、正確とは限らない」

いったいどういう意味だろう。ジーネットはいぶかった。

「きみのこれまでの相手が、どういう身分だったかは知らないが」ダラーはジーネットの唇に視線を落とした。「キスに関していえば、ぼくより上の男はいないだろう」

そう言うと慣れた手つきでジーネットのあごの下のリボンの結び目をゆるめ、ボンネットを背中に垂らした。そして片方の手でジーネットの頬を包み、あごをくいと上げて唇を重ねた。

ジーネットはまるで魔法をかけられたように、またしてもダラーが唇を奪うに任せた。いけない。抵抗しなくては。一刻も早く、この腕から逃れるのだ。それなのになぜ自分は、太陽の光を求めるひ弱な植物のように、彼に引き寄せられているのだろうか。まぶたを閉じると、まわりの世界が溶けていった。彼の言葉は本当だ。なんて素敵な、うっとりするようなキスだろう。

ダラーは腕にぐっと力を入れてジーネットを抱き寄せ、さらに熱いキスをした。こんなことは、いますぐやめなければいけないとわかっている。だが湧き上がる情熱に、どんどん呑みこまれていく。

最初は、ほんの挨拶程度のキスをするつもりだった。さっと抱き寄せて唇を奪い、レディ・ジーネットの高慢な態度を少しばかり戒《いまし》めてやろうというくらいの気持ちだったのだ。ところが彼女が与えてくれる悦びに、自分のほうがすっかり夢中になっている。快感で頭がくらくらする。

ああ、彼女の唇はまるで最上級の蜂蜜のようだ。甘く芳醇《ほうじゅん》で、とろけるような味をしている。この唇を味わえるのなら、少しばかり厄介なことになってもかまわない。そう、彼女は自分にとって厄介な女性だ。近寄らないに越したことはない、危険な相手なのだ。

だが頭を空っぽにして、このいい香りのする庭に彼女を押し倒し、美しいドレスを草染みで汚すことができたなら。

ダラーはジーネットの体を優しく横たえ、その上におおいかぶさって濡れたピンクの唇をむさぼり、ボディスの下に手を入れて豊かな乳房に触れるところを想像した。彼女の乳房は、きっと夢のように素晴らしい感触だろう。自分が乳首を口に含み、丸く柔らかいヒップに手を這わせれば、彼女は欲望を感じて脚をもぞもぞさせるにちがいない。

ダラーの体を欲望が貫いた。股間が熱くなっている。そしてもう少しでわれを忘れ、肉体の欲求に呑みこまれそうになった。だがそのとき、近くの木にとまっていた小鳥が甲高い声で鳴いた。その声にダラーはふとわれに返り、自分たちがどこにいるのかを思い出した。屋敷から丸見えの場所だ。

メリウェザー夫妻に見つかってしまう――自分が親戚の若い娘と愛し合っているところを目にしたら、ふたりは仰天するだろう。レディ・ジーネットはスキャンダルを起こし、アイルランドに追いやられることになったと聞いている。自分が新たなスキャンダルの主役になってはいけない。

それでも、彼女は間違いなく官能的な魅力を持っている。

ダラーはうめきたくなるのをこらえ、唇を離した。幸いまだ見つかっていないのなら、これ以上危険を冒す必要はない。

ジーネットが足元をふらつかせながら、二度まばたきをした。

「どうしたの？」そのささやき声に、ダラーは背中をそっとなでられたようにぞくぞくした。

「もうとっくに屋敷に戻る時間だ。これ以上ここにいたら、みんなが心配する。もっとも、きみが散歩を続けるつもりなら別だが」

「散歩って？」

ダラーは手が震えそうになるのを抑えながら、ジーネットにボンネットをかぶせ、リボンを結び直した。顔を見ると、頬が紅潮し、唇もしっとり濡れて赤くなっている。たったいま激しいキスをしたことが、ひと目でわかる顔だ。

彼女をこのままの状態で屋敷に帰すわけにはいかない。誰かに見られたら、なにをしてきたかすぐに悟られてしまうだろう。

ダラーは深呼吸し、独りよがりで傲慢《ごうまん》そうな笑みをわざと口元に浮かべた。「最高のお礼だったよ、レディ・ジーネット。骨を折った甲斐《かい》があった」

ジーネットの瞳から情熱の炎が消え、頬の赤みもさっと引いた。傷ついた表情を浮かべ、ジーネットはダラーの頬をひっぱたいた。「どうかしら。これでも骨を折った甲斐があった？」

ああ、その甲斐はあった。ダラーは自分の心の動きに動揺しながら、ひりひりする頬に手を当て、きっと手形が赤く残っているにちがいないと考えた。

ジーネットはダラーの返事を待たず、紙で包まれたプレゼントを握りしめ、くるりと背中を向けて走りだした。

ダラーは屋敷に向かうジーネットの姿を目で追った。彼女をはっとさせ、正気に戻そうと思っての言葉だったが、いまとなってはそう言わざるをえなかったことにも、彼女を傷つけてしまったことにも胸が痛む。

ダラーはため息をついた。彼女には嫌われたほうがいいのだ。そうでなければ、つらく悲しい結末を迎えることになるだろう。

5

ジーネットは歯をむき出した地獄の番犬に追いかけられてでもいるように、屋敷に駆けこんで勢いよく階段を上がった。

寝室に入ると乱暴にドアを閉め、濃厚なキスの余韻の残っている唇を片手でごしごしこすった。体はまだ熱く、抑えることのできないひそかな欲望で火照っている。

ジーネットは自分のなかに湧き上がった情熱を無視し、ただダラーへの怒りに身を震わせた。さっき味わわされた屈辱を思うと、ほかの感情などどこかに吹き飛んでしまう。

よくもあんなことを。あの汚らわしい手で、わたしに触れるなんて。しかも、自分にはそうする当然の権利があるとでもいうように、アイルランド訛《なま》りの言葉をしゃべるあのがさつな口で、わたしにキスをしたのだ。

だが彼には、そんなことをする権利などない。初めて会ったときに思ったとおり、あの男はやはり泥棒なのだ。

けれど自分も途中から積極的に彼を抱きしめ、キスを返し、その体に触れた。あのときの自分を、一方的な被害者だということはできないだろう。

ジーネットはぞっとし、ベッドに体を投げ出すと火照った頬を両手で包んだ。

あの男に出くわしてしまうから、もう外には出られない。カスバートやウィルダにひどい目にあったと訴えることも、あの男を追い出してくれと頼むこともできない。理由をどう説明すればいいというのだろう？　彼にキスをされ、自分もそれを喜んで受け入れたからだと？

たしかに自分は、彼のキスに夢中になった。それは事実だ。

自分はふしだらな女なのだろうか？

これまで何人もの男性とキスをしたことを考えれば、そう言われても仕方がないだろう。とはいえ最初の相手は恐ろしくハンサムな馬屋番の若者で、自分がまだ十六歳のときだった。とはいっても、情熱的というよりは戯《たわむ》れるような軽いキスをときどきしていただけだ。だがそのことを知った両親は、彼を屋敷から追い出した。自分はその若者をかばおうとしたが、両親は娘の言葉に一切耳を貸さず、紹介状もろくに持たせずに彼を厄介払いした。その後しばらくのあいだ、自分は罪悪感にかられ、彼はどうしているだろうか、それなりの仕事を見つけることはできただろうかとたびたび考えた。

それからは相手を慎重に選び、少なくとも紳士の肩書きを持つ男性としか戯れないようにした。その気になりさえすれば、戯れの恋のゲームをするのは簡単だ。庭でこっそり会う。柱や鉢植えのヤシの木の陰に隠れて手を握る。

だがジーネットはあまりいきすぎないよう、ちゃんと自分を抑制することも忘れなかった。

なんといっても、レディは純潔と世間の評判を守らなければならないのだから。婚約者だったエイドリアンとでさえ、何度か軽いキスを交わしただけだ。エイドリアンがいまや妹の夫であることを思うと、それ以上のことがなくて本当によかった。もしエイドリアンと深い関係になっていたら、いまごろはとても気まずい思いをしていただろう。

そしてそこに、トディが現われた。ジーネットはトディが自分から奪っていったものを思い出し、ぎゅっと目を閉じた。わたしの愛、プライド、そしてもっと多くのものを奪い去ったトディ。

〝だめよ〟ジーネットは自分に言い聞かせた。あの人のことなんか、考えてはいけない。トディ・マーカムとのことは、もう終わったことだ。彼は過去の人なのだ。ジーネットは両手をひざに下ろし、ゆるくこぶしを握った。

自分はなぜ、あのアイルランド人の悪党にあんなことを許したのだろう？　どうして完全にわれを忘れてしまったりしたのか？　あのとき向こうが途中でやめなければ、自分はいったいどうなっていただろう。誰が通りかかるかも、窓からこっそりのぞいているかもわからない庭で。

ああ、誰にも見られていなければいいんだけど。もし見られていたら、恥ずかしくてとても耐えられない。

ジーネットはふと、ダラーがくれたプレゼントに視線を落とした。寝室に駆けこんできたとき、床に放り投げていたものだ。飾り気がなく実用一本やりといった感じのその包みは、複雑な模様をした琥珀《こはく》色とグリーンのウールのカーペットの上で、いかにも無骨でつまらないものに見える。フェミニンな雰囲気のこの部屋には、まったくそぐわない。

ジーネットは好奇心に負け、包みを拾い上げた。そしてそれをベッドの上に置くと、粗い手触りの麻ひもをほどき、がさがさと音をたてながら分厚い包み紙をはずして脇によけた。

繊細なばら色のシルクの生地が、ペールイエローのベッドカバーの上にこぼれ落ちた。

それはドレスだった。流行最先端のデザインというわけではないが、それでも美しいドレスだ。ジーネットはそれを持ち上げて広げ、しげしげとながめた。

スクエアの襟はやや深く開き、ストレートの半そでの縁には細いピンクのベルベットのリボンがついている。だがジーネットの目を釘付けにしたのは、なんといってもスカートのひだ飾り《フラウンス》だった。裾から四分の一が、上品で美しい花の刺繍でおおわれていた。あふれんばかりの白いバラと緑の葉の刺繍が施されている。まるで本物の小さな庭のようだ。どこかに小鳥か蝶《ちょう》が隠れているのではないかと思われるほどだった。

花びらのひとつを指でなぞってみると、とてもなめらかな手触りがした。

見事なドレスだわ。

ごく薄手のイブニング・ドレスで、レディがプレゼントとして受け取るにはおよそふさわしくないものだ。未婚の女性にドレスをプレゼントするなんて、いったいどういうつもりだろう？　しかもよりによって、こうしたドレスを！

彼が自分で買ったのか？　それとも、誰か知り合いの女性のものだろうか。

ジーネットはふいに表情がこわばるのを感じた。もしかするとこれは、そうやって手に入れたものなのかもしれない。つまり、どこかの女性から譲り受けたドレスかもしれないのだ。きっと相手は最近ベッドをともにした愛人か、地元の未亡人だろう。あのダラーという男は、妻がいようがいまいが、女性なしではいられないタイプに決まっている。

そうだ、裕福な未亡人からもらったにちがいない。そう考えれば、この見事なドレスの謎がすべて解ける。それとも彼は、この素晴らしいドレスを買えるだけの収入を建築の仕事で得ているのだろうか。建築家などという肩書きを持つ男性が、年間いくらぐらい稼ぐのかは見当もつかないが、中産階級の標準に較べると高収入なのだとしたら、このドレスは愛人ではなく妻のものかもしれない。

ジーネットは息を呑んだ。彼は既婚者なのだろうか？

胃のあたりに不快感を覚え、ドレスの生地をぐっと強く握りしめた。家で妻が帰りを待っているというのに、後先考えずに庭で自分にキスをしてきたのだ。子どもも五人くらいいるのではないか。

本当のところがどうなのかはわからない。だがジーネットは頭に血がのぼり、あれこれ想像が膨らむのを止められなかった。もしかすると、自分の早とちりかもしれない。ダラーは結婚などしておらず、付き合っている女性もいないかもしれないのだ。

でもどうしてわたしが、彼に女性がいるかどうかを気にしなければならないのだろう？

〝それは彼がわたしにキスをしたからよ！〟

ジーネットはとにかく落ち着こうと、二回ばかり深呼吸をした。

そしてもう一度ドレスに目をやり、手を伸ばして繊細な生地に指を這わせ、見事な花の刺繡をなでた。

これはもちろん、返さなければならない。正しい礼儀作法に従えば、そうする以外にない。けれどもこれほど美しいドレスを手放さなければならないとは、つくづく残念だ。ジーネットは一瞬唇をゆがめたが、すぐに自分を戒めた。

だがそのとき、ふとある考えが頭に浮かんだ。たしかにドレスは返さなければならないだろう。でもその機会をうまく利用すれば、こちらが優位に立てるかもしれない。

どうしようか。ここは知恵を絞り、あらゆる方法を考えなくては。かならずこのチャンスを生かしてみせる。

ダラーは手で髪をすき、腰をかがめて図面に見入った。

北側の壁はいよいよ最終段階に入った。石工は石の切削《せっさく》と積み上げに見事な手腕を発揮してくれている。作業員はみな手際よく一日の仕事をこなしており、このまま工事が予定どおりに進めば、まもなく新しいウェスト・ウィングが完成するだろう。

ダラーは地元の作業員を何人か雇い、おもに大工仕事を任せていた。だがそれ以外の多くの職人は、以前に別の建築現場で一緒に仕事をした仲間たちだ。熟練した職人をアイルランド各地のみならず、外国からも招いている。漆喰《スタッコ》職人はイタリア人だ。本場イタリアの生粋《きっすい》の職人で、外壁と内壁の凝った塗装を完成させるために、あと数週間後にははるばる海を越えてやってくる。蛇腹《コーニス》とくり形《モールディング》については、優れた腕前のプロイセン人の木工に頼んでいる。素晴らしいチームだ。

建築家である自分が、現場の細かいことにまで関わりすぎている、と言う人もいるだろう。爵位を持つ身分であれば、なおさらのことだ。多くの貴族は、自分の手を汚して働くことをよしとしない。建築家のほとんどは、立面図を作成し、建築計画を立てて完成予想図を描き、あとは現場に任せるだけだ。実際の作業は現場監督や作業員、ベテランの職人がやることになる。だが自分は、直接現場に関わる主義だ。そうすれば、もし問題が発生しても、作業を遅らせて顧客に余分な金銭的負担をかけることなく、すぐにその場で解決策を示すことができる。

また、自分が仕事の対価として金銭を受け取っていることを、非難する人も少なくない。アイルランドに移住してきたイングランド人貴族の多くは、自分のことを見下している。彼らに言わせると、貴族の仕事などというものはたんなる道楽にすぎないのだ。お金を稼ぐために仕事をするくらいなら、領地を失ったほうがましだと思っている。

だが自分の考えは違う。才能を発揮して懸命に働き家族を守ることは、上流階級の隅っこで人にこびへつらいながら暮らすよりも、ずっと好ましいことだと思っている。お金のためにきょうだいを結婚させたり、自分の意に染まない相手を娶ったりするのはごめんだ。結婚は愛のためにするものであって、断じてお金のためにするものではない。

そこでダラーは、ヨーロッパ大陸の国々、おもにイタリアで何年か学んでアイルランドに帰国すると、身につけた建築の知識を活かして仕事をすることにした。そしてこの八年間で、建築家として高い評価を築いた。ダラーはそのことを誇りに思っていた。もうお金の心配はない。家族の将来のことや、先祖代々受け継がれてきた伯爵家の名前や領地のことを案じる必要もなくなった。

ダラーは目を細くして空を見上げた。さっきまでぎらぎら照りつけていた太陽が、西の空に傾きはじめている。そろそろ切り上げどきだろう。作業員たちもわかっているようだ。みな自然の変化に敏感で、時計など見なくても時間がわかるのだ。男たちが作業のペースを落とし、やがて手を止めると、建築現場は静かになった。作業員は足場から降り、工具を片づけて徒歩や荷馬車で帰りはじめた。

作業員がみな帰路に着き、ダラーが親方の石工と最後の打ち合わせを終えたときだった。ダラーは視界の隅で、ブルーのなにかをとらえた。ふり返ると、レディ・ジーネット・ブラントフォードがこちらに歩いてくるのが見えた。

リトル・ローズブッシュが、こんなところでなにをしているのだろう？　彼女は自分たちを忌み嫌っているかのように、これまで建築現場に近づいてきたことなどなかったではないか。それなのになぜ、今日はここに来たのだろう。満開のヒースに降り注ぐ太陽のように美しい姿で、鮮やかな色のスカートを揺らしながら、つかつかとこちらに歩いてくる。

「こんにちは、レディ・ジーネット」ジーネットが立ち止まると、ダラーは言った。「なにか御用かな?」

「あなたにお話があるの、ミスター・オブライエン。これよ」

ダラーはそのとき初めて、ジーネットが持っている紙包みに気づいた。見覚えのある茶色の包みだ。あれは自分が渡したプレゼントだろうか。

ジーネットは興味深そうにことの成り行きを見守っている親方の石工にちらりと目をやった。「ふたりでお話できないかしら」

「ああ、そうだな」ダラーは年上の親方のほうを見た。「シームス、なにをぐずぐずしているんだ? 優しい奥さんが用意してくれた夕食が冷める前に、さっさと家に帰ったほうがいいぞ」

親方がにっこり笑った。「あなたの言うとおりだ。おれの帰りが遅れると、かみさんの機嫌が悪くなる。じゃあ、お先に失礼します」そう言うと帽子をひょいと上げ、帰り支度を始めた。

親方の姿が消えるやいなや、ダラーはジーネットに向き直った。「さて、お嬢さん。どういう用だろう?」

「これのことよ」ジーネットは包みを突き出した。「受け取るわけにはいかないわ」

プレゼントを返そうというのか。ダラーの声が大きくなった。「どうしてだ? 気に入らなかったのか?」

「わたしがドレスを気に入ろうが気に入るまいが、そんなことは関係ないわ。とにかく、こんなプレゼントをもらうわけにはいかないの」

「ピンクの色合いがきみによく似合いそうだと思ったんだが、もし色が気に入らないなら――」

「色の問題じゃないわ」

「じゃあ刺繍かな。仕立屋の話によると、ダブリンで刺繍された特注品だ。注文主のレディが……その、金銭的に窮地に追いこまれて、受け取りにこなかったらしい」

「それじゃあこれは、あなたの奥さんのものじゃないのね？」

奥さん？「どうしてそんなことを？」

「独身の男性が持っているようなドレスじゃないからよ」

「さっきも言ったが、それはぼくの持ち物だったわけじゃない」ダラーは胸の前で腕を組んで微笑んだ。〝彼女は嫉妬《しっと》しているのだろうか？〟喜ぶべきではないとわかっていたが、ダラーは嬉しさがこみあげるのを抑えることができなかった。「だから受け取れないと言っているのか？　ぼくが結婚しているからだと？」

「結婚しているの？」

ダラーは満面の笑みを浮かべ、ゆっくり首をふった。「いや、していない」

ジーネットは一瞬、安堵にも似た表情を浮かべた。「じゃあ愛人は？　これはあなたの愛人のドレスなの？」

ダラーは両手を体の脇に下ろした。口を開こうとしたが、しばらく言葉が出てこなかった。

「きみのようなレディが、どうしてそういう女性のことを知ってるんだ？」

「男性が愛人を持つことくらい知ってるわ。それで、どうなの？」

ダラーは目を細め、なんと答えようか迷った。そもそも、答える必要があるのかどうかもわからない。「いや、いまはいない。とにかく、その話はやめよう。話題としてふさわしくない」

「そう、このドレスの問題はそこよ。ふさわしくないということ」ジーネットはあらためて包みをダラーのほうに差し出した。

「どうしてだ？　きれいなドレスじゃないか」

「イブニング・ドレスよ。男性が女性にプレゼントしていいようなものじゃないわ。とくに未婚のレディには」

ダラーは眉根を寄せた。「なにがいけないのかな。きみのドレスをだめにしてしまった代わりに、新しいものをプレゼントするのが一番筋が通ることだろう」

「筋が通ろうが通るまいが、とにかく受け取れないの。男性からそんなプレゼントを受け取っていいのは、だらしない女性か奥さんだけよ。たとえどんなに美しいドレスでも」

ダラーはその言葉を聞くまで、ドレスを贈ることをジーネットの立場から考えたことはなかった。ただ、相手に喜んでもらえるものをプレゼントしたいと思っただけなのだ。だがおそらく、彼女の言っていることが正しいのだろう。いくらよかれと思ったからとはいえ、ドレスはまずかったかもしれない。

しかし少なくとも、レディ・ジーネットは美しいドレスだと言ってくれた。ジーネットがもう一度包みを差し出したので、ダラーはそれを受け取った。「すまなかった、お嬢さん。悪気はなかったんだ」

ジーネットはいいのよというようにうなずいた。「わかってるわ」

そして建築現場に目をやり、まもなく新しいウェスト・ウィングの一部になる石や木材や金属類をながめた。

「でも」ジーネットは言った。「あなたがどうしてもお詫びがしたいと言うなら、わたしからひとつ提案があるの」

「なんだい、お嬢さん？　きみの望みなら、なんでも喜んで叶えよう」

ジーネットはにっこり微笑み、ふたたび建築用材に目をやった。「わたしの望みなら、もうわかっているはずよ」

しばらくして、ダラーはようやくジーネットの言葉の意味がわかった。「だめだ。それだけはできない」

「どうして？　わたしの望むことなら、なんでも喜んで叶えてくれると言ったじゃない。作業の開始時間を少し遅くしてほしいの。九時半でどうかしら？　本当はそれでも早いくらいなんだけど、あまりこちらの都合ばかり言うのもなんだし」そう言うとジーネットは、なまめかしいほど魅力的な笑みを浮かべた。

ああ、なんてやり方がうまいんだ。ダラーは思った。もし自分が駆け引きをしている当の本人でなければ、彼女の頭の良さにすっかり脱帽しているところだ。

ダラーはふたたび腕を組んで顔をしかめた。「お嬢さん、それはできないとわかっているはずだ。そのことについては、前にも話をしただろう。ほかのことならともかく、それだけは無理だ。代わりに素敵な宝石はどうだ？」

ジーネットの目がきらりと青く光った。「宝石なんかいらないわ――参考までに教えてあげるけど、それもドレスと同じくらいレディへのプレゼントとしてはふさわしくないものよ！　わたしの欲しいものは知ってるでしょう、ミスター・オブライエン。さあ、わかったと言ってちょうだい」

ダラーはひょっとするとジーネットが地団駄を踏むのではないかと思った。だがレディ・ジーネットはそのままの姿勢で、じっとこちらの目を見据えている。

ダラーも同じようにした。

ふたりはそのまましばらくにらみ合っていたが、どちらも一歩も引こうとしなかった。

開始時間を少しばかり遅らせてもいいだろう。ダラーは思った。どのみちもうじき日が短くなり、夜が明けるのもだんだん遅くなるのだから。

「七時だ」

「九時よ」

ダラーは首をふった。「九時は論外だ。七時ならいい。それより遅い時間は無理だ」

「七時じゃいまとほとんど変わらないわ」

「いまより遅いじゃないか。七時でいいね？」

ダラーは自分の勝ちを確信した。ジーネットも、自分の負けだとわかっていた。そして目に稲妻のような光を浮かべると、しぶしぶうなずいた。

「じゃあ決まりだ。ほかになにか欲しいものはあるかい、お嬢さん？」

「あるわ。お嬢さんと呼ぶのをやめてちょうだい！」ジーネットはくるりと後ろを向き、大またで歩き去った。

ダラーはくすくす笑いながら、両手を腰に当て、ジーネットの丸みを帯びたヒップがスカートの下で左右に揺れながら遠ざかるのを愉快そうに見つめた。「ほら、またお礼を言うのを忘れてるぞ」ジーネットの後ろ姿に向かって叫んだ。

ジーネットは肩をこわばらせ、一瞬足を止めかけたが、そのままつかつかと歩き去った。

ダラーはその姿が視界から消えるまで、じっと見ていた。そしてもう一度くすりと笑うと、荷物をまとめはじめた。

七時ですって！

どんなに遅くとも七時だと、あの男は言った。

ジーネットは体の脇で両のこぶしを握りしめて屋敷に入り、憤然とした足取りで従僕の横を通り過ぎた。従僕の不思議そうな視線を無視し、急ぎ足で階段をのぼって寝室に向かった。

オブライエンは自分の条件をこちらが呑んだと思っているようだけど、それは大きな間違いだ。もちろん、相手がいままでより三十分開始時間を遅くするというのをあの場ではねつけるほど、こちらも愚かではない。でもそれじゃ短すぎる。たかが三十分延びたくらいでは、納得できるわけがない。

自分は相手の立場に理解を示そうとした。譲歩しようとしたのに、その結果がこれだ。あの男は、まったくと言っていいほど譲らなかったのだ。

ジーネットは翡翠《ジェードグリーン》色のアームチェアにどさりと腰を下ろし、窓の外を見るともなしに見た。このままあっさり負けを認め、不当な仕打ちに黙って耐えるつもりなんかない。あの男の一方的な言い分を呑んでたまるもんですか。

〃考えるのよ〃ジーネットは自分に言い聞かせた。〃さあ、なにか考えて!〃

そして頰杖をついて考えこんだ。しばらくすると、開きはじめたバラのつぼみのように、ジーネットの口元に笑みが広がった。

〃そうよ、これだわ。これならきっとうまくいく〃

6

「ローリー、図面を知らないか？」

マグカップで紅茶を飲んでいた現場監督が血色のいい顔を上げ、大きくかぶりをふった。

「いいえ。あなたに断らずに図面を持ち出したことなんか、これまで一度もありません」

ダラーはいらいらしたように頭をかいた。「ああ、そうは思ったんだが……どこを捜しても見つからないんだ」

「そうですか、そいつは変ですね。いつもどおり、ちゃんと片づけたんですか？」

「ああ。昨晩、丸めていつもの場所にしまっておいた。たしかに変だな。大工の誰かがあらかじめ図面に目を通しておこうと持ち出して、そのことを言うのを忘れたんだろう」

「いや、今朝大工の連中全員に会いましたが、誰も図面なんか持ってませんでした」ローリーはもうひと口紅茶を飲むと、近くにあった木材の山の上にマグカップを置いた。「わたしから連中に訊いてみます。きっと出てきますよ」

だがそれからゆうに三十分が過ぎても、図面は依然として行方不明のままだった。日がだんだん高く昇り、陽差しが強くなってきた。時計を見なくても、いまが何時かは見当がつく。

それでもダラーは銀の懐中時計のふたを開け、針が指す時間を見て顔をしかめた。〝なんてことだ〟いったいどこにいったのか？　建物の設計図はひとりでに立ち上がり、足を生やして歩き出したりなどしないのに。

早く作業を始めなければ、午前がまるまるつぶれてしまう。運の悪いことに、作業員のほとんどは自分の指示がなければ仕事を進められない。図面がなければ、指示を与えることもできないではないか。ただでさえ今朝は、レディ・ジーネットとの約束で、これまでより遅い時間に作業を開始することにしたのだ。

ダラーはふと足を止め、屋敷のどこかで眠っているジーネットのことを考えた。もしかして、彼女が図面を持ち去ったということはないだろうか？　いや、そんなことを考えるなどばかげている。ダラーは頭に浮かんだ疑念をふり払った。

あと十分で九時になる。図面が見つからないというのに、あれこればかげたことを考えている暇はない。

普段は冷静なダラーも、さすがに焦りを感じはじめた。そのとき若いメイドの姿が目に入り、ダラーは興味をそそられた。メイドが建築現場を横切り、足を止めて作業員のひとりとなにか言葉を交わしている。そしてふたりして自分のほうを見た。メイドが小さな紙片を握りしめ、こちらにやってくる。

メイドはダラーの前で立ち止まり、茶色の瞳に不安そうな色を浮かべた。「失礼します。ミスター・オブライエンでいらっしゃいますか？」

「ああ、オブライエンだ」
「レディ・ジーネットから、これをお渡しするようにことづかりました」
ダラーはメイドが持った紙片に視線を落とし、手を出して受け取った。そして羊皮紙を開いて読みはじめた。

〝ミスター・オブライエン

あなたがこの手紙を読んでいるのは、おそらく九時近くだと思います。きっともう、なにか書類がなくなっていることにお気づきでしょう。明日からもこの時間に作業をはじめることに、同意してくださるだけでいいのです。そうすれば、すぐに書類はお返しします。

レディ・ジーネット・ブラントフォード〟

ダラーは絶句した。こめかみがうずくのを感じながら、こぶしに力を入れて手紙を握りつぶした。羊皮紙がつぶれるがさがさという音が、耳に心地よかった。そして手元を見つめ、さらに強く力を入れて手紙をぐしゃぐしゃにした。
メイドは目を大きく見開きながらも、なんとか勇気をふりしぼって口を開いた。「あの、レディ・ジーネットから……お返事をもらってくるように言われているのですが」

ダラーはメイドの顔を見た。「返事が欲しいだと？　ああ、わかった」

できることなら、面と向かって返事を告げたいところだ。屋敷に入り、階段を上がってレディ・ジーネットの寝室に行く。彼女を揺すり起こし、一、二分ばかり大声で説教してやれば、盗まれた図面は無事に戻ってくるにちがいない。だがメリウェザー夫妻は、若い親戚の女性の寝室に自分が怒鳴りこんでいくことを快く思わないだろう。やはりここは手紙を書くしかなさそうだ。

ダラーはくしゃくしゃに丸まり、体温で温まったジーネットの手紙を手に持ったまま、中庭を横切って作業台に向かった。本当なら、いまごろこの台の上には設計図が広がっているはずだった！　ダラーはあごをこわばらせ、羽ペンと紙とインクを探した。そして片方の手の甲を腰に当て、なんと書こうかと考えた。しばらくして、ペンをかりかりと走らせた。やがて砂をかけてインクを乾かすと、ダラーは紙をたたみ、小柄で穏やかな目をしたメイドのところに戻った。

ダラーは手紙を差し出した。「レディ・ジーネットへの返事だ」

メイドはかすかに微笑み、ひざを曲げてお辞儀をした。そしてくるりときびすを返し、小道を戻って屋敷の反対側に消えた。

「なにごとですか？」現場監督がやってきて、ダラーの隣りに立った。

「なんでもない。少しばかり作業開始が遅れるだけだ」ダラーは言った。「馬で家に戻ってくる。予備の図面があるんだ。完璧ではないが、それでなんとかなるだろう。そのあいだ、みんなで早めの休憩を取っててくれ。戻り次第、すぐに作業を始める」

「わかりました」


ベッツィーがカーテンを開けると、朝の太陽の光が寝室に注ぎこみ、ジーネットはシーツの上で伸びをしながらゆっくり目を覚ました。

「うーん」小さくあくびをした。「いま何時？」

「九時十分です」

「ほんと？」ジーネットはぱっちり目を覚まし、勢いよく起き上がった。「手紙を渡してくれた？」

「はい」

「それで？　返事はもらってきた？」

ベッツィーはうなずき、きちんとたたまれた手紙を鏡台の上から取った。「わたしが待っているあいだに、書いていただきました。どうぞ」

ジーネットは手を伸ばし、手紙を受け取った。「ありがとう、ベッツィー」

「どういたしまして。こんなことを申し上げていいかどうかわかりませんが、ミスター・オブライエンはハンサムな方ですね」

「ふうん、ああいうタイプが好みなの。わたしはなんとも思わなかったけど」ジーネットは嘘をついた。ダラーからの返事を手でもてあそび、紙の表面を親指でさするなどして、なかなか開こうとしなかった。「ベッツィー、紅茶とトーストを持ってきてもらえるかしら」
「はい、かしこまりました。すぐにお持ちします」
ベッツィーが後ろ手にドアを閉めて部屋を出ていくのを待ち、ジーネットは手紙を開いた。その甘く朗々とした声と同じように、伸びやかで男らしい文字が目に飛びこんできた……

〝レディ・ジーネット

今朝はゆっくりおやすみになったことでしょう。さあ、望みが叶ったのだから、わたしの持ち物を返してください。いますぐ返していただければ、今回のことは水に流しましょう。ですが、もし今日じゅうに図面が戻ってこなければ、明日からあなたはもっと早い時間に起こされることになります。

オブライエン〟

〝なんて人なの〟ジーネットは羊皮紙を握りつぶした。わたしにいやがらせをするつもりかしら？　いいえ、そうはさせないわ。
それとも、こちらの負け？

唇の端を嚙み、衣裳だんすの下に隠しておいた筒状の分厚い設計図のことを考えた。返したほうがいいだろうか？

ジーネットは目を閉じた。ほっとするような静けさが屋敷を包んでいる。この平和な朝の時間をあきらめることなど、できるわけがない。でも考えてみれば、この方法ではせいぜい一時しのぎにしかならないだろう。

オブライエンは明らかに怒っている。

だが設計図がなければ、彼も手の打ちようがないにちがいない。それに作業員たちも、思いがけない休暇に喜んでいるはずだ。自分にその喜びを奪う権利はないのではないか？

ジーネットはその考えに勇気づけられ、笑みを浮かべた。今日と明日の朝は、作業員たちに休暇をやればいい。明日の朝——九時を過ぎたら——ベッツィーに設計図を返しに行かせよう。

だがそれまでは、この静けさを楽しもう。

そう決めたものの、ジーネットはこの一、二日はダラーと顔を合わせないようにしたほうがいいだろうと考えた。どこかに出かけることにしよう。このまま屋敷にいたら厄介なことになるかもしれないし、いままでずっとこのアイルランドの片田舎で退屈な毎日を送ってきたのだ。少しぐらい気分転換をしてもばちは当たらないだろう。

ジーネットはにっこり微笑みながらウィルダを説き伏せ、ふたりで馬車に乗ってイニスティオージに出かけることに成功した。屋敷から出られるだけでも嬉しく、わくわくした気持ちで目的地に到着した。イニスティオージは広場を中心にして広がる、古風な趣《おもむき》のある美しい村だった。建物の多くは相当古く、ウィルダによるとノルマン王朝の時代にまでさかのぼるという。バイオレットが一緒でないのが残念だ。歴史が大好きな双子の妹は、きっと大喜びしていただろう。

だが、いくら趣があるといっても、村はしょせん村にすぎない。ものが豊富にそろったロンドンにすっかり慣れているジーネットには、イニスティオージの店の品揃えは悲しくなるほど乏しかった。サリー州にある父親の領地の近くの村に比べても見劣りがする。服飾洋品店に置いてあるリボンはみな野暮ったく、ボンネットにいたっては生まれて初めて見るようなひどい代物ばかりだ。婦人服の仕立屋にも行ってみたが、出された見本に載っているドレスは、どれもこれも二年近く前に流行《はや》ったデザインだった。

それでも最後にようやく、近くの修道院の修道女が編んだ美しいアイリッシュ・レースを見つけることができた。ジーネットはバイオレットや女友だちへのプレゼント用に、レースを何ヤードか買った。

そろそろ家路に着こうかというとき、ウィルダがふたりの知り合いを見つけた。そしてあれよあれよという間に、ジーネットもそのおしゃべりなウィルダの友人たちと一緒にお茶を飲み、ポーターケーキという濃厚な味の地元のお菓子を食べることになった。

馬車がブランブルベリー邸の私道に入ったのは、太陽が地平線に沈もうとしているころだった。帰りが遅くなったので、ウィルダは夕食の時間を遅らせるようキッチン担当の使用人に伝えた。カスバートなら、いつものように植物の世話か研究に没頭して夕食の時間が変更になったことにも気づかないだろう、とウィルダはため息まじりに言ったが、その口調には夫への愛情がこもっていた。そして適当な時間になったら、従僕に呼びに行かせることにするわとつぶやいた。

ジーネットは寝室に戻ると、ボンネットを脱いで手袋をはずし、イニスティオージで買ってきたものをベッツィーに披露《ひろう》した。なぜか鷹揚《おうよう》な気分になり、ベッツィーにレースを一ヤードばかりプレゼントすることにした。「新しい帽子か、お気に入りのドレスの飾りにするといいわ」

「まあ、ありがとうございます」ベッツィーは顔をほころばせながら、手の込んだ繊細なレースに見ほれた。

「いいのよ。さあ、着替えを手伝ってもらえるかしら。夕食に遅れてしまうわ」

「はい、ただいま」

平和な夜だった。カスバートはイングランドで過ごした子ども時代の話や、まだ少女だったころのジーネットの母親の話などをして楽しませてくれた。

やがてジーネットは、今夜もまたゆっくり眠れるのだと思いつつ、満ち足りた気持ちで床に就いた。だが明日の朝になったら、自分の負けを認めてミスター・オブライエンに設計図を返し、新しい棟の工事が再開できるようにしなければならない。

ジーネットはベッドに横たわりながら、ダラーは今夜どこでなにをしているのだろうと考えた。きっといまごろは質素な暖炉の前で、わたしが簡単に引き下がりそうにないことにやきもきしているにちがいない。でも明日、彼に嬉しい驚きを与えてやるつもりだ。どんな顔をするか見るために、わたしが直接出向いて設計図を返してもいい。そうすれば今回、お礼を言わなければならないのは向こうのほうだ。

ジーネットは笑みを浮かべた。まもなく眠りに落ち、ダラー・オブライエンのキスの夢を見た。

ダラーはウォーターフォードのカットクリスタルのタンブラーでウィスキーをひと口すすり、大きな革のアームチェアに背中を預けてほっと一息ついた。そこはローレンス・マクギャレットの居心地のいい書斎だった。ローレンスはトリニティ・カレッジ時代からの友人で、ダラーが「ブロックで遊ぶ」あいだ、屋敷に泊めてくれているのだ。ローレンスはダラーの建築の仕事のことを、よくそう言ってからかった。そのローレンスはいま、ダブリンの別邸《タウンハウス》に行って留守だ。屋敷には使用人以外、自分しかいない。

ダラーはのどがかっと焼けるようなウィスキーをもうひと口飲み、その日の出来事について考えた。レディ・ジーネットは太陽が西の空に沈んでも、設計図を返しにこなかった。

〝なんて強情な女なんだ〟

本当なら子どもっぽいふるまいの罰として、あの魅力的なお尻を一発ぶってやりたいところだ。彼女のせいで、半日仕事ができなかったのだから。だが、作業自体がそれほど遅れずにすんだのは幸いだった。ここに戻ってきて予備の設計図を見つけ、作業員たちに午後じゅう汗を流してもらった。

工事の音を聞いたレディ・ジーネットが、驚いて屋敷から飛び出してくるのではないかとなかば期待して待っていたが、メリウェザー家の使用人のひとりから、レディたちは馬車に乗ってイニスティオージに出かけたと聞かされた。そして夕方になってもふたりが戻ってこなかったので、みなを少し早めに帰宅させることにした。あることを思いついたからだ。

ダラーはウィスキーを飲み干すと、にやりと笑ってグラスを下ろした。そろそろ寝たほうがいいだろう。明日はとてもおもしろい一日になる。

7

ジーネットはぱっちり目を覚まし、曙《あけぼの》のかすかな光に目を細めた。頭がぼうっとし、どうして自分が起こされたのかすぐには理解できなかった。そのときがしゃんという大きな音に続き、なにかを打ちつけるような音が二回聞こえた。ふいに頭がはっきりした。

〝作業員だわ〟

ジーネットはベッドの上で体を起こし、薄闇に目を凝らした。マントルピースの上の時計を見たが、針が何時を指しているかはっきりわからない。一本はまっすぐ上を、もう一本はまっすぐ下を指しているように見える。ジーネットはさらに目を凝らした。

〝六時じゃないの！〟

うんざり顔で悪態をつきながら、上掛けをはねのけてベッドから出ると、裸足のままひんやりした柔らかいじゅうたんの上を小走りに横切った。そして今度は見間違えようのない距離で時計を確かめた。

やはり六時――正確には六時一分――だ。オブライエンと作業員はこんな時間から、死者も起きるほどの騒音をたてている。まだ設計図を返していないのに、どうしてだろう？　昨日はなにもできなかったのに、なぜ今朝は図面なしで作業ができるのだろうか？　もしかすると、オブライエンがどうにかしてこの部屋に忍びこみ、設計図を見つけ出したのかもしれない。いや、それはありえない。主人が雇っている建築家がずかずかと屋敷に上がりこんできて、この部屋を捜索などしたら、使用人が気づくはずだ。

まさかとは思ったが、ジーネットは急いで衣裳だんすに向かい、四つん這《ば》いになって大きな家具の下をのぞきこんだ。昨日自分が置いたまま、筒状の分厚い設計図がちゃんとある。ジーネットは困惑し、床に座りこんだ。そのときなにか重いものが地面に落ちるけたたましい音が響き、ぎくりとした。しばらくするとあくびが出て、目尻に涙がにじんだ。

こんなことを続けさせるわけにはいかない。ジーネットは腕を伸ばし、衣裳だんすの下から設計図を引っぱり出した。立ち上がってガウンを羽織り、シルクの室内履《ば》きを履くと、急いで髪を梳かして後ろでひとつにまとめ、リボンで結んだ。

そして衝動に駆られるまま、設計図を持ってドアを開け、廊下に出た。

「……ここが終わったら、足場を動かして北側の最後の区画にかかろう」ダラーは建築中の建物の骨組みを手で示した。男たちが鉄骨にのぼり、大声を出しながら曲芸師のような敏《びん》捷《しょう》さで作業をしている。

「窓ガラスは来週中に届きます」ローリーが言った。「もう船積みされ、こちらに向かっているそうです」

ダラーはうなずいた。「そうか、よかった。スケジュールどおりに進めば、もうすぐガラスが必要になる」

それから二分ほど話を続けたところで、現場監督が気さくにうなずいて挨拶をし、大またで歩き去った。ダラーは濃いアイルランドの紅茶の入ったマグカップを探し、口元に運んだ。

「ちょっと、ミスター・オブライエン」

〝レディ・ジーネットだ〟

ダラーは舌をやけどしないよう、口に含んだ熱い紅茶をあわてて飲み下し、あたりを見まわした。

「ここよ」ジーネットが小声で言った。

ダラーは夜明けの光に目を凝らし、声のしたほうを見上げた。レディ・ジーネットが二階の開いた窓にひじをつき、こちらに身を乗り出している。ダラーは目を丸くした。淡い色の服に身を包み、この世の者ではないような雰囲気だ。ただジーネット・ブラントフォードは亡霊にしてはあまりに美しく、生気にあふれている。

肩越しにちらりとふり返ったが、レディ・ジーネットに気づいているのは自分しかいないようだ――少なくともいまの時点では。ダラーはマグカップを置き、前に進み出た。

「なんの用だい、お嬢さん？」窓の下に行き、小さな声で言った。

ジーネットはダラーの目を見た。「なんの用だかわかっているはずよ。いまが何時かもね」

ダラーは思わず口元をほころばせた。作業員たちに今日はいつもより早く作業を始めると告げたのは、レディ・ジーネットがなにか言ってくるだろうと考えてのことだった。だがこれほど早く反応があるとは、予想していなかった。「起こしてしまったかな?」

ジーネットは離れた場所にいる作業員たちに目をやり、ダラーのわざとらしい質問に返事をしなかった。「ここでは話せないわ。東側の庭の出入り口を知ってる?」

「ああ、たぶんわかると思う」

「そこに五分後に来てちょうだい」ジーネットが顔を引っこめて窓を閉めると、窓枠のレールがかすかにきしむ音がした。

ダラーはしばらくその場に立ったまま、口元に笑みを浮かべ、さっきまでジーネットがいた場所を見上げていた。そして男たちがみな作業に集中しているのをちらりと確認すると、屋敷に向かってつかつかと歩いていった。

ダラーが着いたとき、ジーネットはすでにそこで待っていた。ドアがわずかに開き、その向こうに使用人用の階段と脇庭にはさまれた狭い通路が見える。

ダラーはなかに入った。そしてそのとき初めて、ジーネットの服装に気づいた。というより、服を着ていないことに気づいたと言ったほうがいいだろう。体は一応隠れているが――あごの下から足首までちゃんと布でおおわれている――ネグリジェを着ているのだ。

光沢のあるピンクの生地は薄く、魅惑的な胸とヒップの線がくっきりあらわになっている。ダラーはその下に隠れている官能的な肉体を想像せずにはいられなかった。ウエストまであるトウモロコシの毛のような髪は、淡い金色に輝き、白い無地のリボンでひとつに束ねられている。

リボンを引っぱれば、あの豊かな髪の毛がほどけ、自分の手のなかにはらりと落ちてくるだろう。ダラーは想像にふけった。あのつややかな髪にこの手を差し入れ、思う存分愛撫してみたい。顔をうずめれば、春の花のように甘い香りがするにちがいない。そして次に、肌と唇に触れるのだ。

あの完璧な唇に、もう一度キスをしてみようか。抱き寄せて唇を重ねれば、彼女は悦びに震えて甘い吐息を漏らし、自分をここに呼び出した理由さえ忘れてしまうだろう。

だがダラーはそうしたい衝動を抑え、こぶしを握ったまま腕組みし、自分を戒めるように一歩後ろに下がった。

ジーネットはダラーのそうした胸のうちにはまったく気づかず、ドアを閉めて相手に向き直った。

ダラーはジーネットの言葉を待った。

ジーネットはひとつ大きく息を吸いこみ、口を開いた。「わたしがあなたを呼び出した理由はよくわかっているでしょうから、単刀直入に言うわ。今朝はあなたの勝ちよ、ミスター・オブライエン。わたしを――それから屋敷にいるみんなも――こんなに早い時間に起こしたりして、仕返しのつもりね」

「仕返しじゃない。ぼくはただ、きみが盗んだものを返してくれなかったから、約束に従っただけだ」

「わたしはなにも盗んでなんかないわ」

ダラーはなにを言っているんだというように眉を上げた。

「図面なら、ちょっと拝借しただけよ」ジーネットは手を後ろにまわし、見慣れた羊皮紙の束を差し出した。「本当はもう少ししたら返すつもりだったの。まさかあなたが、こんな時間にわたしを起こすほどひどい人だとは思わなかったから。とにかく、これはお返しするわ」

ダラーは内心の驚きを隠しながら図面を受け取った。

「でも、それほど必要なものじゃなかったみたいね」

「いや、必要だ」

ジーネットは美しい額にかすかにしわを寄せた。「けれど、作業はもう始まってるじゃないの――」

「予備の図面があったんだ。だが返してくれて感謝するよ。もうひとつのやつは、これほど詳細な図面じゃないから」

ジーネットの唇が開き、海のような色の瞳が丸くなった。そんなことなど考えてもみなかったという表情だ。そして次の瞬間、しまったというように唇をぎゅっと結んだ。ダラーはパントマイムさながらにくるくる変わるジーネットの表情に、もう少しで吹き出しそうになった。やがてジーネットがすました顔になり、ネグリジェしか着ていないにもかかわらず、女王のように堂々とした態度に戻った。

「なるほどね。持ち物が戻ってきたんだから、みんなに一時間か二時間、作業を中断するように言ってもらえるかしら」

「ベッドに戻るつもりかい？」

ジーネットはうなずき、口に手を当ててあくびをした。「まだ外は薄暗いじゃない。静かになれば眠れると思うわ」

ダラーはジーネットが二階の寝室でガウンを脱ぎ、シーツのあいだにもぐりこむところを思い浮かべた。ベッドに横たわる彼女の姿は、どんなに美しいことだろう。金色の髪の毛が蜂蜜のように枕に広がる。温まった肌がばら色に輝き、ピンクの薄いシルク生地の下で胸が上下する。

欲望がこみあげ、ダラーの全身がかっと熱くなった。だめだ、なにを考えているんだ。ダラーは自分を叱りつけ、ジーネットの寝姿のイメージを頭から追い払った。

「作業員はもう仕事を始めている」ダラーはきっぱり言ったが、その口調は自分で思ったよりぶっきらぼうだった。「いまから家に帰すわけにはいかない」

「じゃあ、休憩にしたらどうかしら。朝食でもとってもらえばいいわ」

「朝食ならみんなもうすませている。二度もとる必要はない。作業はこのまま続けさせる」

ジーネットは低い位置で腕を組み、室内履きを履いた足で床をとんとん叩きながら、反論しようかどうしようか考えた。「わかったわ。今朝はもう、これ以上眠るのはあきらめなくちゃいけないようね。でも明日からは、いつもの時間に始めるんでしょう？」

「ああ、六時半だ」

ジーネットは組んだ腕をほどいて体の脇に下ろした。「六時半？　でもそれは前の時間よ。ふたりで話し合って決めた時間じゃないわ。あなたは七時と言ったのよ。念のため言っておくけど、それでも早すぎるくらいなんだから。ちゃんと約束したじゃないの」

「だが、図面を盗んで先に約束を破ったのはきみのほうだ。だから六時半に戻すことにする」

ダラーはどうしてジーネットをからかいたくなるのか、自分でもよくわからなかった。だがレディ・ジーネットの目が鋭く光り、怒りで肌が赤くなるのを見るのは、正直言って楽しい。それに今回の原因を作ったのは向こうなのだから、もう少し困らせてやってもいいではないか。あと二、三分やきもきさせ、それから約束どおり開始時間を七時に戻し、こちらに感謝させてやろう。

「まあ」ジーネットが声を荒げて唇をとがらせたが、その表情もまた魅力的だった。「そんなのひどいわ」

「三十分早めるのが不満なら、また六時に作業員を集めたっていいんだぞ」

「なんて人なの、あなたは……アイルランドのろくでなしだわ」

ダラーは天を仰いで笑った。「そんなに睡眠が大事なら、ぼくを説得したらどうだ」

「あなたを説得する？　どうやって？」

ダラーは肩をすくめた。「さあ、ぼくにはわからない。でもきみのようなお嬢さんなら、男を思いどおりに動かすことくらい朝飯前だろう」

ジーネットはためらい、わずかに首をかしげた。「紳士を魅了する方法ならわかるかもしれないわ。でも、あなたは紳士じゃないもの」

「言ってくれるじゃないか。だがどんな男だって、女性に機嫌をとられれば嬉しいものだ。昔から、人を動かすのは力より愛敬だと言うだろう」

「つまりあなたは、わたしになにか喜ばせるようなことをしてほしいの？」

ああ、そうだ。ダラーは官能的で女らしいジーネットの体に目をやり、思わずじっと見つめた。そしてまばたきをし、視線をそらした。危険な方向に会話が進んでいる。いますぐやめなければ、どんどんエスカレートして、手に負えない事態になるかもしれない。だが自分は、レディ・ジーネットとの駆け引きを楽しんでいる。

ダラーが口を開く前に、ジーネットが言った。

「いいわ」その甘い声は、恋人の愛撫のようにダラーの背中をくすぐった。「ミスター・オブライエン、わたしのお願いを聞いてもらえないかしら。みんなにもう少し遅い時間に作業を始めるよう、言っていただける？　八時半でどう？」

ジーネットは真っ白な歯をのぞかせ、氷河も溶けるような優雅な微笑みを浮かべた。ダラーの心もとろけ、胸がどきりとした。下腹部が熱くなり、息がうまく吸えない。ダラーはごくりとつばを飲み、自分の心の声に耳を澄ませた。

〝ああ、お手上げだ〟

お手上げ？　自分はなにに対して降伏しているのか？

それはジーネット・ブラントフォードという女性だ。

あの笑顔と甘い声と宝石のような瞳で頼まれれば、男はたいていのことを聞き入れてしまうだろう。彼女が満ち足りた生活を送っているのは、不思議でもなんでもない。自分の思いどおりに物事が進まないことなど、めったにないにちがいない。ただ、ほっそりした人さし指を立てて二、三度軽く曲げ、長い金色のまつげをしばたいてみせればいいのだ。

だが自分は、美しい女性にのぼせ上がるような男ではない。レディ・ジーネットがどれだけ愛想をふりまこうが、ここで屈するつもりはない。

ダラーは微笑みを返し、ジーネットに近づいてその顔をのぞきこんだ。ジーネットの目が柔らかな光をたたえるのを見て、満足を覚えた。「いい出来だ、お嬢さん。きみの言うとおりにしたい気持ちはやまやまだが、遅い時間に作業を始めては、工事は終わらない。前にも言ったとおり、七時が精いっぱいだ」

その言葉の意味を呑みこむにつれ、ジーネットの顔から笑みが消えて表情がこわばった。

「まったく譲らないつもりね」

「一時間延ばしたじゃないか。それで充分だろう？」

「これ以上、あなたに媚《こ》びるつもりはないわ。卑怯《ひきょう》なヒキガエルみたいにうまいことを言って、わたしがお願いする姿を見て楽しんでいたんでしょう」

ダラーは両手を後ろで組んだ。「ヒキガエルにそんな知恵はないだろう。それに、きみからお願いされたという記憶はない。うっとりするような甘い言葉は聞いたが、あれはお願いなどではなかったな」

「わたしをだましたのね」

「そんなことはない、お嬢さん。ぼくはただ、男というものは頼みごとをされるとき、にこやかに言われたほうが嬉しいと言っただけだ。きみがそうすれば、頼みを聞くとは一言も言ってない」

「そんな、ひどいわ……図面なんか返すんじゃなかった。燃やしてしまえばよかったわ」

ダラーの顔がさっと青ざめた。「よかったな。図面を燃やしたりなどしたら、きみは大きな代償を支払うことになっていた」

「脅そうとしても無駄よ」ジーネットは挑むようにあごを上げた。

「あまりうかつなことをすると、大変な目にあうぞ」

「どんな目にあうというの？」

「そうだな、いくつか考えがある。たとえば五時から作業を始めるとか」

「まだ真っ暗じゃないの。まわりが見えないわ」

「ランタンを灯せばだいじょうぶだ」そんなことをすれば、なぜ夜明け前から仕事をしなくてはならないのだと、作業員から不平や不満が出るに決まっている。だが、レディ・ジーネットにそのことを言う必要はない。

「カスバートやウィルダだって、そんな時間に起こされたくはないでしょう」

「ふたりには、予定どおり工事を完了させるには仕方がないと説明するさ。メリウェザー夫妻は気のいい人たちだ。きっと納得してくれる」

ジーネットはさまざまな感情の入り混じった顔をした。だがその顔に一番強く浮かんでいるのは、苛立ちと困惑の表情だった。ダラー自身も、ふたたび欲望が湧き上がってきたことに戸惑いを覚えた。レディ・ジーネットはこのうえなく魅力的だ。彼女の生気にあふれた美しさを、怒りがさらに引き立てている。だがダラーは自分を戒め、後ろにまわした手をぐっと握りしめた。いま彼女に指一本でも触れれば、われを忘れてその体を抱き寄せてしまうだろう。

「じゃあ七時でいいね、お嬢さん？」ダラーは促すように言った。

ジーネットはおよそレディらしくない不満の声を漏らし、足首まであるガウンの裾を勢いよく揺らしながら、ダラーの横を通り過ぎた。

「返事はイエスということだね」ダラーはジーネットの後ろ姿に向かって言った。

ドアがばたんと閉まる音が屋敷じゅうに響いた。

ダラーはほっとし、こぶしをほどいて笑みを浮かべた。

寝室に戻ったジーネットはベッドに体を投げ出し、屈辱と怒りに身を震わせた。

オブライエンは自分をだました。そして自分は、まんまとあの男の策略に引っかかってしまった。

〝許せない〟

自分をあんなふうにもてあそぶなんて。どきりとするような笑顔と整った容姿と巧みな言葉で、自分を罠《わな》にかけたのだ。自分は一瞬、あの男に好意を持ち、いけないことだとわかっていながら思わせぶりな会話を楽しんだ。だがそこであの男は本性を現わし、こちらの頼みをあざ笑うようにしてはねつけた。

冷血漢だわ。思いやりのかけらもない。

レディがこんなに疲れているのが、わからないのだろうか？　自分はそんなに多くのことを望んでいるわけではない。ただ、夜が明けたあと数時間眠らせてほしいと言っているだけだ。身分の高いレディなら、誰だってそうしたいと思うだろう。それがそんなに無理な頼みなのか？

こちらだって譲歩しているのだ。アイルランドにやってくる以前、十時前に起きたのがいつだったか思い出せない。ロンドンにいたころは、その時間に起きるのさえつらい日もあった。朝日が昇る時間に起きているのは、深夜のパーティに行ったり、明け方までダンスをしたりしたときだけだ――その時間にベッドから這い出すのではなく、もぐりこんでいた。

でもここは田舎なのだから、自分もなるべく早い時間に寝るようにしたほうがいいのだろう。ウィルダとカスバートは、よく居眠りをしている。夕食のあと居間でくつろいでいるときに、座ったまま舟をこいでいることもある――ウィルダは刺繍《ししゅう》の枠を手元に置いてうつらうつらし、カスバートは植物学の本を広げ、ときどき自分のいびきに驚いてはっと目を覚ましている。自分も屋敷に閉じこめられてうんざりしているのでなければ、ふたりの滑稽《こっけい》な様子にくすくす笑う余裕もあっただろう。

それでもあのふたりは年を取っているのだから、体力が弱っているのも仕方がないことかもしれない。だが自分はまだ若く元気いっぱいで、たとえパーティなどの集まりがなくても、夜更かしするのが大好きなのだ。それに、都会で身についた生活リズムを崩したくはない。そんなことをすれば、完全に運命に屈するのも同じではないか。

ジーネットは強い疲労を感じ、大あくびをした。目尻に涙がにじんでいる。オブライエンのせいだわ。心のなかでぼやき、頭から枕をかぶった。そして目を閉じてなんとか眠ろうとした。

だが、どんどんというすさまじい音が響き、神経を逆なでしている状況では、しょせん無駄な努力だった。ジーネットは罵《ののし》りの言葉を口にした。弟のダリンが聞いたら、きっとにやりとしていたにちがいない。そしてベッドを飛び出し、呼び鈴のところに行った。

ジーネットはぐったりしたまま、ベッツィーを呼んだ。

温かいお風呂に入り、卵とハムとポットいっぱいのココアの朝食をとると、少し気分がよくなった。それから母親に手紙を書くため、サテンノキでできた小さな書き物机に向かった。だがインクが乾くのを待たずに、ジーネットは便せんを破り捨てた。こんな手紙を出せば、みじめで寂しいのだと思われてしまう。こちらから折れるようなことをするつもりはない。自分をここに追いやったのは両親なのだから、家に戻ってきてほしければ向こうから言ってくるべきだ。

正午近くになると、屋敷は工事とはまた別の音で騒々しくなった。月に二回のカードゲーム・パーティのため、ウィルダの年配の女友だちが何人かやってきたのだ。

「ジーネットも一緒にいかが？」途切れることのない友人たちのおしゃべりの声に負けじと、ウィルダが大声で訊いてきた。

「いいえ、わたしは遠慮するわ。外に行って新鮮な空気を吸ってこようと思って」

「わかったわ。行ってらっしゃい」

ジーネットはウィルダの友人たちと二言三言、挨拶を交わし、二階に上がった。ベッツィーに手伝ってもらい、しっかりした生地の淡黄色のギンガム・チェックのドレスに着替えた。そして履き心地のいい黒い革のハーフブーツに足を入れ、おしゃれと実用を兼ねた麦わら帽子をかぶった。

今日はいつものように散歩するだけではなく、ちょっと変わったことをしてみよう。ジーネットは水彩画用紙と絵の具と絵筆を探すと、屋敷の向こうに見える低くなだらかな丘陵に向かった。場所を決めてローン地のブランケットを広げ、道具を取り出して絵を描きはじめた。

ロンドンの友人がこの姿を見たら、きっと目を疑うにちがいない。このわたしがごつごつした岩だらけのアイルランドの風景を描き、ひとりの時間を楽しんでいるのだ。なんといっても、わたし自身が信じられないのだから。やがて午後が終わるころ、ジーネットは自分がアイルランドにやってきて初めて充実した時間を過ごしたことに気づいた。

風雨にさらされ、野原にぽつんと立っている古い石の十字架を描くのはとても楽しかった。灰色の十字架を取り囲むようにして深紅や紫のヒースと黄金色がかった牧草が生え、細切れの緑のじゅうたんがずっと遠くまで続いている。

ジーネットはその楽しさが忘れられず、翌日の午後も絵を描きに行くことにした。シェフに頼み、軽食も用意してもらった。

草緑色の絵の具を使って画用紙に点描していると、なにか動くものが目の隅《すみ》に映った。少し離れたところを、男が颯爽《さっそう》と歩いている。ジーネットは唇を結んだ。

オブライエンだ。

こんなところで、なにをしているのだろう?

昨日の言葉どおり、あの男は今朝、七時きっかりに作業を始めた。だがほんのわずか睡眠時間が延びたところで、自分の傷ついた気持ちが慰められるわけではない。ジーネットはうんざりし、気がつかないふりをした。

ジーネットが横目で見ていると、ダラーが歩調をゆるめ、やがて足を止めた。こちらに近づこうかどうしようか、迷っているようだ。ジーネットは心のなかで、来ないでちょうだいと叫んだ。だがジーネットのそんな気持ちも知らず、ダラーが大またで近寄ってきた。ジーネットは知らんぷりで画用紙に色を塗りつづけた。

ダラーが立ち止まった。すぐそばに立っているわけではないのに、その背の高さに圧倒され、ジーネットは思わず息を呑んだ。

「やあ、こんにちは、レディ・ジーネット」ダラーがよく通る陽気な声で言った。アイルランド訛りのアクセントに、どことなく色気が感じられる。

ジーネットは頑《かたく》なな表情のまま、絵筆を動かしつづけた。

「ぼくのことなら気にしないでくれ。邪魔にならないようにするから、しばらくここで見ていてもいいかな」

ジーネットはクロテンの毛の絵筆を水入れでさっと洗い、パレットに出してあった茶色の絵の具を筆先でかき混ぜた。「そこに立たれると暗いわ」

ダラーが横に大きく二歩動くと、ふたりの距離が縮まった。「これでいいかな?」

「まだ暗いわ」鼓動が速まるのを感じながら、ジーネットは手が震えないようにこらえた。気をつけなければ、次の一筆が乱れてしまう。

「いい場所を選んだな」だがダラーはその場所から動こうとしなかった。「このあたりは肥《ひ》沃《よく》で緑が多く、美しい土地だ。ぼくの故郷は西部だが、ここよりも自然が厳しくて景色も荒涼としている。でもきっと、そこで絵を描くのも楽しいと思う。シャノン川のにおいがきみの鼻をくすぐり、風がスカートを揺らすだろう」

その言葉には故郷への強い誇りと同時に、遠く離れたその場所への恋しさもにじんでいた。ジーネットは一瞬、ダラーの故郷はどんなところだろうと想像した。だが自分はどうして、そんなことが気になるのだろう。ジーネットはそのことを頭から追い払おうとした。第一、自分がその場所に行くことなどありえないのだから。

ジーネットはダラーをちらりと見上げた。「わたしになにか御用かしら、ミスター・オブライエン。それとも、わたしのことを笑いにきたの？」

「昨日のことなら、そんなに根に持たないでくれ、お嬢さん。ぼくはもう、すっかり忘れてしまった」

それはそうだろう。そっちは自分の思いどおりの結果になったのだから。

「散歩してたんだ」ダラーは言った。「なにかじっくり考えたいことがあるときには、ときどきこうやって歩いている。そしたら今日は、きみがいるじゃないか。真っ青なスカートが広がって、髪が金色に輝いている美しい花のような姿を見たら、立ち止まらずにはいられなかった。なぜハチや蝶が蜜を吸おうと飛びまわっていないのか、不思議なくらいだ」

ジーネットの胸にほのかな嬉しさが広がり、もう少しで絵筆を落としそうになった。ジーネットははっとして絵筆を持ち直し、自分を叱《しか》った。

まただまされてたまるもんですか。オブライエンには注意しなければ。屈託《くったく》のない笑顔と甘い言葉でこちらをうっとりさせようとする男に、気を許してはいけない。トディがそうだったではないか。優しい言葉と口先だけの約束で、自分を誘惑した。そして自分は、中身がなく嘘で固められた彼のことを、すっかり信じてしまった。

もちろん、オブライエンは別に自分を誘惑しようとしているわけではないだろう。ただ、いきのいいネズミを見つけた猫のように、自分をもてあそんで楽しんでいるのだ。だが自分はネズミのままで終わるつもりはない。これからは、こちらが猫になってやろう。

ジーネットは絵筆に水と絵の具を含ませ、画用紙に筆先を置いた。

ダラーはジーネットが返事をしないことには触れず、しばらくその場に立っていたが、やがて足を一歩前に踏み出した。「座ってもいいかな」

ジーネットがだめだと言う前に、ダラーが芝生の上に敷いた黄褐色のブランケットの端に腰を下ろし、そのままがっしりした体を横たえた。その動きは平民とは思えない優雅さだった。それから片ひじをついて手を伸ばし、細長い草を摘みとった。

ダラーはそのひょろりとした葉っぱを無造作に手でもてあそんだ。きれいな指をしている。ジーネットは思った。美しい手だ。指先にたこができてはいるが、形がよくて品がある。

「きみには才能がある」しばらくすると、ダラーはジーネットの水彩画を葉っぱで示して言った。「ほかにもたくさん描いているのかい？」

「絵のこと？」

「ああ」

「もちろんよ。教養のある若いレディなら、絵ぐらい描けなくちゃ」

「だがきみほどうまい女性は、なかなかいないだろう。きみは間違いなく絵の才能に恵まれている」

ジーネットはまたもや嬉しさを覚えた。「本当にそう思う？」

「ああ、本当だ」ダラーが微笑むと、ジーネットの胸がどきりとした。

自分はどうしてこんなに動揺しているのだろう。ジーネットは絵筆を水でさっと洗い、違う色の絵の具を筆先に含ませた。

一方のダラーは、あおむけになった体を伸ばし、頭の下で枕代わりに両手を組んだ。

「なにをしているの?」ジーネットはとがめるような口調で言った。

「休憩だ、お嬢さん」

「でもまさか、ここで……休むつもりじゃないでしょうね?」

「いや、そのつもりだ。せっかく円満なムードなんだから、ここらで休戦しないか。少しのあいだならいいだろう」

「どうして休戦しなくちゃいけないのかしら、ミスター・オブライエン。わたしたちは別にけんかしてるわけじゃないのに」

「おや、そうだったのかい? それを聞いて安心したよ。じゃあきみは絵を続けてくれ。ぼくはちょっと目を休めさせてもらう」

〝目を休めるですって!〟

ジーネットは半信半疑で顔をしかめ、ダラーが自分のほうを見ていないかどうか確認した。だがダラーのまぶたはしっかり閉じ、こちらを見ている様子はない。いったいどういうつもりなのだろうか。きっとなにか企んでいるにちがいない。また自分をからかう計画を立てているに決まってる。

ところがダラーの顔をちらちらうかがいながら、なんとか筆を重ねようとしているうちに、そのまま何分かたった。一分が過ぎ、二分が過ぎても、ダラーは呼吸に合わせて胸を上下させる以外、とくに動く気配がなかった。やがて五分が過ぎるころ、ジーネットはダラーが休むと言ったのは本気だったのだと気づいた。

ジーネットは自分を抑えられず、ダラーのすらりとした体に視線を走らせた。

そしてのどをごくりとさせた。

やはり信じられないほどハンサムだ。ギリシャ神話のアドニスやダビデのように正統派のハンサムというわけではないが、ダラー・オブライエンはそれに負けないくらい美しい。平民の男が、これほど見事な容姿をしていていいものだろうか。紳士のようなきちんとした衣裳を身に着けたら、どんなにか映えるだろう。ジーネットは少しのあいだ目を閉じ、その姿を想像した――モーニングコートの下にベストを着て、上質のズボンを穿《は》いたオブライエン。女なら誰でも、うっとりして目が釘付けになるだろう。

ばかね。わたしったら、いったいどうしたのかしら？　本当なら彼を無視しなくちゃいけないのに、じろじろ見たりなんかして。しかも、アスコット競馬場の最終レースで疾走している馬のように、脈まで速く打っている。こんな男に胸がどきどきするなんて、わたしらしくもない。

わたしは猫になるんじゃなかったの？

まったく、猫が聞いて呆《あき》れるわ。ジーネットはひそかにため息をついた。

知り合ってまだ間もないのにこれほど動揺してしまうようでは、この先会うたびにますます心をかき乱されるにちがいない。

だがハンサムな容姿以上に自分を困惑させているのは、かぐわしいオーデコロンのように彼の全身から漂っている魅力だ。オブライエンは自分の神経を逆なでし、ときには激怒させている。だが彼が整った顔立ちとスタイル以上のものを持っていることは、自分も認めざるをえない。

これまでオブライエンがカスバートとウィルダの依頼でやっている改装工事の様子を見てきて、彼が優れた知性と才能の持ち主であることはよくわかった。きっとちゃんとした教育を受けたのだろう。建築の仕事は、図面が引けて夢を描けるだけではできないのだ。数学や物理、歴史や美術も勉強したにちがいない。いったいどこで、どんな人に教わったのだろうか。

それに、とても弁が立つ。自分を困らせて楽しむようなとんでもない男だが、頭の回転の速さには脱帽する。自分も駆け引きには多少の自信があるし、そのことを自慢にも思っている。たしかに腹の立つ人物ではあるけれど、もし彼が高貴な生まれなら、好意を感じていたかもしれない。自分と釣り合うような身分の男性だったら、ここまでむきになって避けようとする必要はなかっただろう。

〝わたしったら、なにを考えているの！〟きっと長時間外にいて、日光に当たりすぎたのだ。めまいがするのもそのせいだろう。

ジーネットはいぶかしむようにダラーを見た。眠っているのだろうか。ちょっと確かめてみよう。「ミスター・オブライエン」小さな声で呼びかけた。

返事はない。

「起きてるの？　ミスター・オブライエン」

ダラーはかすかに鼻を鳴らして寝返りを打ったが、まぶたはしっかり閉じたままだった。

本当に寝ているわ。

こんなことは間違っている。ちゃんとした睡眠をとる権利をわたしから奪った張本人が、すやすや眠っているのだ。しかも、わたしのブランケットの上で！　あのがっしりした肩を揺さぶってやろうか。絵筆で顔に水を垂らしてやるのもいいかもしれない。きっと、あわてて目を覚ますだろう。

そうしてやりたい気持ちはやまやまだったが、ジーネットはどうしてもダラーを起こすことができなかった。寝顔が少年のようにあどけなく、髪の毛が一筋、額にかかっている。だからといって、自分はまだ昨日のことを許したわけではない。それに、毎朝あと数時間ゆっくり眠ることをあきらめたわけでもない。とりあえず引き下がったふりをしているが、まだなにかいい方法はないかと考えをめぐらせているのだ。

そう、いまは好きなだけ眠らせてやろう。せいぜいいまのうちに休んで、わたしの逆襲に備えておくといいわ。

ジーネットは画用紙に向き直り、筆を持ち上げて絵の続きにかかった。

青い空と綿雲が画用紙の上で形を取りはじめたとき、鋭い声が静寂を破った。そよ風に乗り、犬の鳴き声が聞こえてくる。

手を止めてあたりを見渡すと、元気な鳴き声がだんだん大きくなってきた。ダラーが目を覚まして手で顔をこすり、上体を起こした。そのとき大きな動物の姿が視界に入ってきた。

「ウィトルウィルスだわ」ジーネットはつぶやいた。

「ああ、いままで野原でウサギを追ってたんだ。あいつはウサギを追いかけるのが大好きでね」ダラーはさっと立ち上がった。「心配しなくていい。あいつがきみに気づく前に、ぼくが止める。あの大きな舌でなめまわされたくはないだろう」

「冗談じゃないわ」

だがウィトルウィルスは草地を横切り、高く上げた細長い尻尾《しっぽ》を上機嫌でふりながら、はずむような足取りでこちらをめがけてきている。そしてジーネットを見つけると、さらに速度を上げた。

そのときダラーが鋭い口笛を吹き、止まれと命じた。ウィトルウィルスはいつものように、ジーネットにじゃれつきたい気持ちと、主人の命令に従わなければという気持ちの板ばさみになっているようだ。一応その場で止まってはいるものの、ジーネットから目を離さず、興奮で全身を震わせている。

「そのバスケットに肉は入ってるかい？」ダラーが訊いた。

「え？　わたしのおやつのこと？」

「ああ」

「たぶんフライドチキンが入ってると思うけど、でも――」

「それでいい。そのきれいなドレスを、また泥だらけにされたくはないだろう。あいつはきみに甘え、なでてもらいたいんだ。だが鶏のもも肉でもあれば、あいつの気をそらすことができる」

〝甘えてなでてもらうですって！〟あのばかでかい犬に悪気はないのかもしれないが、レディのドレスのことなどまったくおかまいなしなのだ。ジーネットは今回こそ服を汚されまいとバスケットのなかを探り、最初に目についたチキンを取り出した。もも肉だった。

「はい、これ」ジーネットはダラーにチキンを手渡した。

ウィトルウィルスは食べ物のにおいに鼻をぴくりとさせ、尻尾をちぎれんばかりにふった。

「待て」ダラーが命じた。ウィトルウィルスがそのまま動かないでいるのを見て、ダラーはチキンを少しむしって与えた。「よしよし、いい子だ」

そして骨をはずした残りの肉を地面に放ってやった。ウィトルウィルスはそれをふた口で平らげると、舌を出して満足そうな顔をした。

ダラーが大またでジーネットのところに戻ってきた。「これでとりあえずだいじょうぶだ。スカートを汚される心配はないだろう」

そう言うと指を口に持っていってなめた。「うん、うまい」そしてジーネットにさらに近づき、身を乗り出してふたの開いたバスケットのなかをのぞいた。「メリウェザー夫妻のシェフも、またたっぷり用意したもんだ。きみのようなほっそりしたお嬢さんが、これを全部平らげられるとは思えない」腰をかがめ、鶏の骨を取り皿に置いた。「ぼくももらっていいかな？」

ジーネットの返事を待たず、ダラーはチキンを一切れ取って口に運び、おいしそうに食べはじめた。

「ええ、もちろん」ジーネットは嫌味を込め、わざとゆっくりした口調で言った。「どうぞ召し上がって」

ダラーはチキンを食べ終え、にっこり笑った。そして驚いたことに、またしてもバスケットに手を入れて今度は胸肉を取り出した。「ありがとう。うまいよ」

「あなたって、本当に無礼な人ね」

ダラーはウィンクをした。「ああ、お嬢さん。でもきみは、そういうのが嫌いじゃないはずだ」

ジーネットは口をあんぐりと開け、ダラーの顔を見た。

「それじゃ」ダラーは言った。「そろそろ失礼する。ご一緒できて楽しかったよ。チキンもありがとう。とてもおいしかった」明るいブルーの瞳をいたずらっぽく光らせて満面の笑みを浮かべ、背中を向けて颯爽と歩きだした。鋭い口笛を吹くと、ウィトルウィルスがぱっと立ち上がって主人のあとを追った。

ジーネットは腕を組み、自分から失敬したチキンを持ったダラーとその飼い犬が、丘の向こうに消えるのをじっと見ていた。

〝わたしがあの人の無礼な行為を楽しんでるですって？〟ふんと鼻を鳴らし、首をふった。

〝ばかなことを言ってもらっちゃ困るわ〟

だが自分もチキンを食べようとバスケットに手を入れながら、ジーネットはそんなことは絶対にないと言い切れるだろうかと、ふと思った。

8

「それも運んで。音を立てないようにね」ジーネットはささやいた。暗くてベッツィーの顔がよく見えない。

「ですが、とても重くて」

「わかってるわ。でもさっきのやつを動かせたんだったら、これも持ち上げられるはずよ。さあ、見つからないうちにやりましょう」

ジーネットは誰にも見られていないことを確認するため、左右を見まわした。従僕の誰かが深夜の散歩でもしようとそっと屋敷を抜け出し、自分たちに気づかないとも限らないのだ。

「わたしについてきて」腰を曲げてひざをがくがくさせながら、ジーネットとベッツィーは芝生を横切った。手にはそれぞれ木箱を持っている。「もうすぐよ」ジーネットは息を切らしながらも、後ろにいるベッツィーを励ますように声をかけた。

ようやく目的の場所に着くと、ふたりは木箱をどさりと地面に下ろした。

「そんなに大変じゃなかったわね」ジーネットはわざと陽気な声を出した。

ベッツィーはしばらく黙っていた。「でもこれがジェイコブだったら、深夜にこんなことはお頼みにならなかったでしょうね」

「わたしの前で、二度とあの人の名前は出さないでと言わなかったかしら。でもそうね、あなたの言うとおりよ。ジェイコブにならば頼まなかったわ。わたしはあなたのことを信頼しているのよ、ベッツィー」

「はい」ベッツィーが微笑んだ。

「さあ、早いところ終わらせましょう」

「本当にこんなことをしていいんですか？」

「ええ、もちろん」ジーネットは内心の迷いを吹き飛ばすように言った。オブライエンは尾羽をむしり取られた雄鶏さながらに怒るだろうが、作業員はみなにんまりするにちがいない。自分は彼らに、休日という贈り物をしようとしているのだ。

「ほら、早く手を動かして」

それから一時間近く経って作業を終えるころには、ふたりの額に玉の汗が浮かんでいた。

「やれやれ、やっと終わったわ」ジーネットは言った。「さて、ベッドにもぐりこむことにしましょう。あなたも明日はいつもより三時間遅く起きていいわ」

「まあ、ありがとうございます」

「というより、いくらでもゆっくり寝ていいのよ。わたしもそうするから」

「ですから、どこにもないんです」

上着とシャツの袖《そで》を通し、早朝の冷気がダラーの肌を刺した。ようやく日が昇りはじめたばかりで、草はまだ露に濡れて光っている。

だがダラーは肌寒さを感じる余裕もなく、こぶしを握った手を腰に当てて現場監督の顔をじろりと見た。「そうは言っても、勝手にどこかに消えるわけがないだろう。工具なんだぞ。そんなものを盗みたがるような者が、このへんにいると思うか？　仮に盗品の売買をしている連中に話を持ちかけたとしても、工具じゃたいした儲《もう》けにならないことぐらい、少しでも脳みそがある人間ならわかるはずだ。第一、あんなに重いものを運び出す手間を考えれば、誰だって二の足を踏むに決まっている」

ローリーはたくましい肩をすくめた。「盗まれたんじゃないとしたら、いったいどこに消えたというんです？　作業員全員に訊いてみましたが、みな口をそろえてなにも知らないと言ってました。昨夜、家に帰る前に、いつもどおりちゃんと片づけたそうです」

ダラーはため息をついた。ローリーの言うとおりだ。自分も帰宅前に現場を点検し、きちんと片づいていることをこの目で確認したのだから。工具箱が一階のいつもの部屋にしまってあったことは、絶対に間違いない。

だが今朝ここにやってきたとき、真っ先に耳に飛びこんできたのは工具がなくなっているという話だった。工具がなければ作業員もなにもできず、工事はおそらく大幅に遅れてしまう。もしもこのまま見つからなければ、ダブリンまで出向いて新しいものを買ってこなければならなくなる。そんなことになったら、時間の面でも費用の面でも大打撃だ。

普通だったら作業員のなかに犯人がいると考えるのが妥当かもしれないが、まさかそんなことはないだろう。いや、このなかに犯人がいるはずがない。今回の仕事のために単発で雇った地元の若者も含め、みな正直な連中だ。ということは、理由はほかにあるということになる。

ダラーはドアノブをまわし、工具をしまってあった部屋の鍵を調べた。「ドアに異常はないな。誰かが鍵をこじ開けたりドアを力ずくで開けたりしたのであれば、なんらかの形跡が残っているはずだ」

現場監督がうなずいた。「たしかに不思議ですね。まるで誰かが内側からやったようです。でも、そいつはちょっと考えられません。屋敷の人たちが、そんなことをする理由はありませんから」

現場監督の言葉に、ダラーははっとして口をつぐんだ。

屋敷の人？　屋敷の住人のうち、工事が中断されて喜ぶのは誰だろう？　たとえば、朝遅くまで眠りたいとつねづね思っているような人物だ。それに当てはまる人物といえば、自分の知る限りひとりしかいない。

〝レディ・ジーネット・ブラントフォードだ〟

彼女が関わっているにちがいないという確信はあるが、いったいどうやって工具をすべて持ち出したのだろう？　工具箱はとんでもなく重いのだ。普通の女性が運び出せるとはとても思えない。だがリトル・ローズブッシュは、そこらにいるような並の女性ではない。たとえ力はなくとも、こうと決めたことはかならずやり遂げてみせるだろう。それにしても、本当に彼女の仕業だとして、いったいどこに隠したのだろうか。

「敷地内を捜すんだ」ダラーはローリーに命じた。「みんなにもそうするよう言ってくれ」

ローリーは驚きで眉を高く上げた。「まだここにあると思ってるんですか？」

「ああ、たぶん間違いない」ダラーは両手をこすり合わせた。「捜索に取りかかろう」


ジーネットは柔らかなシーツに横たわり、うとうとまどろんだ。

ああ、なんて幸せなの。心のなかでつぶやきながら、ゆっくり目を覚ました。静けさと安らぎに包まれ、まるで屋敷全体が眠っているようだ。ジーネットは笑みを浮かべて伸びをし、指をひらひらさせた。久しぶりにぐっすり眠ることができて、とても満ち足りた気分だ。高く昇った日の光がカーテン越しに部屋に注ぎ、マントルピースに置かれた時計の針は十一時少し前を指している。

ジーネットはいたずら好きの子どものようにくすくす笑いながら、羽毛のマットレスの上で勢いよく起き上がった。〝作戦は大成功ね〟いい気味だわ。オブライエンはいまごろ敷地のどこかで、わけがわからずに苛立ちながら、頭をかきむしっているにちがいない。きっと工具は盗まれたのだと思い、誰かに新しいものを買いに行かせる算段をしていることだろう。工具ははるばるダブリンまで出向くことになればいいんだけど。工具を新しくそろえるには何日もかかる。それまでは毎日、この静けさを楽しむことができる。明日もあさっても、ゆっくり眠ることができるのだ。

すっかり気をよくしたジーネットは、ベッドから飛び降りると、呼び鈴を鳴らしてベッツィーを呼んだ。もう遅い時間だったので、朝食は寝室でとることにした。ウィルダにはベッツィーから、どこも具合は悪くないので心配はいらない、午後に会いましょうと伝えてもらった。それからのんびりお風呂に入り、お気に入りの青いポプリン地のドレスに着替えて絵を描きに出かけた。

小さく口笛を吹きながら、ジーネットは廊下を歩いて東側の出口に向かった。ほんの二日前の早朝、オブライエンと工事のことについて口論した場所だ。オブライエンはきっと地元の警察に工具が盗難されたことを届け出るのに忙しく、自分のことには考えがおよばないだろう。それでも、今日はなるべく屋敷にいないほうがよさそうだ。

だが外に出た瞬間、ジーネットはときすでに遅かったと気づいた。

隠れる間もなく、ダラーに見つかってしまった。屋敷の外壁に寄りかかっていたダラーは、ジーネットに気がつくと、獲物を狙うヒョウのような足取りで近づいてきた。まるで長いあいだ待ちつづけていた獲物を見つけたときの、巨大で恐ろしい動物を思わせる姿だ。

「そろそろ来るころだと思っていた」ダラーはジーネットの前で立ち止まった。

「あら、こんにちは、ミスター・オブライエン」ジーネットは何食わぬ顔で言った。「こんなところでなにをしているの？」

ダラーはジーネットの行く手をはばむように、真正面に立った。「それはきみが一番よくわかっているはずだ。なにか適当な理由をつけて屋敷のなかに入り、きみをたたき起こして外に引っぱり出してやろうかと考えていたところだ。だがやっと、きみのほうから出てきてくれた」

〝この人なら本当にやりかねないわ〟「ごめんなさい、でもどうしてあなたがわたしを捜していたのか、見当もつかないわ」

「へえ、そうかい?」

「ええ」ジーネットはあくまでしらを切り、その場を逃げようとした。「用がないなら、そろそろ失礼するわね」そして絵の道具と軽食の入ったバスケットを掲げてみせた。

「そいつを片づけてくるんだ。今日は絵を描きには行けない。ほかにやってもらわなくちゃならない仕事がある」

「仕事ですって?」ジーネットは天を仰いで軽く笑った。「おもしろいわね。わたしはレディなんだから、レディにふさわしいことしかやらないわ。仕事なんかするわけがないでしょう」

「とにかく、今日はやってもらわなくちゃならない。工具のほとんどは、ぼくと作業員とで見つけ出した。残りを捜すのを手伝ってもらおう」

〝そんなばかな〟どうしてこんなに早く見つかったのだろう? 昨夜、ベッツィーとふたりであれだけ苦労して隠したのに。

「なんの話かしら」ジーネットは肩をすくめた。「工具のことなんて知らないわ。なくなったものでもあるの?」

ダラーはなにをしらじらしいことを、というように鼻先で笑った。「よくもまあ、それだけぺらぺらと嘘が言えるもんだ。さあ、持ち物を屋敷に置いてきてくれ。すぐに取りかかろう」

ジーネットは背筋をまっすぐに伸ばした。「わたしはこれから野原に絵を描きに行くところなの。工具をどこかに置き忘れたのなら、早く見つかることを祈ってるわ」

「自分たちで見つけられるなら、きみに隠し場所を教えてもらうこともない。とにかく一緒に来てくれ」

「工具がどこにあるかなんて、わたしが知ってるわけがないでしょう」

ダラーが鋭い目でジーネットの顔を見据えた。さすがのジーネットも、落ち着かない気分になった。それからゆうに一分が過ぎたころ、ジーネットはとうとう口を開いた。「はいはい、わかったわよ。工具がどのへんにあるか教えてあげる。でもどうしてあなたがそんなに怒ってるのか、わたしにはわからないわ。ちょっと考えれば、これがみんなのためだということくらいわかるでしょうに」

ダラーは眉を高く吊り上げた。「どうしてそういう理屈になるんだ、お嬢さん?」

「わたしは作業員の人たちに、お休みをあげたのよ」

「本当にそう信じていたのか? みんながぶらぶら遊んでいたとでも? いや、そのまったく逆だ。全員で茂みという茂みをかき分け、石をひっくり返し、木の根元を掘って工具を捜した。休日どころじゃない、みんな無駄な一日を過ごしたんだ。なんのためだと思う？　きみに数時間、寝坊させるためだ」

「わたしのためだけじゃないわ」

「いや、そんなことはない。ぼくの知る限り、朝の時間について文句を言っているのはきみだけだ」

「みんな早起きに慣れているからよ。それに、あなたの言いなりにさせられているだけだわ。あなたはまるで暴君みたいだもの」

「お嬢さん、ぼくが本当に暴君なら、そもそもきみに譲歩などしていない。ぼくはただ、きみの言い分を全部呑まなかったというだけだ。さあもういいだろう、工具を捜しに行こう」

「ミスター・オブライエン、まさか本気でわたしにも一緒に捜すよう言ってるんじゃないわよね？」

「当然だろう？　きみは昨夜、暗いなかでも問題なく歩けたんじゃないか。いまは日も照ってるし、明かりは充分ある」

ジーネットは唇をとがらせて腕組みした。「でもわたしは、絵を描きに行くところなのよ」

「あとで行けばいい。工具が見つかってからだ」

「いやよ」

「いや、そうするんだ」

ジーネットは首をふった。「あなたにわたしに指図する権限はないわ」

「そうさせているのはきみだ。もう話は充分だろう、さっさとすませよう」

ジーネットが抵抗する間もなく、ダラーが手を伸ばしてバスケットと絵の道具をひったくった。ジーネットはダラーの手をよけようとしたが、結局パラソルまで取り上げられてしまった。

ダラーはジーネットの荷物を屋敷のなかに入れ、かちゃりと音をたててドアを閉めた。

「ひとでなし」

「そっちはわがままで自分勝手だ」

ジーネットは唇を震わせた。「わたしは自分勝手じゃないわ」

「だったら行こう」ダラーはジーネットのひじをつかんだ。「それを証明してみせてくれ」

ジーネットは怒りを覚えながらも、黙ってダラーの言うとおりにした。これ以上抵抗しても無駄だと思い、隣りに並んで歩きだした。

建築現場に着いてみると、いつも忙しそうに働いている作業員の姿がひとりも見えない。

「みんなどこにいるの？　まだ仕事中だと言ってなかったかしら」

「とんだ妨害があったせいで、今日はもう帰らせた」

ダラーはふと口をつぐみ、今朝のことを思い出した。レディ・ジーネットを待ち伏せして隠した工具を捜させようと決めたとき、人払いしたほうがいいだろうと考えた。そこで作業員たちに明日の朝は早く来るように言い、そのまま帰宅させた。それに好都合なことに、ミスター・メリウェザーは毎日午後になると研究室に閉じこもり、ミセス・メリウェザーは屋敷の反対側にあるバラ園でのんびり庭仕事をするのが日課なので、ふたりがジーネットを捜すことはないこともわかっていた。

ジーネットは勝ち誇ったような笑みを浮かべた。「じゃあやっぱり、みんなわたしのお陰で得をしたんじゃないの」

「いや、それは違う。作業をしなければ、みんなは給料をもらえない」

「お給料をもらえない？」ジーネットはそんなことは思ってもみなかったというように、眉をひそめた。

「職人や労働者は、やった仕事の対価としてお金をもらうんだ。労働時間の長さにかかわらず給料をもらえる屋敷の使用人とは違う」

「まあ」

ジーネットがあまりにしゅんとした顔をしているのを見て、気にしなくていいという言葉がダラーののどまで出かかった――工事が進まなかったのはたしかだが、みんなには一日分の賃金をちゃんと支払ったのだ。ダラーは胸がちくりと痛むのを感じたが、なにも言わなかった。

そして書類や図面が置いてある小さな木製の机の前に行き、達筆な字で書かれた工具類の在庫リストを取り上げた。「これを見れば、まだ出てきていないものがわかる」

ダラーは空っぽの木の工具箱と鉛筆を持ち、ジーネットのところに戻ってきた。それから穏やかな口調で言った。

「案内してくれ、マクダフ」

「マク、なに？」

「マクダフ。シェークスピアだ。ぼくのような普通の男でも、それくらい知っている。さあ、工具を隠した場所に案内してくれ」

ジーネットは腹立たしげなため息をついて歩きだした。ダラーがすぐ後ろにぴたりとついている。ジーネットはダラーを努めて無視しながら、夏の終わりの青々とした芝生を踏みしめて大またで歩いた。

「どこから始めればいいの？」

「昨夜はどこから始めたんだ？」

ジーネットは敷地を見渡した。「はっきり思い出せないわ。いくら月が出ていたといっても、夜だから暗かったもの。たしかあの茂みのあたりじゃないかと思うんだけど」そう言ってクワの茂みを指さした。「作業員の人たちは、あの下を捜した？」

ダラーは肩をすくめた。「どうだろうな。できるだけ広い範囲を捜せるよう、みんなばらばらに散ったんだ。もう一度最初からやり直したほうがいいだろう」

ジーネットはどことなく嬉しそうなダラーの顔を見て、はっとした。「まさかあなた、茂みや石や背の高い草の下を全部捜そうというんじゃないでしょうね？」

「ああ、工具が隠れてる可能性があるなら」ダラーはリストを指でとんとん叩いた。「ここに載ってるやつが全部見つかるまで、捜索を続けよう」

「でも……でもそんなの、何時間もかかるわ」

「そうだな。だったらすぐに取りかかったほうがいいだろう」

ジーネットはがっくり肩を落とし、ダラーを罵りたい衝動に駆られた。だがすぐに気を取り直し、命令するような手つきで茂みを示した。「わかったわ。じゃあ、あの下を捜してちょうだい」

だがダラーは動こうとせず、軸足を変えて腕を組んだ。

「なにを待ってるの?」

「きみだよ、レディ・ジーネット。この状況を考えると、きみが捜すのが一番いいと思う」

「わたしに茂みをかき分けろというの? そんなことをしたら、ドレスが……」

「昨夜はドレスのことなど気にかけなかったんだろう。だいじょうぶだ。さあ、早く始めよう」

「でも——」

「駄々をこねないでくれ。ぼくは見つかった工具をリストと照合する。それと、工具箱はぼくが持ってやろう。きみのような華奢《きゃしゃ》なお嬢さんに、怪我をさせたくはないからな」

「工具箱は持ってやるですって?」ジーネットは甲高い声を出した。「よくも……そんな……そんなことが……」

ジーネットは絶句し、怒りでわなわなと震えた。涙がこぼれそうになったが、まばたきをしてこらえた。こんな男に、泣いているところを見られてたまるもんですか。この場から逃げたりもしない。もちろん逃げ出したい気持ちはやまやまだけど、この男のことだから、きっと追いかけてきてわたしを連れ戻し、工具を最後のひとつまで捜させようとするに決まってる！

オブライエンが青い目でこちらをじっと見つめ、自分が作業にかかるのを待っている。ジーネットはもうどうにもならないと観念し、小声で悪態をついて茂みに向かった。そして葉や枝をかき分け、腰を低くかがめて根元のあたりを捜しはじめた。

そうやってふたりは、場所を移動しながら同じ作業を繰り返した。ジーネットが次々と工具を見つけ出すと、ダラーがリストに印をつけて工具箱に戻した。

やがて太陽が一番高くなる時間を過ぎると、ジーネットの顔に汗が流れ、最後の工具を箱に放るようにして入れたころにはドレスにも汗じみができていた。

ジーネットは腰の痛みを覚えながら、体を起こして前腕で汗をぬぐった。「ほら、これで全部よ」

ダラーはリストを調べた。「まだレンチがひとつ見つかっていないようだ」

ジーネットは今度は涙ではなく、殺してやりたいと思うほどの怒りがこみあげるのを感じた。だが自分を抑え、ダラーの顔をじろりとにらむだけにとどめた。「そんなにレンチを見つけたいなら、自分で捜してちょうだい。わたしは茂みをひとつ残らず調べたの。これ以上捜すつもりはないわ」

ダラーは笑いを嚙《か》み殺した。そろそろ潮時だ。お仕置きはこのへんにしておこう。レデイ・ジーネットは自分の予想以上の頑張りを見せた。まるで聖人のように、ひたすら頑張ってくれた。そしていま、くたびれ果てた顔をし、汗びっしょりになっている。今回のことはいい教訓になったにちがいない。たとえ百歳まで生きても、一生のうちに二度と工具を隠そうとは思わないだろう。

ジーネットは形ばかりの会釈をし、あごをつんと上げた。「もう用がすんだなら、これで失礼させていただくわ」

「ああ、誰かがきみを捜しはじめる前に、屋敷に戻ったほうがいい。でも、その前にちょっと身なりを整えたほうがいいな。顔に泥がついている」

ジーネットは手が汚れているのも忘れ、頬をぬぐった。

ダラーはまたもや口元がゆるみそうになるのをこらえた。「もっと汚れたぞ」

そう言うと工具箱を下ろし、ポケットに手を入れて麻のハンカチを取り出した。「ほら、ぼくがやってあげよう」

ダラーはジーネットの頬をハンカチでぬぐったが、完全に泥を落とすことはできなかった。そしてすぐ近くにある観賞用の池に目をやり、ジーネットをそこに連れていくと、腰をかがめてハンカチを濡らした。

「これでもう一度やってみよう」

本当ならハンカチを受け取り、自分で拭くべきだろう。だがジーネットは黙ってダラーのなすがままに任せた。ハンカチが肌の上で動くたび、ダラーの手の大きさと優しさが伝わってくる。ジーネットはぞくりとする感触をふり払おうとした。妙な気分になっているのは疲れているせいだ、と自分に言い聞かせた。彼が今日、自分になにをさせたかを考えれば、怒り以外に覚えるものなどないはずだ。

だがダラーが顔を拭き終えても、ジーネットはじっと動かなかった。手を止めたダラーの瞳が潤み、そのなかに欲望の光が宿っているのが見える。

時間の流れが遅くなり、まわりの世界が溶けていった。やがて、この世界には自分たちだけしかいないという錯覚にとらわれた。

そのときダラーが唇を重ねてきて、そっと焦らすようなキスを何度も浴びせた。ジーネットは満足に息をすることすらできなかった。こんなことはやめるべきだと、頭のなかでささやく声が聞こえる。早く抵抗して体を離さなければ。でも彼のキスはあまりに素敵すぎる。素朴で温かく、男らしいダラーのにおいに包まれ、ジーネットはだんだんぼうっとしてなにも考えられなくなってきた。

女をこれほどうっとりさせるようなキスは、法律で禁止してもらわなくちゃ。ジーネットはぼんやりした頭で考えた。女性の体から力を抜けさせ、溶けたチョコレートみたいにする権利はどんな男性にだってないはずだ。とくに、ダラー・オブライエンのような男には。わたしをいじめたりからかったりして楽しんでいる、とんでもない悪党なのだから。ほんの数分前まで、わたしを囚人かなにかみたいに追い立てて歩かせ、レディがするべきではない労働を強いていたのだ。

なのに自分は彼にキスを許したばかりか、それに夢中になっている！　ジーネットはふとわれに返り、自分がいまどこでなにをしているのかをはっきり思い出した。

「やめて！」あえぎながら言い、なんとか体を離した。

ダラーは欲望に燃えた目でジーネットを見下ろした。そしてまぶたを半分閉じ、ふたたび唇を重ねようと前かがみになった。

ジーネットはそれを片手で制した。「だめよ」

ダラーは戸惑った。「どうしてなんだ。きみだってぼくに負けないくらい、うっとりしていたじゃないか」

ジーネットはよそよそしい口調で言った。「うっとりなんかしてないわ」そう嘘をつき、わざとらしく唇を手でぬぐった。「そんなこと、あるわけないじゃないの。わたしはただ……そう、不意をつかれてびっくりしただけよ」

「本当にびっくりしたのなら、最初に抵抗していたはずだ。それともきみは、男にキスを許して夢中にさせておいて、それから突き飛ばすような酷なことをいつもしているのか？」

ジーネットは手を上げたが、ひっぱたく前にダラーに手首をつかまれた。

「いまはそういうことはなしにしよう」ダラーはなだめるように言った。「正直に認めるんだ。きみはぼくのキスが好きなんだろう」

ジーネットはダラーの手をふり払おうともがいた。

だがダラーはジーネットの手首をしっかり握って放さなかった。「さあ、お嬢さん。たった一言、そうだと口にするだけでいい。早く言ってくれ」

「待っても無駄よ。口が裂けても言わないわ」

「そっちがそのつもりなら、無理にでも白状させるまでだ」

そう言うとダラーは、ジーネットに口を開く暇も与えず、いきなり唇を重ねて激しいキスをした。たくましい胸に抱き寄せられ、有無を言わさぬ力強さで唇を奪われたジーネットは、めまいのするような感覚に頭がぼんやりしてきた。

今度は負けてなるものですか。ジーネットはダラーの腕のなかで体をこわばらせ、その素晴らしい愛撫を無視しようとした。だめよ、ここで負けてはいけないわ。いくら夢のように甘いキスだろうと、屈服するわけにはいかない。ああ、でも、この素敵なキスに抗うなんて無理だわ。この人は自分の心をかき乱し、惑わすために地上にやってきた悪魔そのものだ。

頭ではいけないとわかっていながら、ジーネットの体に火がつき、ひざから力が抜けて全身を流れる血がかっと熱くなった。

最後にもう一度ささやくように抵抗の言葉を口にしたが、ジーネットはやがて理性を失い、小さな声を漏らした。ダラーの舌が唇を割ってなかに入り、歯と舌に軽く触れ、柔らかく感じやすい頰の内側を愛撫している。嵐の海に投げ出された船のように、ジーネットの体が震えた。

悦びを与えてくれるダラーの力強い抱擁に身を任せ、ジーネットはあえぎ声を上げながらぐっと体を押しつけた。両手を滑らせるようにして、がっしりした大きな肩にしがみついた。

そしてキスを返した。ダラーが顔を離そうとすると、その舌を求めてさらに強く唇を押し当てた。彼がわたしを夢中にさせたように、今度はわたしが彼を夢中にさせてやるわ。ふたりは息の止まるような長いキスをした。やがてダラーが、なんの前触れもなくふいにジーネットの体を引き離した。

ジーネットは息が乱れ、ひざに力が入らないままダラーの顔を見上げた。そしてダラーが、どうだ、ぼくの言ったとおりだろうといわんばかりの得意げな顔をしているのを見て、はっとわれに返った。

遅すぎたわ。まんまとこの男の罠に引っかかってしまった。オブライエンはわたしをすっかり夢中にさせておきながら、自分はずっと醒めていたのだ。わたしは砂糖水のビンにおびき寄せられたハチのように、彼の思うつぼにはまってしまった。ジーネットは胃がぎゅっと縮むのを感じたが、今度は欲望からではなかった。だまされたという悔しさで、すっぱいミルクでも飲んだように胸がむかむかする。

それでも、オブライエンが自分のキスにまったく感じていなかったということはありえない。真っ青な瞳が欲望で潤み、闇夜のように黒い瞳孔が大きく開いていたのはたしかなのだから。頬に赤みが差し、息遣いも荒かった。

「さあ、これでもぼくのキスなんかつまらないと言い張るつもりかい?」ダラーがからかうように言った。「それとも、もう少し続きをしないとわからないかな?」

いつかぎゃふんと言わせてやろう。そのうち思い知らせてやるわ。彼の愛撫にぼうっとなってしまうのはたしかだけど、わたしがその気になりさえすれば、向こうからキスをせがませるくらい簡単なことなんだから。でもそれはまた別の機会にしよう。とにかくいまは、この勝ち誇ったような憎らしい顔をどうにかしてやりたい。

「ええ、迷うところね」ジーネットの甘い声に、ダラーの目が驚きで輝いた。ジーネットが足を一歩前に踏み出すと、ダラーが自然に後ずさりする格好になった。

ジーネットはマニキュアをした指で、ダラーの胸をなぞった。「でもわたし、ひとつだけしたいことがあるの」

ダラーはいぶかしむような、おもしろがっているような表情を浮かべながら、ジーネットに巧みに導かれるまま、もう一歩後ろに下がった。「なんだい、お嬢さん?」

「これよ!」

ジーネットは両手でダラーの胸を思い切り突き飛ばした。普段のジーネットなら、とてもダラーの力にはかなわなかっただろう。だが傷ついたプライドが、ジーネットに力を与えた。不意打ちを食らったダラーは後ろによろけ、ブーツのかかとが池の縁の柔らかい土に食いこんだ。

ダラーは倒れそうになりながら、ジーネットの目の前で必死にバランスを取ろうともがいた。長い腕を大きな弧を描くようにふりまわし、脚をがくがくさせ、あわてふためく姿がなんとも滑稽だ。次の瞬間、ダラーは大きな音と派手な水しぶきを立て、濁った池に落ちた。

そして水を吐きながら水面から顔を出し、ゲール語で延々と悪態をついた。ジーネットにはその言葉の意味は理解できなかったが、彼がいわんとしていることはよくわかった。ダラーは濡れた顔を手でぬぐい、恐ろしい形相でジーネットをにらむと、しずくの滴る髪の毛を両手で後ろになでつけた。

額にぬるぬるした水草の塊がついている。ジーネットはそのことに気づいたときのダラーの表情に、くすくす笑った。ダラーは気持ち悪そうに額から水草を取り、後ろに放った。そしてしりもちをつく格好で胸まで水に浸かったまま、ふいにお尻をもぞもぞさせた。それから手を水のなかに入れ、レンチを拾い上げた。

ジーネットはお腹を抱えて笑った。「あら、レンチが見つかったのね。よかったじゃないの。リストを持ってきて印をつけてあげましょうか？」

ダラーはジーネットをじろりと見た。「それよりも頼みたいことがある。ちょっと手を貸して、ぼくを引き上げてくれないか」

ジーネットは首をふった。「そんなことを言って、わたしを池に引きずりこむつもりなんでしょう？　あなたの考えていることはお見通しよ、ダラー・オブライエン。こっちに来ないでちょうだい」

「いやだと言ったら？」ダラーはゆっくり立ち上がりながら、低い声で言った。がっしりした体から水が一気に滴り落ちている。

いまのうちに逃げたほうがよさそうだ。ジーネットは急いで屋敷に向かった。

「そう、早く逃げるんだ」ダラーが叫んだ。「走ったほうがいい。急がないと、ぼくに捕まって連れ戻されるぞ」

ジーネットは笑い声を上げながら、小走りで逃げた。ぐずぐずしていると、あの人が追いかけてくる。だが自分は本当にそれがいやなのだろうかと、ふと思った。

「いったいどうしたんだ？　服のまま泳ぐことにしたのか？」

ダラーは友人のローレンス・マクギャレットをにらんだ。体が冷え切り、みじめで情けない気分だ。そしてあとで話すとだけゲール語でぶっきらぼうに答え、ずかずかと歩いて階段に向かった。

ローレンスは声を上げて笑い、いやはやというように首をふった。「あとでかならず聞かせてもらうからな」ダラーの背中に向かって叫んだ。「絶対だぞ」

そしてその言葉どおり、ローレンスはダラーから少しずつ話を聞き出した。目の前の食卓には肉汁たっぷりの子羊のロースト、バターの入ったマッシュポテト、柔らかく蒸したニラネギのおいしい夕食が並んでいる。

「お前を池に突き落としたって？」ローレンスはくすくす笑いながら、空になった皿を下げるよう従僕に手で合図した。

乾いた服に着替え、ぱちぱち音をたてて燃えているダイニング・ルームの暖炉にあたったお陰で、ダラーはすっかり体が温まり、くつろいだ気分になっていた。そして座り心地のよいチッペンデール様式の椅子に背をもたせかけた。残ったワインを飲み干し、ウォーターフォード製の上等のグラスを美しいクロスのかかったテーブルに置いた。

「どうやら彼女はじゃじゃ馬らしいな」ローレンスが言った。

一部始終を話して聞かせたわけではないが、もうこのへんでやめておこう、とダラーは思った。もしかすると、少々詳しく話しすぎてしまったかもしれない。「ああ、勇気があるのはたしかだ」

「いかにもアイルランドの女という感じだな。いつか会ってみたい。髪の毛は赤いのか？」ローレンスは鼻にしわを寄せながら、自分の頭を指さした。「ぼくみたいに真っ赤な髪をしてるんじゃないのか？」

ダラーはテーブルの中央に置かれたクリスタルのデカンターに手を伸ばし、グラスにもう一杯ワインを注いだ。そしてちりんという軽い音をたててデカンターのふたを閉め、グラスを口に運んでワインを飲んだ。

しばらくしてグラスをテーブルに置いた。「いや、ブロンドだ。淡い金色で、朝日のように美しい髪をしている。それに彼女はアイルランド人じゃない。イングランド人だ」

ローレンスが顔をしかめると、明るい羽毛のような眉が一本につながった。「なんだ、そうか」

「なんだ、とはどういう意味だ？」

「わかってるだろう。イングランドの女はとにかく厄介だ。貴族となればなおさらじゃないか。彼女は貴族なんだろう？」

ダラーは、自分に甘く、女王気取りのレディ・ジーネットのことを考えた。「ああ、彼女はまさに貴族そのものだ。メリウェザー夫妻の親戚で、イングランド人の伯爵の娘らしい。ロンドンの社交界でスキャンダルを起こし、ここに追いやられたそうだ」

「だったらなおさら、彼女とのゲームを終わりにするんだ。どうしてもっと早く、メリウェザー夫妻の親戚だと教えてくれなかった？　おいおい、わかってるのか？　アイルランド人の男をイングランド人がどう見ているのか、お前だって知らないわけじゃないだろう。たとえ金と古い爵位を持っているアイルランド人であっても、だ」

「なにが問題なんだ。ぼくは別に、彼女と恋に落ちているわけじゃない」

ローレンスはふんと鼻を鳴らし、デカンターに手を伸ばした。「違うのか？　今夜はずっと彼女の話ばかりしていたくせに」

「そっちがしつこくせがんだからだろう」

「それに、お前のその目だ」

「どんな目だ？」

「その目だよ。誰かを好きになりかけているとき、お前はいつもそういう目になる。ぼくと話しているときも、うっとりしていたじゃないか」

ダラーは気色ばみ、あごをぐっと引き締めた。「べつにうっとりした目などしていない。ただワインを飲みすぎただけだ」そう言うとグラスを持ち上げ、中身を全部飲み干した。

「ぼくが彼女に恋をしてると本気で言っているんだとしたら、お前はいかれてるぞ。毎週日曜の夜に小人と一緒にお茶を飲むと言っている、マグワイア爺さんと同じじゃないか。彼女はたしかに美しいが、でも恋など……」ダラーはいったん言葉を切り、不快そうな低い声を出した。「恋などしてないさ。彼女はぼくにとって頭痛の種でしかない」

ローレンスはまったく納得していないようだった。「まあ、そういうことにしておこう。とにかくぼくは、お前があとで傷つくのを見たくないだけだ。悪いことは言わない、アイルランド人の優しい女と結婚して、彼女のことは忘れるんだ」

「心配は無用だ、ローレンス。お前が心配しているようなことは、誓ってなにもない。明日になって工事を再開したら、みんなてきぱき働いてくれるだろう。初雪が降るまでには工事を終えて引き上げるつもりだ。彼女もいずれイングランドに帰る」

ダラーはなぜか気持ちが沈むのを感じたが、その理由は深く考えないことにした。ジーネット・ローズ・ブラントフォードはいつかかならず故郷に帰っていく。国境だけでなく、遠く海で隔てられたイングランドへ。

ありがたいことに、ローレンスが話題を変えた。ふたりはチーズとフルーツをつまみに、こくのある深紅のポートワインを小さなグラスで飲みながら、眠くなるまでスポーツや馬の話をした。

だがダラーはなかなか寝つかれず、長いあいだベッドに横たわったまま起きていた。いつもなら、もうとっくに眠っている時間だった。

頭に浮かぶのは、レディ・ジーネットのことばかりだ。

ローレンスのせいだ。ダラーは苛立ち、羽毛枕をこぶしで殴って寝返りを打った。

彼女を愛しているだと？

ありえない。

だがどうしても、レディ・ジーネットのことばかり考えてしまう。とくに昼間交わしたキスのことが頭から離れない。最高になめらかな蜂蜜のように、甘く芳醇な味がした。正直に認めれば、あんなに素晴らしいキスは生まれて初めてだった。彼女はたしかに軽率で頑固だが、男を夢中にさせるすべを知っている。

それに、あの唇。いままで触れたなかで、あれほど柔らかい唇はなかった。咲いたばかりのバラの花びらのように赤くすべすべし、なんともいえずいい香りがした。彼女の頬に顔を寄せ、あの甘美な女らしいにおいを一日じゅう味わっていたい。

目を閉じると、彼女の香りとその体を腕に抱いたときの感触が、ありありとよみがえってくる。欲望がこみあげ、ダラーの下半身がかっと熱くなった。だが結婚でもしない限り、レディ・ジーネットとはせいぜいキス止まりだ。そして自分は彼女に結婚を申し込むつもりなど毛頭ない。

これまで自分は結婚を考える時間も、その気もなかった——勉強と旅と家の再興に、あまりに忙しかったのだ。もちろん、その間ずっと女っ気なしで過ごしていたとは言わない。むしろその逆だ。だが、自分が付き合っていたような女性は、自分たちの関係がどういうものかをよくわかっていて、愛だの約束だのを欲しがったりはしなかった。

いつか結婚するにしても、相手は断じて、自分はほかの人間より上だと思っているわがままなイングランド人の美女などではない。優しくおっとりした性格で、多くを求めず、自分の人生を幸福と愛で満たしてくれるような女性を娶《めと》るつもりだ。頑固で気の強い女と結婚などしたら、死ぬまで気の休まる暇がないだろう。

それでも、レディ・ジーネットと一緒にいたらきっと一生退屈しないにちがいない。毎日がわくわくするような驚きの連続だろう。そしていったん情熱に火がつけば、昼であろうと夜であろうと、お互いに激しく燃え上がるのだ。ダラーはそのことを想像してうめき声を上げ、満たされない欲望に悶々《もんもん》としながら何度も寝返りを打った。

もしローレンスの言うことが正しかったとしたら？　自分は彼女と深く関わりすぎてしまったのか？　いま感じているこの欲望は、たんなる肉欲ではないというのか。リトル・ローズブッシュとのゲームは他愛もないお遊びのつもりだったが、いつのまにかそれ以上のものに発展しているのかもしれない。一風変わった前戯のようなものになっているのだとしたら、大変なことだ。

ダラーはベッドを出て部屋を横切り、窓を開けて夜風に当たった。夜の暗い芝生が月の光を受け、川面《かわも》のようにちらちら輝いていたが、それもほとんど目に入らなかった。どこか遠くでフクロウが鳴いている。

ばかげた妄想のとりこになるとは、自分はいったいどうしてしまったのか。レディ・ジーネットは自分に挑戦してきたのだ。そして自分は彼女を負かし、やっていいことと悪いことのけじめを教えてやった。彼女が工具を隠したせいで、自分が今日どれだけ大変な目にあったかを考えると、いまでもはらわたが煮えくり返る。しかも彼女は、メリウェザー家の池に自分を突き落としたのだ。

ダラーは腹立たしげにため息をついたが、やがてにやりと笑って首をふった。まったく、レディ・ジーネットはとんでもないことをしてくれた。

だがローレンスの言うことにも一理ある。ああいう女性とゲームを続けるのは、油のしみこんだ薪《まき》の山のそばで火打ち石を打つようなものだ。いつまでもそんなことをしていたら、いつか大やけどを負うはめになるだろう。手遅れになる前に、やめたほうがよさそうだ。

ダラーはそれからしばらく、じっと夜の闇を見ていた。ベッドに戻るころには、目の前の仕事に集中しようという気持ちになっていた。とにかく仕事を終わらせるのだ。気性の激しい若い女性のことなど考えないようにしよう。

そして工事が完了してこの地を去ったら、二度と後ろをふり返ってはいけない。

9

それから二日ばかり、ジーネットはダラーに出くわさないよう、屋敷のなかに閉じこもって過ごした。池に突き落とされ、彼はひどく怒っていた。だが派手な水しぶきを上げながら池に落ちる寸前の、あのあわてふためいた顔はちょっとした見ものだった。カスバートとウィルダにその話ができないのは残念だが、たとえ話したところで、ふたりにそのおかしさはわかってもらえないだろう。

カスバートとウィルダは、工具が〝忽然《こつぜん》と消えた〟本当の理由もわかっていない。どうしてそんな奇妙なことが起きたのだろうと、しきりに首をひねっている。ジーネットは夕食の席で、ふたりが当惑顔でそのことについて話すのを黙って聞いていた。

カスバートが、ダラーにそのことを訊いたときの話をした。ダラーは肩をすくめ、自分にもわけがわからないと答えたという。

「いったい、なんでしょうね？　人間がやるようなことだとは思えません。窃盗《せっとう》やいたずらということはありえないでしょう。もしかすると作業員たちが言うとおり、妖精の仕業かもしれませんね。妖精というのは、いたずら好きでずる賢いものですから。とにかく、今回のことはまったくの謎です」

妖精ですって。ジーネットはかすかに口元をほころばせた。認めるのはしゃくだが、オブライエンはたいしたものだ。カスバートとウィルダは、工具泥棒の犯人が妖精だということも、あながちありえないことではないと思っている。科学者を自認しているカスバートでさえ、そうなのだ。

迷信好きのウィルダは、女中頭《ハウスキーパー》のミセス・アイボリーに相談した。すると、あけすけな性格でいつも元気なアイルランド人のハウスキーパーは、使用人に命じて毎晩ミルクと食べ物をお供えしたほうがいいと進言したという。ミセス・アイボリーによると、それは妖精やさまよえる魂を鎮めるために、よく知られている方法らしい。

数日後、そのときのことを思い出しながら、ジーネットはふんと鼻を鳴らし、ばかげていると首をふった。そしてひざに置いた画用紙の上で鉛筆を走らせた。いまはやんでいるものの、朝からずっと雨が降っていたので、今日も屋敷にいることにしたのだ。

来客用の寝室のひとつで、窓のそばに置いた椅子に深く腰かけ、ジーネットは建築現場を見下ろした。工具の紛失で作業が中断されたことなどなかったように、作業員たちがいつものペースを取り戻して仕事にいそしんでいる。

ジーネットは池での事件のあった日の翌朝、ダラーが自分への仕返しにとんでもなく早い時間に作業を始めるのではないかと心配していた。だが工事の音で目が覚めたのは七時だった。そしてジーネットは、それまでダラーとキスをする夢を見ていたことを思い出し、自分に腹を立てた。

鉛筆を走らせる手が止まりかけ、夢のことを思い出して肌がぞくりとしたが、その感覚を追い払おうとした。だめよ。自分にそう言い聞かせた。ダラー・オブライエンのキスのことを考えて午後を過ごすわけにはいかない。このところ昼といわず夜といわず、あの甘美で情熱的なキスのことで頭がいっぱいになり、夢にまで見るようになっている。

そんな夢を見てはいけないと自分を叱っても、隣りに寝ているはずのない男性に触れてほしくてたまらず、体が火照ってうずうずする。身分の高い未婚のレディのなかで、朝起きるとシーツに脚がからみ、頬と体の奥が熱くなっていることに気づいて恥ずかしさを覚える女性が自分のほかにいるだろうか。夜になってベッドに横たわると、いままで考えたこともなかったような熱いなにかに体を包まれる。それでも昼間は、そんなことをみじんも表に出さないようにしている。夢を見てしまうのは仕方のないことだろう。だが実際に行動することは、それとはまったく別の次元の話だ。

窓の下にダラーの姿が見えた。大またでつかつか歩くさまは、まるでヒョウのようだ。かすかに赤みがかったダークブラウンの髪が、太陽の光を受けてブロンズ色に輝いている。

ジーネットは下唇を嚙みながら、ダラーが芝生を横切って背の高い小ぶりの机に向かい、見覚えのある紙の束を広げるのを見ていた。設計図だ。

ダラーはそのなかの一枚にじっくり目を通し、顔を上げてふたりの作業員になにかを指示した。

いつものように質素な格好をしている。革のブーツに無地の茶色のズボンを合わせ、シンプルなグリーンのベストを着て、首には白いネッカチーフだ。白いシャツの一番上のボタンを開け、今日もまた袖をまくり上げている。がっちりした前腕に、濃い茶色の毛がまばらに生えているのが見える。

ジーネットは無意識のうちに唇をなめ、ため息をついていた。

そういう自分に苛立ちを覚えながら、新しい紙を取り出して鉛筆を動かしはじめた。やがて三十分が過ぎるころには、ダラーの似顔絵がだんだん形になってきた。まずは単純な線と点から始めて大げさなアレンジを加えたが、ジーネットはその出来栄えに満足だった。

自分を惑わすあの悪魔にそっくりだ。

そう、瓜《うり》ふたつだわ。ジーネットはいたずら好きの子どものようににやりとした。

男たちがなぜ変な顔をしているのか、ダラーにはわからなかった。翌朝、建築現場にやってきたダラーを、作業員はおかしな表情を浮かべてくすくす笑いながら迎えた。

ダラーはいつものようにおはようと声をかけたが、みな挨拶を返しながらにやにやしている。口元に笑いを浮かべ、いつまでも目をそらそうとしない。まるでなにかが爆発するのを待っているような顔で、じっとこちらを見ているのだ。ダラーは困惑してあたりを見まわしたが、いつもと変わった様子はなかった。

それから一分後、北側の壁に沿って歩いていると、それが目に入った。足場の一段目の上のほうに、赤い色をしたなにかがある。

ダラーはそれを凝視した。

〝なんてことだ〟レディ・ジーネットが、自分を悪魔に見立てた似顔絵を描いている。しかも、とてもいい出来だ。絵のテクニックを駆使して自分の顔の特徴を正確にとらえ、モデルが誰かは一目瞭然《りようぜん》だ。青い瞳の色を赤に変えているばかりか、黒っぽい髪に二本の角を生えさせ、その背後から不吉な金色の光を当てて火がくすぶっているように見せている。背景の色は赤と黒の組み合わせだ。まるで地獄のかまどから這い上がってきたばかりのようではないか。片方の角の後ろに鉛筆をはさみ、フォークの形をした尻尾と鉤爪《かぎづめ》の手で、設計図についた火を消そうとしている姿がなんともユーモラスだ。

〝やってくれたな〟彼女はどういうつもりでこれを描いたのだろう。自分をわざと怒らせようと考えたのか？　それとも自分の気を引き、やったりやり返されたりのゲームの続きをしようと思ったのだろうか。

おそらく、その両方だろう。

彼女の誘いに乗るべきか？

そのとき、しっという押し殺した声が聞こえた。作業員が全員、自分がどうするのか、じっとかたずを呑んで見守っている。

ダラーは大またで足場に近づき、自分を見下ろすように置かれている絵をさっと取り、しげしげとながめた。ふいにおかしさがこみあげ、のけぞるようにしてひとしきり大声で笑ったが、そのことに作業員だけでなくダラー自身も驚いた。

「そっくりだと思わないか？」ふり返りながら言った。「とくに尻尾と角がよく似ている。だがそろそろ仕事に戻らないと、この絵のように怒ってきみたちを追いまわすぞ」

作業員がどっと笑った。ローリーが近づいてきて、ダラーの肩をぽんとひとつ叩いたあと、仕事の相談を始めた。

話が終わると、ダラーは完成予想図と図面が置いてある小さな木製の机に向かった。絵を机に置いて長方形の大きな紙で包み、その作者である憎らしいほど美しい女性のことを考えまいとした。


ジーネットは椅子に腰かけ、寝室の窓を競うようにして流れ落ちている三本の雨の筋を暗い気持ちでながめた。退屈でため息が出る。今日もまた、うんざりするような午後が過ぎていく。この一カ月というもの、ウィルダやカスバートとおしゃべりをするか、ひとりでできる趣味を楽しむ以外に、なにもすることがない日々を送っているのだ。

雨のせいで作業員たちは午後から家に帰った。屋敷はしんと静まり返り、激しく屋根を打つ雨の音と、雨どいを勢いよく流れる水の音しか聞こえない。

しばらくダラー・オブライエンの姿を見ていない。べつに会いたいと思っているわけじゃない。自分の前に現われないことを、むしろ喜んでいるくらいなのだから。それでも彼とやりあうことが、退屈な毎日を紛らせてくれたことはたしかだ。そのダラーがなぜか急に自分を避けるようになったことに、ジーネットは心にぽっかり穴が開いたようだった。

ジーネットは〝悪魔のダラー〟の絵を建築現場にかけておいたときのことを思い出していた。あの日は朝早く起き、来客用の寝室に急いだ。そこの窓から、ダラーがどういう顔をするか見ようと思ったのだ。作業員たちが次々にやってきて、絵を見ては笑い転げるのと一緒に、ジーネットも声を上げて笑った。そしてダラーが現われて自分の最新作に気づいて激怒するのを、いまかいまかとわくわくしながら待った。

ところがダラーは、大笑いして二言三言冗談を言ったあと、なにごともなかったような顔で仕事に戻った。そのときのジーネットは、ダラーが作業員の手前本心を隠し、今日か明日にでも面と向かって自分に文句を言うつもりなのだろうと思っていた。

そこで、ダラーが自分を探しにくるのを待った。だがダラーはいっこうに現われず、なにも起こらないまま日一日と過ぎるうち、ジーネットはどうしてだろうといらいらし、だんだん気持ちが沈んでいった。ダラーはウィトルウィルスを自由に走らせることさえせず、まだ子犬ながら巨大なサイズに成長した彼をずっとリードにつないでいた。そのためジーネットが午後、絵を描きに庭や野原に出かけるときも、ウィトルウィルスが寄ってくることはなかった。べつにあのばかでかい犬に会いたいわけではない。顔をなめまわされるのも、泥だらけの足あとをつけられるのも、もう一生分と言っていいくらい、さんざんやられたのだから。

ウィトルウィルスもその飼い主も、ぱったり自分の前に姿を見せなくなった。

こちらから会いに行くこともできるが、どんな理由がつけられるだろう。工具を隠した罰として午後じゅう働かされたとき以来、ジーネットは工事の開始時間のことでダラーと争うのはやめたほうが賢明だと考えるようになっていた。もちろん早朝からうるさい音がするのには閉口するが、そのことについて自分の言い分を通すのは無理だろうと悟ったのだ。

こちらがすんなり引き下がったことだけでも、ダラーが得意げな顔をしてやってくる理由になりそうなものだ。だが一週間が過ぎ、やがてそれが二週間、三週間になるころ、ジーネットはダラーが興味を失ったのだろうと思った。わたしとやりあうことにも、わたし自身にも、もう関心がないのだろう。

悔しいことに、ダラーの姿を見るため、ときどき自分の部屋から離れた来客用の寝室に行くこともある。だが、あまり長居はしない。退屈しのぎに、ちょっとのぞいてみるだけなのだから。

あの人に特別な感情があるわけではない。自分たちは住む世界がまったく違う。わたしは血筋も育ちもいいイングランドのレディだ。それに対して向こうは、建築の才能こそあるかもしれないが、ただの中産階級のアイルランド人にすぎない。

でも彼と戯れの恋をするつもりはさらさらないのだから、そんなことを気にする必要もないだろう。イングランドに戻ったら、きっと条件のいい結婚相手を見つけてみせる。ダラーがわたしを避けていることに、むしろほっとするべきだ。

もしかすると仕事が忙しすぎて、会いにくる時間がないのかもしれない。新しい建物を完成させるのに全力を注いでいるのだろう。彼にはたしかに才能がある。建築にはほとんど興味のない自分にも、日々完成に近づいている新しいウェスト・ウィングの素晴らしさはよくわかる。

最近完成した外観は、建物全体と調和がとれるよう、以前と同じ古典様式のパラディオ風の設計だ。火事のことを知らない人なら、ブランブルベリー邸が建てられたときの姿のまま残っていると思うにちがいない。

このところ作業員たちがせっせと工事をしている内装は、もっとモダンな設計で、機能性と快適さに重点を置いてある。ダラーはそれぞれの部屋を目的別に設計し、建築主であるメリウェザー夫妻の生活スタイルに合ったものにしながらも、静かで上品な田園の雰囲気を壊さないように工夫している。

ガラスが壁一面に張られた温室は凝ったデザインになっており、きらきらと輝く大聖堂のようだ。毎日少しずつ、天に向かって伸びている。小さな正方形をしたカスバートの研究室は石造りで、万が一に備えて母屋から離れた場所にある。

完成したあかつきには、きっと驚くほど素晴らしく、賞賛に値する建物になるだろう。

それにしても、毎日毎日、退屈で死にそうだ。ウィルダとカスバートは優しく気のいい人たちだが、これまで会ったなかでも指折りの変わり者で、まるで世捨て人のような暮らしをしている。日曜日に教会に行くときと、ウィルダがささやかなカードゲーム・パーティを開くとき以外は、ふたりとも社交と名のつくものをまったくしようとしないのだ。

カスバートはいつも読書と植物の世話と実験に没頭している。一方のウィルダは、刺繍と読書と園芸で毎日を過ごしている。信じられないことに、ウィルダは庭の手入れをほとんど自分でやっているのだ。先週など、秋に備えてバラの木の剪定《せんてい》と花壇の手入れをするから一緒にどうかと自分を誘ってきた。そしてあろうことか自分は、退屈のあまりその誘いに応じてしまった!

ジーネットはそのときのことを思い出して身震いしたが、すぐに気を取り直し、忘れることにした。

ため息をつき、がっくり肩を落とした。冷たい雨がいつまでも窓ガラスを打っている。ジーネットは椅子に座ったままうつむいた。

そのときドアを遠慮がちにノックする音がした。

「どうぞ」ジーネットは背筋を伸ばした。

メイドのひとりが手紙の載った銀のトレーを持って入ってきた。そしてひざを曲げてお辞儀をした。「たったいまお手紙が届きました。ミセス・アイボリーが、お持ちするようにとのことでしたので」

ジーネットは微笑み、こちらに来るよう手で合図した。「まあ、嬉しいわ」手紙を手に取ったが、メイドのいる前で開けようとはしなかった。

メイドがその場に立ったまま、まごまごしている。

ジーネットはうなずいてみせた。「ありがとう。もう下がっていいわ」

メイドはもう一度お辞儀をし、ドアを後ろ手に閉めて部屋を出ていった。

封筒を見ると、ラエバーン公爵家の蠟印《ろういん》で封がしてある。きっとバイオレットからだわ。こめかみに銃でも押しつけられない限り、エイドリアンがわたしに手紙を書くことはないだろうから。ジーネットは少し元気になり、笑みを浮かべた。椅子に背をもたせかけ、銀のレターオープナーでバイオレットからの手紙を開封した。

親愛なるジーネット

お元気ですか。いろいろ大変だと思いますが、元気でいることを願ってます。約束したとおり、今度ママに会ったとき、あなたのことをもう一度話してみます。でも、こちらの頼みを聞いてもらえるかどうか、あまり自信はありません。先日、レディ・シマーソンが毎年開いている音楽会に行ったとき、わたしたちが起こしたスキャンダルのことやママ自身のことをみながひそひそ話すのにいたたまれず、すぐに帰ってきたそうです。それから体調を崩し、まる一週間寝込んだと言っていました。定期的に手紙は書いてくれますが、その文面にもまだとげとげしさが感じられます。もし子どもができていなければ、わたしとは口も利いてくれなかったのではないかという気がしてなりません。

ジーネットは鼻を鳴らした。バイオレットの気持ちはよくわかる。あのスキャンダルの前、叱られても仕方のないようなことをしても、母はけっしてわたしのことを怒ったりはしなかった。だが家を追い出されてからというもの、母から届いた手紙はたったの二通だけだ。一通目は無事に着いたかどうかの確認の手紙だった。そして二通目は、わたしがしたことがどれだけひどいことで、そのために自分たち両親がどれだけ恥ずかしい思いをしているかを訴えるものだった。

ジーネットは手紙の続きを読んだ。

ところで子どもといえば、びっくりするニュースがあります。前にも書いたとおり、このお腹の膨らみからすると、きっと大きな赤ちゃんが生まれるのだろうと思っていました。エイドリアンが診察のためにドクター・モンゴメリーを呼んでくれました。ドクターは奇妙な形をした小さな道具をわたしのお腹に当てて音を聴いていたのですが、心音がふたつ聞こえると言うのです。ドクターによると、わたしのお腹のなかには双子がいるそうです！　エイドリアンはわたしの体を心配して顔が青ざめましたが、ドクターがお産にとくに心配はないと言ってくれました。ジーネット、考えてもみて。双子が生まれるのです。わたしたちみたいに、瓜ふたつの子どもたちかしら？

ジーネットは急に故郷が恋しくなり、手紙をひざに下ろした。バイオレットとはいろいろあったが、出産を控えて大変だけど楽しくもあるこの時期、そばにいて支えてやりたかった。手紙ではなにも心配はいらないようなことを書いているが、双子が生まれると知って、きっと内心では不安なはずだ。自分もいつかバイオレットと同じ運命をたどるのだろうか。一度にひとり産むだけでも、充分すぎるほどのことなのに。

それに、なんだか損した気分だ。ジーネットは唇をとがらせた。もし両親がなかなか自分を許してくれず、イングランドに帰ってくるよう言ってくれなかったら、バイオレットがお腹を突き出してよたよた歩くところを見られないではないか。冬に予定されている赤ん坊の誕生にも、その洗礼式にも立ち会うことができない。

ジーネットはバイオレットに返事を書こうと思ったが、時計を見ると夕食の着替えの時間を過ぎていた。そこで手紙をたたみ、ベッツィーを呼ぼうと呼び鈴を鳴らした。

「……彼が言うには、途中で工事が遅れ気味になったが、いまは順調に進んでいるそうだ」ケーパーソースのかかったサーモンのポシェと、バターで焼いたロースト・ポテトを食べながら、カスバートが言った。「新しいウェスト・ウィングが、あと一カ月もすれば完成する」

ジーネットが見ている前で、カスバートとウィルダは顔を見合わせてにっこり笑った。

ジーネットはなにかがのどにつかえているような感じがしてごくりとつばを飲み、ワインの入ったグラスに手を伸ばした。あと一カ月経つと、作業員とともにダラー・オブライエンがいなくなる。〝やったわ〟これでやっと静かになって、思う存分朝寝ができる。

こんなに嬉しいことはないではないか。

もちろん、飛び上がるほど嬉しいに決まっている。

ジーネットは顔をしかめ、サーモンを口に運びながら、なぜか気持ちがふさぐのを感じた。気分転換が必要なだけだ。延々と続くこの単調な生活の気晴らしになるようなことが、なにかないだろうか。もしイングランドにいたら、パーティを開いていただろう。

ジーネットははたとひらめき、もうひと口ワインを飲んだ。

〝どうしてもっと早く考えつかなかったのかしら〟

フォークを脇に置くと、ナプキンで口を軽くぬぐった。「いいことを思いついたわ。舞踏会を開きましょうよ」

ウィルダが眉を高く上げ、カスバートが眉間にしわを寄せた。

「舞踏会なんて開いたことがないのよ」ウィルダが小さな声で言った。「何年か前のホリデーシーズンに友だちや親戚が訪ねてきたとき、昼食会を開いたぐらいだわ」

ジーネットは驚きで目を丸くしそうになるのを、かろうじてこらえた。「もうずいぶん昔のことなのね。改築のお祝いをしたらどうかしら？　新しい建物の完成を祝うべきだわ」

カスバートが気乗りのしない声で言った。「新しいウェスト・ウィングと実験室を使えるだけで、わたしは充分満足だ。わざわざたくさんの人を招いて、お祝いすることはない」

「でも、温室は？」ジーネットは食い下がった。「珍しい植物を、みんなに見てもらったらどうかしら。直接見てみたいというお仲間の人だっているでしょう」

カスバートはふと思案顔になった。「王立園芸協会の仲間がいる。ダブリンかそれより遠いところに住んでいる連中がほとんどだが、みんなわたしの〝エピデンドルム・ノクツルヌム〟を見たいと言っていた。たしかにきみの言うとおり、わたしのコレクションを披露するいい機会かもしれない」

「そうよ」ジーネットははずんだ声を出した。「ウィルダだって、新しいカードルームでゲームができるじゃない。みんなに楽しいゲームを教えてあげられるわ」

ウィルダが口元に小さな笑みを浮かべた。「まあ、考えたこともなかったわ。カードゲームができたら楽しいでしょうね」

「そうよ。ダンスに興味がない人のために、カードゲームは必要だもの。いつもホイストをしているお友だちだけでなく、このへんに住んでいる上流階級の人たちにも声をかけたらどうかしら」

「そうね、喜んで来てくれるような人たちに心当たりはあるわ」ウィルダは不安そうに胸に手を当てた。「でも、そんなに大がかりなパーティをわたしが開けるかしら」

ジーネットは手をひらひらさせた。「わたしに任せておいて。パーティの企画なら大の得意なの。あと一カ月しかないけど、なんとかやってみせるわ。何カ月もその話題で持ちきりになるくらい、素晴らしいパーティを開いてみせるから。もしかすると何年も話題の種になるかもしれないわね。ダブリンからお招きする園芸協会のお仲間だって、きっと絶賛してくれるわ。こんなに素敵なパーティに招かれて光栄だと大喜びするでしょう。主催したのが自分じゃなくて、悔しいと思うんじゃないかしら」

ジーネットは大はしゃぎで手を叩いた。「じゃあ決まりね？　舞踏会を開きましょう」

カスバートとウィルダが戸惑い顔で視線を交わしたかと思うと、同時にこくりとうなずいた。

「ええ、やりましょう」ウィルダが言った。

10

それから一カ月、ジーネットは舞踏会の準備に奔走した。その前の二カ月に比べ、時間はあっという間に過ぎていった。

当日の朝、ジーネットは広間に立ち、あちこちを身ぶりで示した。部屋にはワックスと生花のいいにおいが漂っている。「ああ、それじゃだめよ。テーブルの中央に置いてあるピンクと白のタチアオイを、あっちのサイドテーブルに移動してちょうだい。キクとグリーンは、楽団席のそばにある台付きの花びんに生けてもらえるかしら」

ハウスキーパーのミセス・アイボリーはうなずき、近くにいた従僕ふたりにジーネットが言ったとおりにするよう指示した。

「ロブスターのパテをどうしましょう？　今朝六時に魚屋が来たのですが、ロブスターがまるまる一箱近く足りませんでした」ミセス・アイボリーは腹立たしげに言った。「シェフがひとしきり文句を言いましたが、メニューをどうしたらいいでしょうか？」

ジーネットは腰のあたりを指でとんとん叩きながら考えた。「エビがたくさんあったわよね？」

「はい。たっぷり用意してあります」

「だったらエビを使った新しいメニューを考えるよう、シェフに言ってちょうだい。それとカキもたくさん出して、ロブスターの分を穴埋めするといいわ。それでシーフードのお料理は足りるでしょう」

「かしこまりました」

「ほかになにかある？」

「いいえ、いまのところはありません。銀器とクリスタルグラスはきれいに磨きました。シャンデリアのほこりも払いましたし、ろうそくも新しいものに替えてあります。お泊まりのお客さまのために、寝室の準備もすべて整えました。お客さまのお供の人たちの部屋も、みなに命じて用意をすませています」

「そう。準備は万端なようね」

ミセス・アイボリーはうなずき、お辞儀をして下がろうとした。

「ちょっと待って」ジーネットはハウスキーパーを呼び止めた。「メリウェザー夫妻もわたしも、みんながこの数週間というもの、素晴らしい働きをしてくれたことに感謝しているわ。サリー州の実家の使用人でも、これほど見事な仕事はできなかったんじゃないかしら」ジーネットは低い位置で腕を組んだ。「なにか大きな問題が起きなければ、今夜のパーティはきっと大成功ね。あなたからみんなにお礼を言っておいてちょうだい」

ミセス・アイボリーはふっくらした顔をぱっと輝かせ、白い歯を見せて嬉しそうに笑った。

「かしこまりました。どうもありがとうございます。今夜は手抜かりのないよう、これまで以上に頑張りますわ。それでは失礼いたします、レディ・ジーネット。エビのことはシェフに伝えておきます」そしてもう二言三言、感謝の言葉をつぶやき、あらためてお辞儀をして小走りに広間を出ていった。

ジーネットはハウスキーパーの後ろ姿を満足げに見送った。

この一カ月は、まるで水を得た魚のようだった。好きなものならたくさんあるが、パーティの興奮ほどわくわくするものはない。自分で計画するのも、誰かに招かれるのも大好きだ。最初のころはウィルダも手伝おうとしてくれたが、大がかりな舞踏会の企画という慣れない仕事に、すぐに音を上げた。ジーネットは進んで先頭に立ち、大きな戦闘を間近に控えたベテランの将軍のように指揮を執った。自分がパーティの成功に向けてみなを率いるさまには、ウェリントン将軍も感心しただろう。美しい字で招待状を書くことから料理やワインを決めることまで、準備のすべてを自分が取り仕切ったのだ。

ただひとつ、花のことだけはウィルダに任せた。ウィルダは喜んでその役目を引き受けてくれた。一方のカスバートは、招待する友人や仲間のリストをジーネットに渡すと、仮設の実験室に閉じこもったきり出てこなかった——もちろん、食事のときは別だ。

ふたりの従僕が出ていき、ジーネットは広間にひとり残された。そしてゆっくり部屋を一周し、その飾りつけの美しさに見ほれた。床まで届く栗色のベルベッドのカーテン、赤と金の色調の中国のフロック壁紙、ぴかぴかに磨かれた板張りの床。開け放たれた上げ下げ窓からは、自然光と風が入ってくる。ジーネットは胸いっぱいに息を吸いこみ、かすかに漂う秋咲きのジャスミンの香りを楽しんだ。

屋敷はしんと静まり返っている。大工や職人がひっきりなしに立てていたあのけたたましい音から、ようやく解放されたのだ。だがパーティまでに工事が終わるのかどうか、ぎりぎりまでやきもきさせられた。新しいウェスト・ウィングがついに完成したのは、ほんの三日前のことだ。今週になってもまだダラーと作業員が最後の仕上げをしていることを知り、ジーネットは一瞬頭が真っ白になった。それでも改修工事はなんとか予定どおりに完了し、男たちはみな工具や備品を回収して引き上げていった。すぐに使用人が新しい部屋を入念に掃除し、家具を運び入れて設置した。それから不安顔のカスバートの手短な指示に従い、膨大な外来植物のコレクションを温室に運びこんだ。

ダラーは、自分のところに挨拶に立ち寄ることさえしなかった。

それよりもっと腹が立つのは、自分が最後にもう一度、彼に会いたくてたまらなかったことだ。だが、こちらから会いに行くようなことはしなかった。向こうが会いたくないのなら、こっちだって会うつもりはない。これといって話すこともないのだから。会ったところで、工事の開始時間をめぐってあれこれ駆け引きしたことには触れず、きっとどうでもいい言葉を二つ三つ交わすだけで終わるだろう。お互いを困らせたり、じゃれあったりしたことも、キスをしたこともなかったような顔で別れるのがおちだ。

ジーネットは目を閉じた。記憶が一気によみがえってくる。あの唇の感触。とろけるように甘く情熱的なキス。わたしを酔わせ、全身を熱くさせた男性らしいにおい。舌に愛撫を受けたときの禁断の悦び。そして彼は、もう二度と離さないというように、息が止まるほど強くわたしを抱きしめた。

ジーネットは肌にぞくりとした感触が走るのを覚え、どきどきする胸にこぶしを当てた。激しい情熱が湧き上がってきたことに動揺し、寂しさを感じている自分に苛立った。もう二度と会わない人のことなど、考えても仕方がないではないか。ダラー・オブライエンは、自分には関係のない人だ。

〝そうよ〟ジーネットは自分に言い聞かせた。〝あんな人のことなんか、どうだっていいじゃないの〟

ジーネットは目を開けて広間のなかを見まわし、もうすぐ始まる楽しい夜のことを考えようとした。今夜は思い切り楽しもう。なんといっても久しぶりのパーティなのだ。たしかにイニスティオージはロンドンではないかもしれない。メリウェザー夫妻の友人や隣人は、あまり垢《あか》抜《ぬ》けない人たちばかりだろう。それでも今夜は、とことん楽しむつもりだ。みながわくわくするような優雅な舞踏会を開こうと、今日まで精いっぱいのことをしてきた。招待客はみな喜んでくれるにちがいない。もしつまらないと言う人がいたら、その理由を聞いてみたいくらいだ。

もちろん、自分はほかの人以上に羽を伸ばして楽しもう。

それに出席者の全員が地元の人間というわけではない。招待客のリストには、イングランド人も何人か含まれていた。そのなかのふたりは肩書きを持った紳士で、カスバートが最近手に入れた植物を見るため、わざわざロンドンからやってくる。もしかすると、新しい出会いがあるかもしれない。これはと思う人がいないとも限らないのだ。ハンサムでお金持ちの紳士が現われれば、ダラー・オブライエンのことなど、心のなかからきれいさっぱり消えてしまうだろう。

板張りの床をこつこつ鳴らしながら、従僕のひとりがやってきた。「失礼します。お客さまがお見えになりました」

「もういらしたの？　午後遅い時間まで来ないと聞いていたのに。でもまあ、仕方ないわね。ミセス・メリウェザーに伝えてちょうだい」

「わかりました。ですが、お客さまはレディ・ジーネットにお会いしたいとおっしゃっています。勝手ながら、わたしの一存で黄色いインテリアの応接室にお通しいたしました」

わたしに会いたいと言っている？　今夜の舞踏会の招待客のなかで、わたしが個人的に知っている人はひとりもいないのに、いったい誰だろうか。たしかに招待客のリストをまとめて招待状を書いたのはわたしだが、普通なら自分ではなくウィルダを呼ぶだろう。

従僕の勘違いにちがいない。

だが招待客をそのまま放っておくわけにはいかない。ウィルダが来るまで、自分がもてなすことにしよう。

ジーネットがありがとうというように軽くうなずくと、従僕がお辞儀をして脇によけた。

ジーネットは広間を出た。応接室に着くと閉まったドアの前でいったん立ち止まり、ピーチ色をした水玉模様のモスリンのドレスに乱れがないか確認した。そして背筋を伸ばして部屋に入ったとたん、目を大きく見開いた。真鍮《しんちゆう》のドアノブに手をかけたまま、入り口で立ち尽くした。よく知っている顔が、いっせいにこちらを向いている。

「バイオレット！」ジーネットは嬉しさと驚きで、甲高い声を出した。はしゃいだ笑い声を上げながら、部屋の奥へと急いだ。「まあ、本当にあなたなの？　よく来てくれたわね。いらっしゃい！」

クリーム色のダマスク織りのソファに座っているバイオレットが、ターコイズブルーの瞳でこちらを見ている。その瞳は自分と見分けがつかないほどよく似ているが、ただひとつだけ違うのは、妹の目が金縁の眼鏡の奥に隠れていることだ。

「ええ、本物よ。みんなで来たわ」バイオレットはにっこり笑い、大きなお腹に両手を当てた。「このふたりも一緒よ。もちろん、この子たちは否応なく連れてこられたわけだけど」

バイオレットは腰を浮かせて立ち上がろうとした。だがあと少しというところで、バランスを崩してソファにどすんとしりもちをついた。エイドリアンがさっと立ち上がり、妻に手を貸した。

ジーネットは目を丸くした。お腹が大きくなっているとは聞いていたが、まさかこれほどだとは思わなかった。大きく突き出し、まるで品評会で受賞して展示されるメロンのようだ。知らない人が見たら、もういつ産まれてもおかしくないころだと思うだろう。だが出産予定は、まだ三カ月も先なのだ。

双子を身ごもったからといって、バイオレットはおしゃれに無頓着な昔の彼女に戻ってはいないようだ。洋紅色《カーマイン》の旅行用ドレスを着こなし、顔をきらきらと輝かせている。だがもしかすると、あの美しさはお腹に子どもがいるせいかもしれない。それと、幸せな結婚生活を送っているからだろう。バイオレットが身重の妻の世話を焼こうとするエイドリアンと、愛情のこもった視線を交わすのを見て、ジーネットは思った。

「それにしても、どういう風の吹きまわしなの?」ジーネットははずんだ声を出した。「みんなが来るなんて知らなかったわ」

「手紙を書いたんだけど、読まなかった? その驚いた顔を見ると、まだ届いていないようね」

「そりゃあ驚くわよ。本当に嬉しいわ。さあ、ハグをさせてちょうだい」ジーネットはバイオレットの体に両腕をまわした。だがバイオレットのお腹があまりに大きかったので、手が背中まで届かず、ふたりとも笑いだした。

「気にしないで」バイオレットが体を離しながら言った。「最近はエイドリアンでも届かないの」

ジーネットはそれまで笑みを浮かべていた顔がかすかにこわばるのを感じながら、義理の弟に目をやった。

第六代ラエバーン公爵ことエイドリアン・ウィンターは、ダークブラウンの髪をした長身で端整な顔立ちの男性だ。イギリスでも屈指の富と権力を誇る者としての責任と義務を難なく果たし、堂々とした態度でどんな場所でも人々を従わせることができる。だが素顔は物静かで、とても頭の切れる人物だ。若いレディである自分には、あまりに思索的すぎる。それを考えると、自分が彼のフィアンセだったことなど、とても信じられない思いだ。しかも土壇場で逃げ出さなければ、いまごろ自分はエイドリアンの妻だった。

ジーネットは深呼吸し、この人と結婚しなくてよかったとほっと胸をなで下ろした。だが今年の春、自分は彼を取り戻そうなどとばかげたことを考えた。そのときの自分の行動を思い出し、ジーネットはぞっとした。いくらトディに捨てられて絶望していたからとはいえ、あまりに無茶なことだった。

だがバイオレットはエイドリアンのために闘い、そして勝利した。あなたはエイドリアン自身ではなく、彼が持っているものが欲しいだけだという、バイオレットの指摘は正しかった。

運命のめぐり合わせは不思議なもので、学問好きでおとなしい妹とエイドリアンは本当に恋に落ち、これ以上ないほどの似合いのカップルになった。ふたりの幸せそうな姿を見ていると、こちらまで嬉しくなってくる。いまの自分は、バイオレットには幸せになる資格があると心から思っている。

「ラエバーン公」ハグをするのはお互いに気まずいだろうと思い、ジーネットは手を差し出した。

エイドリアンはジーネットの手をとり、優雅にお辞儀をした。そして背筋を伸ばし、ジーネットの目をじっと見た。きらりと光る茶色の瞳は、おかしな考えを起こすんじゃないと釘を刺しているようだ。

ジーネットは手を引っこめ、肩をこわばらせた。いったいどうやって、またみなをだませるというのだろう？　バイオレットはあんなに大きなお腹をしているのだ。もし自分がこの期におよんでもまだバイオレットと入れ替わろう——春にどれだけ痛い目にあったかを思えば二度とごめんだ——と企んだとしても、そんなことができるわけがない。

仮にドレスの下に大きな羽根枕を押しこむことに成功したところで、体重を増やすことは無理だ。バイオレットはどこから見ても、以前よりずっと太っている。顔もふっくらしているし、なにより赤ん坊の誕生に備えて、胸がびっくりするほど大きくなっているのだ。

ジーネットはエイドリアンの視線をわざと無視した。家族に再会できた嬉しさが、腹立たしさを上まわっていた。

そして笑顔を保ったまま、エイドリアンの弟のほうを向いた。「クリストファー卿」

エイドリアンをそのまま若くしたようなキット・ウィンターは、ダークブラウンの髪を持つ二十三歳のハンサムな男性だ。思わず見とれるくらい整った容姿をしているが、ただひとつの欠点は、はしばみ色の瞳がやんちゃな子どものように光っていることだろう。

「レディ・ジーネット」キットはうなずいた。

なにも知らない人が聞いたら、ごく普通の挨拶だと思ったにちがいない。だがジーネットはキットの口調に、自分を小ばかにしたような響きを感じた。〝若造のくせに〟春に開かれたパーティの席で、キットが自分にどういう仕打ちをしたかを思い出す。あのときのことは、まだ完全に許したわけではないのだ。

だがジーネットはのどまで出かかった文句を呑みこみ、部屋にいるもうひとりの人物に視線を移した。地味で目立たず、いるのかいないのかわからないくらいおとなしい女性だ。それはバイオレットの長年の親友、イライザ・ハモンドだった。いつものようにひどく野暮ったい格好をしている。こげ茶色のドレスが、くすんだ茶色の髪とグレーの目と青ざめた肌を持つイライザに、まったく似合っていない。

「ミス・ハモンド。ご機嫌いかが？」

イライザはびくりとしたようにジーネットを見上げ、頭をひょいと下げた。「げ、元気です。レディ・ジーネットはご機嫌いかがですか？」

「わたしはとても元気よ。みんなが来てくれて、ますます元気になったわ」

ジーネットはそこで間を置き、イライザがなにか言うかと思って待った。だがイライザはそれ以上なにも言わず、ひざの上で組んだ手に視線を落とした。

ミス・ハモンドからこれ以上、言葉を引き出そうとしても無駄だ。ジーネットはふたたびバイオレットのほうを向いた。「まだ答えを聞いてなかったわね。いったいなんの用事かしら？　どうしてわざわざ来てくれたの？　あなたはいま、大変な時期なのに」

ジーネットが友人のイライザから顔をそむけたことに、バイオレットはかすかに眉をひそめた。だが返事をしようとしたそのとき、エイドリアンが先に口を開いた。

「そのとおりだ、大変な時期なのに」妻を優しく叱るような口調だった。「だからぼくは、こんな長旅はやめるべきだと言ったんだ」

「そんなに長くなかったわ。あなたの船で来たんだもの。海に浮かぶカントリーハウスみたいに快適だったわ」

「海に浮かぶカントリーハウス、か」エイドリアンは、ふうんというように言った。「それじゃ馬車の旅はどうだった？」

「どんなに悪路でも、あなたの馬車はスプリングがよくきいているからだいじょうぶよ。それに、あなただけ行かせるわけにはいかなかったわ。わたしもキットもイライザも、どこか違う土地に行ってみたくてたまらなかったの。わたしにとっては、これがどこかに出かける最後のチャンスだったし。あと一カ月もしたら、わたしはよたよた歩くこともできなくなるわ。そうなったらあなたのお母様と屋敷に閉じこもり、出産を待たなくちゃならないもの」

「きみは母のことを気に入ってくれていると思っていたが」

「ええ、お母様のことは大好きよ。それはあなたもわかっているでしょう。でも動けなくなる前に、わくわくするような冒険をもう一度しておきたかったの」

「アイルランドは」ジーネットが不機嫌そうに言った。「わくわくするような場所じゃないわ」

「なにを言ってるの、素敵な場所じゃない」バイオレットはジーネットを見た。「ウォーターフォードからここまで来るあいだ、とても素晴らしい景色を楽しんだわ。この季節なのに、すごく緑が豊かなんですもの。わたしは田舎が好きなのよ。あなたが都会が好きなのと同じように。じつはここに来たのは、そのことが理由なの」

「どういう意味？」

バイオレットは目をきらきら輝かせながら、満面の笑みを浮かべた。「つい十日前、パパとママが訪ねてきたわ。三人で長い時間、話をしたの。一生懸命説得したら、ようやくわかってくれたわ。あなたが自分のしたことを、どれだけ反省しているか――」

キットが聞こえよがしにふんと鼻先で笑った。

ジーネットがにらむと、キットは肩をすくめたが、まったく悪びれた様子はなかった。

「つまり、あなたとわたしがふたりでついた、軽率でひどい嘘のことだけど。もっとも、こういう結末になったことを考えると、わたしが心から後悔しているといえば嘘になるわね」

バイオレットはエイドリアンの手をとってぎゅっと握り、万感の思いを込めてその目を見つめた。

そして話の続きを始めた。「事前に断りを入れるべきだとは思ったけど、あなたの手紙をふたりに見せたの。あなたがどれだけ静かな生活を送り、自分のしたことを悔いているかをわかってもらいたくて。そうしたら、意外にあっけなく折れてくれたわ」

ジーネットはふいに希望の光が差すのを感じ、胸の前で両手を握り合わせた。「本当に？それで？」

「それで、わたし――わたしたちみんな――は、あなたにとっておきの報告をしにきたというわけ。パパとママは、あなたを許してくれるそうよ。イングランドに戻ってきていいって。わたしたち、あなたを迎えにきたのよ！」

ジーネットは喜びを爆発させた。手を叩いて甲高い声を上げ、じゅうたんの敷かれた床を足で踏み鳴らした。それがレディらしいふるまいかどうかということなど、まるでおかまいなしだった。

そしてバイオレットに飛びつき、相手が身重であることも忘れて強く抱きしめた。「これで釈放なのね？ もう牢屋にいなくてもいいの？ 勘当は解かれたってこと？ アイルランドを出られるのね？」

「ええ。わたしなら、この美しい屋敷を牢屋とは呼ばないけど。でもとにかく、あなたは自由の身よ」

ジーネットはバイオレットの体を放した。「やった、すごいわ。ああ、あなたって、なんて優しくて親切なの。最高の妹だわ。いままで、いろいろひどいことを言ってごめんなさい。もう二度と言わないと約束するわ」

バイオレットは笑った。「その言葉を覚えておきましょう」

ジーネットは手をひらひらさせた。「本当よ、二度と言わないから」そしてもう一度、その場で跳びはねた。「ありがとう。本当にありがとう」

〝故郷《ふるさと》〟ジーネットは心のなかで歌うように言った。〝故郷に帰れるんだわ〟そう、イングランドに、文化的な生活に戻ろう。そうすれば、すべてがもとどおりだ。友だちに会い、ふたたび社交界の若者のあいだで流行をリードする存在になる。パーティや夜会や舞踏会が待っている。今年の冬は両親と一緒に郊外をまわり、春になったらロンドンで社交シーズンを迎えよう。そのことを考えると、嬉しくてじっとしていられない。ああ、帰るのが待ちきれない。社交界への華々しい復活は、どういう形で果たそうか。

「さて、話が終わったなら」キットが言った。「誰かお茶を頼んでくれないか？　お腹が空いて死にそうだ」

「あと一時間もすれば、軽食が出てくるわ」ジーネットはまだ雲の上にいるような気持ちで、バイオレットに矢継ぎ早に質問した。「それで、ママは具体的になんて言ったの？　わたしが帰ってくるのを喜んでた？　ロンドンのことは？　ロンドンに行く話は出た？」

バイオレットは微笑み、質問のひとつひとつに答えようと口を開きかけた。

「もう腹ぺこだ」キットが口をはさんだ。

ジーネットがちらりとその顔を見た。「だったら、お昼がなおさらおいしく感じられるでしょう。いまお茶を飲んだりしたら、食事に差し障るわ」

「ぼくに限ってそんなことはない。今朝食べたハムも卵も、もうとっくに胃袋から消えた。だいじょうぶだ、お茶を飲んだって食事は充分食べられる」

バイオレットもキットに加勢した。「わたしも食事の前に、なにか軽くつまみたいわ」そう言ってお腹に手を当てた。「わたしもこのところ、キットと同じでいつもお腹が空いてたまらないの。赤ちゃんのせいだわ。ウィンターレアの屋敷のシェフは、わたしのせいでいつも大忙しよ。最近はイチジクのプディングとビートのピクルスに目がなくて」

「そのふたつを同時に食べるんだから、信じられないよ」キットが気持ち悪そうな顔をした。

「あら、おいしいのよ。それに、蒸したアーティチョークとレモンとバナナも食べたくて仕方ないの。でもこの季節には恐ろしく値段が高いうえ、なかなか手に入らないでしょう。シェフのフランソワも大変だわ。でも、もっとかわいそうなのはエイドリアンね。夜中だろうとなんだろうと、わたしに起こされるんだから」

「気にすることはない」エイドリアンが優しく言った。「夜中にぼくを起こすことも、食欲が増したことも」

「体重が増えたことは？」

「むしろ、きみのことがますます愛しくなったくらいだ。少しくらい太ってもぼくはちっともかまわないと、前に言っただろう」エイドリアンはバイオレットの背中に片腕をまわし、その体をぐっと抱き寄せた。

ふたりは目を見つめ合った。

ジーネットは一瞬、バイオレットとエイドリアンが自分たちの前で熱い抱擁を交わし、キスを始めるのではないかと思った。だが次の瞬間、ふたりはふとわれに返った様子で、しぶしぶ体を離した。

エイドリアンが咳払いをした。「お茶を飲むのなら、椅子に座ったほうがいい。あまり長いあいだ立っていると、足首がむくんでしまう」

「自分の妹の足首がむくんだときは、心配なんかしなかったじゃない」

「シルビアはぼくの妻じゃないからな。それにあいつの足首は、きみほど美しくない」

エイドリアンはバイオレットのひじを手で支え、ソファに座らせた。

キットは腕組みし、満足そうな顔をした。「それで？　誰か呼び鈴を鳴らしてくれるかい？　それともぼくが鳴らそうか？」

「もう鳴らしました、クリストファー卿」イライザ・ハモンドが小さな声で言った。「みなさんがお話ししているあいだに、失礼ながらそうさせていただきました」そしてジーネットをちらりと見た。「よろしかったでしょうか？」

ジーネットはびっくりして目をしばたいた。正直に言うと、イライザが部屋にいることすら忘れていた。席を立って部屋を横切り、呼び鈴を鳴らしに行ったことにもまったく気がつかなかった。だがほかのみんなも、そのことに気づいていたとは思えない。内気でおどおどしたイライザが、自分の判断で行動したとは驚きだ。

「ええ、もちろん」

キットはどきりとするような笑顔をイライザに向けた。「ありがとう、ミス・ハモンド。助かったよ」芝居がかった仕草で胸に手を当て、軽くお辞儀をした。「きみの素早い判断がなければ、ぼくはもうじき空腹のあまり倒れていただろう。一生恩に着るよ」

イライザの頬に赤みが差し、顔色がぱっと明るくなった。口元に恥ずかしそうな笑みが浮かんでいる。いまの彼女はきれいだわ。ジーネットは思った。イライザの瞳がこんなふうに輝くところを、これまで見たことがない。

「どういたしまして」イライザは蚊《か》の鳴くような声で言った。

だがそのときすでにキットの関心は、別のところに向けられていた。兄とバイオレットの会話に耳を澄ましている。

イライザは目を伏せた。愛らしい頬の赤みも、雪でおおわれたように消えてしまった。

そういうことだったのね。ジーネットは心のなかでつぶやいた。かわいそうなミス・ハモンド。自分のことなど眼中にない若い男性に、恋をしている。相手は社交界のなかでも、とくに洗練されて美しい、若いレディの目を奪うような男性なのだ。地味なイライザ・ハモンドのことなど、たんに本好きな義姉の友人で、おとなしくしっかりした女性ぐらいにしか思っていない。

ジーネットはふいにイライザが不憫《ふびん》になった。彼女に心からの同情を覚えたのは、これが初めてだ。

愛とはなんと残酷なものだろう。

ドアをノックする音が聞こえ、客間女中《パーラーメイド》のひとりが入ってきた。メイドはひざを曲げてお辞儀をし、部屋にいる上品な人々に大きく目を見開いた。バイオレットのお腹に気づくといっそう目を丸くし、口をあんぐり開けてジーネットとバイオレットを見比べた。そしてジーネットの顔に視線を据えて言った。「お呼びでしょうか？」

「ええ。すぐにお茶の支度をするよう、シェフに言ってちょうだい。それからミセス・アイボリーに、来客用の寝室をもう何部屋か用意するよう伝えて。妹夫婦が弟と友だちを連れて訪ねてきたの。寝室が必要だわ」

「はい、かしこまりました。ですが、どういたしましょう？　ほかのお客さまで、お部屋はほとんどいっぱいなのですが」

「それでも、なんとかしなくちゃいけないわ。ミセス・アイボリーなら、きっといい方法を思いつくでしょう。とりあえずお茶をお願いね、ジェイニー」

メイドはもう一度お辞儀をすると、急いで応接室を出ていった。

「ほかのお客さまって、どういうこと？」バイオレットが訊いた。

ジーネットはふり返った。「今夜、メリウェザー夫妻が主催するパーティがあるの。舞踏会よ。あんまり興奮したもんだから、すっかり忘れてたわ」

「メリウェザー夫妻が舞踏会を？　あなた、ここを未開の地だとかなんとか言ってたけど、今夜は寂しさも退屈も忘れて楽しむところだったんじゃないの」

「ええ、そうするつもりよ」ジーネットは唇をとがらせた。「ここに来てから、社交のまねごとをするのは今夜が初めてだもの」

「さすがだな、ジーネット」エイドリアンが言った。「きみは勘当中の身だと思っていたが、人の屋敷でパーティを開くとは」

「そうよ、わたしは勘当されて、ここでひどい目にあっているのよ」

ドアのほうでかすかに音がした。ふり向くとウィルダが入り口に立っている。その顔に傷ついた表情が浮かんでいるのを見て、ジーネットは狼狽《ろうばい》した。

〃ああ、どうしよう〃

「ウィルダ」ジーネットはあわててその場を取り繕おうとした。「お客さまよ。さあ、なかに入って。紹介するわ」急いで駆け寄り、ウィルダの腕をとって自分の腕にかけ、小声で言った。「さっきは失礼なことを言ってごめんなさい。わかってるとは思うけど、あれはあなたやカスパートのことじゃないのよ。あなたたちはふたりともいい人だし、ここで一緒に過ごせてとても楽しいわ」

「でもわたしたちは、若くもなければ、一緒にいておもしろくもないでしょう?」

ジーネットは思わずウィルダの顔を見た。これ以上相手の気を悪くさせないためには、なんと返事をすればいいのだろう。

ウィルダが背筋を伸ばし、ジーネットの手を軽く叩いた。「わかってるわ、ジーネット。そんなに気に病まなくていいのよ。さあ、お友だちを紹介してもらえるかしら」

「ええ、もちろん。でも、友だちじゃなくて家族なの」

あっけなく許してもらえたことに胸をなで下ろしながら、ジーネットはウィルダを促して部屋の奥に進み、紹介を始めた。エイドリアンとキットとイライザの親しみを込めた挨拶に、ウィルダの緊張はすぐにほぐれた。

「ご挨拶が遅れて申し訳ありません」ウィルダはスカートのひだを伸ばしながら言った。

「まだあと数時間は、どなたもお見えにならないと思っていたものですから」

「どうぞ気になさらないでください、マダム」エイドリアンが言った。「こうしてお邪魔することを、事前にご連絡しなかったわたしたちが悪いんです。ジーネットが言ったとおり、わたしたちは親戚同士ではありませんか。堅苦しいことはなしにしましょう」

ウィルダはほっとした表情になり、にっこり微笑んだ。「そうですわね、閣下」

「エイドリアンと呼んでください。ラエバーン公でも結構です」

「ありがとうございます、閣下――いえ、エイドリアン」そう言うとウィルダは少女のようにくすくす笑い、口元をさっと手で隠した。「わたしのことはウィルダと呼んでください」

「喜んで」

ウィルダはふとなにかいいことを思いついたように、目をきらきらさせながら全員の顔を見た。「ホイストをしたい方はいらっしゃる?」

11

「ああ、楽しいわね」ジーネットはバイオレットとイライザの隣りに腰を下ろした。「ダンスの合間に休憩があって助かったわ。そうじゃないと、脚がくたくたになってしまう」

そして扇を開き、火照った頬をあおいだ。その白い扇は、今夜着ている波紋のある白いシルクのドレスに合わせて選んだものだ。ドレスの上に重ねたティファニー織りのオーバースカートは、ビーズとブリュージュ製のシルクのレースで飾られている。それに白いシルクの靴と白いロンググローブを合わせ、胸元にはシンプルだが美しい真珠のネックレスという装いだ。

「いいパーティだと思わない？」

「ええ、とても素晴らしいわ。いつもどおり見事なお手前ね」バイオレットはパンチのグラスを口に運びながら言った。

ジーネットは褒め言葉に気をよくして微笑んだ。バイオレットが流行を意識したドレスを着ているのも嬉しかった。凝ったデザインの瑠璃《サファイア》色のドレスで、大きなお腹をとても上品に見せている。

去年、何カ月間か自分と入れ替わったことにも、バイオレットにとっては大なり小なり得るところがあったようだ。とくにファッションのセンスがぐんとよくなった。それまでも妹にはさんざん、もっとおしゃれに興味を持つよう口を酸っぱくして言ってきた。姉である自分のふりをするために、そしてエイドリアンの自慢の妻でありたいという強い気持ちのために、バイオレットもとうとう時代遅れの格好をすることをやめたのだ。

あとは妹の友だちのイライザにも、同じ奇跡が起きたなら。イライザは枯葉色のタフタのドレスのせいで、ひどく血色が悪く見える。くすんだ色合いもさることながら、裾《すそ》についた幅広の縁飾りもひどいものだ。ミス・ハモンドのドレスの仕立屋は、きっと視力が弱いにちがいない。そうでなければ、あれほど醜いドレスを作るだろうか。

男性が寄ってこないのも無理はない。舞踏会が始まってすぐのころ、エイドリアンとキットが義理で一曲ずつ踊っただけだ。だが、ふたりともあまり楽しそうに見えなかったらしく、そのあとイライザにダンスを申し込んできた男性はひとりもいない。いかにも田舎の紳士といった感じの男性でさえ、おどおどした態度の野暮ったいイライザ・ハモンドを誘おうという気にはなれないようだ。

それでも、ミス・ハモンドにはバイオレットという友がいる。社交界というところがどういうところかを考えれば、ほとんどの人がイライザに見向きもしないことは不思議でもなんでもない。だがバイオレットは誰からなにを言われようと、自分の友だちは自分で選ぶという姿勢を貫いた。バイオレットの選択は賢明なものではなかったかもしれないが、その誠実さを責めることはできない。友だちとして、バイオレットほど誠実な人間はいないだろう――親切で心が温かく、優しすぎるほど優しい性格なのだ。

ジーネットはバイオレットのお腹に視線を落とした。妹はきっと素晴らしい母親になるにちがいない。男の子か女の子かは知らないが、生まれてくる子どもたちは本当に幸せだ。

「気分はどう？」ジーネットは訊いた。

バイオレットは少し驚いたように片方の眉を上げたが、体調を気遣ってもらえて嬉しそうだった。そしてお腹に手のひらを当て、穏やかな笑みを浮かべた。「ええ、気分はとてもいいわ。この子たちも、今夜は特別なことが起きているとわかってるみたいで、すごくお行儀よくしているのよ――まだ一回しかお腹を蹴ってないわ。でも、最近では夜更かしすることがないの。ウィンターレアでは、もうこの時間にはベッドにもぐりこんでるわ。けれど軽食のあとに昼寝をしたのがよかったみたい。晩餐《ばんさん》まではだいじょうぶよ。たしか十二時だったわよね？」

ジーネットはうなずいた。「ロブスターのパテやエビもあるわよ」

「まあ、エビは大好物だわ」バイオレットをはさんで反対側に座っていたイライザがつぶやいた。そして、自分が言葉を発したことにそのとき初めて気づいたように、床に視線を落とした。

ジーネットはイライザが言葉を続けるかどうかしばらく待ち、それから話題を変えた。

「それで、いつロンドンに帰るの？　いくらなんでも、明日じゃ早すぎるわよね」

「ちょっと早すぎるかもね」バイオレットは少しばかり皮肉を込めて言った。「せめてあと数日はいさせてちょうだい。メリウェザー夫妻とも、もっとお話ししたいもの。ふたりともいい人だわ。それにせっかく来たんだから、このあたりの史跡もいくつか見てみたいし。シトー派修道院跡のジャーポイント・アビーが、ここから数マイルしか離れてないところにあるはずよ。ブラウンズヒル・ドルメンもそんなに遠くないわ」両手を握り合わせ、熱っぽい口調になってきた。「寄り道する時間はなかったけど、ウォーターフォードに着いたときも興奮したわ。一一六九年、アイルランドを征服した初のノルマン人の王、ストロングボウが軍勢を引き連れて上陸した場所よ」バイオレットは手袋をした手を口元に持っていき、指で下唇をとんとん叩いた。「それとも、一一七〇年だったかしら？」

「一一七〇年だと思うわ」イライザがはずむような声で言った。「ガイドブックにそう書いてあったもの。でも正確には、軍隊が上陸したのはバノウ湾だったはずよ」

バイオレットとイライザがアイルランドの歴史について話し合っている横で、ジーネットはふとダラーのことを考えた。彼がもしふたりの議論に加わったら、なんと言うだろうか。ただひとつたしかなことは、ダラーならアイルランドが侵略を受けて征服されたという事実を、公平な視点から語るだろうということだ。たとえそれが六百年以上も昔のことであれ、きっとそうするにちがいない。

「ノルマン人がいつどこから上陸したのか知らないけど」ジーネットは言った。「アイルランドの人たちは、そのことをあまり嬉しく思わなかったんじゃないかしら」

バイオレットとイライザは話をやめ、ジーネットの顔を見た。

ジーネットもふたりの顔を見つめ返した。歴史の話に口をはさんだことに、バイオレットとイライザのみならず自分自身も驚いている。いままで生きてきて、学問的な問題について自分の考えを言ったことは一度もなかった――少なくとも口に出したことはないし、ましてや人前で言ったことなどなかったのだ。アイルランドに住み、オブライエンのようなアイルランド人と付き合っているうちに、どうやら自分は少しおかしくなってきているらしい。ロンドンにいたら、そんな話にはまったく耳を貸さなかっただろう。そのことについてなにか意見を言ったりなどしなかったはずだ。

だが幸いなことに、自分はもうすぐイングランドに帰る。

バイオレットが鼻にかすかにしわを寄せた。「そうね、あなたの言うとおりだわ。ダブリンとその周辺の地域を制圧するために、どれだけ残酷なことが行なわれたかを考えたら、当然のことね。しかもストロングボウは、自分の権力をより絶大なものにしようと、レンスター王の娘と結婚したの。でも彼はその後も家族と一緒にアイルランドにとどまり、ゲール語まで学んだそうよ。だから、ストロングボウがかならずしもアイルランドの人たちを見下していたとは言えないんじゃないかしら。そのあとにやってきた人たち、たとえばオリバー・クロムウェルのような人とは違うわ」

どうやら話に首を突っこみすぎたようだ。ジーネットはあわてて、そんなことには興味がないという、いつもの顔をしてみせた。たとえ妹であっても、自分が知的なことに関心を持ちはじめているのではないかと思われては困る。「もうその話はやめてちょうだい。頭がおかしくなってしまうわ。でもあなたは、かび臭い場所をあっちこっち連れまわしながら、ラエバーン公にもそういう話をたっぷりして聞かせるんでしょうね」

「エイドリアンは歴史の話をするのも、廃墟や史跡を訪ねるのも大好きなの。いろんなことに興味を持っているのよ。いまもカスバートの研究室で、王立園芸協会の会員の人たちから外来植物についての講義を受けているわ。挿し木用に少し枝を分けてもらって、ウィンターレアの温室で育てたいと思ってるみたい」

「あら、あなたはどうして行かなかったの？　いかにもあなたが好きそうな、退屈な話題じゃない」ジーネットがからかった。

「行きたかったけれど、男性しか入れない雰囲気がありありだったの。文句を言おうかとも思ったけど、シガーを吸うとわかってあきらめたわ。最近では煙を吸うと、胸が本当にむかむかするの」バイオレットは胃のあたりをさすりながら、気持ち悪そうな顔をした。「エイドリアンがわたしの代わりに話を聞いてきてくれるそうよ」

「なんて優しい人かしら」〝なんて退屈な人かしら〟ジーネットは心のなかでつぶやいた。

「ウィルダが新しいカードルームでゲームをしないかと、わたしとイライザを誘ってくれたけど断ったわ。椅子に座ると、テーブルの上のカードに手が届かないから」バイオレットは残念そうに笑った。「このお腹じゃあね。あなたが来る少し前まで、イライザにカードゲームをしてらっしゃいと勧めていたところだったの」

「でも、あなたをひとりで置いていけないわ」イライザが言った。「あなたはダンスもできないんだし、ここにひとりで残していくわけにはいかないもの」

「わたしならだいじょうぶよ。ここで椅子に座り、音楽を聴きながらダンスを見ているだけで充分楽しいわ」

「あなたを置いていったりしたら、ラエバーン公が……」

ジーネットはふたりの会話をうわの空で聞きながら、会場をぐるりと見まわした。人々が思い思いにグループを作り、きれいに飾られた部屋のなかで談笑しながら、美しいクリスタルグラスに注がれたシャンパンや繊細な磁器のカップに入ったパンチを飲んでいる。ぶらぶらとそのへんを歩いている人もいれば、鍵のかかっていないドアから寒い庭へと姿を消す人もいる。自分の見間違いでなければ、ついさっきキット・ウィンターも、くすくす笑っている快活そうな若い赤毛の女性と腕を組んで外に出ていった。

そのとき広間の大きな両開きのドアのあたりでなにかが動く気配がし、ジーネットはそちらに目をやった。新しくやってきた誰かが、入り口に立っている。

長身で髪は黒っぽく、部屋のなかを見まわす姿に威厳が漂っている。がっしりした肩を包んでいるのは、とびきり仕立てのいい上着だ。見るからに上質そうな黒いズボンを穿き、真っ白なシャツと、それに負けないくらい白さが際立ったマルセラのベストを着ている。ぱりっとしたタイも同じく純白で、ファッションに一家言持っているロンドンの社交界の面々をも満足させるような、一寸の狂いもない見事な結び目だ。白い靴下が形のいい引き締まったふくらはぎを引き立たせ、足元を正装用の黒い靴が飾っている。

〝いったい誰かしら?〟招待客のリストのなかに、思い当たる男性はいない。パーティが始まる前、列を作ってゲストを出迎えたときにいなかったということは、遅れてやってきたということだ。ロンドンから来たカスバートの知り合いだろうか? いや、ロンドンから招いた人なら、もう全員到着している。それに、科学者があれほどおしゃれな格好をするとは思えない。

〝彼は何者なの?〟

その男性が広間の中央に進み出るのを、ジーネットは息を殺し、どきどきしながら見守った。そして男性が自分のいる方角に顔を向けたのと同時に、はっと息を呑んだ。鮮やかな珍しい色の瞳をしている。

リンドウのように深い青だ。あの瞳の色なら、前に見たことがある。そう、あのアイルランド人の男の瞳だ。

ジーネットの頭からさっと血の気が引き、目の前がくらくらした。椅子に座っていてよかった。目の前の現実が呑みこめず、頭が混乱している。

まさか。あの紳士が、ダラー・オブライエンであるわけがない。

だが一歩一歩広間の奥に進む姿は、きれいに梳《と》かしつけられた栗色の髪の毛から高そうな靴でおおわれた足の先まで、紛れもなくダラー・オブライエンその人だ。

あの靴はどこで手に入れたのだろう? 身に着けた服は? 知らない人の目には、まるで紳士のように映るにちがいない。だが自分はそうでないことを知っている。ジーネットは唇を結んだ。もう何週間も会わなかったばかりか、そのずっと前から口もいていなかった。なのにあの男は、招かれてもいないのにメリウェザー夫妻が主催するパーティにのこのこやってきた。というより、わたしのパーティに押しかけてきたのだ。取り仕切ったのがこのわたしだということくらい、彼もわかっているはずではないか。

ここでなにをしているのだろう。そもそも、どうして来たのか？　ダラーが自分を完全に無視して姿を消したときの、傷ついて混乱した気持ちがジーネットの胸によみがえってきた。

「どういうつもりか知らないけど、勝手なまねはさせないわ」ジーネットはつぶやいた。

「勝手なまねって？」バイオレットが訊いた。「誰の話をしているの？」

「え、なに？」ジーネットは目をしばたいた。バイオレットとイライザが不思議そうに自分を見ている。「いえ、べつに……なんでもないわ」必死で言い訳を考えた。「わたし……その……晩餐の前に、確認しておかなくちゃならないことがあったのを思い出したの。もうすぐダンスが始まるから、そろそろ行くわね」

ジーネットは椅子から立ち上がった。ダラー・オブライエンから目を離さないようにしながら、深海を行く巨大な潜水艇のようにまっすぐ前に進んだ。あの男がほかの招待客と話をする前につかまえなければ。だが次の瞬間、ダラーが一組のカップルと話しはじめた。あれはたしかゴードン夫妻だ。ゴードン子爵のいとこだと聞いている。ジーネットは歩調を速めた。ああいう立派な人たちの前でなにか失礼なことをしでかさないうちに、オブライエンを脇に連れ出さなければ。

三人の近くに来ると、ジーネットは歩調をゆるめた。オブライエンの腕をつかんで強引にゴードン夫妻から引き離したいのはやまやまだが、この場でレディらしからぬ行動をするわけにはいかない。そこでにっこり微笑み、小さな声で挨拶をした。

ダラーがふり向き、完璧に礼儀に則《のっと》ったお辞儀をした。ひげがきれいに剃《そ》られ、相変わらず整った顔立ちだ。だがそのすました表情とは裏腹に、こちらをじっと見つめ返す瞳はきらきら輝いている。

「パーティを楽しんでいらっしゃいますか？」ジーネットはゴードン夫妻に尋ねた。「さっきおふたりが踊っているところをお見かけしましたが、うっとりするくらい素敵でしたわ」

「ありがとうございます、レディ・ジーネット」ミスター・ゴードンが言った。「とても楽しませていただいております。妻もわたしも、ダンスが大好きでして。今夜のように楽団が素晴らしいときは、とくに楽しいですね」

ジーネットは軽く会釈した。「ダブリンから来てもらいましたの……」

それからまる二分ほど音楽の話をしたあと、天気の話題に移った。このところ、朝晩はめっきり冷えこむようになっている。ミセス・ゴードンが、息子のひとりが雨に濡れてひどい鼻風邪を引いた話を始めた。ジーネットは話が始まって間もなく、これは当分終わりそうにないと観念した。

そのあいだじゅうダラーはほとんどしゃべらず、興味津々の顔で話を聞きながらときおり一言二言、なにか感想らしきことを言うだけだった。

同じ人たちとばかり交わらないというパーティのマナーに従い、ようやくゴードン夫妻から解放されるときが来た。ジーネットはひざを曲げてお辞儀をすると、飲み物の置かれたテーブルにパンチを取りに行くという口実で、ダラーを脇に連れ出した。

「ミスター・オブライエン、ここでなにをしているの?」ゴードン夫妻に聞こえないところまで来るやいなや、ジーネットは問いただした。心地よいにおいに胸がかすかにざわついたが、ここで負けてはいけないと自分に言い聞かせた。コロンの香りではない。男の人のにおいだ。

そう、力強い男性のにおいだ。

ジーネットはうっとりしている自分に気づき、ますます苛立った。

「パーティに来たに決まってるだろう」ダラーは招待客でいっぱいの広間を身ぶりで示した。「いいパーティだな」

「ありがとう。でも正直言って、あなたがどうしてここにいるのか、ちょっと困惑しているの。知らなかったんでしょうけど、今夜はご招待した方だけのパーティなのよ」

ダラーは片頬に笑みを浮かべた。「知ってるさ。ぼくが招待されていないと、いったい誰が言ってるんだ?」

「わたしよ。招待客のリストを準備したのはわたしだもの。お招きした人の名前は全部見たけど、あなたの名前はなかったわ」

「きっと見落としたんだろう。ミスター・メリウェザーが数日前に誘ってくれたんだ。なにも言ってなかったかい？」

ジーネットは顔をしかめたが、天を仰ぐのはやめておいた。カスバートはよく考えもせず、思いつきで招待状をばらまいたらしい――自分が雇った建築家にまで声をかけたのだ。

「ええ、聞いてないわ。それにしても、こんなところであなたに会うなんて驚きよ。もう仕事は終わったんだから、とっくに発《た》ったと思っていたわ」

「帰る準備はできていたが、気が変わったんだ。第一、きみに挨拶もしないで発つわけにはいかないだろう？」

その言葉にジーネットはかちんと来た。「あら、そんなことはないと思うけど。あなたとわたしは、もう何カ月も口もきいてなかったんだから」

さあ。ジーネットは思った。なにか言い返してごらんなさい。

ダラーの目がサファイアのように青く輝いた。「そうか、ぼくに会えなくて寂しかったんだな？」

「ジーネットはどきりとした。「まさか、ちっとも」あわてて否定した。「とても忙しくしていたから、あなたがいなくなったことにも気がつかなかったくらいよ」

「それはそれは」ダラーはにっこり笑った。

はっとするような魅力的な笑顔だが、ジーネットはそれを無視した。含みのあるいまの言葉についても、深く考えないことにした。

「そうよ。舞踏会の準備で朝から晩まで大忙しで、ほかのことはなにもできなかったわ。絵を描く時間もなかったのよ」

「絵を描かなかったとは、残念だな」

ジーネットはふと、自分が最後に描いた絵について、ダラーがなにか言ってくるのではないかと期待した——彼を悪魔に見立てて描いたあの絵だ。だがダラーは美しい目をきらきら輝かせるだけで、なにも言わなかった。

〝本当に腹の立つ人だわ〟

「ええ、まあね」ジーネットは音楽に合わせて踊る男女の列をぼんやり見ながら言った。「さあ、舞踏会がどういうものかはもうわかったでしょうから、そろそろ帰ったほうがいいわ」

「帰る？ たったいま来たばかりなのに」

「そうね。でもすぐに退屈すると思うわ」

「いや、これだけ大勢の人がいたら退屈する暇などないだろう」

「そこが問題なの。率直に言わせてもらうわ、ミスター・オブライエン。今夜のパーティは、あなたがいつも行くような種類のものとは違うはずよ」

ダラーの目がかすかに鋭い光を帯びた。「これはしゃれたパーティだからと言いたいのかな、お嬢さん？」強いアイルランド訛《なま》りで言った。「たしかにケーリーではないが、これはこれでかまわない」

「ケーリーってなに？」ジーネットは興味をそそられた。

「酒とダンスで大騒ぎする、とびきり楽しいアイルランドのパーティだ。これと似たようなものだが、もっと派手に騒ぐ。それはともかく、ぼくの服装が今夜のしゃれたパーティにふさわしくないとは言わせないぞ」

ジーネットはダラーの全身にさっと視線を走らせた。たしかにどこから見ても、素晴らしく洗練された格好だ。「そうね。その服はどうしたの？」

「前回ロンドンに行ったとき、仕立屋であつらえた」

「ロンドンに行ったの？」

「ああ。建築家というやつは、しょっちゅう国を離れて旅をする。ぼくも世界じゅうの素晴らしい都市を訪れた」

「本当？　たとえば？」ジーネットは目を輝かせた。

「たとえばパリだ。ナポレオンがワーテルローの戦いで敗北して、まだ間もないころだった。ブリュッセルやウィーン、ジュネーブにも行った」

「ローマは？　ローマに行ったことはあるの？」

「ああ。一度か二度訪れた。きみは？　どこに行ったことがある？」

「イタリアよ。去年、大叔母と一緒にじっくりまわったの。ローマを見物したあと、ベネチアやフィレンツェやナポリに行ったわ」

「ギリシャは？　あそこは素晴らしい国だ。ぼくに言わせれば、夕暮れ時のパルテノンを見ずして人生は語れない。午後アクロポリスに立つと、灼熱の太陽で熱せられた空気が揺らぐのが見える。蒸留酒《ウーゾ》やオリーブもうまい。日陰でのんびりくつろぎながら、オリーブをつまみにグラスを傾けるのは最高だ」

ジーネットはつかのま、実際にアクロポリスにいるような気分になった。強い陽差しを浴びながら、塩辛いオリーブを味わう。ダラーが横で、酒をなめてみないかと勧めてくる。透き通った強い蒸留酒で、ひと口飲むと頭がくらくらするらしい。

ダラーと目が合った。まるで肌をそっと指でなでられたように、背中がぞくりとした。ジーネットはふとわれに返り、自分がどこにいるのかを思い出して体をこわばらせた。もう二度と、この人に心をかき乱されてたまるものですか。

「いいえ。ギリシャもそうだけど、あなたが挙げた場所には行ったことがないわ」

ダラーはからかうような笑みを浮かべた。「そうか、それは残念だな。とにかく、ぼくが退屈するんじゃないかという心配は無用だ。ぼくはどんな場所にもすんなり溶けこむコツを知っている。というより……」部屋の反対側に目をやり、言葉が尻すぼみになった。「向こうにきみに瓜ふたつの女性がいるのに気づいてるかい？　眼鏡をかけていることと、お腹が大きいことを除けばそっくりだ」

ジーネットはバイオレットをちらりと見やった。「それはそうよ。わたしの双子の妹だもの」

「双子の妹？　驚いたな。きみたちのような美しい双子をこの世に送り出すとは、神の御業《みわざ》はまさに神秘的だ」

ダラーが満面の笑みを浮かべると、ジーネットは胸がどきりとし、温かい腕で抱きしめられたようなうっとりする感覚に包まれた。一瞬頭がぼうっとして、見えない腕に身を委ねた。

ジーネットははっとした。〝わたしはなにをやっているの。こんなことではいけないわ〟自分はダラーに頭を悩ませているはずではないか。それがちょっとした褒め言葉と笑顔だけで、心が揺れ動くようではどうしようもない。

問題を解決する方法はひとつだけだ。

ダラー・オブライエンに、この場を去ってもらう。

「妹は公爵夫人なの」

「へえ、そうなのかい?」

「だからあなたも、もっと違う人たちと付き合ったほうが気楽でいいと思うわ。ここにいる人たちとあなたは、住む世界が違うんだということくらいわかるでしょう」

ダラーは胸の前で腕組みした。「ふうん、なるほど」

ジーネットはもぞもぞした。ダラーが自分の言葉をおもしろがっているような目をしているのを見て、落ち着かない気分になった。だがそれをふり払い、先を続けた。

「わたしは本当のことを言っているだけよ。カスバートに悪気はなかったんでしょうけど、あなたを今夜招待したのはまずかったわ。ここにいるのは上流階級の人たちなの。もちろん、ただの田舎の名士がほとんどだけど」

ダラーの瞳からさっと輝きが消え、凍った池のように冷たくなった。「アイルランドと言ってくれ」

「なんですって？」

「田舎じゃなくてアイルランドだ。自分がどこにいるのか忘れたのか？　きみの本心をここにいる人たちが知ったら、いったいどういう気持ちになるだろうな。きみが自分たちのことを、ただの田舎者だと思っているんだから」

「そんなことは言ってない――」

「言葉に出さなくても、口調でわかる。レディ・ジーネット、きみはレディかもしれないが、鼻持ちならない俗物《スノッブ》だ。その傲慢《ごうまん》な態度もロンドンでは歓迎されるだろうが、ここではそうはいかない。きみはぼくが場違いなところにやってきたと思っているようだ。だがここにいる人たちのことなら、きみよりぼくのほうがよく知っている。さて、このへんで失礼して誰か若いレディにダンスを申し込むことにしよう。すんなり受けてくれるといいが」

ダラーはさっとお辞儀をして、大またで歩き去った。

どうしよう。大失敗だわ。オブライエンを侮辱して怒らせてしまったばかりか、帰るよう説得することもできなかった。それでも、たしかに言葉はきつかったかもしれないが、自分が言ったのは本当のことだ。彼は建築家で、中産階級に属している――自分がいる上流階級の常識では、中産階級の建築家は領主やレディ、公爵や公爵夫人とは付き合わない。少なくとも、社会的に付き合うことはないのだ。

それに自分はスノッブなどではない。身分の高いレディとして、ごく普通にふるまっているだけだ。なのにどうして、あんなことを言われなくてはいけないのか。高貴な家柄に生まれ、上流社会に属しているというだけで、スノッブ扱いされるいわれはない。もし自分が本当にスノッブだったら、そもそも今夜のパーティを計画したりはしなかっただろう。ロンドンの社交界の基準からすると、今夜ここに来ている招待客のなかで、自分がいつも付き合っている仲間が認めるような人はほんのひと握りしかいないのだ。たとえ夕食会《ディナーパーティ》であっても、ここにいる人たちを招けば、ロンドンの仲間はみな眉をひそめるにちがいない。

ジーネットは動揺を覚えながら、胸いっぱいに息を吸いこんで肩に入った力を抜こうとした。そして扇を開き、紅潮した顔をぱたぱたとあおいだ。

楽団が席に着き、楽器を手に取った。二、三度音合わせをして、招待客にもうすぐダンスが始まると合図した。何組もの男女が、いそいそとフロアに進み出た。

ジーネットより五、六歳ばかり年上の薄茶色の髪をした紳士が、ダンスの約束を果たそうとやってきた。たしか男やもめだと聞いたが、名前ははっきり覚えていない。紳士がお辞儀をし、腕を差し出した。ジーネットは紳士の腕に手をかけてダンスフロアに出ていった。

男性と女性がそれぞれ一列に並び、演奏が始まるのを待っている。間もなく陽気な楽曲が流れはじめた。ジーネットはお手のものでステップを踏み、パートナーの男性と近づいたり離れたりしながら踊り、当たり障りのない会話をした。だがそのあいだじゅう、心は別のところにあった。長身で雄々しいダラー・オブライエンが、すぐそこで踊っているのが気になって仕方がない。

ジーネットはダラーを無視しようとしたが、どうしてもちらちら見ずにはいられなかった。とても優雅で、洗練されたなめらかな動きだ。どうしてこんなにダンスがうまいのだろうか。カントリー・ダンスの複雑なステップについていけず、パートナーの足を踏んで恥をかくのがおちだと思っていたのに。だがパートナーの若い女性は満面の笑みを浮かべ、嬉しくてたまらないといった様子だ。

いくら装いが垢抜けていても、いつもの言動を考えると、彼がこの場にふさわしくない平民であることはすぐに周囲にわかりそうなものではないか。けれども女性とダンスをしているダラーのマナーは完璧で、まるで本物の紳士のようだ。広間のなかでもひときわ目立ち、ほかの男性がみなかすんで見える。やがてダラーがジーネットの前に立ち、そのほっそりした手を大きな手で握ってステップを踏みはじめた。目と目が合うと、ジーネットの全身に電流が流れたような衝撃が走り、つかのま時間の流れが遅くなった。ジーネットは唇を開き、大きく息を吸いこんだ。だが間もなくダンスの順番が次に移り、ふたりは別れた。

ジーネットはまだ胸の震えが止まらなかった。手袋越しに手を握っただけとは思えないほど、心臓がどきどきしている。ステップを間違えてうろたえそうになったが、なんとか落ち着きを取り戻した。

ダンスの経験が浅ければ、ちゃんと踊りきることはできなかったかもしれない。ようやく音楽が終わると、ジーネットはほっと安堵《あんど》のため息をついた。パートナーの男性にエスコートされてフロアを離れたが、バイオレットとイライザのところには戻らず、飲み物の置かれたテーブルに連れていってもらった。そして丁寧に挨拶をしてその紳士と別れると、ダラーが近づいてくるかと思って待った。さっきはけんか別れになってしまったが、次のダンスを申し込んでくるかもしれないと思ったのだ。

だがダラーは部屋の反対側で、たったいまダンスを一緒に踊った黒っぽい髪の小娘といつまでも話しこんでいる。ダラーの楽しそうな笑い声が、鋭い爪のようにジーネットの神経を逆なでした。相手の女性が生意気そうなグリーンの瞳をきらきらさせながら、しきりに笑ったりうなずいたりしている。

〝なにがそんなに楽しいのかしら？〟ジーネットは歯嚙みした。そしてくるりと後ろを向き、ダラー・オブライエンの姿を視界から追い出した。

彼がほかの若いレディと踊ったり戯れたりしているのを、なぜわたしが気にしなくてはならないのだろう？ 誰とでも好きなだけじゃれ合えばいい。わたしにはまったく関係のないことだ。

そんなことで落ちこむのはもうやめよう。これはわたしのパーティなのだから、くたくたになるまで楽しまなければ。

ふと目を上げると、自分とそう年の違わない若い男性が、部屋の向こう側からじっとこちらを見ているのに気づいた。笑いかける男性に、ジーネットも反射的に笑い返した。

男性はそれに勇気づけられたらしく、暗褐色のベストと黒い上着の袖を引っぱって整え、意を決したようにつかつかと歩いてきた。お辞儀をするとブロンドの髪が一筋、はらりと額に落ちた。「こんばんは、レディ・ジーネット。ニール・カービーです。パーティが始まる前に、入り口のところでご挨拶させていただきました」

「もちろん覚えていますわ、ミスター・カービー。またお話できて光栄です」ジーネットは微笑んだ。

カービーも微笑みを返し、きれいな歯並びをのぞかせた。「あの、よろしければ次のダンスを踊っていただけませんか？」

次のダンスはサパー・ダンスだ。つまりダンスを一緒に踊るだけでなく、そのあと隣りのダイニング・ルームでふるまわれる深夜の食事も、ともにしなければならないということだ。失礼にならないようにするためには、申し出を受けなければならないが、ジーネットはまったく気乗りがしなかった。だが断る適当な理由が見つからない。もうこの時間になると、主催者としてやるべきこともとくにこれといってないのだ。ニール・カービーの訴えるような茶色の目と、まだ少年の面影の残る魅力的な顔立ちを見ているうちに、ジーネットは承諾してもいいという気になってきた。カービーが憧れのまなざしで、じっと自分を見ている。感じのいい若者だし、適当に相手をして楽しませてやるくらい、どうということもないだろう。むしゃくしゃした気分を紛らわすのに、ちょうどいい相手が現われたと思えばいい。

オブライエンが自分を無視するつもりなら、勝手にそうさせておこう。別に自分は、あんな人に相手をしてほしいわけではないのだから。

ジーネットは目の前の哀れな若者に、とびきりの笑顔をしてみせた。カービーは一瞬、稲妻に打たれたような顔になった。

「ありがとうございます。喜んでお受けしますわ」

やはり舞踏会などに来るべきではなかった。ダラーは自分を呪った。自分は世界一の愚か者だ。

一度はやめようと思ったのに、なぜ来てしまったのだろう。今日の夕方、一階のローレンスの書斎に行ったときにふと迷いが生まれ、行こうか行くまいかさんざん悩んだ。舌をやけどするくらい強い国産のウィスキーを片手に、高級なペルシアじゅうたんがすり切れるほど部屋のなかを行ったり来たりしながら、どうしようかと逡巡《しゅんじゅん》した。

先週、カスバート・メリウェザーから招待状を渡されたとき、辞退の言葉がのどまで出かかった。断ろうと思ったのは、怒りからではなくプライドのためだった。招待状の差出人はメリウェザー夫妻になっていたが、実際には彼女のパーティであることはすぐにわかった。正式な招待状であるにもかかわらず、宛先に自分の名前は書かれていなかった。きっとなにかの手違いだろう、とメリウェザーは言った。招待客のリストにダラー・オブライエンという名前が載っていないことを知り、メリウェザーはひどくあわてていた。

百キロ以内に住んでいる上流階級の人々は、みな招待されている。ローレンスのもとにさえ、レディ・ジーネットの流麗な字で宛名が記された招待状が届いたのだ。だがローレンスは、三週間ほど前から所用でダブリンに行っている。今夜の舞踏会のことはまったく知らない。もし知っていたら、きっと行くなと自分を止めていただろう。レディ・ジーネットの魅力に屈しないよう、せっかく何カ月も頑張ってきたんじゃないかと、反対したにちがいない。「運命を試すようなことをする必要がどこにある?」ローレンスは言うだろう。

そう、わざわざ運命を試す必要がどこにあるのか?

いまごろは旅支度を整え、きょうだいの待つ西部の故郷に向かっているはずだった。だが荷物をまとめている途中で、メモ用紙を借りにローレンスの書斎に下りていったところ、机の上に招待状が置かれているのが目についた。それを見ているうちに、気持ちがぐらついてきたのだ。

だがやはり、やめておけばよかった。彼女の姿を見るだけで、あの渇望にも似た気持ちがよみがえってくる。自分をこんな気持ちにさせた女性は、ジーネット・ローズ・ブラントフォードが初めてだ。彼女のほうを見ないようにしていても、その美しさにどうしようもなく惹きつけられてしまう。

さっきフロアで素知らぬ顔でほかの女性と踊ることができたのは、アイルランド人としてのプライドがあればこそだった。だが自分が本当に腕に抱いて踊りたかった女性は、ひとりだけだ。

ダンスが終わると、レディ・ジーネットはまだ青くさい若者と腕を組んでダイニング・ルームに向かった。若者は高嶺《たかね》の花の女性を前に、すっかり有頂天になっていた。自分もサパー・ダンスのパートナーだった若い女性と一緒にダイニング・ルームにやってきた。そして同じテーブルに着いた三組のカップルとの談笑に、なんとか集中しようとした。だがいま、肉汁たっぷりのロースト・ビーフとバター風味のロブスターを食べながら、自分はみなの話をうわの空で聞いている。部屋の反対側に座っている彼女に、どうしてもちらちら目が行ってしまう。

〝ジーネット〟

その名前が禁断のささやきのように、ダラーの頭のなかでこだました。全身がかっと熱くなった。ジーネットの姿を見ただけで、女性が同席する場で注目を集めたくないところがうずいてしまう。一部の紳士が好んで穿《は》くような、ぴったりしたズボンでなくてよかった。そうでなければいまごろは、下半身の膨らみをごまかさなければとあわてていたところだ。ダラーは椅子に座り直し、必死で欲望と闘った。

さっきのジーネットの傲慢な発言と、独りよがりな思い込みには腹が立った。もし自分が本当は何者で、どういう肩書きを持っているかを知ったら、彼女はいったいなんと言うだろうか？

それでも、たしかに彼女にはいらいらさせられることもあるが、強く惹かれる気持ちを抑えられない。工事のことで、あれこれやり合っていたころが懐かしい。彼女とじゃれ合うのは楽しかった。なによりも、あの唇が忘れられない――どんなリスクを冒しても手に入れる価値のある、危険で甘い唇だった。

ダラーは首をふった。自分はつくづく懲りない男だ。だがどんなに考えまいとしても、ジーネットのことが頭から離れた日はない。

もう二度と会ってはならないと自分を戒めていたが、彼女のことでいつも頭がいっぱいだった。仕事をしながらも、つねにどこかで彼女の姿を捜していた。そしてベルベットのようになめらかな声がしないかと、無意識のうちに耳を澄ませていた。開いた窓や廊下から風に乗ってその声が聞こえてくると、目を閉じてじっと耳を傾けた。珍しい貴重な蝶をそっと手のひらで包むように神経を集中させ、そのうっとりする響きを楽しんだ。

今日の夕方、ローレンスの屋敷を出るとき、パーティに行くのは彼女と二度と会わなくても後悔しないことを証明するためだ、と自分に言い聞かせた。レディ・ジーネットのことは自分のなかでたんなる思い出に変わり、もう一度会っても特別な感情が湧《わ》いてこないことを、確かめようと思ったのだ。

だが自分は、とんでもない間違いを犯してしまった——今夜証明されたのは、お互いにまだ惹かれ合っているという事実だ。彼女は自分のことなど眼中にないという顔をしていたが、それが芝居であることはすぐにわかった。本当になんとも思っていないなら、自分が黙って姿を消したことに腹を立てたりはしなかったはずだ。それに自分たちのあいだには、嵐の前の稲妻のような危険ななにかがたしかにあった。いまでもそれをまざまざと感じる。まるで見えない鎖が自分たちをつなぎ、誘惑しようとしているようだ。

あの若い男と同席などして、彼女はどういうつもりなのだろうか。まさかあんな青二才に、興味があるわけではないだろう。

男の言葉にジーネットがうなずき、微笑みを浮かべながら、グラスを持ち上げてシャンパンを飲んだ。冷えたシャンパンのしずくでその唇が濡れているのを見て、ダラーは思わずうめき声を上げそうになった。

なんて美しく優雅なんだ。白いドレスとゆるやかなアップスタイルにまとめた淡いブロンドの髪が、窓から降り注ぐ月の光を受けて輝いている。あの髪をほどき、むき出しの肩に絹糸のように広がるところを見てみたい。

ダラーはひざの上でぎゅっとこぶしを握った。レディ・ジーネットの魅力に参っている男は、どうやら自分だけではなさそうだ。あの若造もすっかり彼女のとりこになっている。あとで冷たく背中を向けられ、心に傷を受けることになるとは、考えてもみないらしい。

ダラー自身も胸の痛みを覚え、こんなことではいけないと自分を叱った。

いますぐ席を立ち、適当な理由をつけて立ち去るべきであることはよくわかっている。今後一切、レディ・ジーネットと関わらないようにするのだ。今日を最後に、結ばれる望みのない相手にばかげた感情を抱くことはやめよう。そして明日の朝になったら、予定どおり出発し、彼女のいるこの地から遠く離れた場所まで全力で馬を走らせよう。

わかっているのに、どうしても席を立つことができない。ダラーはそのまま食事を続け、みなと会話をした。ジーネットのほうを見ないようにしていたが、一分のうちに一度か二度はどうしても目がいった。

ようやく晩餐の時間が終わった。人々は広間に戻った。ダラーも広間に行き、一緒に食事をした若いレディにお辞儀をして謝辞を述べたが、その名前すら覚えていないことに後ろめたさを感じた。

とりあえず務めは果たした。ダラーは広間にジーネットの姿を探したが、どこにも見当たらない。もう一度よく部屋のなかを見まわしたところ、例の青年の姿も消えていることに気づいた。

12

ミスター・カービーはすっかり酔っている。

カービーが酔っていることは、もともとわかっていた――なんといっても、食事のときにシャンパンを五杯も飲んでいたのだから。それでもとくに、害はないように見えた。だからこそジーネットは、新しいウェスト・ウィングを案内してほしいとカービーから頼まれたとき、深く考えずに承諾した。散歩でもすれば、彼の酔いも少しは醒めるのではないかと思ったのだ。

家族はほとんど広間からいなくなった。晩餐が終わるとバイオレットがやってきて、部屋に戻って休むと耳打ちした。イライザも一緒に寝室に下がると言った。今夜もまた壁の花としてつまらなさそうに過ごしていたイライザは、早くこの場から解放されたくてたまらないという様子だった。一方のエイドリアンは、バイオレットをいったん寝室に連れていって寝かせたあと、一階に戻ってきて最後にもう一度園芸の話を聞くと言っていた。キットはというと、愛らしいブルネットの女性と楽しそうにダンスを踊っている。

ダラー・オブライエンさえいなければ、自分も足の感覚がなくなるまでフロアで踊っていただろう。自分の心配とは裏腹に、人々はダラーにすっかり魅了されているようだ。とくに女性の招待客はそうらしい。あちこちで愛嬌をふりまいていい気になっているダラーを何時間も見てきたが、もううんざりだ。これ以上、同じ部屋にいたくない。

あの男は頑固で恥知らずな女好きだ。食事のとき、エスコートしたあのほっそりした赤毛の女性の言葉にしきりに微笑んでいた。カービーが競馬やゴルフがいかにつまらないか——自分がどちらかに興味があったらどうするつもりだったのだろうか——をとうとうとまくし立てるのをうわの空で聞きながら、ジーネットはなかなか終わらない晩餐のあいだ、ダラーを何度もちらちら盗み見た。

よくものこのこやってきて、わたしがせっかく開いたパーティを台無しにしてくれたものだ。四ヤードも離れていないところに座りながら、わたしなど存在しないようにふるまうなんて！

でもあと二時間もすれば、ダラーはいなくなる。もう二度と会うこともない。そうなればせいせいする。

そう、せいせいするに決まっている。

ジーネットはため息を呑みこみ、薄明かりのついた温室のなかを見まわした。外気の冷たさとは対照的に、ガラス張りの室内は暖かく湿気があった。植物が青々と茂り、あらゆる方向に葉を伸ばしている。

ジーネットはカービーのほうを向き、そろそろ広間に戻ろうと言おうとした。だが口を開く前に、突然抱き寄せられ、唇を奪われた。

ジーネットは悲鳴を上げながら、カービーの体を押しのけようとした。顔をそむけ、執拗《しつよう》に迫ってくる酒臭い唇から逃れようともがいた。ワインのにおいのする息が顔にかかる。ジーネットは鼻にしわを寄せ、懸命にカービーの体を押した。

「ミスター・カービー、やめてちょうだい」

だがカービーはその言葉を無視し、触れる権利のない場所に手を這わせている。〝冗談じゃないわ〟ジーネットはなんとか逃れようと必死だった。それでも八本の長い触手を持つタコのように、カービーの腕はジーネットの体にしっかり巻きついて離れなかった。お酒の勢いを借りて大胆な行動に出たとたん、腕が何本も生えてきたにちがいない。

「ミスター・カービー、聞こえないの？ 放してと言ったのよ！」

カービーの湿った唇が頰に触れ、ジーネットは身震いした。そして体と体のあいだに両手を入れ、力いっぱいカービーの胸を押した。もう一度押してもその体がびくともしないことがわかると、ジーネットはカービーの足の甲をかかとで思い切り踏みつけた。

今度はカービーが悲鳴を上げる番だった。まるで傷ついた子犬のような甲高い声だ。そして抱きついてきたときと同じくらい素早くジーネットの体を放し、ふらふらとよろめいて後ろに三歩ほど下がった。なんとかバランスを取ろうとして近くにあった植物につかまり、大きな葉を何枚も破ってしまった。

カービーはふらつきながらも体勢を立て直し、傷ついた目でジーネットを見た。「どうしてこんなことをするんです？」

「ふざけないで、あなたが放してくれなかったからじゃないの」ジーネットは気持ち悪そうに、濡れた頬を手でぬぐった。「二度とこんなまねをしないでちょうだい」

カービーは目をしばたき、困惑顔になった。「でもあなたは、ぼくにキスをしてほしかったんでしょう」

「そんなことは絶対にありえないわ」

「いや、そうに決まっている。そうでなければ、どうしてぼくと一緒にこんなところに来たんですか？」

「散歩のためよ。あなたのそのぬるぬるした手で、体を触られるためではないわ。ミスター・カービー、あなたは悪酔いして分別を失っているようね。だから今回に限って、あなたの無礼な行為を許してあげる。さあ、パーティに戻って」

カービーは唇をとがらせた。「パーティには戻りたくない」そこで言葉を切り、下品な笑みを浮かべた。「あなたと一緒じゃなければ」

「いますぐ出ていきなさい」ジーネットは命令口調で言い、ドアのほうを指さした。

カービーはなにやらぶつぶつ小声で不満を言っていたが、やがてすねた子どもがなにかを命じられたときのように、くるりと背中を向けた。そして二歩ほど進んだところで立ち止まり、みぞおちを押さえた。「気持ちが悪い」

「それはそうでしょうね。飲みすぎのせいよ」

カービーはふくれ面をした。「本当に気分が悪いんだ。吐くかもしれない」

よく見ると顔は真っ青で、額に玉のような汗が浮かんでいる。前に弟のダリンがお酒を飲みすぎたとき、ちょうどこれと同じような顔をしていた。そしてその後、あまり思い出したくない事態が起きた。

「勘弁してちょうだい、ここで戻したりしないでよ」

ジーネットはあわててカービーのひじをつかむと、小さなガラスの通用口に急いだ。ノブをまわして勢いよくドアを開け、カービーを外に押し出した。カービーは二、三歩よろよろしたが、すぐに体勢を立て直した。そしてその直後、数ヤード離れたところにある低木の茂みのほうに、なりふりかまわず走っていった。

ジーネットはうんざりして顔をしかめ、ドアを閉めて迷うことなくがちゃりと鍵をかけた。

〝冗談じゃない〟カービーが体をふたつに折り、いまにも戻しそうになっている。ジーネットはあわてて後ろを向いた。ありがたいことに、厚いガラスのお陰で不愉快な音は聞かずにすんだ。

それからしばらくして、カービーがその場をこっそり立ち去るのが見えた。きっと馬車を探し、長い時間をかけて家に帰るのだろう。

〝ばかな若者だわ〟ようやくカービーから解放され、ジーネットはほっと胸をなで下ろした。とはいっても、カービーだけが悪いわけじゃない。彼と一緒に温室に来た自分も悪かったのだ。なんといってもカービーは若すぎるし、最初からたいして興味があったわけではない。

長いこと田舎の空気を吸っているせいで、自分の判断力もだんだん鈍ってきているらしい。

ジーネットは深いため息をつき、広間に戻ろうとした。自分がいないことに誰かが気づく前に、急いで戻ったほうがよさそうだ。下を向き、酔ったカービーに抱きつかれてドレスが乱れなかったかどうかを確認した。レースがしわになっているのに気づくと、それをなでて伸ばした。

「証拠を隠そうというわけか？」暗がりから低い男の声がした。甘く伸びやかだが、とげとげしさの感じられる声だ。

たとえアイルランド訛りがなくとも、それが誰かはすぐにわかる。顔を上げると、暗がりから出てきたダラー・オブライエンと目が合った。

ジーネットは背筋を伸ばした。心臓がひとつ大きく打った。「なんの用かしら？　いつから植木の陰に隠れていたの？」

ダラーはかすかに笑みを浮かべたが、目は笑っていなかった。「そんなに長い時間じゃない。というより、ついさっき来たばかりだ。さあ、質問に答えてくれ」

「いまのは質問だったの？　わたしには非難のように聞こえたわ」

ダラーは誰かを探すように、温室のなかをさっと見まわした。「質問だろうが非難だろうが、たいした違いはないだろう。あいつはどこにいる？」

ジーネットは腹が立っているのか嬉しいのか自分でもよくわからなかったが、とっさにとぼけてみせた。「あいつって、誰のこと？」

「決まっているだろう。あのブロンドの坊やだ。ふたりで手に手を取り合って、ここに逢い引きにきたんじゃないか。そうか、あいつは急に怖《お》じ気《け》づいて逃げ出したんだな？　それともキスがあまりにお粗末だから、きみにお払い箱にされたというわけか？」

ジーネットは怒りをあらわにした。ダラーの言葉が、半分当たっているのが悔しい。「逢い引きにきたわけじゃないわ。たとえそうだったとしても、あなたには関係のないことでしょう」

ダラーは引き締まった腰に手を当てた。「なるほど、よほどひどいキスだったんだな。だがあいつはまだ青くさい若造なんだから、キスが下手だと責めるのは酷というものだ。禁断の悦びを味わいたいのなら、相手が坊やじゃだめだ。大人の男でないと」

ジーネットは大声で笑った。「あなたみたいな大人の男というわけね」

ダラーがさらに近づいてきた。成熟した魅力と力強さを感じさせる、圧倒されるように大きな体だ。「今夜の招待客のなかで、きみにふさわしい男はほかにいなかったと思うが」

靴のなかで足の裏がぞくぞくし、全身に電流が流れるような感覚が走った。最後にダラーと面と向かって話したとき以来初めて、生きている実感のようなものが湧いてきた。

ジーネットは一歩も引かず、胸の鼓動を隠して平静を装った。「残念だけど、あなたもわたしにふさわしい相手だとはいえないわ。今夜会うまで、あなたの存在すら忘れかけていたんだから」

ダラーの瞳がきらりと光った。「へえ、そうなのかい？」

そしてさらに一歩前に進み、ジーネットの目をじっとのぞきこんだ。「嘘をつくんじゃない。どんなに努力しても、ぼくのことが忘れられなかったくせに。自分でも認めたくないだろうが、ずっとぼくのことばかり考え、ぼくの夢を見て、会いたくてたまらなかったんじゃないのか」

ジーネットは息が苦しくなってきた。ひざががくがくしはじめている。「ばかなことを言わないで。あなたはわたしにとって、皮膚に刺さったとげみたいなものだわ。とても大きくてしつこくて、たちの悪いとげよ。一刻も早く抜いてしまいたいわ」

ダラーがさらに足を前に踏み出すと、清潔で男らしいにおいがジーネットの鼻をくすぐった。体温を感じるほど近い距離だ。がっしりした力強い体が、すぐそこにある。

「ほう、とげだと？」ダラーは言った。「とげというやつは刺さると痛いうえ、抜くのがとても厄介だ。きみがそういうなら、こっちも賭《か》けてもいい。きみはぼくというとげを、まだ抜くことができないでいる」

ダラーはささやくような甘い声になった。そしてジーネットの顔をしげしげとながめ、唇に視線を固定した。「どうだい、レディ・ジーネット？　ぼくはもうきみの肌から抜けたのかな？　それともまだ刺さったままで、育ちのいいレディが口にできない場所をうずかせているのか？」

ジーネットは息が止まりそうになった。ねっとりとからみつくような空気のせいで、まともに呼吸ができず窒息しそうだ。めまいがして苦しい。だが、どうしてだろう？　ダラーのせいか、それとも息が吸えないせいなのか？　なぜ急に胸が苦しくなったのだろう。

「どうして来たの？」ジーネットはか細い声で言った。「もうずいぶん会ってないのに、なぜわざわざわたしを捜しにきたのかしら。あなたのほうこそ、わたしのことを忘れられなかったんじゃないの？　わたしというとげが抜けないのは、そっちのほうでしょう。どうなの？　わたしのことで頭がいっぱいで、ずっと忘れられなかったのね？」

ダラーはあごをこわばらせ、ジーネットの目を見据えた。ふたりとも、まったく目をそらそうとしなかった。

ジーネットの唇が開いた。

ダラーがまぶたを半分閉じた。

次の瞬間、ふたりは衝動的に抱き合っていた。濃厚なキスをされ、ジーネットはあえいだ。ダラーの腕がジーネットをしっかり抱いている。激しい炎のような情熱に、ふたりは一気に呑みこまれた。

ジーネットの体を欲望が貫いた。頭がぼうっとし、なにも考えられなくなった。ただ彼に触れ、その唇を味わいたい。そして自分にも、同じことをしてほしい。ジーネットは腕を上げ、ウェーブのかかったダラーのしなやかな髪に手を差し入れた。ジーネットがぐっと顔を引き寄せ、唇を開いて舌を招き入れると、ダラーののどからうめき声が漏れた。

ダラーはジーネットの舌を熱く激しく愛撫し、官能の世界へといざなった。ジーネットも同じようにした。ダラーの歯を舌でなぞった。そしてなめらかな上あごの皮膚を、舌の先でそっと焦らすようになでた。ジーネットは危険な悦びに身を任せ、貪欲《どんよく》にダラーの唇をむさぼった。全身がひりひりするような快感に包まれている。

彼のキスが最高だという記憶は、間違っていなかった。その愛撫の素晴らしさに、頭がくらくらする。

だが、ふたりはすぐにキスだけでは満足できなくなった。これはまだ扉を開けていない、もっと大きな快楽の序章にすぎないのだ。ただ不快感しか覚えなかったカービーの愛撫とは違い、ダラーの大きな手が体をなでるのを、ジーネットは喜んで受け入れた。その手が首から背中に下り、腰の部分に触れた。優しくヒップをもまれ、ジーネットは頭がどうにかなりそうだった。

そして背中をそらしてあえぎながら、ダラーに体を強く押しつけた。ダラーが前かがみになり、その腰を両手で支えると、ジーネットは爪先立ちをする格好になった。彼の硬くいきり立ったものが、下腹に当たっている。

ダラーはうめき声を上げ、欲望に身悶《みもだ》えした。自分がとんでもないあやまちを犯していることはわかっている。荒々しく息を吸いこみ、ジーネットをさらに強く抱きしめた。ほんの少しその体を揺らし、硬くなった下半身をわざと押し当て、自分の激しい欲望を伝えた。そうすれば、ショックを受けたジーネットが自分を突き飛ばすかもしれないと考えたのだ。

だが彼女は首にしがみついたまま、まるで何カ月もろくに食べていなかった人がご馳走にありついたように、自分の唇を夢中で吸っている。

こんなことはやめなければ。ダラーはぼんやりした頭で考えた。取り返しのつかないことになる前に、彼女を放すのだ。ああ、でも彼女が欲しくてたまらない。スカートをまくり上げ、その脚を自分の背中にからませたい。ズボンを脱ぎ捨て、天上にいるような悦びに包まれるまで、何度も何度も彼女のなかに入ることができたなら。

ダラーはじっと待った。この愚行を、彼女のほうからやめてくれることを祈るばかりだ。それなのに、彼女の柔らかな乳房を手で包み、乳首がつんと立つまで愛撫したいという衝動を抑えることができない。

ダラーは身を震わせて自分のなかの悪魔と闘い、ジーネットの体を放そうとした。だがそのときジーネットが出したあえぎ声に、下半身がずきりとうずいた。彼女が自分の首に腕を巻きつけ、体を密着させて唇を噛み、舌をしゃぶっている。ダラーはめまいを覚え、かろうじて残っていた理性も枯れ木に火がついたように燃えてなくなった。

そして衝動的にジーネットの体を抱きかかえ、近くにあった木製の園芸用のテーブルに運んだ。テーブルに置かれていた空の植木鉢がふたつ、倒れて転がった。スレートの床に落ちて割れたが、その音もダラーの耳には入らず、ジーネットをテーブルの上に座らせてスカートをまくり上げると、脚のあいだに体を割り入れた。ダラーは手を伸ばしてジーネットのボディスを脱がせはじめた。早く乳房に触れたくてたまらず、繊細な生地をもう少しで破りそうになった。

ジーネットが小さな声を出し、戸惑ったように体をわずかに硬くした。ダラーはふたたび唇を重ねた。口を開いて濃厚なキスをすると、文字どおり息が止まりそうになった。彼女も自分と同じように、呼吸が激しく乱れている。自制心などかなぐり捨ててしまったようだ。ダラーがジーネットのボディスをもう一度ぐいと引っぱると、豊かな丸い乳房があらわになった。ダラーはしばらく乳房を手で愛撫していたが、やがて顔をつけて口に含んだ。

硬くとがった乳首が舌に当たる。それをもてあそぶように舌で転がすと、満たされない欲望で彼女がしきりに体をもぞもぞさせている。ジーネットが片方の手を挙げてダラーの髪に差し入れ、頭皮をもむように指を動かした。そしてダラーがもう片方の乳房を口に含むと、ジーネットの唇から快楽のため息が漏れた。

ジーネットは夢中でダラーの頬をなでた。その手に促されるように、ダラーが唇を動かしている。彼の唇はまるで魔法のようだ。ジーネットは思考が止まり、激しい快感に呑みこまれた。

自分は無垢《むく》ではない。前にも男性と肌を重ねたことがある。だがこれほど素晴らしく、全身が燃えるような愛撫を受けたのは初めてだ。心臓が激しく打つあまり、口から飛び出すのではないかと心配になる。

ジーネットはおののきつつ、ダラーの愛撫に完全に身を委ねた。情欲に駆られた彼の唇や舌が、思ってもみない動きをする。そのたびに大きな悦びに包まれる。ジーネットは目を閉じ、しおれた花びらのように力なく首を後ろに倒した。

乳房を口に含み、片方の腕でジーネットの背中を支えながら、ダラーはもう片方の手をふくらはぎとひざに這《は》わせた。そしてその手を乱れたドレスの下に滑りこませた。むき出しの太ももをしばらく手のひらで優しくなでた。さらに手を上に進ませたが、ジーネットは体を震わせながらじっとしていた。

ダラーの手がもっとも敏感な部分に触れると、ジーネットは顔を上げて目を見開いた。彼が熱く濡れたところに指を差しこんでいる。ジーネットはあえぎ声を出した。彼がもう一本指を入れ、自分のなかで動かしている。

世界が溶けて流れていく。ここにあるのは、わたしを愛撫し、わたしを支配する彼の指と唇だけだ。そのときダラーがジーネットの一番感じやすい部分を親指でそっとなで、乳首を優しく嚙んだ。

ジーネットは叫び、全身を震わせた。これまで経験したことのない素晴らしい快感が、体じゅうを駆けめぐっている。やがて手の動きが止まって指が抜かれ、ジーネットは戸惑った。だが、それで終わりではなかった。ダラーはジーネットをテーブルの手前側に引き寄せると、ズボンのボタンに手をかけた。もどかしそうな手つきでひとつめのボタンをはずした。そしてふたつめのボタンをはずそうとしたところで、誰かの話し声と敷石に響く足音がした。

「みなさん、もう深夜ではありますが、〝エピデンドルム・ノクツルヌム〟の素晴らしい香りをぜひかいでみてください」

ジーネットは夢うつつにその声を聞いた。あれはカスバートの声だ。

ダラーにも聞こえたらしい。ジーネットの上に乗った体が、ふいに凍りついたようにこわばった。だが驚きと戸惑いで顔を見合わせたときには、もう完全に手遅れだった。「さあ、こちらです。とても珍しい種類の花で――ああ、なんてことだ！」カスバートの叫び声が銃声のように温室のなかに響き渡った。カスバートとその後ろについてきていた紳士のグループが、その場にぴたりと立ち止まった。

ダラーの肩越しに、何人もの人たちがじっとこちらを見ている姿がジーネットの目に飛びこんできた。薄明かりのなかでも、その顔に浮かんでいるさまざまな表情が読み取れた。ぎょっとした表情の人や眉をひそめている人、おもしろがっている人もいれば、興奮したような顔をした人までいる。

そのなかに、見慣れた顔の三人がいた。釣り上げられた魚のように口をぱくぱくさせ、顔を真っ赤にしたカスバート。驚きで目を丸くしたキット・ウィンター。そして長身のエイドリアンが、ぞっとするような恐ろしい顔でこちらを見ている。あの形相を見れば、屈強な戦士も震えながら逃げ出すだろう。

ジーネットはこのまま消えてしまいたいと思いながら、体を動かそうとした。だがまるで石になったように、手足がどうしても動かない。べそをかき、ダラーの肩に顔をうずめた。

ダラーが素早く体を起こし、ジーネットをテーブルから下ろした。スカートをさっと引き下ろしてジーネットの脚をおおうと、その姿がみなから見えないよう自分の体で隠した。そしてイブニング・コートの前を広げてジーネットを抱き寄せ、乱れたボディスを整えるよう促した。

室内はしんと静まり返っていた。

「メリウェザー、最高のものを見せてくれるという約束は本当だったな」紳士のひとりがからかうように言った。「だがこれを見たあとでは、きみのランもかすんでしまうだろう」

何人かの紳士がくすくす笑い、ほかの何人かが手袋をした手を口に当て、ばつが悪そうに咳をした。

「ランといえば」エイドリアンが穏やかだが毅然《きぜん》とした口調で言った。「案内を続けてくれませんか。ここにはもう見るものはないでしょう」

カスバートは咳払いをし、足を引きずるようにして歩きはじめた。「ああ、ええ、そうですね。さてと、行きましょうか。ラ……ランはすぐそこにあります」

カスバートは王立園芸協会の仲間に行こうと合図をすると、両手を大きく広げ、その場を立ち去ろうとしない名残り惜しそうなふたりの紳士を促した。敷石に響く足音が、ひそひそ話す声とともにだんだん遠ざかっていった。

みながいなくなるのを待ち、エイドリアンはふたりに向き直った。

ジーネットはエイドリアンの顔をちらりと見ると、その険しい表情にのどをごくりとさせた。それでも勇気をふりしぼり、ダラーの陰から出ようとした。だがダラーはジーネットの手を握ったまま放さず、その横に立ちまっすぐ顔を上げた。

「ぼくが女性と無節操にじゃれ合って、スキャンダルを起こすんじゃないかと心配していたようだが」キットがエイドリアンに言った。「ぼくなんて可愛いものだと思わないか？」

エイドリアンはキットをにらんだ。「どうしてまだここにいるんだ？　なぜみんなと一緒に行かなかったのか？」

　キットはうんざりした顔でエイドリアンを見た。「花の観賞なんか、もともとまったく興味がなかったんだ。遠慮しておくよ。そもそも、ぼくを無理やりここに連れてきたのは兄さんだろう」

「そうしなければ、お前はあともう少しで、あのかんかんに怒った父親に追いかけまわされるところだった」

　キットは悪びれた様子もなく、肩をすくめた。「あの娘《こ》の父親は大げさなんだ。ぼくは彼女が暑いと言うから、ちょっとばかり外の空気を吸いに連れ出しただけだ」

「三十分も外の空気にあたる必要があったのか？」

「暑がりの体質の女性もいるからな」

　エイドリアンはいらいらしたように目を閉じた。「もういい。早く行け」

「わかったよ。でも、あんまり厳しくしないでやってくれ。今回のことは、様子を見てバイオレットにも相談しなければ」

「バイオレットのことはいい。お前は早く寝ろ」

「ほらな。聞く耳を持たないんだから」キットは最後にもう一度、ジーネットとダラーを同情するような目でちらりと見ると、その場を立ち去った。

　ジーネットはごくりとつばを飲んだ。胸がつかえ、まるでスペインの異端審問にでもかけられるような気分だ。この状況でエイドリアンと向き合わなければならないとは、なんと屈辱的なことだろう。とくに去年のことを思い出すと、いたたまれない気分だ。

エイドリアンはふたりを非難するように、胸の前で腕を組んだ。「さあ、なにも言うことはないのかい？　イングランドに戻らないうちに、またスキャンダルを起こしたというわけか」

ジーネットは口を開きかけたが、なにも言葉が出てこなかった。いったいなにが言えるというのだろう。どう言い繕っても、さっきの行為を正当化することはできない。自分でも、どうしてああいうことをしてしまったのかわからないのだ。完全に理性を失って情熱に呑みこまれ、ここがどこで自分がなにをしているのかも考えられなくなっていた。しかもあんなに恥ずかしい場面を見られてしまっては、弁解の余地もない。今回のことが自分の評判と将来にどういう影響を与えるか、考えただけで恐ろしい。ジーネットは身震いした。

ジーネットが黙っているのを見て、エイドリアンは鋭い視線をダラーに向けた。「ところで、きみはどうなんだ？　しゃべれないのか、それともしゃべりたくないのか？」

「ちゃんと声は出る。わたしはダラー・オブライエンだ」ダラーは手を差し出した。「そちらは？」

エイドリアンは差し出された手を無視した。「ラエバーン。ラエバーン公爵だ。レディ・ジーネットの弟にあたる」

「義理の弟よ」ジーネットが口を開いた。

エイドリアンはジーネットを見た。「そうだ。きみの義理の弟として、ここにいるなかできみに一番近い親族の男として、今回のことの始末はぼくが見届ける責任がある」

ジーネットは表情を曇らせた。「見届けるって、どういう意味？」

「きみの名誉は傷ついたんだ、ジーネット。徹底的に、しかも公衆の面前で傷ついた。いますぐ手を打たなくてはならない。この状況で考えられる最善の方法をとらなければ」

ジーネットはエイドリアンがダラーをにらみつけるのを見ていた。ふたりの目の高さはほとんど変わらない。どちらも背が高くがっしりし、よく似たたくましい体格をしている。だがダラーのほうがやや引き締まり、しなやかそうな体つきだ。一方のエイドリアンはダラーより肩幅が広く、胸板も厚い。もし戦えば、互角の勝負になるだろう。どちらが勝つかはわからない。

教養のあるエイドリアンが、こんなところでけんかをするとは思えない。それでもエイドリアンはロンドンの〈ジェントルマン・ジャクソンズ・ボクシング・サロン〉で定期的に練習試合をし、いつも勝っているような人なのだ。一方のダラーは、ちゃんとした訓練を受けているわけではなさそうだ。きっと路上でちんぴらを相手に、アイルランド男ならではの根性を発揮して素手で戦ってきたにちがいない。ジーネットはダラーを思いとどまらせるように、握った手にぎゅっと力を入れた。だがそれは杞憂《きゆう》だった。ふたりは目をじっと見合っているだけで、とりあえず手を出す気配はない。

エイドリアンがあごを上げた。「明日、話をしよう。九時きっかりでどうだ？」

ダラーはうなずいた。「ああ、では九時に」

「九時？　九時になにをするつもりなの？　けんかはやめてちょうだい」

エイドリアンはジーネットの目を見た。「心配しないでくれ。けんかをするつもりはない。少なくとも、この男がこちらの条件を呑む限りは」

ジーネットは胸に鉛が詰まったような、いやな予感を覚えた。「条件って？」

「結婚に決まっているだろう」

「け、結婚ですって！」ジーネットは叫び声を上げた。「オブライエンと？　冗談でしょう、この人と結婚なんてできないわ」

ジーネットは、ダラーと手をつないだままであることをふと思い出した。そしてダラーの手が急にやけどしそうなほど熱くなったとでもいうように、あわててふりほどいた。それからわざとらしく大きく一歩脇によけ、ダラーから離れた。

ダラーは傷ついたようにかすかに眉を動かしたが、なにも言わなかった。

「残念だが、ジーネット」エイドリアンが言った。「今回のことについて、きみに選択の余地はない。きみが一線を越えてこの男とさっきのようなことをした瞬間、運命は決まってしまったんだ」

「それだったら、今夜はクリストファー卿だって一線を越えたんじゃないの」

「そうだな。だがあいつの場合は、現場を見られたわけじゃない」

ジーネットは胸が詰まり、吐き気がこみあげてきた。「でも、オブライエンと結婚はできないわ。この人は紳士ですらないのよ。建築家なの」

ダラーは大きく息を吸いこみ、背筋を伸ばした。「そのことだが、じつを言うとわたしも伯――」

「この人と結婚なんかしたら、なにもかも台無しになってしまうわ」ダラーがまだ言い終わらないうちに、ジーネットが泣きながら口をはさんだ。「わたしはロンドンに戻るの。社交界に返り咲くのよ。そして公爵と結婚するんだから」

エイドリアンはあきれ顔で首をふった。「そのチャンスを、きみはまたしても自分でつぶしてしまったわけだ。公爵だろうとなんだろうと、きみと結婚しようという男はもう出てこないだろう。ミスター・オブライエンが最後の頼みの綱だ」ため息をつき、わずかに口調を和らげた。「ジーネット、現実を見つめなければ」

「でも――」

「〝でも〟はもうなしだ」エイドリアンはジーネットの顔をじろりと見ると、次にダラーをにらんだ。「さっきはなにを言おうとしたんだ？」

ダラーは背筋を伸ばし、挑むように腕を組んだ。「いや。なんでもない。これ以上、わたしから言うべきことはなにもない」

ジーネットはダラーの顔をちらりと見上げ、あごがこわばっていることに気づいた。わたしが結婚したくないと言ったから、怒っているのだろうか？　だが彼も、結婚など望んでいないはずだ。なのに罠《わな》にかかって檻《おり》に囚われた動物のように、わたしもダラーも、これからどうするかを自分で決めることができない。

彼がエイドリアンとの約束を反故《ほご》にしない限りは。

ダラーとふたりきりで話すチャンスさえあれば、明日の朝エイドリアンと会わないよう説得できるかもしれない。家に逃げ帰るよう言えば、彼もすんでのところで祭壇に立たずにすんだことに、自分と同じく安堵するにちがいない。だがダラーが逃げたあと、自分を待っているのはなんだろう？

身の破滅だ。

王立園芸協会の人たちは、ムクドリのように騒ぐだろう。自分たちが目撃した衝撃的なシーンを微に入り細をうがち、だれかれかまわず飽きずに話して聞かせるにちがいない。そしてその話はダービーの優勝馬がゴールを切るより速く、あっという間に社交界じゅうを駆けめぐるだろう。

でも自分が運命を受け入れてダラーと結婚すれば、その話が人々の口の端に乗らなくなるのも時間の問題だ。だがそれは、ダラーと一生添い遂げることを意味する。

自分はなぜ彼とキスをしたのだろう？　どうして愛撫を許したのか？　しかも自分は愚かにも、彼にキスを返してその体に触れた。

〝すべて欲望のせいだ〟

欲望という言葉に、ジーネットの肌がぞくりとした。いまだに消えない情熱の残り火が、肌の上でくすぶっている。ダラーの顔を見上げると、ほんのわずかにざらざらした頰の感触がよみがえってきた。さっき甘美なキスをしているとき、あの肌が自分の頬をそっとこするようになでたのだ。

それでも肉欲だけでは、結婚生活を続けることはできない。ほかの男性と結婚すれば、愛情の代わりにお金や肩書きが手に入るかもしれない。だがダラーが相手では、富も社会的地位も望めないのだ。

では、優しさはどうだろう？　というより、愛を望むことはできるのか？

わたしは彼を愛することができるだろうか？　その答えがイエスであることに、ジーネットは大きな不安を覚えた。自分にそれを許しさえすれば、わたしはダラーのことをきっといつまでも深く愛することができるだろう。

では、わたしは彼に愛してほしいと望んでいるのだろうか？　いや、それは絶対にない。

自分は愛という甘い感情に、一度裏切られた。もう二度と裏切られたくはない。残された道は、いつかもっと有利な相手と結婚できる可能性を残しつつ、今回の結婚から逃れる方法を見つけるしかないということだ。

まずはできることから始めよう。自分との結婚に同意しないよう、ダラーを説得しなければ。なんといっても彼は、生まれたときから義務や名誉に縛られた紳士ではないのだ。

「わたしはまだ言いたいことがあるわ」ジーネットはダラーの最後の言葉を受けて言った。

「ラエバーン公、ミスター・オブライエンと話をさせてもらえないかしら。ふたりきりにしてちょうだい。ふたりで話し合っておきたいことがあるの」

エイドリアンは顔をしかめ、ジーネットとダラーを交互に見た。「なにを話し合っておきたいのか知らないが、明日、結婚の打ち合わせが終わったあとでもいいだろう。お目付け役の目を盗んで、もう充分すぎるほどふたりきりで過ごしたはずだ」

ジーネットは気色ばんだ。「わたしにお目付け役がいたのは、社交界にデビューした年だけよ」

「たぶんそれがいけなかったんだな。さあ行こう、ジーネット。使用人用の階段を通って、部屋に戻るんだ。まさかもう、広間に戻りたくはないだろう」

ジーネットは顔が青ざめるのを感じた。いまごろ広間は自分の噂で持ちきりになっているにちがいない。ここはこっそり上階の寝室に戻るのが賢明かもしれない。今夜ダラーと話せなくても、明日の朝、彼がエイドリアンと会う前に捕まえればいいのだ。

ジーネットは肩をいからせたまま、ダラーのほうを向いた。そして爪先立ちになり、耳元でささやいた。「わたしと話すまで、なにも決めちゃだめよ」

ダラーは謎めいた目でジーネットを見ると、険しかった表情を少し和らげた。そしてジーネットの手をとり、甲に軽くキスをした。「心配しなくていい。最後にはなにもかもうまくいくから」

ジーネットは薄明かりのなかでも夏の空のように青いダラーの瞳を見つめ、その言葉が本当であることを心から祈った。

13

翌朝ダラーは、九時きっかりに約束の場所に行った。

公爵が従僕を通じ、屋敷の端にある小さな書斎を指定してきたことには少々驚いた。書斎はいかにも男性の部屋という雰囲気を漂わせ、古めかしい調度品は暖色系のウォールナット製で、壁には鳥や猟の獲物の絵がかかっている。暖炉に火はついておらず、冷えた灰と革と古いパイプの煙のにおいがする。

昨夜、自分と話すまでラエバーン公と会うなとささやいたにもかかわらず、ここに来るまでのあいだ、ジーネットは姿を見せなかった。

だが、彼女といまさらなにを話し合うことがあるだろう？　自分たちはこれ以上ないほど不名誉な場面を見られてしまった。自分がジーネットの広げた脚のあいだに立ち、ズボンのボタンをはずしているところに、人々が入ってきたのだ。みなの目に映った自分たちの姿は、どれほどどみだらだっただろう。

自分たちが実際に結ばれたかどうかは関係ない。それまでふたりがしていたことを考えれば、最後の一線を越えたかどうかはたいした問題ではないのだ。これでジーネットは、きずものと後ろ指をさされることになる。その原因を作ったのは自分だ。気が進もうと進むまいと、事態を収拾するためには結婚するしかない。それから逃れようとすれば、自分はとんでもない悪党になってしまう。そして正直に認めるなら、自分はこの結婚から逃れたいと本気で思っているわけではない。

昨夜すべてが終わったあと、ベッドに横たわり彼女の肢体を思い浮かべながら、パニックに陥るのをいまかいまかと待った。ジーネットと一生添い遂げなければならなくなったことに、恐怖にも似た感情がこみあげ、胃がおかしくなるのではないかと思ったのだ。

だが結局、そうした感情に襲われることはなかった。

それどころか奇妙な満足感を覚え、彼女がもうすぐ自分のものになることに、わくわくするような気持ちにさえなった。自分は死ぬまでずっと、ジーネットを妻として守り、喜ばせ、ときには困らせ、慈《いつく》しんでいく。

そしてこれからは、成熟した大人の男というより道楽を覚えはじめたばかりの若者のように激しいこの欲望を、夫として満たすことができるのだ。昨夜はどうして自分を抑えることができなかったのか、いまだにわからない。あのときの自分には彼女を抱きたいという思いしかなく、完全に理性を失っていた。

それでもきっと頭のどこかに、喜んで危険を冒そうという気持ちがあったのだろう。彼女の肌に触れ、燃えるような時間を過ごすためなら、どんな危険を冒してもかまわないと心のどこかで思っていたのだ。

そして自分は、激しく燃えた——いまでもまだ、情熱の残り火が燃えている。ふたりで長いハネムーンに行き、ベッドでありとあらゆることをして思う存分愛し合おう。もちろん、まずは彼女をなだめすかして祭壇に立たせなければならない。今回のことに関して彼女に選択の余地はないが、だからといって文句も言わずに運命を受け入れるとは限らない。

だがジーネットは結局、誓いの言葉を口にすることになるだろう。そのあとで、彼女の不安や疑念をどうやって取り除いてやるかを考えよう。

ダラーは後ろを向き、本棚に並んだ本の題名を目で追った。それからほどなくして、ドアが開いた。

ラエバーン公が部屋に入ってきた。ベージュのオーソドックスな形のズボンを穿き、真っ白なリネンのシャツとスパニッシュブルーのモーニングコートを着た姿は、どこから見てもイングランド人そのものだ。服の仕立ては素晴らしい——おそらく〈ウェストン〉であつらえたにちがいない。

ダラーも今朝は服装に気を遣い、仕立てのいい淡黄色のズボンに金のベストを合わせ、白いシャツと茶色の上質なウールのブロードの上着を着てきた。だが公爵とは違い、二日続けて窮屈なタイをする気にはなれなかった。ダラーはタイが嫌いで、昨夜のようなフォーマルな場面でしかすることはない。今日は代わりに白いネッカチーフを首に巻き、きれいなこま結びにしている。

ラエバーン公が部屋の奥に進んだが、やはり手を差し出すことはしなかった。ダラーも前夜と同じ間違いはせず、こぶしをゆるく握った手を体の脇に下ろしたままにしていた。

エイドリアンはひげがきれいに剃られたダラーの顔をじろりと見た。ひどく深刻で、冷たい目だ。

「きみが約束を守ってくれて安心した」エイドリアンが切り出した。「きみがどういう人間か、わたしはまったく知らない。ちゃんと現われるかどうか心配だった」

ダラーはぐっと胸を張った。「わたしは名誉の意味をちゃんとわかっている。わたしもあなたがどういう人間か、まったく知らない。だからいまの言葉は聞き流すことにしよう。だがそれは、今回限りだ」

エイドリアンのダークブラウンの瞳が、ほうと感心したようにかすかに輝いた。「ここで会うことにした理由は、お互いよくわかっているはずだ。細かいことをくどくど話す必要はないし、この状況では望ましいことでもない。昨夜目にした光景を、わたしはできることなら脳裏から消し去りたいと思っている、と言うにとどめておこう」

エイドリアンは北側の壁に沿って置かれた長方形の大きな机に近づいた。そしてその端に浅く腰かけ、天板の上にあった透明のガラスのペーパーウェイトを手に取った。「それで、きみは正しいことをするつもりだと思っていいんだな。レディ・ジーネットに結婚を申し込むんだろう？」

「ああ、そのつもりだ」

ラエバーン公はペーパーウェイトをもてあそんでいるが、その仕草にも上品さが感じられる。ガラスの球をゆっくり、手から手へと持ち替えている。「昨夜のふるまいはひどいものだったが、彼女は身分の高いレディだ」

ダラーはにやりと笑った。「そのことなら、最初に会ったときから何度も聞かされている」

「きみたちはどうやって出会ったんだ？　きっとこの屋敷で会ったのだろうとは思うが。きみはメリウェザーが雇った建築家だと聞いている。屋敷の改築工事を終えたばかりだそうだな――ところで、新しい建物は見事な出来栄えだ」

ダラーはエイドリアンの褒め言葉にうなずいた。「ああ、ここのウェスト・ウィングを建て直したのはわたしだ。だがレディ・ジーネットとわたしの関係については、詳しく話すことはできない。それは彼女とわたしのプライベートに関わることだ。たとえ相手が閣下であっても、話すわけにはいかない」

エイドリアンは手を止めた。「きみたちふたりともよくわかっていると思うが、昨夜のことはみなに知られている。そのせいで、このような嘆かわしい事態になっているわけだ。ところできみは、レディ・ジーネットをどうやって養っていくつもりなのか？」

ダラーは公爵の挑発的な目をじっと見つめ返した。「彼女が生活に困ることはない。その点に関しては、安心していただいて結構だ」

「わたしは生活できるかどうかということを心配しているわけではない。ジーネットは自分でなんでもできるような女性とは違う。彼女は貴族の娘として生まれ、ぜいたくな暮らしと特別扱いを受けることに慣れている。当然ながら、それ以外の生活は知らない。だが彼女の父親がくれる持参金は、たとえあったとしても微々たるものだ。きみが持参金を当てにしているなら、それは間違っている。ワイトブリッジ伯はあらゆる意味で貴族そのものだが、金遣いが少々荒すぎるきらいがある。わたしの言っている意味がわかるだろうか」

「競馬やさいころ賭博が趣味とか？」

「それ以外にも、金のかかる娯楽に目がないんだ」エイドリアンはため息をつき、ペーパーウェイトをごつんと音をたてて机の上に置いた。「だからわたしは、レディ・ジーネットがぜいたくとはいえないまでもそれなりの暮らしができるよう、金を出すことにした」

エイドリアンが口にした金額に、ダラーは目を丸くした。ラエバーン公爵はいったいどれほどの財産を持っているのだろう。とてつもなく裕福であることは間違いない。そういうことが現実にあるかどうかはわからないが、もしかすると王族より富に恵まれているのではないだろうか。

「だがそれにはいくつか条件がある」エイドリアンは言った。「手当は半年ごとに支払うが、使い道はまっとうなものに限らせてもらう。それからアイルランドかイングランドに屋敷が必要なら、購入費用なり建築費用なりはわたしが負担しよう。だがもちろん、不動産権利証書にはレディ・ジーネットとわたしの名前を記載する」

「もちろんだ」ダラーは歯をぐっと食いしばり、自分が受け取った手当を浪費するのではないかと、暗にほのめかされたことへの怒りをこらえた。だが世の中には、そうした男がたくさんいる。ジーネットの父親もどうやらそのひとりらしい。ダラーは心を鎮めようとした。公爵は自分のことをなにも知らないも同然だ。家族であるジーネットが健やかに安心して暮らせるよう、最善のことをしようとしているだけなのだ。もし自分が彼の立場だったら、やはり同じことをするだろう。

「ジーネットの夫として」エイドリアンは続けた。「きみの生活水準も社会的立場も向上することになる。きみの将来に役立ちそうな知り合いが、わたしにはたくさんいる。だが体面上、建築家として報酬を受け取るのはやめてもらうことになるかもしれない。きみがレディ・ジーネットを大切にして平穏な結婚生活を送るなら、数年のうちにそこそこの肩書きを与えられるだろう。ナイトか準男爵も夢ではない」

ダラーはエイドリアンの侮辱的な言葉に激しい怒りを覚え、体を前後に軽く揺すった。

「人を抱きこむには結構な条件だな、閣下。だが爪の先ほどでもプライドのある男にとっては、大変な侮辱だ。もしわたしがあなたの申し出を喜んで受けるような男なら、レディ・ジーネットはろくでもない夫を持つことになる。そのような男は、彼女にまったくふさわしくない。だが幸いなことに、わたしはあなたの申し出を受ける必要がない」

エイドリアンは尊大そうに片方の眉を上げた。「必要がない？　気を悪くしたのかもしれないが、わたしは現実を見つめ、ジーネットがこの先絶対に困ることのないようにしておきたいだけだ。法的には、妻は夫のものだ。結婚の誓いをした瞬間から、法のもとで妻の資産は夫のものになる。ジーネットといずれ誕生する子どものために、わたしは彼女がレディにふさわしい庇護《ひご》と扱いを受けることを望んでいる」

「それはわたしも同じだ。わたしには、レディ・ジーネットといつか生まれてくるかもしれない子どもを充分に養っていく力がある。だがどうやら、最初にちゃんと自己紹介しなかったことを、お詫びしなければならないようだ」

ダラーは二歩前に進んだ。「あらためて自己紹介させていただこう、閣下。わたしはダラー・ロデリック・オブライエン、現マルホランド伯爵だ。正確に言うなら、第十一代の伯爵だ。マルホランド一族は勇敢な一族で、家系をさかのぼれば、アイルランド上王ブライアン・ボルーその人にたどりつく。クレア県に領地と屋敷があり、海からそう遠くないところにも立派な土地を持っている。わが伯爵家の歴史は、おそらくあなたの一族の歴史よりも長いだろう」

ダラーはエイドリアンの視線をまっすぐ受け止めた。「わたしはこの十年を、家の再興に費やしてきた。そのことを恥ずかしいとは思わない。レディ・ジーネットを一生高いドレスや絹のシーツに困らせないくらいの金なら、充分すぎるほど持っている。ただ結婚の経験はないので、自分がどういう夫になるかはわからない。だが今回の結婚をわたしは心から嬉しく思っているし、時間が経てばレディ・ジーネットも同じように感じてくれると信じている」

「それが本当なら」エイドリアンが言った。「どうして嘘をついたんだ？　わたしたちがきみのことを設計と建築の才能に恵まれた平民だと思いこんでいると知りながら、なぜ黙っていた？」

ダラーはばつが悪そうに指であごをなでた。「そのことなら、ジーネットに責任がある。わたしは自分の正体を何度も彼女に打ち明けようとしたが、そのたびに話をさえぎられた。昨夜もそうだった。彼女は人の話を聞かず、なんでも自分が考えたいように考えるから、そのまま放っておくことにしたんだ」

エイドリアンの顔に、朝日が昇るようにゆっくり笑みが広がった。エイドリアンはひとつ大きく吹き出し、続けてもう一度吹き出した。

「怒ってないのか？」

「ああ、ちっとも。彼女にしてみれば、自業自得だろう。だが本当のことを知ったら、ジーネットは驚くと同時に安堵するだろうな」

ダラーはまたもやあごをなでた。「そのことなんだが。もしできたら、わたしの正体はしばらく伏せておいてもらえないだろうか。とんでもないうぬぼれかもしれないが、彼女は平民だと信じているわたしを、多少なりとも愛してくれているように思う。裕福な伯爵夫人になれることを教える前に、その愛が本物であることを証明したい。ふたりきりで数週間も過ごせば充分だろう。わたしに愛情を感じていることを彼女が認めたら、本当のことを明かして安心させてやるつもりだ」

エイドリアンの眉が高く上がった。「危険な賭けだぞ。もし読みがはずれたらどうするつもりだ？」

そうだ、もし読みがはずれたら？ ダラーは考えた。ジーネットが自分にたんなる欲望以上のものを感じているというのは、ただの勘にすぎない。だが彼女はたしかに、欲望以上の感情を抱いている。愛が芽生えているのでなければ、昨夜すべてを失う危険を冒してまで――社交界で高い評判を築いているのに――自分に身を委ねようとするだろうか？ たんなる肉欲だったと言うこともできるかもしれないが、自分はそうは思わない。高貴な生まれの女性は、まったく愛を感じていない相手のために自分の将来を危険にさらすほど愚かではない。ジーネットの自分への愛がどの程度のものであるかを確かめるのは、自分にとって大きな賭けだ。

そう、ジーネットは自分を愛している。ダラーは疑念をふり払った。あとはただ、それを認めさせればいいだけだ――自分にも、そして彼女自身にも。

「いや、わたしの読みは間違っていない」ダラーは自信たっぷりに言ったが、内心ではそれほど確信が持てないでいた。「ではこの件については、わたしが自分の口から本当のことを話すまで、黙っていてくれると？」

エイドリアンは茶色の瞳をきらきら輝かせながら、にっこり笑った。「ジーネットをだますのか？ そいつはおもしろい。わかった、約束しよう。それから彼女との結婚の許可も与えよう。もっとも、きみが逃げるつもりでなければの話だが」

「そんなことをするつもりはない。たしかにジーネットとはなりゆきで結婚することになったかもしれないが、運命は思いがけない形で奇跡を起こすものだ。もしこのような形で結婚しなかったとしても、彼女を花嫁にしたいという気持ちに変わりはなかっただろう」

「そういうことなら」エイドリアンは手を差し出した。「家族の一員として歓迎します、マルホランド卿」

「ダラーと呼んでください、閣下。ダラーで結構です」

14

「とてもきれいよ」

ジーネットはバイオレットの言葉に返事をせず、ほとんど歩調をゆるめることなく教会の狭い控え室のなかを行ったり来たりした。そして下を向き、この人生の恐ろしい転機を迎えるきっかけのひとつを作ったドレスを見た。

何カ月か前にダラーからプレゼントされ、一度は返したドレスだ。

数日前、ダラーからこのドレスをふたたび渡されたが、今回は結婚のプレゼントとして贈られた。ダラーは真剣な目をして、これを結婚式で着てくれないかと言ったのだ。

自分はふとしおらしい気持ちになり――どうしてそういう気持ちになったのか、これから先ずっと後悔することになるだろう――知らず知らずのうちに「ええ」とつぶやいていた。

たしかに最初に見たときの印象どおり、とても美しいドレスだ。淡いばら色のシルク生地でできているが、まるで自分のためにあつらえたように体にぴったり合っている。白いバラと緑の葉の刺繍《ししゅう》がスカートに施され、うっとりするほど優雅だ。

これで今日の結婚式が、心から嬉しいと思えるものだったら言うことはないのに。

ジーネットは背筋がぞっとし、うろたえながら両手をひらひらさせた。「ああ、どうしたらいいの？」

バイオレットが手を伸ばし、ジーネットの震える手を握った。「あなたはこれから、やらなければならないことをやるの。もう少ししたらバージンロードを歩いて、ミスター・オブライエンと結婚するのよ。それがあなたのやるべきことなの。ほかに選択肢はないわ」

〝ほかに選択肢はない〟

その言葉が葬送歌のようにジーネットの耳に鳴り響いた。五日前にダラーと温室で一緒にいるところを見つかってからというもの、ジーネットはなんとかしてこの結婚から逃れる方法はないものかと必死で知恵を絞った。だがなにも思いつかないまま、無情にも時間は流れ、朝がやってくるたびにジーネットの焦りは募った。

家族もまったく当てにならない。

あの日の朝、最初の話し合いを終えたダラーとエイドリアンは、まるで親友同士のように笑顔で言葉を交わしながら書斎から出てきた。自分はそれを見て愕然《がくぜん》とし、次に怒りを覚えた。あのふたりはどうしてこんなに早く、こんなに親しくなったのか。エイドリアンはダラーが高貴な生まれでないことを、まったく気にしていないのだろうか？　メリウェザー夫妻が雇った建築家を、まさか喜んで一族に迎えるはずはないだろう。

だがエイドリアンは、明らかに乗り気の様子だった。

それからバイオレットとキットとイライザ・ハモンドが、ダラーに紹介された。最初こそ少しぎこちなかったが、みなすぐにダラーのとりこになった。そして夕方になるころには、自分とダラーが結婚するのは必要に迫られたからではなく、自分たちの意思でそう決めたのだというような雰囲気になっていた。嬉しそうな顔をしていないのは、自分とメリウェザー夫妻だけだった。

メリウェザー夫妻は、自分の顔をまともに見ようとさえしない。とくにカスバートは自分が近くに行くたび、真っ赤な顔をしてあわてふためいている。ウィルダはできるだけ礼儀正しく接しようと努めているようだが、その態度からいつもの温かさは消えている。

だが、ふたりを責めることなどできるだろうか。自分は親戚であるふたりに、とんだ恥をかかせたのだ。それに結婚すれば自分の名誉はとりあえず回復されるかもしれないが、今回のスキャンダルはしばらくあとを引くにちがいない。噂はなかなか消えないだろう。ロンドンとは違い、ここアイルランドで、これほど大きなスキャンダルはそうそう起こるものではないのだ。

あれからダラーとは、あまり話す時間がなかった。あの日の朝、エイドリアンとの話し合いの前に捕まえるつもりだったが、その計画も完全に狂ってしまった。こともあろうに、ベッツィーが起こしてくれずに寝坊してしまったのだ！　急いで着替えをすませて階段を駆け下りたときにはもう遅く、ダラーとエイドリアンは閉まったドアの向こうに消えていた。

そのあと自分はずっと、ダラーがふたりきりで話そうとやってくるのではないかと思って待っていた。だが彼がようやく現われたのは、自分がバイオレットやイライザと一緒にいるときだった。

「ぼくたちの結婚が決まった」ダラーは、これは最初から決まっていたことで、これ以上話し合うことはないというような口ぶりで言った。反論したかったが、バイオレットやイライザがいる前では気が引けた。そこでふたりに席をはずしてもらおうとしたが、その前にダラーが、これからダブリンに行って特別許可をもらってくるから戻り次第すぐに結婚しようと言ったのだ。

そんなにあわてて結婚するのかと思うとぞっとしたが、バイオレットもイライザも、一刻も早く結婚したほうがいいと口をそろえて言った。結婚を先延ばしにすれば、スキャンダルに終止符を打てないばかりか、噂がエスカレートしてみなに非難の目を向けられ、ますます名誉に傷がつくだけだ。

そして自分は今日、こうしてここに立っている。もともとウェディングドレスではないウエディングドレスを着て、結婚するつもりなどまったくなかった男性のもとに嫁ぐのを待っている。自分はその男性に触れられるたび、鼓動が乱れてひざから力が抜けた。それに一緒にいると、激しい怒りから心の底からの笑いまで、さまざまな感情を味わって生きている実感を覚えた。彼と過ごす人生は、けっして楽なものではないだろう。だが、退屈を感じることもないはずだ。

バイオレットがジーネットの心を読んだように、わかっているわという顔をした——もしかすると本当に自分の考えていることがわかったのかもしれない。なんといっても、自分たちは双子なのだから。「あなたがミスター・オブライエンに愛情を感じていることは間違いないわ。そうでなければ、そもそもこうして急いで結婚するはめに陥ることもなかったはずよ。たしかに人から羨《うらや》まれるような状況ではないかもしれないけど、彼はいい人だわ。エイドリアンは彼のことがとても気に入ったそうよ」

「そうかもしれないけど、あの人と結婚するのはエイドリアンじゃないわ。家族や友だちと離れ、辺境に移り住むのが自分じゃないから、エイドリアンもそんなことが言えるのよ」

「アイルランドに辺境があるの？」バイオレットはからかうような目をした。

「イングランドに比べたら、辺境よ！ ダラーは自宅のある西部の荒れ地に、ハネムーンに行くつもりなの。ウィルダでさえ、あそこは自然のままの荒々しい土地で、住んでいる人の半分が英語を話さないと言ってたわ。本当だったら、あなたと一緒にサリー州に帰るはずだったのに」

バイオレットは悲しそうな目でジーネットを見た。

「ああ、バイオレット、わたし結婚式なんてできないわ」ジーネットは言った。目に恐怖の色が浮かび、声も震えている。「助けてちょうだい。宣誓をなんとか先延ばしして、そのあいだにどうにかしてパパとママに連絡するの。ふたりともこの状況を知ったら、わたしを助けたいと思うはずだわ。もっと別の方法で、今回の事態を丸く収めようとしてくれるはずよ」

ジーネットは下を向き、真っ白なサテンの靴の片方をじっと見つめた。「ふたりの顔にまたしても泥を塗ったことはわかってるわ。両親だけじゃなく、家族みんなの名誉を傷つけてしまったんですものね。でも、わたしだけが悪いんじゃないわ。ダラーがわたしを誘惑したのよ。わたし……軽いキスが取り返しのつかないところまで発展してしまうなんて、思ってもみなかったの」

バイオレットは大きなお腹に手を当てた。「ミスター・オブライエンが女たらしだと言いたいの？」

「ううん、そうじゃなくて……」ジーネットの言葉が尻すぼみになった。どう言えばわかってもらえるのか、懸命に言葉を探した。のどになにかが詰まっているような気がしてごくりとつばを飲み、先を続けた。「あの人には、女から理性を奪うようなところがあるの。温室でわたしに近づいてきたのは、彼のほうからよ。なのにどうして、わたしがすべて悪いみたいに言われなくちゃならないのかしら」

「貞操とか慎みとかの問題になると、責められるのはいつも女なのよ。でもよかったじゃない、ジーネット、ミスター・オブライエンがちゃんと結婚してくれるような立派な人で。彼はあなたの評判を少しでも取り戻そうとしてくれているのよ」バイオレットは口ごもり、額にかすかにしわを寄せた。「ただ、彼があなたを誘惑したのではなくて、本当は無理強いしたのなら話は別だけど。そんなことはないわよね？」

これが逃げ道になるかもしれない。ジーネットは思った。バイオレットの同情を買い、助けてもらうのだ——そうすれば、自由の身になれるかもしれない。ダラーが力ずくで自分を奪おうとしたのだと聞けば、バイオレットはあとで騒動になることを覚悟のうえで、自分の味方について結婚式を阻止しようとするだろう。

ジーネットは口を開きかけたが、やはり嘘をつくことはできなかった。ダラー・オブライエンはたしかに頑固で意地悪で無作法だし、偉そうな態度が鼻につくこともしょっちゅうだが、女性を力ずくでどうこうしようという男ではない。

そもそも、彼にはその必要もないはずだ。オブライエンのような男性は、花がハチを招き寄せるように女性を惹きつけるのだ。野原に立っているだけで、愛らしい娘がにっこり微笑みながら寄ってくるにちがいない。

それに、彼は悪いことのできる人間ではない。自分より弱いもの、たとえば女性や子どもや動物に危害を加えるようなことをするはずがないのだ。

もし自分が嘘をついてレイプされたと騒いだら、ダラーはどれほど傷つき、ショックと失望を覚えるだろう。そんな恐ろしい嘘を仮につきとおすことができたとしても、自分は一生良心の呵責《かしゃく》に苦しめられるにちがいない。どれだけ今回の結婚が不安でも、そうした卑怯《ひきょう》な手段に訴えることはできない。

ジーネットはがっくり肩を落とした。「いいえ、無理強いされたわけじゃないわ。わたしは自分の意思で、彼とああいうことをしたの」

「だったら仕方ないわね。あなたたちは結婚しなくちゃいけないわ。さあ、準備ができたのなら、そろそろ式を始める時間よ」

「でもパパとママは？　これほど重大なことなんだから、事前に両親に相談するべきじゃないかしら。今日の結婚式は延期にして、予定どおりイングランドに戻りましょう。ふたりにわたしの言い分を話したいの。あなたも口ぞえしてちょうだい。パパもママも、この前あなたの言うことを聞いてくれたんでしょう。今回もきっとうまくいくわ」

ジーネットは悲しそうな顔をした。「今回は無理だと思うわ。そもそも、あなたをイングランドに呼び戻すよう説得するのだって、ものすごく大変だったのよ。なのにまた、新しいスキャンダルが起きたなんて……ああ、ジーネット、ふたりに頼んでも無駄だわ。結婚しないでイングランドに帰ったりしたら……言いにくいけど、あのふたりはあなたと縁を切るかもしれない」

ジーネットははっとしたが、すぐに気を取り直した。「そんなことはないわ、ばか言わないで。パパとママは、わたしのことが可愛くて仕方がないんだから。そのことを一番よく知ってるのはあなたでしょう。あなたは大げさすぎるのよ」

「違うわ。パパはなんにでも不満を言う人だから、本当のところどう思っているかはわからない。でもわたしたちがしたことを知ったあとのママは、それまで見たこともないほど落ちこんでいたわ。あれからずっと不安定な状態なの。あなたがお金持ちじゃない人と結婚するというだけで、ママにとっては大変なショックだわ。結婚する気もない相手と結ばれたなんて聞いたら――」

バイオレットは口をつぐみ、かすかに身震いした。「残念だけど、あなたはミスター・オブライエンと結婚して、これから頑張っていかなくてはならないわ。もしわたしにその気があったとしても、今回は入れ替わることは無理よ。今度ばかりは、土壇場で逃げ出すことはできないの。あなたがミスター・オブライエンと結婚しなかったら、一族の名誉に取り返しのつかない傷がつくでしょう。エイドリアンもわたしも、あなたを守ってあげることはできないわ。そもそもわたしたち自身が、スキャンダルということに関しては大変な思いをしてるんだもの」

「もしこの結婚から逃げたら」バイオレットは先を続けた。「あなたはいったいどうなるかしら。エイドリアンがいいと言えば、わたしたちと一緒に暮らすこともできるわ。でも、もしあの人がうんと言わなければ、あなたはひとりで生きていかなくちゃならないのよ。わたしはそれが心配なの。家庭教師になるのは無理だし――」

ジーネットが小さく鼻を鳴らした。「そんなものになるつもりはないもの」

「――だったら、ほかにまともな選択肢はないわ。もしかすると、仕方なく誰かの……」バイオレットは狼狽し、口をつぐんだ。

「誰かの愛人にならなくちゃいけない、と言いたかったの?」

バイオレットは悲しそうだがとても真剣なまなざしで、ジーネットの目をじっと見た。

「運命を受け入れるのよ、ジーネット。そして、幸せになるよう努力するの。いったん結婚すれば、あなたとミスター・オブライエンはきっとびっくりするほどうまくいくわ」

「もしそうじゃなかったら?」ジーネットの胃がぎゅっと縮んだ。自分もダラーもお互いのことをほとんど知らないし、共通点も少ない。一生相手に縛られることが決まったあとで、自分たちの違いがどんどん浮き彫りになってきたらどうすればいいのだろう？

ジーネットはその不安をバイオレットに打ち明けた。

バイオレットは優しく微笑んだ。「でも、あなたたちのあいだにある情熱は本物だわ。ほとんどの夫婦、とくにわたしたちの階級の夫婦のあいだにはなかなかないものよ。それに、あなたに気づかれてないと思ってるとき、彼はあなたを特別な目で見ているわ」

「どんな目なの？」ジーネットは訊かずにいられなかった。

「貴重で大切な宝物を見ているような、憧れと情熱のこもった目よ。たしかにあなたは彼を進んで選んだわけじゃないかもしれないけど、それでもあの人はあなたの夫となる人なの。彼にチャンスをあげて。結婚生活がうまくいくかどうか、試してみるのよ。あの人はきっと、あなたを幸せにしてくれるわ」

「わたしたちはきっと傷つけ合うわ。そしてわたしは、これまでなかったほど不幸になるのよ」

バイオレットはため息をついた。「そうならないことを祈るわ。けれどしばらく頑張っても、まったくうまくいく見込みがなかったら、いつでもわたしを頼ってちょうだい。わたしたち、昔はひどいことを言い合ったり、お互いのことを嫌ったりしていた時期があったわ。それでも、わたしたちは姉妹よ。あなたにはたしかに腹の立つこともあるけれど、それでもわたしにとっては大切な家族なの」

ジーネットは自分にそっくりの瞳を見つめ、ふと胸に熱いものがこみあげるのを感じた。そして衝動的にバイオレットを抱きしめ、頬にキスをした。そんなことをしたのは、子どものとき以来だ。

バイオレットは驚きの表情を浮かべて一瞬ためらったが、大きなお腹を突き出したままジーネットにハグを返した。

やがてふたりは体を離した。

バイオレットはゆったりしたグリーンのスカートをなでつけた。「それじゃ、みんなに支度ができたと伝えてきてもいいかしら？　あと五分でどう？」

ジーネットはまたもや不安で胸が詰まるのを感じた。だが大きく息を吸って自分をなだめ、バイオレットに向かってうなずいた。

バイオレットはうなずき返し、なにも言わずに部屋を横切ってドアの向こうに消えた。

ジーネットは身じろぎもせずその場に立ち尽くしていた。脈が激しく打ち、パニックが一気に襲ってきた。あと五分で結婚式が始まる。そして十五分後には、自分はミセス・オブライエンになっている。死がふたりを分かつまで、愛し、尊び、慈しみ、従わなければならないのだ。

ジーネットは手のひらを胸に当て、激しく乱れる心を鎮めようとした。ダラーとの結婚は、それほど悪いものではないだろう。少なくとも彼はハンサムだし、ベッドでもきっと悦びを与えてくれるにちがいない。

彼が自分とは異なる世界に住み、身分も違うからといって、それがなんだというのだろう？　知り合いもいない見知らぬアイルランドの荒野に連れていかれることを、どうして不安に思う必要があるのだろうか？　ロンドンに二度と戻れず、たとえ戻ったとしても、友だちからもう自分たちと付き合う相手じゃないと無視されたところで、どうということはないではないか？

自分は肩書きを持った裕福な男性と結婚するはずだった。富が与えてくれる安楽な暮らしやそのほかの喜びのために、愛はあきらめると決めたはずだ。だがダラーと一緒では、安楽な暮らしもお金が与えてくれる喜びも手に入らない。

もし彼が愛情すらくれなかったら、自分はどうなるのだろう？

ジーネットの背筋を冷たいものが走った。

自分がダラーを愛するようになっても、彼が自分を愛してくれないとしたら？　自分は過去に、ある男性に裏切られた。また別の男性に裏切られることはないと、どうして言えるだろう？

ジーネットは浅い息をつきながら、すぐに行動に出た。部屋を横切り、ドアに鍵をかけた。こうなったら、一秒たりとも無駄にはできない。

ダラーは正式な紺の燕尾服《えんびふく》を着て、ひざのすぐ下できっちりボタンの留まる淡いグレーのズボンを穿き、祭壇に立って花嫁を待っていた。

隣りにはローレンス・マクギャレットが立っている。ダブリンから戻ってきたばかりのローレンスは、新郎の付添い人になることを引き受けてくれた――もっともそれは、寝耳に水のニュースを聞かされたショックから立ち直ったあとのことだ。

「交尾の最中にオスの頭を食べるメスの昆虫がいるらしいが、彼女がそうじゃないことを祈るよ」ローレンスは言った。「イングランド人の刺客に寝首をかかれないようにな」

自分は声を上げて笑い、ローレンスの背中をぽんと叩いて心配はいらないと言った。だがいま、こうして祭壇に立ちながら、なんとなく不安を感じている。ジーネットとの結婚が不安なのではない。土壇場になって、彼女の気が変わることが心配なのだ。

入り口で人影が動くのが目に入った。ジーネットの双子の妹が鮮やかなグリーンのマタニティドレスに身を包み、母なる地球のように丸いお腹を抱え、一歩一歩ゆっくりと側廊を歩いてくる。いったん立ち止まり、ジーネットの支度が整ったと告げた。そして夫のラエバーン公の手を借り、最前列の木でできた信者席に座った――両隣りには義理の弟のクリストファー卿と友人のイライザ・ハモンドが座っている。

だがジーネットが現われたら、公爵夫人は花嫁の付添い人の役目を果たすため、もう一度立ち上がらなくてはならない。そしてラエバーン公がじつの父親に代わり、花嫁の父の役を務めることになっている。しかしラエバーン公も、最初から喜んでその役目を引き受けてくれたわけではないだろう。かつてジーネットと婚約していた人物がその父親代わりを務めるのは、やはり相当気まずいことであるにちがいない。

ジーネットがアイルランドに追いやられる原因となったスキャンダルの詳細をついに知ったとき、自分は衝撃を受け、次に怒りを覚え、最後にようやくその事実を受け止めた。昨晩遅く、極上のアイリッシュウィスキーを飲みながら、キット・ウィンターが話してくれたのだ。

最初にその話を聞いたとき、身を焦がすほどの激しい嫉妬《しっと》に駆られたが、すぐにそれがどれほどばかばかしいことであるかに気づいた。ラエバーン公が妻を溺愛《できあい》し、それ以外の女性にはまったく目もくれないことは、見ていればすぐにわかる。ジーネットが公爵に恋愛感情を抱いていないことも明らかだ。なんといっても彼女は、教会の祭壇で公爵を見捨て、双子の妹を身代わりに仕立ててみなをだましたのだ。

問題は、ジーネットがいまなにを考えているかということだ。

それにしても、家族に参列してもらえなかったことが残念でならない。自分には三人の弟と三人の妹がいる。すぐ下の妹のメアリー・マーガレットは自分より二つ下の二十六歳で、すでに結婚して四人の子どもに恵まれている。自分の結婚式に出られなかったことに誰よりも傷つくのは、儀式や伝統といったものをことさら重んじるメアリー・マーガレットだろう。まあ、そのうち彼女の機嫌も直り、ケーリーでも開こうと言い出すにちがいない。みなで集まって大騒ぎすれば、きっとなにもかも元どおりになる。

だがたとえ、参列に間に合うよう家族に連絡する時間があったとしても、みなをここに招くわけにはいかなかった。自分の正体を明かさないようラエバーン公に口止めしているだけでも、充分危険を冒しているのだ。そのうえさらに、六人のきょうだいの誰かがうっかり口を滑らせないかということまで心配するのはごめんだ——しかも、そもそもみんなが、自分の正体を内緒にすると約束してくれるかどうかもわからないのだ。

ダラーは、親族の後ろの信者席に背筋を伸ばして座り、どことなく納得のいかない顔をしているメリウェザー夫妻をちらりと見た。あと心配なのはあのふたりだが、自分が爵位を持つ貴族であることはおそらく知らないだろう。もし知っていたら、ジーネットにすでに話しているはずだ。自分に改築工事を依頼してきたとき、カスバートもウィルダもそうしたことはなにも訊かなかった。伯爵であることと建築の仕事とはまったく関係がないので、自分もわざわざふたりに話そうとは思わなかった。メリウェザー夫妻は自分が西部の良家の出身だということはわかっているが、それ以上のことはなにも知らないと考えていいだろう。いまとなっては、詳しいことを話さなくて幸いだった。

ジーネットには少しばかり、教訓を与えてやろう。裕福な伯爵の花嫁として、勝手気ままな生活をしていては学べないことを教えてやるのだ——とりあえず、しばらく伯爵夫人になるのはおあずけだ。

本当のことを打ち明けるのは、もう少しあとだ。

ダラーはベストの裾を引っぱって整え、エイドリアンがジーネットを出迎えるためホールに消えるのを見送った。あと一分か二分のうちに、自分とジーネットは今回の式を司《つかさど》るよう頼んだ英国国教会派の司祭の前で、誓いの言葉を口にするのだ。

そのときタイを巻いた首筋に、ふとざわざわするような感覚が走り、それがやがて奇妙な発疹のように全身に広がった。うまく説明できない感覚だが、これと同じものを前に何度か経験している。なにかよくないことが起ころうとしているとき、首筋にこの違和感を覚えるのだ。

最初にそれを経験したのは、弟のマイケルがイチイの木から落ちて左腕を二カ所骨折したときだった。それから人気《ひとけ》のない夜、ダブリンの街を歩いているときにも同じことがあった。角を曲がったとたん、複数の強盗に襲われたのだ。そのときも襲撃される直前に、このいやな感覚が走った。いまから思うと、鋭いナイフで胸を刺されずにすんだのは、それが警告の役割を果たしてくれたからだ。

どうしていま、あのときと同じ感じがするのだろう？　この教会のなかには、自分に襲いかかろうとしている人も、木から落ちる危険にさらされている人もいない。

ダラーは側廊の先にある大きな木の扉と、その向こうの石のホールに目をやった。そして控え室で支度を整えているジーネットのことを考えたとき、首筋がさらにざわざわした。

やがてラエバーン公が側廊の向こうから現われた。品のいい茶色の眉をしかめているが、腕を組んでいるはずのジーネットの姿がどこにも見えない。ダラーはとっさに足を前に踏み出し、つかつかと歩いて公爵のところに行った。

その場にいる全員がダラーの動きを目で追った。

「どうしたんだ？」エイドリアンの前に立つやいなや、ダラーは訊いた。

「ドアに鍵をかけて出てこないんだ。なんとか説得しようとしたんだが」

「それで?」

「あっちに行ってくれと言われた。準備が完全に整ったら、自分から出てくるそうだ」

「わたしが話してこよう」

「いや、わたしの妻を行かせたほうがいい。結婚式の直前にあのふたりに話をさせるのは、本当は気が進まないんだが、別に心配するようなことは起こらないだろう。バイオレットに念押ししなくても、いまさらばかげた計画を立てたりはしないはずだ。バイオレットならジーネットを説得できるかもしれない。どのみちジーネットも、いつかは出てこなくてはならない。出口はひとつしかないからな」

本当にそうだろうか。

首筋の違和感がますます強まった。

気がつくとダラーは歩き出していた。エイドリアンがあんぐりと口を開け、その後ろ姿を見ている。だがダラーは、ジーネットが閉じこもっている控え室に向かうのではなく、外へと急いだ。教会の石の階段を一気に駆け下り、大またで庭を横切った。正装用の靴でみずみずしい若葉を踏みながら、直感に従って進んだ。

ジーネットは枠にみぞおちを乗せる格好で、窓からぶら下がっていた。靴を履《は》いた足は、地面のはるか上でぶらぶらしている。窓から抜け出そうとひらめいたときには、とてもいい考えに思えた――ちょっとジャンプをすれば、自由の身になれると思ったのだ。

だがよくよく見ると、地面までの距離は最初に想像していたほどちょっとではなさそうだ。恐ろしく深い裂け目が口を開けているようで、飛び降りれば足首を捻挫《ねんざ》するか、もっとひどい怪我を負うのは間違いない。

そう思うと足がすくんだ。自分は痛い思いをすることが、なによりも嫌いなのだ。紙で手を切った程度のことでも、何日も気が滅入るくらいだ。

でも、いつまでもこうしているわけにはいかない。控え室のドアの外から、エイドリアンがなかに入れてくれと言っているのが聞こえる。骨折する危険を冒してもいちかばちか飛び降りるか、なんとか這い上がって部屋のなかに戻り、スカートのほこりを払ってドアの鍵を開け、運命を受け入れるかのどちらかしかない。

だがそれも、自分に這い上がる力が残っていればの話だ。腕の筋肉が震え、ずっと体を支えている緊張で痛みはじめている。心臓が小鳥のように速く打ち、硬い窓枠がお腹に食いこむ。

〝ああ、どうしたらいいの？　飛び降りて痛い思いをする恐怖と、教会のなかで待ち受けている恐怖のどちらを選べばいいのだろう〟

ジーネットがなおも葛藤《かっとう》を続けていると、ふいに大きな手が足首をつかんだ。男性の手だ。ジーネットは驚いて悲鳴を上げ、足をばたばたさせた。

だがその手は、さらに強い力で足首をつかんできた。

ジーネットはまたもや悲鳴を上げたが、男性の手がどんどん上がってきて、ヒップのすぐ下で太ももを支えるようにして止まった。

「さあ、お嬢さん。飛び降りるんだ。ぼくが受け止めてやるから」

ジーネットは顔を横に向け、下を見ようとした。「オブライエンなの？」

「ああ、そうだ。こんなになれなれしくきみの体に触れる男が、ぼくのほかにいると思うのか？」

「わかってたら訊かないわ」

「さあ、これで謎の男の正体もわかったことだし、そこから下りたらどうだ。少しばかり苦しそうだぞ」

〝ああ、もう〟ジーネットはひそかに悪態をついた。脱出に成功する前に見つかってしまった。しかも、逃げようとしている真っ最中に捕まったのだ。お尻を丸出しにして教会の窓にぶら下がっている自分は、どれほどぶざまな格好をしていることだろう！

ジーネットにはもはや体を引き上げて部屋に戻る力はなく、ダラーの手を借りて地面に下りるしかなかった。

「本当に落っことさないでしょうね？」ジーネットは心配でたまらず、甲高い声で訊いた。

「たぶんだいじょうぶだ」

「それじゃ安心できないわ」

「ぼくを信じてくれ、お嬢さん。ちゃんと支えているから」

そう、そのとおりだ。ダラーの力強い大きな手が、わたしの体をしっかり支えている。彼はわたしをちゃんと抱きとめてくれるにちがいない。ジーネットはおずおずと両手を窓枠から離し、目をぎゅっとつぶって体の力を抜いた。まっすぐ落下しながら、胃が縮むのを感じた。だが次の瞬間、ダラーがジーネットの体を受け止めた。腰とウエストにしっかり腕をまわし、背中を胸で支えている。そして片方の手をそのまま上にずらし、一瞬乳房に触れてからジーネットを地面に立たせた。

ジーネットの体がうずいた。ボディスの下で乳首が硬くなっていることを、ダラーに気づかれないよう祈った。

「そろそろ離してもらえるかしら」いつまでも腕の力をゆるめようとしないダラーに、ジーネットは言った。

「ああ、でも離してもだいじょうぶなのかな」ダラーが耳元でささやいた。「いったいどこに行こうとしていたんだ、愛しい人《ア・グラ》？」

異国の言葉をささやくダラーの低く甘い声が、まるで愛撫のようにジーネットの耳をくすぐった。ジーネットは頭のなかでその言葉を繰り返してみた。たぶん呪文だろう。それでも怒っているようには聞こえなかった。優しく、思いやりすら感じられる口調だった。

だがダラーは怒っているはずだ。祭壇に立つ直前に自分を捨て、逃げ出そうとしたわたしに、腹を立てていないわけがない。ジーネットは後ろを向いてダラーの表情を確かめたいと思ったが、ダラーはジーネットを背中から強く抱きしめたまま、離そうとしなかった。

「わ……わからないわ」ジーネットは思わず本当のことを口にした。

「わからない？　ただどこかに行こうと思ったのか？」

「ええ、どこかに」

彼の言うとおりだ。わたしは計画もなにもなく、ただ恐怖に駆られ、衝動的に逃げ出しただけなのだ。仮に脱出に成功し、無事に逃げおおせることができたとして、いったいどこに行けたというのだろう？　カスバートとウィルダの屋敷に逃げ帰ることはできない。もしバイオレットの言うことが正しければ、両親のもとに戻ることもできない。アガサ大叔母も、わたしを置いてはくれないだろう。バイオレットとエイドリアンは……あのふたりは、わたしに結婚以外の選択肢はないと、はっきり言ったのだ。

あらためて考えてみると、わたしが頼れる人は誰もいない。ただひとり、ダラー・オブライエンを除いて。ジーネットはがっくり肩を落とした。

ジーネットがあきらめたことを見透かしたように、ダラーがその体を腕に抱いたまま、優しく自分のほうを向かせた。そしてジーネットの頬を指でなぞった。「ぼくの花嫁になることが、そんなにいやなのかい？」

ジーネットは胸が詰まり、のどをごくりとさせた。「ううん、そういうわけじゃないけれど、あなたとわたしは他人同士も同然だわ。お互いのことを、どれだけわかっているというの？」

ダラーが優しく微笑んだ。「きみが思っている以上に、ぼくたちはわかり合えているんじゃないだろうか。結婚すれば、お互いのことをもっとよく知る楽しみが待っている。それがきっと長い結婚生活のいい刺激になり、わくわくするような気持ちを与えてくれるだろう」

「でもお互いのことを知れば知るほど傷つけ合って、結婚したことを後悔するようになったら？」

「そうならないよう、お互いに努力するんだ」ダラーは一歩後ろに下がり、手を差し出した。「レディ・ジーネット・ローズ・ブラントフォード、ぼくたちはたしかに、普通のカップルとは違う道のりをたどってきた。それでも教会のなかに戻り、ぼくの花嫁になってもらえないだろうか？」

ジーネットはダラーの手をじっと見た。力強く、頼もしい手だ。この手はいろんなものを創り、生み出すことができる。どれほど厳しく大変な状況でも、必要なことを成し遂げようとする手なのだ。こうした男性の手をとるのが、女としてそれほど愚かなことだろうか。ダラーと一緒に人生を送ることを考えると、不安がこみあげてくる。だが、彼のいない人生を想像しても身震いがする。そしてジーネットは、それまでの自分なら考えられなかったことをした。ダラーの手に自分の手を重ね、「ええ」と答えた。

15

「今夜はここに泊まって、明日の朝発とう」ダラーはローレンス・マクギャレットの屋敷の階段をのぼり、居間にジーネットを案内した。

ジーネットは感じのいい室内をぐるりと見まわした。ウォールナット材を使ったヘップルホワイト様式の、盾形の背もたれの椅子が何脚か並べられ、それに合わせて柔らかななめし革のソファが置いてある。ソファの両脇には、サテンノキでできた両翼が折りたためる象眼模様のテーブルがある。壁の片側にはお酒の入った背の高いキャビネットが置かれ、その向かい側にあるのは大きな暖炉だ。温かみのある落ち着いたブルーの壁に、田園風景の描かれた絵がいくつかかかっている。

ジーネットはその壁の優しい色合いが、不安でいっぱいの心を鎮めてくれることを祈った。じっとしていられず、手袋をはずそうとせわしなく手を動かした。「ところであなたの家は、正確には西部のどこにあるの？」

「ぼくの家じゃなくて、もうぼくたちの家だ」ダラーは穏やかな笑みを浮かべた。「シャノン川の河口の近くにある。自然のままの美しい土地だ。きみもきっと気に入ってくれるだろう」

「そうだといいんだけど」ジーネットはつぶやき、部屋を横切ってソファに腰を下ろした。驚くほど座り心地のいいクッションだ。そしてひざの上で手を組んだ。「ここがミスター・マクギャレットの自宅なのね。あなたの付添い人を務めた、あの赤毛の男性でしょう?」

「そうだ。メリウェザー夫妻に頼まれて屋敷の改築工事をしているあいだ、ここに寝泊まりさせてもらっていた。今夜はぼくたちがふたりきりで過ごせるよう、あいつが気を利かせてくれたんだ」

ジーネットは胃がぎゅっと縮むのを感じた。「ふうん、そうなの? 親切な人ね」

「ああ、ローレンスはそういうやつだ。いつでも喜んで友だちの役に立とうとする」

「でもわたしには、つっけんどんだったわ」

披露宴のとき、ローレンスは礼儀正しい態度だったが、自分とはほとんど口をきこうとしなかった。なのに、ほかの人たちとはよくおしゃべりをしていた。次から次へとびっくりするような話を披露し、キット・ウィンターを楽しませていたのも自分は知っている。

ダラーはしばらくばつの悪そうな顔をしていた。「気にしなくていい。あいつは女性の前に出ると、緊張して舌がもつれることがあるんだ。とくにきみのように美しい女性の前では」

そう言うとジーネットのところにやってきて、腰をかがめて手の甲にキスをした。その唇の感触に、ローレンスの態度に傷ついていた心が慰められた。

「わたしには緊張しているように見えなかったけど」ジーネットはそう言ったものの、ダラーの困ったような顔を見て、それ以上追及するのはやめることにした。イングランド人のわたしが自分の友だちと結婚したことを、ローレンス・マクギャレットが気に入らないのだとしたら、それは彼の問題だ。わたしがいつまでも、くよくよ考えることではないだろう。「そんなに広くないけど、居心地のいい屋敷ね」父の持っている狩猟小屋はここよりも広いくらいだが、自分はもうダラーと結婚したのだから、泊まる場所についてあれこれ言える立場ではない。

左手の薬指にはめた幅広の金の指輪をくるくるまわしながら、ジーネットはダラーの家——自分たちの家——はどういうところだろうと考えた。

「これからどうする?」ダラーが訊いた。

ジーネットは顔を上げた。「どうするって?」

マントルピースの上をちらりと見ると、時計の針は三時半を指している。もう少し披露宴にいればよかったかもしれない。だが花婿と花嫁があまりいつまでも披露宴会場にとどまっているのも、おかしなことだ。

明日の朝にはここを発つことになっている。しばらくみなに会えなくなるので、家族にはもうお別れを言ってきた。涙を流してバイオレットと抱き合いながら、両親に宛てた手紙をことづけた。手紙のなかには、自分を許してほしい、今回のあわただしい結婚をどうか祝福してほしい、と書いてある。そしてカスバートとウィルダにも、お世話になったことへの感謝を述べた。

「アイルランドに来てなにがよかったかといえば、ふたりに会えたことだわ」ジーネットは言った。思いがけずジーネットに抱きしめられ、ウィルダは驚いていた。だが一瞬ためらったのち、愛情のこもったハグをジーネットに返した。そして頰にキスをしてから、体を離した。

「幸せになるのよ」ウィルダはジーネットの手を軽く叩いた。「手紙を書いて、近況を知らせてちょうだいね」

ジーネットはうなずいた。胸にこみあげるものを感じ、のどをごくりとさせた。「ええ、かならず書くわ」

幸せになれることを祈るしかない。自分はこれから流れに身を任せる以外になく、唯一の頼りはダラーだけなのだ。数カ月前にアイルランドに到着したときも、恐怖と不安で押しつぶされそうだった。だが今回は、あのときよりも状況が悪い。イングランドに戻る望みが絶たれてしまったのだから。

ジーネットは身震いした。ベッツィーがそばにいてくれることが、せめてもの救いだ。ベッツィーにいままでどおり身のまわりの世話をしてもらえば、環境の変化も少しは楽に受け入れられるだろう。

「お腹は空いてないかい？」ダラーが訊いた。「お茶でも飲もうか？」

ジーネットはみぞおちに手を当てた。「いいえ、これ以上ひと口も食べられないわ」いまなにかを食べたら、きっと気分が悪くなってしまうだろう。「披露宴のお料理とケーキで、もうお腹いっぱいよ」ジーネットはそこで言葉を切った。「でもあなたがお茶を飲みたいのなら、呼び鈴を鳴らすわ」

「いや、いいんだ」ダラーは立ち上がろうとしたジーネットを止めた。「ぼくならだいじょうぶだ。きみと同じく、ちょっとばかりケーキを食べすぎたらしい」どことなくそわそわした様子で、足元に敷かれた茶色とブルーのじゅうたんを見下ろした。そして顔を上げ、ジーネットの目をじっと見た。「寝室に案内しようか？」

ジーネットは口をあんぐりと開け、心臓が早鐘のように打つのを感じた。「でも、まだ午後になったばかりよ」その声は自分の耳にも、弱々しくかすれて聞こえた。

ダラーが一瞬、驚いたような顔をした。それからゆっくり笑みを浮かべ、空色の瞳をいたずらっぽく輝かせた。「体を洗って着替えたらどうかというつもりで言ったんだが、きみが望むならほかのことをしてもいい。昼間から愛し合うのも悪くない」

ジーネットはぱっと立ち上がった。「いいえ、暗くなってからで結構よ。でもあなたの言うとおり、寝室に下がらせてもらうわ。お風呂に入って少し休みたいの」

ダラーはにっこり笑い、ジーネットに近づいて手をとった。そしてその手を優しく自分の背中にまわし、抱き合うような格好にした。「それは残念だ。本当にそれでいいのかい？」

ジーネットは太陽の光が窓から差しこむなか、ベッドに裸で横たわる自分たちの姿を想像し、ごくりとつばを飲んだ。ダラーの体の大きさと力強さを感じ、鼓動が速まった。

「え、ええ。本当よ」

「結婚したばかりの夫を焦《じ》らすなんて、きみは残酷だな。お楽しみはどうやら、夜まで待たなくちゃならないらしい。でもたしかに、いまのうちに少し寝ておいたほうがいいだろう」

「どうして？」

「今夜はきみを朝まで寝かさないつもりだ」

ジーネットがその言葉にどぎまぎしていると、ダラーが腰をかがめて唇を重ねてきた。その甘いキスに、ジーネットのひざから力が抜け、つま先がかっと熱くなった。

ダラーが体を離したとき、ジーネットは足がふらふらしていた。

「ぼくが寝室に案内しようか。それとも、ひとりで行けるかい？　踊り場の少し先、右側の三つめの部屋だ」

「この状況を考えると、ひとりで行ったほうがよさそうね」

「夕食は六時だから、遅れないでくれ。そうだ、ジーネット」

「なに？」

「髪の毛を下ろしてきてくれないか。きみの髪が肩に広がっているところを見たいんだ」

「イタリアを訪ねたとは聞いてたけど、フィレンツェとウフィツィ美術館にも行ったことがあるとは知らなかったわ」ジーネットは極上の赤ワインをひと口飲んだ。「目を見張るような収蔵品よね――絵画も彫刻も見事だし、建物自体も素晴らしいわ。イタリアのなかでも、とくに印象に残っている場所よ。もちろん美術館だけじゃなくて、ショッピングやパーティも楽しかったわ」

「そうだろうな。だがきみの言うとおりだ。ウフィッツィ美術館は素晴らしい。はるばる訪れる価値がある」ダラーは使用ずみのナプキンの上で、銀のデザートスプーンをくるくるまわしながら言った。

「アガサ大叔母さまとわたしはピッティ宮殿にも行く予定だったんだけど、大公が急病になってパーティが中止されたの。二日後には発たなくちゃならなかったから、日をあらためるというわけにもいかなくて」ジーネットは小さくため息をついた。「ピッティ宮殿を見られなかったのは、残念《ピティ》だったわ」そこで言葉を切り、くすくす笑った。「まあ、だじゃれを言っちゃった。ピッティに行けなくて残念《ピティ》、ですって」

ダラーはテーブル越しにジーネットに微笑みかけた。「ああ、そうだな。おもしろいだじゃれだ」

「だからわたしも大叔母さまも、宮殿と庭を外からながめるだけで、なかを見ることができなかったの」

じつを言うと、自分はなかに入ったことがある。ダラーは心のなかでつぶやいた。ロレーナ家の大公フェルディナンド三世の友人として招かれ、宮殿のなかをじっくり見物させてもらったのだ。だがその話は、あとのお楽しみに取っておこう。そのときのことは、もっとあとになってから話してやればいい。

ダラーは椅子に座ったまま無造作に手足を投げ出し、新妻がアップルタルトをフォークで少しずつ口に運んでいるのを見ていた。銀のフォークの先端が、ばら色の唇を出たり入ったりしている。無意識にやっているのだろうが、そそるような仕草だ。

ダラーの股間が硬くなった。消化とは関係のない部分が、かっと熱くなっている。いつもの自分なら、美術や建築や旅行の話を楽しんでいただろう。だが今夜は――結婚して初めての夜なのだ。

ダラーはため息をつきそうになるのをこらえ、いったいいつになったら夕食が終わるのかと考えた。

ジーネットが料理のひと皿ひと皿をことさらゆっくり食べているお陰で、この一時間半というもの、自分は欲望と欲求不満に苦しめられている。そのあいだじゅう、ジーネットはだらだらと料理をつつきながら、ひっきりなしにおしゃべりをしているのだ。

自分も最初は花嫁のペースに合わせ、積極的に意見や感想を口にしていた。だが途中からはほとんど話さなくなり、ジーネットがぺらぺらしゃべるのをただ黙って聞いている。ジーネットが話好きだとは知っていた――話術なら誰にも負けないだろう――が、今夜のようにとめどなくしゃべりつづける彼女を見るのは初めてだ。

もしかすると不安なのだろうか？　寝室に行くのを少しでも遅らせようと、わざと食事を長引かせているのかもしれない。だが、なぜだろう。ジーネットは自分とキスをするのが好きなはずだ。だからこそ、自分たちはそもそもこうして結婚することになったのではないか。

お互いの肌を求めたからだ。つまり、ジーネットがびくびくしているように見えるのは、結ばれることへの恐怖のせいではないということになる。

だとしたら、なにが怖いのか？

たぶん結婚したこと自体が不安なのだろう。新しい未知の人生が始まることが怖いのだ。すべてしばらく本当のことを黙っていようと決めたのは、残酷なことだったかもしれない。すべてを打ち明け、花嫁の最大の不安をぬぐい去ってやろうとしないのは、間違ったことなのかもしれない。

だがいまはなにも言わず、秘密を守るほうがいいのだ。ジーネットのわがままで軽率な態度を変え、人生には地位や富より大切なものがあると教えるには、これが最初で最後のチャンスにちがいない。愛や喜びといった、ごく普通のことこそが大切なのであり、闘って守る価値のあるものだと教えてやらなくてはならない。そして自分もいま、愛と喜びのために闘っている。

ダラーはスプーンをくるくるまわしていた手を止め、それを脇に置いた。

これ以上待てない。いますぐ彼女が欲しい。ジーネットが進んでベッドに行こうとしないのなら、自分が彼女の情熱に火をつけてやるまでだ。

ダラーは椅子を引いて立ち上がった。

ジーネットは口元にフォークを運んでいた手を止め、顔を上げた。そしてダラーがゆっくり近づいてくるのを、怪訝《けげん》そうな目で見守った。

ダラーはジーネットの後ろに立ち、その髪をじっと見つめた。下ろしてきてくれと頼んだが、新妻は半分しか言うことを聞いてくれなかった。金色の長い髪をきれいに梳かしつけて首筋でひとつにまとめ、シルクのピンクの長いリボンを蝶結《ちょうむす》びにしている。

ダラーはリボンを引っぱり、結び目をゆるめた。少し引いただけで、リボンは簡単にはずれた。ダラーはそれをクロスのかかったテーブルの上に無造作に放ると、ジーネットの髪に指を差しこんでそっと梳かしはじめた。

ジーネットはかちゃりと音をたててフォークを皿の上に置いた。「な――なにをしているの?」

「きみを初めて見たときから、こうしてみたかったんだ。きみは美しい髪をしている。豊かでなめらかで、男なら顔をうずめてその香りを胸いっぱい吸ってみたいと思う髪だ」

ダラーはその言葉どおり、ジーネットの洗いたての髪に顔をうずめ、りんごの花のようなほのかな香りを楽しんだ。次に髪をひとつにまとめ、片方の手首にからませると、ジーネットの色白で美しく、はっとするほど無防備なうなじがあらわになった。

首筋をそっと指先でなぞると、新妻の体がそれに応えるように震えるのが伝わってきた。そして肩をうなじに押し当てながら、ジーネットの感じやすい部分にキスをした。

ジーネットは唇の端を嚙《か》み、椅子から立ち上がりたくなるのをこらえた。夕方からずっと、心配でいても立ってもいられない気分だった。夕食用のドレスに着替えているときのことだ。ベッツィーが何気なく、白いネグリジェを用意しておかなければと言った。その言葉を聞いたとき、恐怖と不安がこみあげてきたのだ。

白いネグリジェは、花嫁の純潔を意味する。だが自分は純潔ではない。もちろん、経験が豊富というわけでもない。それでも問題は男性経験が何回あるか——正確には一回だ——ということではなく、今夜、純潔の証《あかし》である赤い血が流れないことなのだ。


そのことに思い至ったとき、胃がおかしくなり、パニックに襲われた。

自分はいったいどうして、トディのような男に体を許したのだろう？　そのときもいけないことだとはわかっていたが、トディは口がうまく、自分に愛と献身を誓った。いつか結婚しようとも言った。

だがトディとの結婚が実現することはなく、自分は純潔を失った。

ダラーには申し訳ないことだし、どうにかして真実を打ち明けなくてはいけないとも思う。だが自分はすでに純潔を失っているのだと、花嫁がいったいどうやって花婿に告白できるというのだろう。時計の針を巻き戻して、バージンに戻ることができたなら。いまとなっては、自分にできることはせめて誠実であることだけだ。

とはいえ、自分がバージンでないことにダラーが気づきさえしなければ、なにも悩むことはない。男性にはそうしたことが自然にわかるものだろうか。案外、気づかないものかもしれない。

打ち明けるべきか？　それとも黙っているべきか？

そのことで夕方からずっと頭がいっぱいだった。内心の不安を隠しながら、なんとか寝室に行くのを先延ばしにしようとして、カササギのようにぺちゃくちゃとしゃべり続けた。自分は不安になると口数が多くなる。そして料理のひと皿ひと皿をわざとゆっくり食べながら、ダラーにワインをしきりに勧めた。酔って寝てくれるかもしれない、と思ったのだ。

だがその計画も失敗だったらしい。ダラーに眠そうな様子はまったく見られず、意識もはっきりしている。結構な量のお酒を飲んでいたはずなのに、紅茶でも飲んでいたのかと思うくらい、しらふそのものだ。

ダラーが首筋にうっとりするようなキスを浴びせている。これ以上、引き延ばすことは無理だろう。最後の審判の瞬間が近づいている。だが、自分にはそれを止める手段がないも同然だ。それでも、いちかばちかやってみよう。

「ダラー、やめて」ジーネットは息切れしたような甲高い声で言い、ダラーの顔を肩で押しのけようとした。

「どうして?」ダラーはまったくひるまず、ジーネットの耳元でささやいた。そして耳たぶを軽く嚙んだ。「こうされるのが好きなんじゃなかったかな?」

「あの……わたし……」〝ああ、嘘はつけない。彼の愛撫は素敵すぎる〟「ええ、好きだけど、でも……」

「でも、なんだい? どうしてやめなくちゃいけないんだ?」

「だって……その……ここがダイニング・ルームだからよ」

「ああ、そうだな」

ダラーはジーネットの胸に腕をまわし、その体がだんだん熱っぽくなってきているのに気づいた。口元に笑みを浮かべ、柔らかな愛らしい乳房を片手で包んだ。新妻の乳首がつんとがっているのが、ボディスの生地越しに伝わってくる。親指で撫でると乳首はさらに硬くなり、ダラーはその感触を楽しんだ。「食事を終わらせるのに、愛し合う以上にいい方法があるかな?」

「でも、使用人が」ジーネットは言ったが、あまり力のこもっていない声だった。「いつ従僕がお皿を下げに入ってくるかわからないわ。こんなところを見られたら、なんと思われるかしら」

「新婚だから寝室を探すのも待ちきれなかったらしい、と思われるだけだろう」ダラーはジーネットの頬とあごにキスをし、体を離した。「だがきみの言うとおりだな。続きは寝室でしたほうがよさそうだ」

ダラーはジーネットの椅子を引き、横に立って手を貸そうとした。

ジーネットは緊張し、のどをごくりとさせた。「でも、まだ食事が終わってないわ」

ダラーはデザート皿の上のタルトをちらりと見たが、ほとんど手つかずのままだった。

「まだ終わってなかったのかい? そのペースで食べていたら、夜中までかかるだろう。そのお菓子がそんなに好きなら、上に持っていったらいい。あとで疲れたときに食べれば、元気が出るだろう。ぼくがきみを食べたあとに」

「ミスター・オブライエン、あなたってとんでもない人ね」

「ああ、そうだ。ミセス・オブライエン」ダラーはウィンクをした。「それを言うなら、きみも同じじゃないか。だからぼくたちは惹かれ合うんだ。さあ、ベッドに行こう」ジーネットの手をとり、手のひらにキスをした。「ベッドに来てくれ」

海のように鮮やかなブルーで彩られたジーネットの瞳が潤み、まだなにか言おうとするように唇が開きかけた。だがジーネットは言葉を呑み、ダラーの手を借りて椅子から立ち上がった。

ダラーは大きな手でジーネットのほっそりした手を握り、ダイニング・ルームを出て階段を上がった。

寝室に入ると、ジーネットのレディーズメイドが待っていた。暖炉で勢いよく燃えている炎のお陰で、室内は暖かかった。マントルピースとエンドテーブルの上に五、六本のろうそくが置かれ、蜂蜜色の壁と磨きこまれたマツ材の家具をほんのり照らしている。濃いグリーンのカーテンのかかった四柱式ベッドが、奥の壁の中央あたりにある。薄手の白いローンのネグリジェとガウンがふんわりとたたまれ、白い上掛けの上に置かれていた。甘い蜜蠟《みつろう》のにおいとフェミニンなドライ・ラベンダーの香りが漂い、部屋はすっかり花嫁を迎える準備が整っている。

ベッツィーがあわてて立ち上がり、ひざを曲げてお辞儀をすると、怪訝そうにダラーとジーネットを交互に見た。

ジーネットが手を離そうとしたが、ダラーはそのましっかり握りしめていた。

「きみも、もう休んだらいい。レディ・ジーネットの世話なら、今夜はぼくに任せてくれ」

ベッツィーは驚いた顔でしばらくダラーを見ていたが、やがてジーネットに視線を移した。

それからもう一度、ひざを折って挨拶をした。「わかりました。おやすみなさいませ」

ベッツィーがドアを後ろ手に閉めて出ていくやいなや、ジーネットはダラーに向き直った。

「ベッツィーに着替えを手伝ってもらいたかったのに」

「どうしてだい？　女性のドレスを脱がせる方法を、ぼくが知らないとでも思ってるのか？」

「そうじゃないけど、でも……」

「でも、なんだ？」

ジーネットはまだなにか言いたそうだったが、ふいにあきらめたように肩を落とした。

「なんでもないわ」

そして髪の毛を上げ、ダラーに背中を向けた。

ダラーはさっきの言葉どおり、ジーネットのドレスに並んだ小さなボタンを慣れた手つきではずし、なにも言わずに頭から脱がせた。そしてそれをストライプ柄の長椅子の肘掛けにかけると、次はコルセットを脱がせにかかり、シュミーズのテープやひもをゆるめた。

やがて薄い下着一枚になり、ジーネットは胸の前で腕を組んだ。乳房を隠そうと思ったのだ。だがそうすることでかえって胸の谷間が強調され、後ろに立ったダラーから見ると乳房がさらに丸みを帯び、いっそう魅惑的になった。ジーネットが身震いすると、きめの細かい皮膚に鳥肌が立った。

ダラーはジーネットの肩と腕に両手を這わせ、ゆっくり自分のほうを向かせて抱きしめた。「どうしてそんなにびくびくしてるんだ？　ここはダイニング・ルームじゃないから、誰も入ってこない。ぼくを怖がる必要がないことは、きみもわかっているだろう」

ジーネットは顔を上げてダラーの目を見た。「わかってるわ。でも、わたしたちが結ばれるのは今夜が初めてだもの」

ダラーはジーネットの頬を手で包み、優しくキスをした。「ああ。それに、きみにとっては初めての経験だ」

ジーネットは一瞬まつげをしばたたき、それから目を伏せた。

「ゆっくりやろう」ダラーは言った。「きみのペースに合わせるから」

そしてふたたび唇を重ねた。そっと触れるように、ジーネットを気遣いながら優しくキスをした。

腕に抱いた花嫁の体がこわばっている。ダラーはジーネットの顔にゆっくりとキスを浴びせた。額から頬、それから妖精の羽のようにかすかに震えるまぶたにくちづけた。次に鼻からあご、耳、美しい曲線を描く首筋にそっと唇を這わせた。

最後にふたたび唇にキスをした。顔や首筋を隅々までじっくり愛撫され、新妻の肌は欲望でうっすら赤みが差している。息遣いも荒くなり、胸が激しく上下しているのが伝わってくる。ダラーは欲望が高まるのを感じた。だがジーネットの唇を嚙みたい衝動を抑え、焦らずゆっくり進めなければと自分に言い聞かせた。

ジーネットがため息をつき、両腕をダラーの背中にまわして体を押しつけてきた。自分の股間が大きく硬くなっていることに、彼女は気づいているはずだ。だが花嫁はまったくひるむ様子も驚いた様子も見せず、自分を強く抱きしめてキスに応えている。

ダラーはそれに後押しされ、ジーネットを抱きしめていた腕にぐっと力を入れた。そして唇を開かせ、舌を差しこんで口のなかを愛撫しはじめた。

ジーネットが自分の愛撫を受け入れ、もっと先へと促している。その手がシャツと上着越しに、自分の肩から背中を撫でている。ダラーは喜びを覚えた。そして新妻が上着の裾《すそ》から手をなかに滑りこませ、指先をズボンのウエストバンドの下に入れると、うめき声を漏らした。花嫁はしばらく手をそこに置いていたが、やがて少しずつ指を奥に進め、シャツの裾をたくし上げてその下にある地肌に触れた。

ダラーははっと息を吞み、体を震わせた。下腹部がさらに硬くなった。押し殺したような声を出すと、ジーネットの唇をむさぼった。

次にその体を抱きかかえ、部屋を横切ってベッドに向かった。上掛けをめくり、ひんやりした白いシーツの上に花嫁を横たえた。

ジーネットがじっと横になったまま、自分が服を脱ぐのを見ている。彼女を怖がらせたくはない。初めて女性と経験する若者のように、がつがつと焦ってことを進めるつもりはない。

もっと時間をかけるのだ。いますぐシュミーズを破って脚を開かせ、彼女のなかに入りたいのはやまやまだが、そんなことをしてはいけない。

自分はそれなりの年齢で、経験も豊かなはずなのに、この激しい欲望を抑えるのはなんとむずかしいのだろう。本当はいますぐ上着を脱ぎ捨て、タイをむしるようにしてはずしたい。そして足をふって靴を脱ぎ、シャツやズボンのボタンを引きちぎり、一刻も早く裸になりたい。

だがダラーはゆっくり時間をかけて服を脱ぎ、一枚一枚をそばにあった椅子にきちんとかけた。ダラーが裸になるにつれ、ジーネットは大きく目を見開いた。

それでもジーネットは、ダラーから目をそらさなかった。ダラーがとうとう全裸になり、無垢《むく》の花嫁のほとんどが怯《おび》えてしまうような男性の部分をあらわにしても、じっとその姿を見ていた。

ダラーは昼間、ジーネットが明るいところで愛し合うのを渋ったことを思い出し、ろうそくを一本だけ残してあとは全部消した。部屋は薄闇に包まれ、ベッドのあたりは真っ暗になった。ダラーはマットレスにひざをつき、ジーネットの隣りに体を滑りこませた。

ジーネットの緊張をほぐし、もう一度情熱を燃え上がらせてやらなくては。ダラーはそっと優しく唇を重ね、だんだん濃厚なキスをした。ジーネットは手をダラーの髪に差しこみ、キスを返した。

彼女が漏らすため息とあえぎ声が、音楽のように耳に響いている。ダラーの鼓動が速くなり、欲望がますます高まった。

ダラーはジーネットのシュミーズに手を伸ばし、乳房をおおっている布をどかそうと細いリボンを引っぱった。シュミーズの前を開き、指を滑りこませて温かい乳房に触れ、その感触を楽しんだ。そしてうめき声を上げて胸のあいだに顔をうずめ、左右の頬に豊かな乳房が当たるのを感じながら、ジーネットのにおいを吸いこんだ。麻薬でも吸ったように、頭がぼうっとする。

ダラーはジーネットの乳首を口に含んだ。舌で焦らすように愛撫をすると、髪の毛に差しこまれた花嫁の手がこぶしを握り、自分の腰のあたりで脚をしきりにもぞもぞさせている。乳房をさらに口の奥まで含むと、ジーネットののどからうめき声が漏れた。ダラーはもう片方の乳房も同じように愛撫した。ジーネットの両手が自分の腕や肩や頬や首筋を撫でている。ダラーはお互いがより深い悦びを感じられるよう気を配りながら、ジーネットの体じゅうにゆっくりキスを浴びせ、舌を這わせた。手や腕、首筋、肩、乳房の下を唇で愛撫し、平らなお腹にもキスの雨を降らせた。

そしてシュミーズのスカート部分を脚をウエストまでまくり上げ、まず脚を愛撫し、だんだん上に顔を上げていった。手と唇と舌で愛撫され、ジーネットはシーツの上で身悶えし、あえぎながらダラーの名前を呼んだ。ダラーは花嫁のすべすべした太ももの内側に手を這わせ、さらに奥に進んだ。指を一本、花嫁のなかに入れると、その体がぴくりとした。ジーネットの熱く濡れた部分が自分の指を包んでいる。彼女のいいにおいが鼻腔をくすぐる。ジーネットがため息をついた。体からは力が抜けている。指を差しこまれた部分が痙攣《けいれん》したようにぴくぴく動き、こちらにすっかり身を任せているようだ。

ダラーの下腹部がうずき、いますぐ花嫁の両脚を開かせ、指ではないものを入れたい衝動に駆られた。だが彼女はまだ完全に準備ができていない。これではまだ、純潔を失ったときの痛みには耐えられないだろう。花嫁が驚くかもしれないとは思いつつ、ダラーはその両脚を大きく開かせて顔をうずめ、指に代わって口で愛撫を始めた。

ジーネットがびっくりしたように体を硬くし、手でダラーの顔を押しのけようとした。だがまもなく抵抗をやめ、か細い声を出しはじめた。愛撫に応え、すすり泣くような甲高い悦びの声を漏らしている。そしてもっと先をせがむように、ダラーの頭をぐっと自分のほうに引き寄せた。ダラーは笑みを浮かべ、さらに激しく唇を動かした。それから禁断の愛撫をした。舌を大切な部分に差しこむと、ジーネットが背中をそらせて体を震わせた。花嫁が絶頂に達したことを知り、ダラーは満足した。

もうこれ以上待てない。ダラーはジーネットの体の上に這い上がった。奪うように唇を重ね、自分の激しい欲望を伝えた。花嫁が自分の愛撫に唇と体で応えてくれている。

こめかみがうずき、鼓動が速まり、下半身がずきずき脈打つのを感じながら、ダラーは体勢を整えた。そして花嫁のなかに入った。ジーネットの大切な部分が、なめらかで温かいベルベッドの手袋のように自分を包んでいる。ダラーはそのまま一気に腰を沈めたい衝動に駆られた。だが歯を食いしばり、全身の筋肉を震わせながらその衝動を抑えた。ジーネットになるべく痛みを感じさせないよう、少しずつ奥に進んだ。すぐに純潔の証を示す場所に突き当たるだろう。

ジーネットが震え、ダラーの下で体を動かした。腕と脚をダラーの背中にからめ、顔を肩にうずめている。奥に進むにつれ、ダラーは彼女の体がわずかにこわばるのを感じた。

最初はジーネットが痛みのため、体をこわばらせているのだろうと思った。だが次の瞬間、そうではないとわかった。それはダラーが予想もしていないことだった。

完全に花嫁のなかに入ったとき、ダラーの全身に衝撃が走った。疑念がゆっくりと確信に変わった。

無垢で純潔であるはずの愛しい花嫁は、バージンではなかった。

16

ジーネットはすぐにダラーの変化を感じ取った。素晴らしい愛撫で忘れていた不安と恐怖が一気によみがえり、ごくりとつばを飲んだ。

ダラーの腕に抱かれ、キスをされ、全身に愛撫を受けているうちに、情熱の波に呑みこまれて彼以外のことはなにも考えられなくなっていた。ダラーはそれまで想像したこともなかったような高みに、自分を昇らせてくれたのだ。いまでもまだその余韻で体が震え、新たな欲望の波が打ち寄せようとしている。

だがダラーは途中で動きを止めたまま、じっとしている。ジーネットは枕に頭を乗せ、ダラーの顔を見た。そしてそこに浮かんでいる表情に、心臓が凍りついた。

〝気づいたんだわ。どうしよう、ダラーにわかってしまった〟

やはり自分の口から、本当のことを打ち明けるべきだった。だがいまとなっては遅すぎる。もう取り返しがつかない。

ダラーの青い瞳が冷たく光っているのが、薄明かりのなかでもわかった。険しい顔をし、力強い体が緊張で張りつめている。ジーネットはからめていた腕と脚をほどき、ダラーから体を離そうとした。

だがダラーはジーネットを離そうとせず、ぐっと体重をかけてその場にとどめた。傍目《はため》には痩せているように見えるが、筋肉質のダラーの体はずしりと重く、ジーネットは息が苦しくなった。

ジーネットはあえいだ。そしてダラーが大きな手で自分のヒップを支え、体の位置を整えたとき、はっと息を呑んだ。彼は成し遂げようとしているのだ。ダラーが大きく開かせたジーネットの脚のあいだに、硬くなったものを奥まで入れた。

「ダラー、わたし――」

だがダラーはジーネットの言葉をさえぎり、その先を聞こうとしなかった。唇を重ね、歯を割るようにして舌を入れると同時に、いったん腰を引いた。

それからすべての抑制から解き放たれたように、激しく花嫁の体を突きはじめた。最初のような優しい気遣いは消えているが、それでもジーネットには、ダラーが自分を傷つけないよう注意してくれているのがわかった。というより、自分をもっと悦ばせ、高みに昇らせて絶頂を味わわせようとしているのだ。

自分を官能の海に引きずりこみ、溺《おぼ》れさせ、降伏させようとしている。

ジーネットはそうはさせまいと抵抗した。少なくとも抵抗を試みた。だがその努力もむなしく、ダラーの素晴らしい愛の営みを前に、降伏するしかなかった。ダラーがジーネットの唇を嚙み、激しく腰を動かしている。その体が震えるのが伝わってきて、クライマックスを迎える寸前だということがわかった。

ダラーがふたりが結ばれている部分に手を伸ばし、禁断の場所をそっと指でなでると、ジーネットの体に電流が走った。ジーネットは身震いし、背中をそらせて震えるような甲高い声を出した。

思考が停止し、ただ快楽の波にもみくちゃにされた。ダラーがもう何度か勢いよく花嫁の体を突いた。それからふいに体が硬直し、筋肉が痙攣したかと思うと、ジーネットに続いて絶頂に達した。

ダラーが激しく胸を上下させながら、ジーネットの上に崩れ落ちてきた。肌は汗でぐっしょり濡れている。そのままゆうに一分、花嫁の上に横たわり、それからおもむろに体を離した。

部屋は気まずい沈黙に包まれている。暖炉でまきがはじけ、小さな火花が散った。

室内は暖かいはずなのに、ジーネットはふいに寒気を感じ、シュミーズのスカート部分を下ろして脚をおおった。それから震える指でボディスのリボンを結んで胸を隠し、シーツをぐいと引っぱり上げ、闇を見つめた。

「ダラー、ごめんなさい」ジーネットはつぶやいた。

ダラーはなにも言わず、じっと天蓋《てんがい》を見上げている。

涙がこみあげてきたが、ジーネットは懸命にこらえた。そして鼻をすすって言った。「あなたに打ち明けるべきだった……」

ダラーは頭を枕に乗せたまま、ジーネットのほうを向いた。目が燃えるように光っている。「ああ、そうだな。ちゃんと打ち明けてほしかった。黙っていればわからないだろうと思ったのか？」その言葉がジーネットの胸をぐさりと刺した。

こうして責められるのがわかっていたからこそ、ダラーに気づかれないことを祈るしかなかったのだ。

「どうなんだ？」ダラーが早口で返事を促した。

「あなたが怒ることがわかっていたから、だから――」

「怖くて言い出せなかったというわけか。それとも、最初からぼくをだますつもりだったのか？」

ジーネットは気色ばんだ。「違うわ。よくもそんなひどいことを――」

「この状況を考えると、どう勘ぐられても仕方がないとは思わないか」ダラーは深いため息をつき、片方の腕で頭を抱えるようにして黙りこんだ。

ジーネットは凍りついた。自分も一度は告白しようと思った。だが相手が聞きたくないことを打ち明けることに、なんの意味があるのかわからなかったのだ。

そのまま数分、沈黙が流れた。

「相手は誰だ？」ダラーが口を開いた。「まさかあの義理の弟じゃないだろうな。もしそうなら、これからメリウェザー夫妻の屋敷に行ってあいつを叩きのめしてやる」

ジーネットは驚きで目を丸くした。「え？　あなた、ラエバーン公のことを言ってるの？」

「あいつはきみのフィアンセだったんだから、そんなに突拍子もない話じゃないだろう」

「ええ、わたしたちが婚約していたのは事実よ。でも名誉を重んじるラエバーン公に限って、そんなことはありえないわ。相手は彼じゃないの。そのことに関しては安心してちょうだい。殴ってやろうなんて思わないで」

ダラーは射るような視線をジーネットに向けた。「だったら、誰なんだ？　きみの貞操を奪った男が誰か、教えてくれ」

ジーネットは逃げ出したい衝動に駆られた。「正確には、一方的に奪われたというわけじゃないけれど……」ダラーの目が怒りできらりと光るのを見て、ジーネットは自分がなにを言ったのかに気づき、あわてて口をつぐんだ。

そうだ、わたしがどうしてトディをかばわなくてはならないのだろう？　トディのしたことは、いまにして思うと奪うというにふさわしいものだ。わたしはデビューから二年で社交界一の美女の栄誉を手にしたが、ふり返ってみれば、ただの世間知らずの娘にすぎなかった。調子のいい言葉と見せかけの優しさに、簡単にだまされてしまったのだ。口先だけの約束と巧妙な嘘を信じ、喜んで将来を捨てようとしたわたしは、なんて愚かだったのだろう。

「それで、誰なんだ？」

ジーネットは体を起こし、シーツを胸まで引き上げた。「相手が誰かが、そんなに重要なことなの？　その人とわたしの関係は、もうとっくの昔に終わっているのよ」

「ほう、それを聞いて安心したよ」ダラーは皮肉たっぷりに言った。「いつ終わったんだ？

それから、そいつとどこで付き合っていた？　ロンドンで出会ったのか？」

ジーネットは上掛けを指先でつまみ、首をうなだれた。「ええ、社交界で会ったの。でもそんなことは、もうどうだっていいでしょう」

「いや、どうでもよくなどない。そいつは紳士なんだろう。というより、紳士として通っている男だろう」ダラーはふと、なにかに思い当たったような目になった。「きみがここに来ることになる原因を作ったスキャンダルは、まさかそいつと関係があるんじゃないだろうな？」

「違うわ」

ダラーにじっと見据えられ、ジーネットは本当のことを口にした。「つまり、直接的に関係はないということだけど」

「間接的には関係があるんだな？　そいつが理由で、きみはラエバーン公を捨てたというわけか？　それで妹とこっそり入れ替わったんだな？」

ジーネットは天井を見上げた。心臓が口から飛び出しそうだ。どうしてダラーがそのことを知っているのか？　どうしてわかったんだろう？　両親ですら、本当のことには気づいていないのだ。すべてを知っているのは、バイオレットとエイドリアン、それにその詮索《せんさく》好きの弟のキットだけだ。

ダラーは片方の手でこぶしを握った。「そいつを愛しているのか？」山間の深い湖のように、冷ややかな声だった。

「いいえ、愛してなんかないわ。たしかに昔は愛していたかもしれない。あの人の本性がわかるまでは」

「そいつはいま、どこにいる？　まだイングランドにいるのか？」

ジーネットはかぶりをふった。「最後に消息を聞いたときは、ヨーロッパ大陸にいたわ。裕福な伯爵夫人にたかって暮らしていたの。でもあの人がいまどこにいようと、わたしにはまったく関係のないことだわ」そしてまたもやシーツの端を指先でつまみ、自虐的な口調で言った。「花嫁がきずものだったとわかったんですものね。婚姻無効の手続きをするんでしょう？」

ダラーはジーネットをたしなめるように、片方の眉を上げた。「もう結ばれたぼくたちが、どうやって婚姻を無効にできるというんだ。いまこのときにも、きみのお腹のなかにはぼくの子どもが宿っているかもしれないのに」

ジーネットははっとしてダラーを見た。そうだ、彼の言うとおりだ。そんなことは考えてもみなかった。トディと一度だけ結ばれたあと、彼が避妊具をつけていたにもかかわらず、自分はもし子どもができていたらどうしようと二週間も不安に苛《さいな》まれたではないか。

正直に言うと、トディとの経験はそれほど素晴らしくなかった。トディのキスや愛撫はよかったが、そのあとの……それ自体はあまりいいものではなかった。トディとの愛の営みは、今夜ダラーと経験したものとは違う。あの日の夜、温室で経験したものとも違う。ダラーは自分の奥深くにあるなにかに火をつけ、激しい欲望を目覚めさせたのだ。そしてそれまで想像したこともなかったような、大きな悦びを与えてくれた。

「だったらどうするの？　わたしを離縁するつもり？　厄介払いするのね？」そう口にしながら、ジーネットは恐ろしさで身震いした。彼がそうだと返事をしたら、どうすればいいのだろう。

「ぼくはきみが思っているようなひどい男じゃない」

「でも――」

「たしかにぼくは怒っている。当然のことだろう。だがだからといって、ぼくは血も涙もない冷血漢などではない。それにいまにして思えば、ちゃんと本当のことを見破れたはずだった」

「どういう意味？」

「真実を示す材料はあったという意味だ。まず、きみは前にキスをしたことがあった。それにぼくがどれだけ大胆なことをしても、驚く様子を見せなかった。男にああいうことをされたら、経験のない女性であればまず間違いなくびっくりして、母親のところに逃げ帰っていただろう」

「わたしが経験豊富だとでも――」

ダラーは片手を挙げ、その先の言葉を制した。「そういうことを言いたいんじゃない。ぼくはただ、自分が夢中になるあまり、真実を見抜けなかったと言っているだけだ」

ジーネットは深いため息をついた。「わたしたち、これからどうなるの？」

「このことの埋め合わせをしなくてはならない」

「わたしはもう謝ったわ。これ以上どうすればいいの？　すんだことはもう取り返しがつかないのよ」

「ああ、そのとおりだ」

ジーネットの目にふたたび涙がにじんだ。涙をさっと手でぬぐうと、ふいに強い憤りを覚えた。「こんなの不公平だわ」

「なにが不公平なんだ？」

「世間のダブル・スタンダードよ。女には無垢のまま結婚することを求めるのね。わたしがあなたの初めての女性というわけではないのに」

「ああ、だがきみはそのことに感謝したほうがいい。そうでなければ、いまごろぼくはまだ、なにをどうすればいいのかわからず困っていただろう。きみもいらいらしていただろうし、ぼくも恥ずかしくてたまらなかったにちがいない」

ジーネットはだんだんおかしくなってきた。ダラーがまごまごしながら自分の体をまさぐっている光景が目に浮かぶ。笑うまいとしたが、自然に口元がほころんだ。

ダラーも自分の言ったことがおかしくなり、ジーネットから顔をそむけた。「きみを許そうと思う」

「本当に許せるの？」

ダラーは上体を起こし、しばし考えこんだ。「それは場合によりけりだ。きみは昔、その悪党を愛していたと言った。いまはもうそいつになんの未練もないんだな?」

「もちろんよ。彼はわたしの人生から立ち去って、もう二度と戻ってくることはないわ。それはわたしも望んでいることよ」

ダラーの顔に一瞬、安堵《あんど》にも似た表情が浮かんだように見えた。「そういうことなら」ダラーは言った。「過去のことは忘れ、ここから新しく始めよう。だがきみも、同じことをすると約束してほしい」

「どういうこと?」

ダラーは手を伸ばし、ジーネットの長い髪を一房指にからめてもてあそんだ。「ぼくたちはもう夫婦だ。きみがぼくとの結婚を望んでいなかったことも、今朝、結婚の誓いを立てたくなくて逃げようとしたことも知っている。それでも結局、きみは誓いの言葉を口にした。だがきみがぼくに捧げるはずだった純潔を奪った男のことは、もう忘れることにしよう。だがそれにはひとつ、条件がある」

そう言うと髪から手を離しジーネットのあごに手の甲を当て、その目をじっと見た。「ぼくは妻が欲しいんだ、ジーネット。結婚生活がうまくいくように努力する、本物の妻が欲しい。ぼくたちはたしかに最高のスタートを切ったわけじゃない。それは認めよう。でもだからといって、不本意な思いを引きずったまま結婚生活を送る必要はない。ぼくたちのあいだには情熱の炎が燃えている。そのことはきみも認めてくれるだろう」

ジーネットはぞくりとした。ダラーに親指で下唇をなでられ、震えながら息を吸った。

「ほら」ダラーが言った。「こうして感じているじゃないか」

「だからどうだというの？　ただの肉欲じゃない」ジーネットはそう口にしたが、その言葉は自分自身に言い聞かせるものでもあった。

「ただの肉欲にすぎないと？　本当にそれだけだろうか。もし、それ以上のものがあるとしたら？　シーツの上でやみくもに抱き合う新婚時代が過ぎたあと、もっと深く、ずっと続くなにかが残らないと、どうして言えるのかい？」

ジーネットはその言葉に、胃がぎゅっと縮むのを感じた。彼は愛のことを言っている。だが自分は、ダラーを愛したくなどないはずだ。無防備に心を許し、あとでそれをずたずたに引き裂かれるような目には二度とあいたくない。

ジーネットはかぶりをふった。「わたしたちは仕方なく結婚したのよ。それ以上でも、それ以下でもないわ。数週間も経てば情熱の火も消えて、いったいどうしてこんなことになったのかと思うようになるでしょう」ジーネットは肩をすくめた。「でもそれまでは、あなたの言うとおりできるだけ頑張らなくちゃいけないわね」

「結婚生活がうまくいくよう、本気で努力してくれるんだね？」

いやだと言うこともできる。だが、ダラーはいまや自分の夫となった人であり、自分たちの結婚は教会と神の前で認められたのだ。だったら、結婚生活がうまくいくよう努力するのは、自分の義務ではないか。

ジーネットはため息をついた。「わかったわ、努力してみる。喜んで結婚したかどうかはともかくとして、わたしたちはもう夫婦ですものね」

ダラーはジーネットの顔をしばらくじっと見ていたが、やがて笑みを浮かべた。「ところで、もっとそばに来ないか」

「隣りに座っているじゃないの」

「ああ、だけど隣りに座っているだけじゃ物足りない」ダラーはシーツを蹴《け》るようにしてふり払い、美しい裸体をさらけ出した。股間が硬くなり、大きく突き出している。「さあ、ここにおいで」

ジーネットはダラーの体を見た。そしてその股間がさらに膨らむのを見て、目を丸くした。頬がかっと赤くなる。ジーネットは視線を上げた。

ダラーがウィンクし、いたずらっぽく笑った。それから筋肉質のたくましい太ももを、ぽんと手で叩いた。

ジーネットはあきれたように笑い、ダラーのひざの上に乗った。


翌朝ジーネットは、上掛け越しにお尻を軽く叩かれて目を覚ました。

うめき声を上げながら薄目を開けた。カーテンの隙間から差しこむ早朝の光がまぶしく、目を細めた。うんざりしながら、うつぶせになって枕に顔をうずめ、夢の続きを見ようとした。

大きな手がジーネットの肩を揺すった。「さあ、起きてくれ。早く出発しよう。起きるんだ、レディ・ジーネット」

「ダラー？」ジーネットは寝ぼけた声で言った。

「ああ。きみのベッドの横に立てる男が、ほかにいると思うかい？」

ダラーが頬にキスをしようと顔を近づけてくると、ひげ剃り用石けんと温かみのある男性の肌のにおいが鼻をくすぐった。

「寝かせてちょうだい。疲れているの」ジーネットは弱々しく片手を挙げ、ダラーを追い払おうとした。

ダラーは温和な笑みを浮かべると、その手をつかみ、手のひらにキスをした。「起こして申し訳ないが、あまり遅れるわけにはいかないんだ。これから馬車で長旅をしなくちゃならない。眠かったら、馬車のなかで寝ればいい」

ジーネットはもうろうとした頭でダラーの言葉を聞き、ふたたびまぶたを閉じかけた。だがダラーはジーネットを無理やり起こし、ベッドの上に座らせた。上掛けが滑り落ち、裸の肌を朝の冷たい空気が刺した。ジーネットは身震いし、体を丸く縮めた。肌をおおっているのは長い髪の毛だけだ。

「そのまま起きて待っててくれ。いまベッツィーを呼ぶから、洗面と着替えをすませるんだ」

ダラーがブーツのかかとで床板をこつこつ鳴らしながら部屋を横切り、かちゃりとドアを閉めて出ていった。ひとりになったジーネットはそのままあおむけに倒れ、上掛けを頭からかぶった。

　わたしがこんなに疲れているのは、あの人のせいではないか。昨夜はほとんど寝かせてもらえなかったのだ。昨日の夕方、今夜はへとへとになるまで寝かさないと言っていたが、あの言葉は大げさでもなんでもなかった。ダラーは信じられないほどのスタミナの持ち主で、一晩じゅう情熱的にわたしを愛した。愛の営みの合間に、ほんの短い時間うとうとする以外は、まともに寝ていないも同然だ。

　夜明け前に、わたしを起こしてもう一度抱こうとしたのも知っている。だがわたしがあまりに疲れていることがわかると、短いキスをするだけにとどめた。そして、お楽しみは今夜に取っておこうとささやいた。それから胸に抱き寄せられ、わたしは深い眠りに落ちた。ぐっすり眠っていたらしく、ダラーが起きたことにも、ひげを剃って着替えていることにも気がつかなかった。

　ジーネットがふたたび眠りに落ちようとしたとき、カーテンがさっと開いて太陽の光が部屋に注ぎこんだ。スクランブルエッグとベーコンのにおいがする。ジーネットはだんだん覚醒し、お腹が鳴るのを感じた。

「おはようございます」ベッツィーが陽気な声で言った。「朝食をお持ちしました。今朝はお腹が空いているだろうから、トーストだけではなく、もっとしっかりしたものをお出しするようにとミスター・オブライエンから申し付けられました。トレーを置きますので、お体を起こしていただけますか」

「そこに置いといてちょうだい」ジーネットは上掛けをかぶったまま小声で言った。「あとで食べるわ」

「そうおっしゃることも、ミスター・オブライエンはお見通しでした。早く起きて支度をし、八時には出発できる準備を整えておくようにとのことです。ミスター・オブライエンがおっしゃるには、もしそうしなければ……いえ、なんでもありません。とにかく、朝食を召し上がってください」

ジーネットは上掛けから顔を出し、ベッツィーをちらりと見た。「なに？ あの人、なんて言ったの？」

「なんでもありません。ココアをたっぷりお持ちしました。お好みどおり、濃厚でまろやかなココアです。カップにお注ぎしましょう」

「あの人がなんて言ったのか、先に教えてちょうだい」

ベッツィーは両手を体の脇に下ろし、無地のスカートにぐっと押しつけた。「わかりました。時間までに着替えをすませなかったら、どんな格好をしていようと無理やり馬車に乗せるから、とのことでした」

ジーネットは唇を結んだ。なんて人なの。わたしがどういう格好をしているか、あの人が一番よく知っているはずなのに。昨夜、彼に一糸まとわぬ姿にされ、わたしはいまなにも身に着けていない。

〃わたしを裸のまま連れ出し、馬車に乗せるですって？ やれるものならやってみればい

い〃

でもあの人なら、後先のことなど考えず、いったん口にしたことは意地でもやり遂げようとするだろう。〃とんでもない男だわ〃

ジーネットは上体を起こし、腹立ちまぎれに上掛けを叩いた。「わかったわ。食べればいいんでしょう」

ベッツィーがほっとしたような笑みを浮かべた。

「それから、トーストにもっとジャムを持ってきてちょうだい。大変な一日だったんだから、それくらいのわがままは許されるわよね」

おいしい朝食と温かいお風呂でジーネットの気分もよくなり、疲れていた体にも活力が戻ってきた。ベッツィーの手を借りて陽気な黄色と白のストライプ柄の旅行用ドレスに着替えると、さらに元気が湧《わ》いてきた。ジーネットの指示どおり、ベッツィーが淡黄褐色のハーフブーツを履かせ、ドレスとおそろいのストライプのリボンのついた、つばの短い素敵なジョッキーハットをかぶせてくれた。

八時三十一分、中央階段を下りるころには、ジーネットはすっかりいつもの調子を取り戻していた。遅刻してしまったが、かまうことはない。今朝はダラーが二度もどすどすと階段を上がり、自分の支度がどの程度進んでいるかを〃確認〃しにきたが、その都度聞こえないふりをして無視した。

最後に階段の下から「早くそのお尻を上げろ」などと叫ぶ声がしたころには、そろそろダラーの忍耐も限界にきているようだと感じた。

ジーネットはダラーが正面玄関の通路で待っていると思っていた。だがダラーは外で御者と話している。足元に小山のように大きなウィトルウィルスが座っている。

ジーネットが屋敷を出たとたん、ウィトルウィルスがぴくりと耳を立てた。そしてそれまで垂らしていた舌を、ずるりと音をたてて引っこめた。

ジーネットは身構えた。このところの騒動で、この巨大な犬のことをすっかり忘れていた。だが向こうは、わたしのことを忘れていないようだ。黒っぽい目が興奮で輝いている。尻《しっ》尾《ぽ》をふって毛むくじゃらの足で立ち上がり、こちらに寄ってこようとしている。

そのとき鋭い口笛が聞こえ、ウィトルウィルスが足を止めた。「ウィトルウィルス、つけ」

ウィトルウィルスは立ち止まり、驚いたように後ろをふり返った。ジーネットに駆け寄りたくてたまらず、毛深い体をくねらせながら主人の顔を見上げている。いまの命令が間違いで、すぐに取り消してもらえるのではないかと期待しているようだ。

ダラーは太ももを軽く叩いた。「来い」

ウィトルウィルスはくうんと鳴き、哀願するような目をした。

「来るんだ」

ウィトルウィルスは一瞬迷ったのち、あきらめた。頭を下げ、とぼとぼと主人のところに戻った。おとなしく地面に座り、ダラーに褒めてもらうあいだも、悲しそうな茶色の目でずっとジーネットの動きを追っていた。

ジーネットはウィトルウィルスと目が合い、ふと気持ちがほぐれるのを感じた。〝ばかな子ね〟人が見たら、この犬は自分に恋をしていると思うのではないだろうか。

ジーネットは頭をなでてやろうと思って歩きかけたが、すぐに考え直して手を下ろした。この犬は前に自分を地面に倒し、顔じゅうなめまわしたうえ、お気に入りのドレスを台無しにした犬ではないか。裕福な相手と結婚したわけではないのだから、これ以上ドレスをだめにするわけにはいかない。次にちゃんとした仕立屋に行ってドレスを作れるのは、いつになるかわからないのだ。それまでは、手持ちのドレスだけで過ごさなければならない。

ジーネットは暗い気持ちになり、ウィトルウィルスに視線を戻した。「ところで」不機嫌な声で言った。「このうすのろの犬は、ここでなにをしているの？」

「聞いたか、お前？」ダラーは手を伸ばし、ウィトルウィルスの硬い毛をなでた。「彼女はお前のことをうすのろだと言ってるぞ。せっかく一生懸命訓練して、行儀がよくなったというのに」

ウィトルウィルスは尻尾をふった。

ジーネットは玉砂利をブーツで踏みながら歩いた。いったん足を止め、ダラーとウィトルウィルスをじろりと見た。

御者が挨拶の言葉をつぶやき、仕事に戻っていった。

「どうするつもりなの？」

「なんのことだい？　ウィトルウィルスなら、一緒に連れていく。まさかぼくが、こいつを置いていくと思っていたわけじゃないだろう?」

「そうじゃないわ。でも道中は使用人の誰かが面倒を見てくれると思っていたから」ジーネットは旅行用のシルクの手袋を引っぱり上げた。「荷馬車に乗せたらどうかしら。馬車の横を走らせるつもりなら別だけど」

「ぼくたちと一緒の馬車で連れていこうと思っていたんだが。きみの荷物で、荷馬車はもういっぱいだ」

ジーネットは眉を高く吊り上げた。「まあ、だめよ。一緒の馬車でなんか行けないわ」

毛が散ることを考えただけでごめんだ。ジーネットはかすかに身震いした。

「でも荷馬車には、きみのメイドの分しか席がない。そこに一緒に乗せるのは無理だ」

「だったら、御者のジョンの隣りに乗せればいいじゃない」ジーネットはうなずき、もうこの話は終わりだという顔をした。「さあ、早く行こうとうるさく言ってたのはあなたじゃないの。そろそろ出発しましょう」

ダラーはウィトルウィルスのことでまだなにか言いたそうだったが、その先の言葉を呑みこんだ。

ジーネットは馬車に近づいた。そのとき初めて、側面に図案化されたケルトの牡牛と獅子《しし》の紋章が描かれていることに気づいた。「この馬車は誰のものなの? わたしはてっきり、カスバートとウィルダの馬車を借りて行くんだと思ってたわ」

ダラーは一瞬言葉を失い、ジーネットの顔を見た。「え? いや、違う。メリウェザー夫妻は馬車をひとつしか持っていないし、それも長旅に向いたものじゃなかった」

「だったら、誰から借りたの？」

「この馬車のことかい？」ダラーは片側の頰を指でなでた。「これは、その……つまり……そう……自宅近くの地主に借りたんだ。ぼくたちの結婚の知らせを聞いて、馬車を差し向けてくれた」

ジーネットは低い位置で腕組みした。「親切な方ね。どんな人なの？ これほど素晴らしい馬車を持っているなんて、ただの地主じゃないでしょう。しかも、こんなに早く差し向けてくれるなんて。あなたのパトロンなの？」

ダラーの目に一瞬、奇妙な光が宿った。「ある意味ではそうだ」

「その親切な方の名前は？」

「名前？」

「ええ、そうよ。紋章からすると、高貴な名前を持っているんでしょうね」

「名前を聞いてどうするんだ？」

ジーネットはダラーの言葉に当惑した。どうして急に、おかしな態度をとるのだろう。だが男というものは、プライドが邪魔をして、人の親切を素直に受け取れない生き物だ。ダラーもたとえ結婚のお祝いであっても、内心ではあまりおもしろく思っていないのかもしれない。

「向こうに着いたら、一度お礼を言いに伺ったほうがいいと思って」

ダラーはあわてたような顔をした。「お礼を言いに行く？　いや、それはできない。その……彼はいないと思う。ぼくたちが到着するころには、また家を空けているはずだ。ヨーロッパ大陸にしょっちゅう行っているからな」

「あら、そうなの。だったら手紙を書くわ」

「そうだな、それがいいだろう。さて、そろそろ出発しよう。先は長い」

従僕が前に進み出て、馬車の扉を開けてステップを下ろした。そしてジーネットに手を貸し、馬車に乗せた。

ジーネットはスカートを整え、座り心地のいいシルク張りの座席の背にもたれかかった。

ダラーも続いて乗りこんだ。

「それで、名前は？」

ダラーは眉根を寄せた。「誰のことだ？　ああ、彼か」そこで言葉を切った。「マルホランドだ。マルホランド伯爵」

「わかったわ。でも馬車を貸してもらったことが、そんなにいやだったの？」

「いや、そうじゃないんだ。それとぼくは、これもいやなわけじゃない」そう言うと開いた扉から身を乗り出し、口笛を吹いた。

次の瞬間、ウィトルウィルスが馬車に飛び乗ってきた。

17

数日後、一行はようやく目的地に到着した。来る日も来る日も馬車に揺られてへとへとになりながら、夜ごとダラーの腕に抱かれることだけが、ジーネットのせめてもの慰めだった。ダラーが激しい情熱と旺盛な食欲の持ち主であることは、一緒に旅をしてすぐにわかった。夜になると飽くことなく新妻の体を求め、ジーネットを悦ばせた。

ジーネットのお腹が鳴った。お昼にダラーとエニスの宿屋で、鶏と新じゃがのローストをお腹いっぱい食べた。だがそれからもう、五時間近く経つ。あれから五時間も、わだちの多いでこぼこの道を走ってきたのだ。馬車が激しく揺れて体が弾み、歯の根も合わないほどだった。窓から見える景色といえば、延々と続く田園地帯の緑だけだ。

緑の草。緑の木。見渡す限り、緑の平原とゆるやかな丘が続いていた。そのなかに灰色の岩場が点在し、ところどころに独特の丸い形をしたケルトの石の十字架が、雲でおおわれた空に向かって立っているのも見えた。

空はどんよりと暗く、いまにも雨が降り出しそうだ。まもなく夜になろうとしている。ジーネットは止まった馬車の窓から外を見て、困惑したように眉をひそめた。

まさかここが、ダラーの自宅であるわけがないだろう。

わらぶき屋根の平屋で、石の外壁は水しっくいで塗装が施されたばかりらしい。ふさふさしたツタらしき植物が玄関の上半分を囲むようにして生えているさまは、いかにも古めかしい雰囲気で、木製のドアはどぎつい黄色に塗られている。ドアの両側には、明かり取りのための正方形の小さな窓がひとつずつある。前庭には小さな花壇とハーブガーデンがあり、それを隔てるようにして石の歩道が家の裏手までぐるりと続いている。裏手の角のあたりに物干し綱がちらりと見えるが、洗濯物はなにもかかっていない。

まだ新居に着いたわけではないのだ。これはどう見ても、村人の家ではないか――ダラーがここに住む農夫だか人夫だかに用があり、途中で立ち寄ったのだろう。

嬉しそうに大きくひと声吠えて飛び降りたウィトルウィルスに続き、ダラーが馬車から降りた。ウィトルウィルスはもう一度吠えると、近くの木立に走っていった。ジーネットはため息をつき、桃色と茶色の格子柄のスカートについた犬の毛をつまみ、新居まであとどれくらいかかるのだろうと考えた。

だがダラーはその家に向かって歩いていくのではなく、ふり返ってジーネットに手を差し出した。

「わたしならいいわ、どうぞ行ってきてちょうだい。用がすむまで、ここで待ってるわ」

「なんのことだい?」

「なにか用があるんでしょう」ジーネットは理解を示すような口ぶりで言った。「この家の人に話があって立ち寄ったのよね。どうぞ行ってきて。わたしはここで待ってるから」

「なにか勘違いしていないか、お嬢さん。ぼくたちは誰かを訪ねてきたわけじゃない。到着したんだ」

ジーネットはもう一度窓の外に目をやったが、小さな田舎屋《コテージ》と庭以外はなにも見当たらない。「到着したってどういうこと？　どこに着いたの？」

「ぼくたちの家だ」ダラーは後ろを手で示した。「新居にようこそ」

ジーネットは息が止まった。七歳のときにブランコから落ちて胸を打ち、呼吸ができなくなったことがある。そのときとまったく同じように、しばらくのあいだ息が吸えなかった。

頭がくらくらしはじめた。座席の上で体がかしぎ、酸欠で意識がもうろうとしてきた。

ダラーがあわてて手を伸ばし、ジーネットの体を揺すった。

ジーネットは音をたてて大きく息を吸いこみ、二度まばたきをした。きっと長旅の疲れのせいだ。そうにちがいない。もしかすると耳が汚れているのかもしれないから、あとできれいに掃除しよう。とにかく、いまの言葉は聞き間違いに決まっている。

「な——なんて言ったの？」ジーネットは胸の鼓動を鎮《しず》めようとしながら訊いた。

「新居にようこそ、と言ったんだ。きみが期待していたようなところじゃないかもしれないが、なかを見てみれば、結構快適な住まいだということがわかるだろう」

ジーネットは呆然とし、ダラーの顔をじっと見た。聞き間違いではなかった。この小屋がダラーの自宅なのだ！　小作人が住むような、この水しっくいを塗ったわらぶき屋根のコテージがダラーの家らしい。父がサリー州で農民に貸している家よりも、小さいくらいではないか。ダラーはわたしにここに住めというのだろうか？　この……この豆粒ほどのあばら屋に？

「そんな」ジーネットは激しくかぶりをふった。「こんなのいやよ。絶対にごめんだわ」

「がっかりさせて申し訳ないが、我慢してくれ。ここがぼくの家なんだ。ほかに住むところはない。さあ、馬車を降りてなかを見てくれ。思ったほど悪くないところだと、すぐにわかるだろう」

ジーネットはショックで胸が締めつけられた。「まさか本気で言ってるんじゃないわよね。わたしをからかってるんでしょう？」

〝ああ、どうかダラーがわたしをからかっているだけでありますように！〟

だがダラーは、笑顔を浮かべることも笑いだすこともなければ、口元をほころばせて悪ふざけを明かす様子もなかった。ジーネットはますます胸が詰まるのを感じた。ダラーが本気なのだと、だんだんわかってきた。

「でも、コテージじゃないの」

ダラーは腕を組み、馬車の扉に寄りかかった。「ああ、そのとおりだ。清潔でこぎれいで建てつけがよく、部屋が六つあるコテージだ。広いキッチンに最新の料理用コンロもついている」

〝部屋が六つ？　きっとマッチ箱のように小さな部屋にちがいない。彼はわたしに部屋が六つしかないマッチ箱ほどのコテージに住めと、本気で言っているのだろうか？〃ジーネットは胸の前で腕を組み、詰め物をした座席の背にもたれかかった。「連れて帰ってちょうだい」

「どこに？」

「カスバートとウィルダの屋敷よ。わたしは故郷に、イングランドに戻りたいの」そう言って下唇を震わせた。「カスバートとウィルダのところから、両親に連絡して家に帰れるようにしてもらうわ」

「ばかなことを言わないでくれ。三日も四日も旅をしてきたばかりじゃないか。着いてすぐ引き返すことなどごめんだ」

「わかったわ。じゃあ宿屋に連れていってちょうだい。そこで一泊して、明日の朝、戻る手はずを整えるから」

ダラーは鼻を鳴らした。「旅費はどうするつもりだ？　ぼくはお金は渡さないぞ」

ジーネットははっとし、鼻にしわを寄せた。〃お金？〃お金のことなど考えてもみなかった。ハンドバッグに入っているのは、半クラウン硬貨が一枚と銀のカードケース、小箱に気付け薬入れ、あとはレースのハンカチが二枚だけだ。メリウェザー夫妻の屋敷に戻る旅費になるほど価値のあるものは、なにも持っていない。

「宝石があるわ」ジーネットは深く考えず、頭に浮かんだことをそのまま口にした。「いくつか売ればいいでしょう」

「やってみるといい。だが言っておくが、このあたりの住民は高価な飾り物なんか使わない。雌牛のほうがまだ売れるだろう」

ジーネットはぎょっとした。〝雌牛ですって？〟

「それに、きみは大切なことをひとつ忘れている」

「あら、いったいなにかしら？」

「きみはぼくの妻なのだから、ぼくのそばにいなくちゃならない。そしてぼくは、きみの面倒を見て養っていく義務がある。ここに来る前、きみは結婚生活がうまくいくよう努力すると約束してくれたじゃないか。もう忘れてしまったのかい？」

「そ――そうじゃないけど」ジーネットは興奮した口調で言った。「でも、こんなところには住めないわ」手で家を示した。「わたしはこれでもレディなのよ」

「ああ、そのとおりだ。この家に住んでも、その事実は変わらない。粗末な小屋に住もうが豪華な屋敷に住もうが、きみは生まれながらのレディだ。さあ、降りておいで。新居のなかを案内しよう」

ジーネットは、自分が無作法でスノッブな人間だと言われたような気がした。だが、こんなみすぼらしい家には住めない。ダラーが平民であることは知っていたが、まさかここまでとは思ってもみなかった。少なくとも二階建てで、それなりの部屋数のある家だろうと考えていた。ジェントリー階級に属する人々が住むくらいの家を想像していたのだ。

建築家として仕事をしていれば、まわりになにもないこんな小さなコテージに住まなくてもいくらいのお金は稼げるのではないか？　建築のプロであるダラーなら、もっと大きく立派な家を建てられるはずではないか。だがいままでは独り身で、仕事で家を空けることも多かった彼だ。きっとこうしたコテージでも充分用が足りていたのだろう。でももう結婚したのだから、どこかにもう少し大きく優雅な家を造る計画を立てているのかもしれない。あるいは、もう別の仕事を請け負っていて、ここに長く住むつもりはないのかもしれない。そう思うと、ジーネットは少し気分が落ち着いた。

どちらにせよ、しばらくはここで我慢しなくてはならないようだ。

こんなところを、友だちや知り合いに見られずにすんで本当によかった。きっとみんな目を丸くして皮肉のひとつも言い、同情したように首をふって自分に背中を向けるにちがいない。親友のクリスタベルでさえ鼻を鳴らし、いったいどうしたのというように、悲しそうな目で自分を見るだろう。

「ラエバーン公は知ってるの？」ジーネットは心の奥にくすぶっていた疑問を口にした。

「なにを？」

「このことよ。その……わたしたちがどういう暮らしをするかということを」

ダラーはどこか謎めいた表情を浮かべ、ジーネットの目を見た。「ああ、知っている」

つまり、自分が捨てた元フィアンセは、多少なりとも恨みを晴らす機会を得たというわけだ。エイドリアンにしてみれば、自分がこうした状況に陥ったことはとんだお笑い種であり、いい気味だと思っているにちがいない。自分が泣きついてくることを期待しているのかもしれないが、そんなことをして彼を喜ばせるつもりはない。きっとみんな、自分が尻尾を巻いてイングランドに逃げ帰ってくるのを待っているのだろう。自分もほんの数分前までは、そうするつもりだった。

甘やかされて育った自分だが、意地の強さは持っている。ジーネット・ローズ・ブラントフォード・オブライエンがどういう人間であるか、みんなに教えてやるのだ。

ジーネットとダラーが話している横で、従僕と御者がせっせと働いていた。まずダラーの小ぶりの旅行かばんを降ろすと、ジーネットのトランクやバンドボックス、帽子用のケースを次々に馬車から運び出した。

ジーネットが先に立って玄関に向かい、ダラーがその後ろに続いた。入り口に着くと、ダラーがジーネットに軽く触れて立ち止まらせ、その横に立った。そしてノブをまわして静かにドアを開けると、さっと腰をかがめ、いきなりジーネットの体を抱き上げた。

ジーネットは驚いて悲鳴を上げ、とっさにダラーの首に抱きついた。

「伝統だよ、愛しい人《ア・グラ》」ダラーが甘く低い声でささやいた。「幸せになるおまじないだ」

ジーネットは胸がどきりとし、つかのまダラーの明るいブルーの瞳を見つめてうっとりした。

ダラーが足を大きく前に踏み出し、ジーネットを床に下ろした。ジーネットはあたりを見まわし、すっかり暗い気持ちになった。中央廊下に沿って、左右にふたつずつドアがあるのが見える。ダラーはこの家には六つ部屋があると言っていたが、案の定とても狭そうだ。自分の目測が間違っていなければ、この家全体がワイトブリッジ邸の家族用の居間にすっぽり収まり、それでもまだスペースがあまるにちがいない。

ジーネットはまたもや胸が詰まるのを感じた。

だが少なくとも、室内が清潔だというダラーの言葉は嘘ではなかった。床はきれいに掃いて磨かれ、調度品や装飾品もきちんと整い、ちりひとつ落ちていない。あたりには磨き粉と甘いドライハーブ――ローズマリーとタイム――のにおいが漂っている。キッチンからはビーフシチューのにおいがする。

ジーネットは空腹で胃がしくしくするのを感じた。温かい食事がとりたい。だがその前に、旅で汚れた体を洗ってドレスと下着を着替えなければ。たとえ片田舎に住んでも、いつもの生活習慣を変えるつもりはない。

「部屋に下がらせていただくわ。場所を教えてもらえるかしら」

「ああ、もちろん」ダラーは廊下の先を身ぶりで示した。「ぼくたちの部屋は、右手の奥だ」

「わたしたちの部屋ですって？　同じ寝室を使うの？」

ダラーは愉快そうな目でジーネットを見た。「夫婦なら当たり前のことだろう？　とくに新婚の夫婦なら」

自分の階級では違う。貴族の夫婦は普通、別々の寝室を持っている。だが夫婦でひとつの寝室を使うこともまた、これから自分が慣れなければならない新しい習慣なのだ。

「ベッツィーを呼んでもらえるかしら。準備ができ次第、お風呂に入りたいと伝えてちょうだい」

ジーネットは後ろを向き、廊下を歩きはじめた。

「ベッツィーのことだが」ダラーがジーネットの背中に向かって言った。

ジーネットは足を止めてふり返った。「なに？　ベッツィーがどうしたの？」

ダラーは両手の親指をズボンのウエストバンドにかけた。「ベッツィーは……その、いないんだ」

ジーネットはいやな予感に、胃がぎゅっと縮むのを感じた。「いないって、どういうこと？」

「今朝からずっと、きみにどう話せばいいのか悩んでいた。だがどういう言葉を使ったところで、きみにとってつらい話であることに変わりはないだろう。申し訳ないが、ベッツィーには辞めてもらった」

「辞めてもらったですって？」ジーネットは甲高い声を上げた。「どういう意味なの？　わたしのメイドを解雇したってこと？」

ダラーがうなずき、ジーネットは仰天した。

「どうしてそんなことを？」ジーネットは呆然として言った。「ベッツィーは優秀なメイドなのよ。わたしに断りもなく、どうして辞めさせたりしたの？　あなたにそんな権利はないわ。ベッツィーはわたしのメイドなんだから、どうするかを決めるのはわたしよ。彼女をどこに置いてきたのか知らないけど、いますぐ誰か馬で使いをやって、連れ戻してちょうだい」ジーネットは床を足で踏み鳴らした。感情が昂《たかぶ》ると同時に、ふいに言いようのない恐怖を感じた。「いますぐベッツィーを連れ戻して」

ダラーは腕を組んだ。「それはできない。彼女の仕事ぶりが悪いから解雇したわけじゃないんだ。レディーズメイドを雇う金銭的な余裕はないし、ここでは彼女にしてもらう仕事もたいしてあるわけじゃない」

ジーネットは目を丸くし、信じられないという顔でダラーを見た。「してもらう仕事はあるわ。誰がわたしの着るものを手入れするの？　身支度や髪のセットはどうするのよ？　着替えだって手伝ってもらわなくちゃならないわ」

「ボタンやレースに手が届かなければ、ぼくが手伝おう。自分で髪の毛がうまくまとめられないときは、ピンの一本や二本ぐらい、ぼくが留めてやることもできる。それに、もう派手なパーティを開くこともないだろうから、着替えや手入れがそれほど面倒じゃない質素なドレスを着ればいい」

ダラーのあまりの言葉にめまいを覚え、ジーネットは胸に手を当てた。「質素なドレスなんか持ってないわ！」

「だったら、手入れの簡単な新しいドレスを何枚か縫えばいい」

「縫う？　裁縫をしろというの？　このわたしに？」

「裁縫ぐらいするだろう？」

「わたしがするのは刺繍よ。服なんか縫わないわ」

「だったら、これから覚えればいい」ダラーは片手を挙げた。「こんなことを言っても慰めになるかどうかわからないが、ぼくはきみのメイドをただ首にしたわけじゃない。立派な推薦状を持たせ、イングランドに戻る旅費に加えて二カ月分の給料を渡した。ぼくは血も涙もない怪物じゃないからな」

〝怪物よりもっと悪いわ。それよりずっとたちが悪いじゃないの〟目が潤んで鼻の奥がつんとし、ジーネットはまばたきをした。

泣いてたまるもんですか。この人の前で絶対に涙なんか見せない。だがその数秒後、こらえきれずに嗚咽《おえつ》が漏れた。ジーネットはこぶしを口に当て、寝室に駆けていった。ジーネットがドアを後ろ手に閉めると、雷が落ちたような音が家じゅうに響き、ダラーはびくりとした。

だいたい予想どおりの展開だが、できれば彼女を泣かせたくはなかった。ジーネットが泣きじゃくる悲しそうな声が聞こえ、ダラーの胸をえぐった。

女性に泣かれるのはつらいことだ。だが自分は三人の妹たちから、女性の涙にはさまざまな種類があり、それを流す理由もまた多岐にわたっていることを、とうの昔に学んでいる。喜びや安堵、怒りや苛立ち、悲しみや失望といった感情の発露として流す涙から、相手を自分の思いどおりに動かすためにわざと流すものまで、いろんな種類があるのだ。涙を上手に使えば、たとえ非情な男でも動かすことができる。目の前にいる女性の涙を止めるためなら、男はどんなに愚かでばかげたことでもやろうとしてしまうのだ。

しかし自分は、ジーネットの涙にほだされたりはしない。とはいえ、彼女の涙が嘘だとはつゆほども思っていない。自分の言葉にジーネットがショックを受け、寝室で泣いているのは自然な成り行きだ。だが涙が乾き、いったん怒りが収まって落ち着きを取り戻したら、ジーネットにはわがままな態度と社会的な偏見を省みて、人生にはもっと大切なものがあると気づいてもらいたい。そして自分のことを、ありのままの男として見てほしい。彼女自身にも、自分が本当は素晴らしい女性であることに気づいてもらいたいと思っている。

〝もしうまくいかなかったら？〟頭のなかでささやく声がした。〝お前が望むように彼女がお前を愛してくれなかったら、どうするのか？　今回の計画がお前のたんなる独りよがりで、そのせいで結婚生活が悲惨なものになったら、どうするつもりなのか？〟

廊下の向こうから、またもや泣きじゃくる声が聞こえてきた。

ダラーはぐっと歯を嚙んだが、罪悪感が鋭く胸を刺した。

まだ遅くはない。いまなら計画を取りやめることができる。ここは本当は友人の家で、ちょっときみをからかってやろうと思って借りただけだと言えばいいのだ。ジーネットも最初は怒るだろう。だが自分の屋敷が本当はどういうところか、自分が本当はどういう身分なのかを知ったら、ほっとして笑みを浮かべるにちがいない。

だがそうすれば、二度と確かめるすべはない。彼女が本当に自分を愛してくれているのか、それとも自分の与える物質的な安楽を愛しているだけなのかを永遠に確かめることができず、悶々《もんもん》としつづけることになるのだ。

いくら裕福な伯爵であるといっても、いまここで自分が身分を明かせば、ジーネットはこれから先もずっと自分に対して優越感を持ちつづけることになるだろう。結局のところ彼女はイングランド人で、自分はそうではないのだ。イングランド人はみな、自分たちがアイルランド人よりも優れていると思っている。たとえ相手が立派な家柄のアイルランド人であっても同じことだ。わがままに育てられ、どんな男でも手に入れられるほど美しいイングランド人の貴族の娘となれば、なおさらそうだろう。公爵でも手に入れることができるくらい、美しい女性なのだ。

ダラーは体の脇でこぶしを固めた。いや、このまま計画を続けよう。〝気がすむまで泣かせておこう。怒りたいだけ怒ればいい〟しばらく貴族としての優雅な生活から離れ、普通の人々と同じ暮らしをすることは、なによりもジーネットのためになる。いずれ彼女が質素な暮らしに慣れるときが来たら、自分の目論見《もくろみ》が間違っていたかどうかがわかるだろう。自分が彼女の誇り高い心に入りこむことができたかどうか、そのときになればわかる。彼女が自分の心にすっかり入りこんでいるように。

ジーネットは空の食器を載せたトレーを、寝室の外の廊下に置いた。さっきまでビーフシチューにバターを添えたソーダパン、アップルコブラー（りんごの焼き菓子）、紅茶が載っていたトレーだ。そしてドアを閉め、いい気味だと思いながら鍵をかけた。

ダラー・オブライエンには今夜、どこか別の場所に寝てもらおう。もし自分の機嫌が直らなければ、明日の夜もそうしてもらうつもりだ。そもそも、自分の機嫌が直る日が来るかどうかわからない。

こんな小さなコテージに自分を連れてきたあげく、ベッツィーまで辞めさせるなんて。ジーネットの胸がまたもや締めつけられ、目に涙がにじんだ。一時間近くも泣きつづけたお陰で、鼻が詰まってこめかみがずきずきし、目も真っ赤に腫《は》れている。ベッツィーがいたら、額に当てるよう、ラベンダーの香りのする布を持ってきてくれたにちがいない。だがベッツィーはここにはいない。あの思いやりのかけらもない男が、追い払ってしまったのだ。

ジーネットは両のこぶしをぐっと握りしめた。あの男にそんな権利はない。自分のレディーズメイドを勝手に辞めさせ、イングランドに追い返すなんて。自分にはベッツィーが必要なのだ。だが自分を元気づけてくれる、懐かしい彼女はもういない。ジーネットは背筋がぞくりとした。

お別れを言うこともできなかった。ベッツィーは自分にとって、故郷のイングランドや昔の生活とのつながりを感じられる、唯一の存在だったのだ。そしていま、自分はひとりぼっちになってしまった。見ず知らずの土地にぽつんと取り残され、付き合う相手はダラーしかいない。

ジーネットはすごすごとベッドに向かい、マットレスに横たわった。

ベッツィーを解雇したというまわしい話を告げてからというもの、ダラーが自分のところにやってきたのは、夕食を一緒に食べようと声をかけてきたときだけだ。こちらがなにも答えずに無視していると、やがて足音が遠ざかっていった。

そして自分は暗い部屋のなかでベッドに手足を投げ出したまま、いつのまにか眠ってしまった。しばらくして、ドアをノックする音で目が覚めた。ドアの外にトレーを置いておくから、というダラーの声が聞こえた。本当は手をつけたくなかったが、あまりにお腹が空いていたので、彼がいなくなったことを確認してからトレーを部屋に入れた。

食事はおいしく、少しだけ気分がよくなった。だが食べ終わってしまうと、もうなにもすることがなかった。部屋に時計がないので、時間もわからない。

さっき一本だけ見つけて灯した獣脂のろうそくの明かりのなかで、ジーネットはあたりを見まわした。広さも家具類も、たいしたことのない部屋だ。壁紙は無地の白で、質素なオーク材の家具――ベッド、書き物机、たんす、籐《とう》椅子――が置かれ、パイン材の床には多色使いの大きなブレーデッドラグ（ひもを渦巻き状に編んだじゅうたん）が敷いてある。ひとつだけある窓には、どこにでもあるような青いカーテンがかかっている。ベッドカバーは黄色と青の柄だ。装飾品といえば、書き物机の横の壁にかかった木の十字架と、ドアのそばに飾られた、アイルランドの田舎の村の風景が描かれた小さな油絵ぐらいしかない。

そろそろ寝ることにしよう。だがその前に、背中のボタンをどうにかしてはずさなければ。さっき何度かやってみて、真珠のボタンの上から三つめまではなんとかはずせたが、それより先に手が届かないのだ。

屈辱と怒りでまたもや全身がかっとした。だがダラーに手伝ってもらうくらいなら、このまま寝たほうがましだ。あの人に頭を下げるより、このドレスを着たまま朽《く》ち果てたほうがいい。そもそもことの発端は、お風呂に入りたいという自分の一言だった。

ジーネットの頰を涙が伝った。髪を梳《と》かすこともできない。ブラシはまだトランクのなかで、どこに入っているのか自分にはわからない。荷物を解いてドレスを整理し、洗面道具や化粧品をすぐに使えるよう並べておくのは、ベッツィーの仕事のはずだった。それなのに、こんなことになったのはひとえにダラーのせいだ。

ジーネットが自分のことを考えていることがわかったように、ダラーがドアノブをまわす音がした。「ジーネット。ここを開けるんだ」

ダラーに見えないことはわかっていたが、ジーネットはドアをにらんで舌を突き出した。

「さあ、もういいだろう。なかに入れてくれ」

「ベッツィーは戻ってきた？」

「いや。戻ってこないことは、きみもわかっているはずだ」

「だったら開けないわ」

ジーネットはダラーがもう一度ドアノブをまわし、開けてくれとうるさく言うだろうと思っていた。

だが、それきりなにも音がしなかった。ぶつぶつ文句を言う声すら聞こえない。

そのままゆうに一分が過ぎた。ドアの向こうからダラーの息遣いが聞こえるほど、あたりはしんと静まり返っている。ダラーはなにをしているのだろう？　どうしてなかに入れてくれと言わないのだろうか？

　ジーネットは息を殺して待った。

　やがてダラーが静かに廊下を遠ざかっていく足音が聞こえた。

　やけにあっさりと引き下がったものだ。あまりに簡単で、拍子抜けするほどだ。だがダラーも、こちらに折れるつもりがないことがわかり、声を枯らして文句を言うよりも素直に自分の負けを認めたほうがいいと考えたのだろう。今夜は来客用の寝室——この豆粒ほどの家にあればの話だが——に寝かせればいい。そして明日の朝になったら、部屋から出るかどうかを決めよう。彼と口をきくかどうかも、そのときに決めればいい。

　とりあえず今夜はもう寝ることにしよう。ジーネットは腕を背中にまわし、ドレスのボタンとふたたび格闘を始めた。

　身をよじりながら、中央についた四つのボタンに手をかけようと、懸命に生地を引っぱった。腕の筋肉が震え、弓なりの背中に這わせた手がつりそうになっている。サーカスの余興の出し物のような格好になったジーネットは、窓が開くきしんだ音が耳に入らなかった。気づいたときにはもう手遅れだった。ふり向くと、得意そうな顔で窓枠をまたぎ、頭をかがめているダラーと目が合った。

　ジーネットは仰天し、やっとのことで届いたボタンから指がはずれた。

　ダラーは背筋を伸ばし、引き締まった腰に両手を当てた。「手伝ってやろうか、ダーリン？」気取った口調で言った。

ジーネットはあごをこわばらせた。「出ていって」

ダラーは肩をすくめると、窓を閉めて鍵をかけ、カーテンを整えた。「気が変わったら言ってくれ」

そしてジーネットが見ている前で、長い腕を頭上にあげた。伸びをするそのさまは、修道女も赤くなるのではないかと思うほど男らしい。力強さにあふれ、服を着たままでもセクシーな魅力がにじみ出ている。どこにでもあるようなゆったりした服だが、その下の体が柔軟で引き締まっていることはひと目でわかる。しなやかな手足にがっしりした肩、女性の頭をもたせかけるのにうってつけの、茶色い毛が生えた厚い胸。女性を熱くさせることもなだめることもできる、長い指をした手。

だがいまの自分は、情熱に火をつけられるのも、優しく慰められるのもごめんだ。あまりに気持ちがふさいで、ダラーの男っぽい姿を見ても心が動かない。少なくとも、それほど大きくは動かない。

「さて」ダラーはのんびりした声で言った。「ベッドに入って寝ることにしよう。今日は長くて大変な一日だった」上着を脱ぎ、ネッカチーフの結び目をゆるめた。

「聞こえなかったの？　出ていってと言ったのよ」

ダラーはネッカチーフを椅子の上に放り、ベストのボタンをはずしはじめた。「ああ、聞こえたよ。だがここはふたりの寝室で、きみが座っているのはふたりのベッドだ。きみはぼくの妻だろう。一緒に寝よう」

ジーネットはマットレスに火でもついたように、あわてて立ち上がった。「だめよ、今夜は。窓から入ってくることに成功したからといって、わたしと一緒にベッドに寝られるなんて思わないでちょうだい」

そう言うと急いで出口に向かい、錠前に差しこまれた鍵をまわしてドアを開けた。「さあ、これで三度目よ。出ていって！」

ダラーはシャツを頭から脱ぎ、服の山の上に放った。そして濃いブルーの瞳で、ジーネットの目をじっと見た。ゆっくりと手を下ろしてズボンのボタンをはずしはじめたが、その仕草がなにをほのめかしているのかは一目瞭然だった。

ジーネットはかっとし、全身を震わせた。「わかったわ。じゃあ、わたしが出ていくから。どこかほかに寝るところぐらいあるでしょう」

くるりと背中を向け、部屋を出ていこうとした。

「もうひとつの寝室には、寝る場所はないぞ。きみのトランクやバンドボックスもろもろで埋まっている。ベッドまでたどり着けるかどうかも怪しいものだ。居間のソファに寝るつもりならやめたほうがいい。一晩じゅうつらい思いをするぞ。どうやらスプリングの調子が悪いようだ」

ジーネットは憤然としたが、そのまま歩きだした。

「それにどのみち、ぼくはきみについていく」そう言うとダラーは大またで背後に近づき、ジーネットをぎくりとさせた。「きみが寝るところで、ぼくも一緒に寝ることにする」

後ろにぴたりとついてくるダラーを無視しながら、ジーネットはひとつひとつ部屋をのぞいた。だがやがて、ダラーの言ったとおりであることがわかった。自分たちの寝室以外、まともに寝られそうなところはどこにもない。

ジーネットは最後に居間にやってくると、古ぼけた小さなソファをじろりと見た。ウィトルウィルスでさえ、この上で寝ようとは思わないらしい。暖炉のそばの分厚いじゅうたんの上に丸まり、片方の目を開けて尻尾をふっている。そしてあくびをして目を閉じ、ふたたび眠りに落ちた。

ダラーは裸の胸の前で腕組みした。「ソファで寝るかい？　それとも、ウィトルウィルスの隣りに毛布を敷いて寝ようか？　一緒にノミのように丸まって眠るのも悪くない」

ウィトルウィルスの隣りに寝たりしたら、本当にノミがつくかもしれないじゃないの！

ジーネットは苛立ち、ソファを思い切り蹴りたい衝動に駆られた。

ふいに疲労感と悲しみがこみあげ、がっくり肩を落とした。「わかったわ、あなたの勝ちよ。一緒にベッドで寝ましょう。でも今夜は寝るだけよ。いいわね？」

「もちろん。きみがそれで我慢できるなら」

「ええ、だいじょうぶよ」

ジーネットが先に立ち、寝室に向かった。ダラーがそのあとに続き、寝室のドアを閉めた。

「さあ、ドレスのボタンをはずしてあげよう」ダラーはジーネットに近づいた。

ジーネットはプライドをかき集めて言った。「いいえ、結構よ」

ダラーは小さく舌打ちし、ジーネットの肩をつかんで後ろを向かせた。「窓から入ってくるとき、きみの苦戦している姿が見えた。このまま寝たら、大変な目にあうぞ。そう意地を張るんじゃない。困るのはきみだ」

〝悔しいけれど、彼の言うとおりだわ〟ここで意地を張りとおしたら、ダラーがすやすや寝ている横で、自分は苦しい思いをすることになる。よくよく考えると、ベッツィーがやっていたことはこれからすべてダラーがやるべきではないか。彼はベッツィーを追い出した張本人なのだ。

「わかったわ」ジーネットは折れた。「でも荷物のなかに、いくつか必要なものがあるの」

「なんだい？」

「まずネグリジェよ。それから、ヘアブラシとピンをしまう箱もいるわ」

ダラーは眉をひそめた。「どのドランクかわかるかな？」

ジーネットは首をふった。「いつもベッツィーがやってくれてたから」〝そのベッツィーを、あなたは解雇したのよ〟心のなかで恨めしそうにつぶやいた。

「これから捜したら、何時間もかかるだろう。明日捜してやるから」

ジーネットは唇をとがらせた。「でもネグリジェを着なくちゃ」

ダラーはドレスのボタンをはずしはじめた。「今夜は下着で寝ればいい」

「あなたって、本当に腹の立つ人ね」

「ああ、きみに言わせるとそうらしいな」

ダラーは難なくジーネットのドレスを脱がせ、コルセットをゆるめてペチコートのリボンを解いた。だが髪からピンをはずすのは、本人に任せた。

ジーネットが長い髪の毛を指で梳かしていると、ダラーが寄ってきて自分のブラシを使よう勧めた。取っ手のない丸い形で、銀の裏面にはダラーのイニシャルが彫られている。ジーネットは断ろうかと思ったが、やはり借りることにして、柔らかな豚毛のブラシをゆっくり動かして髪を梳かした。

梳かし終わったころにはダラーはすでにベッドに横たわり、片方の長い腕を枕にしてこちらをじっと見ていた。ジーネットはダラーのほうを見ないようにした。シーツの下には、美しさと力強さを備えた裸体が横たわっているにちがいない。

ジーネットはベッドにもぐりこむと、ダラーに背を向けた。するとダラーが上体を起こし、ジーネットのほうに身を乗り出してきた。ジーネットはダラーがキスをし、さらにそれ以上のものを求めてくるつもりではないかと思い、体を硬くした。だがダラーはナイトテーブルに顔を近づけ、ろうそくを吹き消しただけだった。

部屋は暗闇に包まれた。

「おやすみ、ぼくのリトル・ローズブッシュ」ダラーがなめらかな甘い声でささやいた。

「リ、リ、リ、リトル・ローズブッシュですって！」

「ああ。ずっと前から、きみはバラの木に似てると思っていた。鋭いとげがあるとわかっていても、美しさに惹かれて近寄らずにはいられない」

「だったらあなたは乱暴者よ。悪魔だわ」

ダラーは大笑いした。

ジーネットはそれ以上なにも言わず、傷ついた心を抱えて毛布とシーツにくるまった。たとえベッツィーを雇っておくことができないにしても、最初に自分に相談するべきではないか。こうした有無を言わさぬ横暴なやり方で解雇するのではなく、まずは自分に話をするのが筋だろう。

家のなかのこと、とくに使用人を雇ったり解雇したりすることを決めるのは、妻の仕事なのだ。だがここは、使用人が何十人もいるような豪華な屋敷ではない。自分たちふたりしかいない、小さなコテージだ。

これから隠遁《いんとん》生活のような暮らしが始まるのかと思うと、ジーネットはぞっとした。そんな暮らしは、いままで経験したことがない。どうしてやっていけるというのだろう？

とにかく、一日一日を乗り切ることだ。ジーネットは自分に言い聞かせた。ダラーが横で寝返りを打ち、ベッドがかすかにきしんだ。

ジーネットはダラーの寝息をじっと聞いていた。彼が完全に寝入ったことがわかると、ようやくほっとひと息ついた。これだけひどい仕打ちを受けても、ダラーに寄り添い、その温かい腕のなかで眠りたいと思う自分がいる。ダラーの腕に抱かれ、孤独も寂しさも忘れたい。

だがジーネットはそのまま動かず、無理やり目を閉じた。それ以上なにも考えないことにし、眠りに落ちるのを待った。

数時間後、目を覚ましたジーネットは、脚のあいだに燃えるような欲望を感じた。カーテンの隙間から、早朝の薄明かりが差しこんでいる。なかば眠ったまま、小さな声を漏らした。乳房が張ってうずいている。ボディスの前が開き、冷たい朝の空気にさらされた乳首が濡れてつんととがり、ひどく敏感になっている。

いったいどうしたのだろうと思う間もなく、背中が弓なりになり、頭が枕にこすれた。ダラーが自分の脚のあいだに顔をうずめ、結婚式の夜までキスをされることなど想像したこともなかった場所を口で愛撫している。ダラーは自分を起こすことなく、片方の脚を肩に乗せ、いまのような格好にさせたのだ。

だが自分はもう、目を覚ましてしまった。完全に覚醒し、抗《あらが》いがたいダラーの愛撫を受けながら、なすすべもなく横たわっている。自分はダラーに怒りを感じていたはずではないか。彼に背中を向け、愛の営みも拒んだのだ。

「ダラー」ジーネットはつぶやいた。

ダラーはその声に動きを止め、顔を上げた。「おはよう、ダーリン。ようやく目が覚めたようだな」

「なにをしているの?」ジーネットはあえぎ声で言った。「そんなことを……していいと言った覚えはないわ」

「きみに許しを得なくちゃいけないとは思わなかった。だったらやめようか?」

彼だけが満たすことのできる欲望に、ジーネットの肉体がうずいた。プライドが「ええ、やめてちょうだい」と言うよう命じている。だが体は反対のことを求めている。そして勝ったのは、抑えがたい欲求のほうだった。

「いいえ、続けて」うめくように言った。「やめないで。お願い」

ダラーはくすりと笑い、ふたたびジーネットの脚のあいだに顔をうずめた。

まもなくダラーは、新妻を信じられないほどの高みに昇らせた。ジーネットの全身が激しく震えた。その震えもまだ止まらないうちに、ダラーは上体を起こし、ジーネットを四つん這いの姿勢にさせた。

ヒップを軽く二度叩かれ、ジーネットはあえいだ。だがそれは痛みのせいではなく、燃え上がる欲望のせいだった。そして自分がいまなにをされたのか、自分たちがどういう格好をしているのかを考える間もなく、ダラーが後ろからなかに入ってきた。彼が腰を動かすと、ジーネットの思考が停止した。速く、そして深く、ダラーが自分を突いている。やがてジーネットの唇からすすり泣くような声が漏れた。

ダラーに激しく突かれながら、ジーネットは首を垂れて湿ったシーツを握りしめた。そして腰をぐっと後ろに突き出した。ダラーの気持ちよさそうなうめき声が耳元で聞こえる。

ダラーが乳房を手で包んで愛撫し、ぎゅっと強く握った。それから大きな手を下腹部に這わせた。片方の手で新妻の腰を支えると、もう片方の手を脚のあいだに滑りこませ、熱く濡れた部分を愛撫しはじめた。新妻のもっとも敏感な部分に指を這わせながら、肩や首にキスの雨を降らせた。

首筋を嚙まれた瞬間、ジーネットは絶頂に達した。

叫び声を上げ、快楽の波にもみくちゃにされた。

ダラーもすぐにクライマックスを迎え、新妻の上で全身を震わせた——あまりに激しく、どちらの体が震えているのか、ジーネットにもわからないほどだった。

ふたりは満たされ、シーツの上に崩れ落ちた。ダラーが新妻の体を抱き寄せた。ジーネットは笑みを浮かべ、ダラーの腕のなかで眠りに落ちた。

18

翌朝ジーネットは、さわやかな気分で目を覚ました。ぐっすり眠って疲れが取れ、素晴らしい愛の営みのお陰で元気も出た。

伸びをして上体を起こすと、ベッドの足元にドレスが置いてあるのが目に留まり、自然に口元がほころんだ。化粧道具――ヘアブラシ、くし、ピンを入れる箱、香水、さらにお気に入りの練り石けんまで――も、ダラーのひげ剃り用品とともに、書き物机の上にきちんと並んでいる。昨夜頼んだとおり、ネグリジェとガウンも椅子の背にかけてある。

起き上がってみると、大きな磁器の水差しに温かいお湯が用意され、洗濯したての柔らかいタオルがそばに置いてあった。ダラーの優しい心遣いに、ベッツィーがいなくなったショックが和らいだ。ダラーはトランクを開け、すぐに必要なものを捜してくれたのだ。そして自分を起こさないように注意しながら、それらを寝室に運んでくれた。

これでは彼を許さないわけにはいかないだろう。それにダラーが手伝ってくれれば、当面はレディーズメイドなしでもやっていけるかもしれない。そしてそのうち、ベッツィーをもう一度雇うようダラーを説得しよう。

ジーネットは晴れやかな気分になり、洗面と着替えをすませた。ダラーはひとりでも着られるブルーの綿モスリンのドレスを用意してくれていた。だが髪の毛をまとめるのには少し苦労した。三回失敗したすえ、ようやく豊かな長い髪をそれなりの形にまとめてピンで留めることができた。ジーネットはにんまり笑い、ダラーを捜そうと部屋を出た。

だがその十分後、ジーネットの顔からは笑みが消え、せっかく直っていた機嫌もふたたび悪くなっていた。ジーネットはスプーンを持った手を止めたまま、ぼそぼそしたオートミールの入った深皿越しにダラーの顔をじっと見た。「わたしになにをしろですって!」

「ここにはぼくたちふたりしかいないから、料理にそれほど時間はかからないだろう。この朝食を見ればわかるとおり、ぼくは台所仕事があまりうまくない。それに家事といっても、アイン・マーレーが来ない日に掃除をするくらいだ。床を磨いたり、洗濯したりといった面倒な仕事は彼女がやってくれる。まだ若いが、アインはいい娘だ。きみもきっと気に入るだろう」

ジーネットはオートミールにスプーンを突っこんだ。「あなた正気なの? わたしはパンを焼いたりろうそくを作ったり縫い物をしたりするような、小作人の女房じゃないのよ。大きな屋敷を管理し、使用人を監督するようにしつけられたレディなの。料理や掃除や縫い物なんかできないわ」

「そうだな。だがここは大きな屋敷じゃないし、大勢の使用人がいるわけでもない。きみには新しいことに挑戦してもらいたい。最初は大変かもしれないが、きみは賢い女性だ。すぐにうまくできるようになるだろう」

昨夜、ここには使用人が大勢いるわけではないのだから、なにか別の仕事をすることになるだろうと考えてはいたが、ジーネットは声を荒らげずにはいられなかった。「うまくできるようになんかなりたくないわ。わたしはあなたの妻よ。使用人じゃないわ」そう言って腕を組んだ。「お断りよ」

「だったら、ぼくたちはふたりとも、腹を空かせてみじめな思いをすることになるだろうな」ダラーはスプーンに山盛りにすくったオートミールを、深皿にぼとりと落とした。落ちたオートミールがまずそうな塊になった。「毎回これを食べるのはごめんだ」

「昨夜の食事は？　手の込んだ料理じゃなかったけど、とてもおいしかったわ。あれは誰が作ったの？」

「アインの母親だ。だがあれは、ぼくたちの帰りを歓迎して特別に用意してくれたものだ。今夜は作ってもらえない」

「どうしてだめなの。彼女を雇って料理をしてもらえばいいじゃない。ほかにも住み込みで毎日働いてくれる使用人を雇うべきよ。週に何日か来る、通いの使用人じゃなくて」

「残念だが、きみの屋敷にいたような住み込みの使用人を雇う余裕はないんだ。第一、この家には使用人を住まわせる部屋もない。それとアインのところにはほかにも七人子どもがいる。みんなアインよりも小さい子どもばかりだ。ミセス・マーレーには、ここに通ってきて料理をする時間はない」

「八人も子どもがいたら、お金が必要でしょう」

「ミセス・マーレーは、アイン以外にも上の子どもをふたり働きに出しているんだ。それに、彼女はまた身ごもっている。来年の春に赤ん坊が生まれるそうだ」

ジーネットは苛立ち、木製のテーブルを指先でこつこつ叩いた。「ミセス・マーレーも、自分にあまりかまわないでくれとミスター・マーレーに言うべきだわ」

「そうだな。だけどそれじゃ、お楽しみがなくなってつまらないじゃないか」ダラーは歯を見せて笑った。

だがジーネットは、笑うような気分ではなかった。「このわたしに……料理やら掃除やら、このコテージの家事一切をさせようなんて、あまりにばかげた話よ。どんなに小さな家だろうとごめんだわ。家事なんてまったく知らないもの。コンロにどうやってやかんをかけるのかも知らないし、ましてや火のつけ方なんてさっぱりわからないわ」

「ぼくが教えてやろう。火打ち石とたきつけ用の乾燥した紙かなにかがあれば、簡単にできる」

「そんなに簡単なら、あなたがやればいいじゃない。もっといいのは、使用人を雇ってやってもらうことよ」ジーネットは腕組みした。「無理難題を押しつけないでちょうだい。そんなことは、肩書きを持ったレディがやるべきことじゃないわ」

「ぼくの妻ならやるべきだ。それに、アイン以外に使用人を雇うつもりはない。彼女の仕事は掃除で、料理はしない。ぼくは貯蔵庫に食料を切らさないよう、気をつけて見ておこう。

それを使って料理を作るかどうかはきみ次第だ」

「さっきも言ったでしょう。わたしは料理のことなんて、まったくわからないのよ」

ダラーは冷たいオートミールを見下ろした。ふたりとも、手をつける気になれない代物だ。

「これから覚えればいい。じゃあさっそく、コンロの使い方を教えようか？」

「結構よ。コンロもほかの調理器具も、使うつもりはないから」ジーネットは椅子を後ろに引き、さっと立ち上がった。「部屋に下がらせてもらうわ」

「ああ、そうやっていつまでもふくれ面をしてればいい。だがそんなことをしても無駄だぞ。いくら待ってもぼくの気持ちは変わらないし、テーブルに食事も並ばない。気が変わったら言ってくれ。コンロの使い方を教えるから」

「気が変わることなんて、永遠にないわ」

ダラーはじろりとジーネットを見た。「ひとつ忠告しておこう、お嬢さん。永遠という時間は、気が遠くなるほど長い」


それから三日後、とてもしゃくに障ることだが、ジーネットはダラーの言ったことは正しいと認めざるをえなかった。永遠という時間は、気が遠くなるほど長い。とくに空腹の人間にとっては、あまりに長い時間だ。

お腹が空いてたまらない。ここに到着した日の夜以来、まともな食事をとっていないのだ。絶対に料理はしないと宣言した手前、りんごや生のにんじんをかじり、貯蔵庫で見つけたチーズやミルクを口にして、なんとか今日までしのいできた。だが、りんごやにんじん、チーズやミルクだけでは、とてもお腹がもたない。

まともなもの――肉や魚、バターに卵にパン――が食べたい。空腹を満たしてくれる、口のなかでとろけるような温かい食事が欲しい。

ジーネットはダラーが音を上げて降参のポーズをし、料理人を雇おうと言ってくるのではないかと思って待っていた。だが日が経ってもダラーは不満ひとつこぼさず、ジーネットはだんだん苛立ちはじめた。ダラーは自分より頑固だ。どれだけ待っても、向こうが先に折れることはないだろう。もしかするとあの男は、どこか自分が見つけられない場所に食べ物を隠しているのかもしれない。もしそうだとしたら、あとどれくらい待つことになるのか見当もつかない。

その日の朝、アインがやってくると、ジーネットは待ってましたとばかりに駆け寄り、なにか料理を作ってほしいと頼んだ。だが優しそうな大きなグリーンの瞳と闇夜のように真っ黒い髪をしたアインは、申し訳なさそうにひざを曲げてお辞儀をし、ミスター・オブライエンから掃除と洗濯以外の仕事はしないように言われていると断った。料理の作り方についての質問ならなんでも答えるが、自分が直接作ることはできないという。

ジーネットは悪態をつきたくなるのをこらえ、すごすごと部屋に戻った。怒りがふたたびこみあげてきた。いまはもう、部屋に鍵をかけることもできない。ダラーがこっそり隠してしまったからだ。ダラーは家のなかの鍵という鍵を隠した。ジーネットが頼んでも、返すつもりはないとはねつけた。ジーネットが二度と自分を締め出さないという確信が持てるまで、鍵は渡さないというのだ。

鍵がなければ、ダラーを部屋に入れないようにすることは無理だ。寝室からもベッドからも締め出すことができない。ジーネットは昼間はダラーを極力無視し、料理をしろなどというばかげた要求に対して無言の抗議をした。

だが夜になると、無視することができなかった。ダラーはさまざまなことをしてジーネットの欲望に火をつけ、自分の腕のなかで悶えさせた。最初の二日は、ジーネットが眠気に襲われてたいした抵抗もできなくなるまで待ち、それから体に手を伸ばして官能の世界にいざなった。そして昨夜は、いきなり顔を近づけてあちこちにキスを浴びせた。あっちに行ってと言われてもかまわずキスを続けた。やがてジーネットは悦びの声を漏らし、愛撫をせがみ、熱いため息まじりにダラーの名を呼んだ。

昼間は怒りで挨拶以外はろくに口もきかないというのに、夜になると身を任せてしまう自分が情けない。ここ数日、自分たちは矛盾した関係を続けている。相手を無視したり求めたりしながら、怒りから歓喜までさまざまな感情を味わっている。

ジーネットはなにか適当なことをして、空腹を紛らそうとした。幸いダラーは書斎で設計図かなにかを書いている。だが午後になると、もう我慢できなくなった。それでもダラーに白旗を掲げるのではなく、アインに助けを求めることにした。

アインは裏庭にいた。長い髪をスカーフで後ろにまとめ、物干し綱に濡れた洗濯物をかけている。

「ちょっといいかしら、アイン」ジーネットは声をかけた。「教えてもらいたいことがあるの。コンロに火をつけたいんだけど、その……どうやればいいのかわからなくて」

アインは顔を上げ、感じのいい笑みを浮かべた。「喜んでお手伝いします、奥さん。シーツを干してしまうので、ちょっと待ってもらえますか。すぐに終わります」

アインは使用人なのだから、自分を〝奥様〟と呼ぶべきだ。平民の男性と結婚しても、自分が生まれながらに持っている肩書き――父から譲り受けたものだ――はなくならない。ジーネットはアインの間違いを正そうかと思ったが、やめることにした。こんな場所で、この平凡な少女が自分を正しく呼ぼうが呼ぶまいが、そんなことはどうでもいいではないか。第一、コンロに火をつける方法を使用人に教わろうというレディが、いったいどこにいるだろう?

アインはシーツを洗濯ばさみで留め終わると、軽やかな足取りでキッチンに向かった。ジーネットはそのあとを追い、キッチンに入るとアインの横に立って、焚《た》きつけの使い方と火のつけ方を教わった。

「なにか簡単な料理はないかしら?」コンロに火がつくと、ジーネットは訊いた。「おいしくて簡単にできる料理はなに?」

アインは少し考えた。「じゃがいもと玉ねぎとベーコンがあれば、おいしい料理が手早く作れます。フライパンで炒めれば、すぐにできますよ」

ジーネットはお礼を言い、アインが洗濯の続きに戻るのを見送った。じゃがいもと玉ねぎとベーコンを炒めるだけなら、たしかに簡単そうだ。質素でボリュームのある田舎料理で、自分がいつも食べているような凝った料理とはぜんぜん違う。だがいまの状況を考えれば、それでよしとしなければならないだろう。その程度のものなら、自分にも作れるにちがいない――それほどむずかしいわけがないではないか。

ダラーはにおいをたどってキッチンにやってくると、ジーネットがコンロの前に立っているのを見て喜んだ。だがジーネットが浮かない顔をしていることには、それほど驚かなかった。

ジーネットが重い鉄のフライパンに入れた食べ物――というより焼け焦げているもの――を金属のへらで必死にかき混ぜながら、育ちのいい女性が知っているとは思えないような汚い罵《のの》りの言葉を吐いている。そして厚手のタオルをカウンターから取り、フライパンの柄をくるんで火から下ろそうとした。

「あちっ」ジーネットは指のつけ根を口に含んだ。

ダラーは駆け寄った。「やけどしたのか？」

ジーネットはダラーに食ってかかった。透き通った瞳は怒りで燃えている。「そうよ。それもこれもみんなあなたのせいなんだから、少しは申し訳ないと思ってもらいたいわ」

「どら、見せてごらん」

ジーネットはダラーの手をふり払った。「放っといてちょうだい」

ダラーはかまわずジーネットの手をとった。肌がうっすら赤くなっているだけで、たいした怪我ではないとわかってほっとした。「井戸から水を汲んできて、冷やしてやろうか?」

「結構よ」ジーネットは自分を哀れむような口調で言った。「自然に治るまで、痛みを我慢するわ」そしてフライパンにちらりと目をやり、落胆の表情を浮かべた。「ああ、見てちょうだい。だめになってしまったじゃないの」

これはなんの料理だろう。ダラーはいぶかった。この無残な状態ではよくわからないが、材料はどうやらじゃがいものようだ。だが初めて作った料理をけなされたりすれば、ジーネットは自信をなくしてしまうだろう。

「おいしそうだ」ダラーは心にもないことを言った。「表面はちょっと固そうだな――だけどぼくは、そのほうが好きなんだ」

ジーネットは疑わしそうな目でダラーを見た。「焦げたじゃがいもが好きなの?」

やはりこれはじゃがいもだったのだ。材料を当てることができたのなら、食べることだってできるはずだ。そう祈るしかない。

ダラーは早く食べたいというように、ぽんと手を叩いた。「皿を持ってくるから、一緒に食べよう」

ジーネットは一歩後ろに下がり、ダラーがキッチンに隣接したダイニング・ルームのテーブルに二人分の席を用意するのを見ていた。そしてフライパンをこそげるようにして焦げた中身を皿に盛り、ダイニング・ルームに運んだ。

ジーネットは皿を乱暴にテーブルに置いた。

ダラーは椅子を引いてジーネットを座らせると、反対側の席に着いた。無理やり嬉しそうに微笑み、黒焦げになったじゃがいもをスプーンに山盛りすくい、青と白の柄の磁器の取り皿に入れた。

それにしても、ひもじくてたまらない。ここに着いた日の夜以来、まともな食事は口にしていない。ジーネットも空腹に耐えかねて、とうとうキッチンに立つことにしたのだろう。すべて自分の思惑どおりだ。

それでも内心は、ジーネットがいつまでも意地を張りつづけたらどうしようかと心配だった。彼女が先に折れてくれて助かった。本当は空腹でたまらず、アインに火を通した温かい料理を作ってくれと頼みたくてうずうずしていたのだ。

だが自分は空腹に耐え、ついに勝利を手にした。とはいえ正直なところ、目の前に置かれた食べ物は、勝利の果実と呼べるようなものではない。しかしジーネットが作ってくれたということが、なにより大切なことなのだ。あとは彼女がなるべく早く、料理を覚えてくれたらいいのだが。それも、もし覚えられたらの話だ。最悪の場合、まずい料理を食べつづけ、いまより痩せてしまうこともありえなくはない。

ナイフを持ってくれればよかったと思いながら、ダラーはぺしゃんこで角が欠け、黒焦げになった食べ物をフォークで刺した。炭かなにかのような味がし、脂ぎっていて口のなかが気持ち悪くなった。

生焼けのベーコンだ。それに味が濃すぎる。塩をひと瓶まるごと、フライパンに入れたのだろうか？

ジーネットがいぶかしむように眉を上げて見ているなか、ダラーはもうひと口料理を頬ばった。今度はぶつ切りの大きな玉ねぎで、片面は焦げ、もう片面は生のままだ。じゃがいもはというと、驚いたことに表面は真っ黒に焦げているものの、中心部は火が通らず生のままだった。いままで食べた料理のなかでも、最高にまずい部類に入るのは間違いない。

だがダラーはせっせと食べつづけた。自分で注いだビールを合間に飲み、口のなかの気持ち悪さをどうにかごまかした。

一方のジーネットは、がちがちの塊をフォークの先でつついていた。においをかぎ、ひと口食べると、鼻にしわを寄せてフォークを脇に置いた。

ウィトルウィルスがのんびりした足取りでダイニング・ルームにやってきた。なにかおこぼれに与《あずか》れないかと、目をきらきらさせている。ジーネットは自分の分の皿を床に置いた。ウィトルウィルスが尻尾をふりながら駆け寄ってきて、皿の上のものをぱくりと食べた。だが次の瞬間、尻尾を垂らし、むせながら食べたものを皿に吐き出した。

ジーネットとダラーはしばらくのあいだ、無言でウィトルウィルスを見ていた。ウィトルウィルスは怪我でもしたようにくんくん鼻を鳴らし、ダイニング・ルームを出ていった。

「いまのがなによりの証拠だわ」ジーネットは言った。ふいにおかしさがこみあげてくすりとし、やがて大きな声で笑いだした。

ダラーも歯を見せて笑った。「失礼なやつだ」

「でも正直よ。かわいそうに、わたしったらひどいことをしちゃったわ」

「動物に味はわからない」

ダラーは勢いをつけるようにビールをごくりと飲み、料理をフォークで刺して口元に運んだ。

ジーネットはぞっとして口をあんぐり開けた。「お願いよ、ダラー、やめてちょうだい。ウィトルウィルスでさえ食べられなかったのよ」手を伸ばしてダラーの前腕に触れ、食べるのをやめさせようとした。

ダラーがいつになく青ざめた顔をして手をふった。「そんなに味は悪くない」

「まずいに決まってるでしょう。最悪よ。誰かがこんなにまずいものをわたしに食べさせようとしたら、牢屋に入れてやるわ。フォークを下ろして」

ダラーはほっとした顔をし、ジーネットに言われたとおりにした。

「あなたがどうしてこれをそんなに食べられたのか、不思議だわ」しばらくしてジーネットが言った。

ダラーはこぶしを胸に当てた。胃が気持ち悪い。「自分でもどうしてだろうと思うよ」

「たった一言、まずいと言えばよかったのに」

「そんなことが言えるわけがないだろう。きみが一生懸命作ってくれたのに」

「でもひどい出来だったわ」ジーネットは声を荒らげた。「大失敗よ」

ダラーはジーネットの手をとり、甲にキスをした。「ああ、大失敗だったかもしれないが、ぼくは誇りに思っている」

「こんな吐き気のするほどまずい料理を、どうして誇りに思えるの?」

「きみが作ってくれた料理だからだ」

ダラーの言葉に、ジーネットの胸に温かいものがこみあげてきた。わたしはひどい失態を演じた。誰にでも作れるような料理が作れなかったのだ。なのにダラーは、わたしを誇りに思っているという。わたしのことを誇らしく思うと言った人は、覚えている限りひとりもいない。わたしに憧れる人ならたくさんいた。魅了される人も、うらやましがる人もいた。畏《い》敬《けい》の念を持って見る人さえいたが、誇りに思うと言ってくれた人は、いままで誰もいなかった。

完璧な女性になることが、これまでのわたしの人生の目標だった。誰よりも美しく、誰よりも人々の人気を集める魅力的で洗練された女性になりたかった。特権や富を利用して、高い地位と名声を得ようと考えていたのだ。

でもダラーは、そうしたことにまるで興味がない。彼にとっては努力自体が賞賛に値するものであり、失敗も誇りに思えることなのだ。

ジーネットは当惑と喜びを同時に覚えた。

「そうは言っても」ジーネットは自分の心が大きく揺れていることに気づき、ふと落ち着かなくなった。「わたしには料理の才能がないのよ。あなたがそれでもわたしに料理をしろと言うなら、ふたりともすぐに骨と皮になってしまうでしょうね」

「だいじょうぶだ。この前も言ったが、かならず覚えられる。まだ一回作っただけじゃないか。そんなに思いつめることはない」

「思いつめてるわけじゃないわ。ただ、胃がむかむかして」

「きみの胃がむかむかしているなら、ぼくの胃は引っくり返っている」ダラーは顔をしかめた。「次は塩の量に注意してくれ」

「ちょっと味付けしようと思ったんだけど」

「あれは味付けだったのか？　まるで塩水を飲まされたようだったぞ」

ジーネットの口元がゆるんだ。

ダラーもにやりとした。

ふたりは笑みを浮かべ、やがて声を上げて笑いだした。

ひとしきり笑うと、ダラーがみぞおちに手を当てて言った。「ああ、気持ちが悪い。バターミルクはあるかな？　それを飲めば少しすっきりするだろう」

「貯蔵庫にあると思うわ。アインに頼んで持ってきてもらいましょうか？」

「頼む。それから、あとで話があるとアインに伝えてくれ。今夜は少し遅くまで残ってもらって、明日の朝も早く来てもらえないか訊いてみるつもりだ」

「なんのために？」

「きみに少しばかり料理を教えてもらいたいんだ。もっとも、きみさえよければの話だが」

「わたしなら、ちゃんとしたシェフを雇ってもらったほうがずっと嬉しいわ。わたしは普通の家事をするようには育てられていないのよ。とくに台所仕事は」ジーネットは口をつぐんだ。ダラーの目が、自分の意志は揺らがないと言っている。「でもあなたがあくまでわたしに料理をしろと言い張るなら、仕方がないわね。アインに手伝ってもらいましょう」

「じゃあ決まりだ」ダラーは嬉しそうだった。「あとで頼んでみよう」

ジーネットはダラーがしてやったりという表情を浮かべるにちがいないと思った。彼は駆け引きに勝ち、自分をねじ伏せたのだ。

だがダラーはにやにや笑うことも、満足げな顔をすることもなかった。ただ口元に浮かべた穏やかな笑みが、がっしりしたあごと、ゆるやかな額の線や鼻筋を引き立てている。夫がとてもハンサムな男性であることに、疑いをはさむ余地はない。自分もその点については、不満もなにもない。

自分がうっとりしていることをダラーに悟られまいと、ジーネットは席を立った。「アインを捜してくるわね」

「ああ。そうだ、ジーネット」

「なに?」

「ありがとう」

「なにが?」

「ぼくの花嫁になってくれて」

そう言うとダラーは皿を片づけ、驚いているジーネットの唇にキスをしてキッチンに消えた。

19

ジーネットはその日以来、ダラーから何度もありがとうという言葉をかけられた。九月が終わって十月になり、ひんやりしたすがすがしい秋の空気があたりを包んでいる。ダラーはジーネットの作ったものならなんでも――成功したものも失敗作も、まあまあの出来のものも――ありがとうと言って喜んで食べた。

アインは親切に教えてくれるが、料理は厄介でむずかしい仕事だ。

ジーネットはそれまで、食卓に料理が並ぶのは当たり前のことだと思っていた。料理とは使用人が作って並べるものであり、自分と家族はただそれを食べるだけだった。シェフやハウスキーパーとメニューの相談をする――屋敷の女主人である母の仕事だ――とき以外、食材がどこからやってきて、どのようにして食卓に並ぶ料理に変わるのかということなど、考えてみたこともなかった。

だがこうして料理をするようになってみると、いままで自分のために食事を作ってくれていたキッチン担当の使用人みんなに、共感と感謝の念を覚える。

じゃがいも料理で失敗したので、アインはジーネットにもっと簡単な料理から教えることにした——スクランブルエッグだ。そしてソーセージを焦がさないように焼くのを手伝い、ジーネットが初めて自分でお湯を沸かして紅茶を淹《い》れるのを見守った。

夕方になってアインが帰ると、ジーネットとダラーは向かい合ってテーブルに着いた。ふたりともほっと安堵のため息をつき、皿に盛られたシンプルな料理を嬉しそうにつついた。

次に覚えなければならないのは、パンの焼き方、オートミールの煮方、肉の焼き方、野菜の茹《ゆ》で方だ——どれもこれも、最初は大失敗に終わった。途中で投げ出し、りんごとチーズをかじるだけでいいとダラーに言いたくなったが、ジーネットは唇をぐっと嚙んで頑張った。

一方のダラーは、日中は書斎で仕事をするのが常だった。口笛を吹きながら設計図を描くこともあれば、ときおりなにかをつぶやきながらいろんな書物に目を通し、昔の建築物の設計について調べることもあった。そして、到着から一週間を少し過ぎたある日の朝、ダラーは仕事の用で半日ばかり出かけてくるとジーネットに告げた。

ジーネットは不機嫌をあらわにした。「どうしてわたしも一緒に連れていってくれないの？」そう言って唇をとがらせた。「わたしだってたまには家から離れ、外の空気を吸いたいわ」

「やめたほうがいい」ダラーは、きみには夕食の支度もあるし、ぼくの仕事についてきても退屈するだけで、来なければよかったと後悔するのがおちだと言った。

もちろん、馬で勝手についていくこともできた。家畜小屋にはもう一頭馬がいる。だがジーネットはそのあたりの土地に詳しくないうえ、何度か散歩した限りではたいしておもしろそうな場所も見当たらなかったので、やめておくことにした。

その日はアインも休みで、家のなかはしんと静まり返っていた。ジーネットはパンを焼くことにした。最初は順調だったが、焼き加減を確かめるためにオーブンの扉を開けてみると、パンはれんがの塊のようにぺしゃんこにつぶれて硬くなっていた。

「まあ」ジーネットは叫び、額に髪を張りつかせながら、鋼のトングを使って平鍋をオーブンから引っぱり出した。

前腕で汗ばんだ顔をぬぐい、一日がかりで焼いたパンの無残な姿をじっと見つめ、いったいどこで間違えたのだろうと考えた。ふと小さな青いビンが目に留まり、自分の愚かさを呪った。パン種だ！ パン種を入れるのを忘れてしまった。〝よりによって、そんな失敗をするなんて〟ジーネットはがっくり肩を落とし、キッチンの椅子に腰を下ろすとしくしく泣きはじめた。

三十分後、ダラーが帰ってきたときも、ジーネットはまだ泣きはらした目をしてキッチンに座っていた。

「ただいま」ダラーはジーネットに駆け寄った。「どうしたんだ？ 怪我でもしたのか？」

「違うわ」ジーネットは鼻をすすった。「パンよ。だめにしちゃったの」

ダラーはぺしゃんこにつぶれたパンをちらりと見ると、ジーネットを椅子から立たせて抱きしめた。「今夜はパンなしでいいじゃないか。なにか別のものを食べよう。そんなに落ちこまなくていい。世界の終わりというわけじゃないんだから」

ジーネットはもう一度鼻をすすった。ダラーがポケットからハンカチを出し、涙をぬぐってくれた。それが終わると、ダラーはジーネットの閉じたまぶたや頬やあごに、そっと触れるように優しくキスをした。それから少し強めに唇にキスをし、新妻の体をテーブルに横たえた。ジーネットの唇から甘い吐息が漏れた。小麦粉が飛び散って真っ白な雲のように漂うなか、ダラーは彼女を素晴らしい官能の世界にいざなった——ジーネットはパン作りを失敗したことなど、すぐに忘れてしまった。

その日の夜、ダラーは日中出かけたときに買った料理の本をジーネットに差し出した。本当ならむっとするべきところだが、ひとまずプライドを脇に置いてページをめくってみると、とても役立つ本であることがわかった。

ジーネットはその本を見ながら、簡単な料理から両親の家で食べていたような凝った料理まで、レパートリーの幅を広げた。腕も上がり、いつのまにか台所仕事をするのが楽しくて仕方がないと思うようになっていた。ある日の晩、なめらかなウイキョウのソースを添えたサーモンのポーチに初めて挑戦したところ、ダラーは大喜びで何度もおかわりをした。

いままで自分のことを無能だと思ったことはないが、こんなに家事の才能があるとも思わなかった。自分の手でなにかを作ることを学び、それをうまくやってのけられるとは、想像もしていなかったのだ。

それに、どうしても豪華なドレスを着たいとも思わなくなった——夕食のときはやはり作法どおりきれいな格好をするが、少なくとも日中は着飾る必要はない。ロンドンで着ていたドレスは、家事で汚すにはもったいない美しいものばかりだ。そこでジーネットはアインに手伝ってもらい、柔らかいウールの生地で動きやすい服を四枚ほど縫った。

ここにやってきて数え切れないほど新しいことを覚えたが、一番の驚きは、自分が退屈を感じていないことだ。

家事に追われ、ダラーの妻として新しい生活を快適なものにするためにせっせと働き、退屈を感じている暇などないというだけのことかもしれない。だが最近では、パーティなどを楽しんでいた昔の生活を思い出すこともほとんどなくなった。毎朝、今日もまた新しい一日が始まるというわくわくした気持ちで目が覚める。夜になると、その日自分がこなした仕事を思い返し、満足感に包まれて眠りに就く。たいていは素晴らしい愛の営みの余韻で肌を火照らせ、ダラーの腕に抱かれて眠るのだ。

家事で忙しくしているが、だからといって一日じゅう家に閉じこもっているわけではない。午前中に近所を散歩し、新鮮な空気と田舎の太陽の光を楽しんでいる。昔はそうしたことを、それほど楽しいと思ったことはなかった。

ダラーが同伴することも多かった。ふたりで腕を組み、まじめな話題からくだらない話題まで、さまざまなことを話しながら歩いた。ウィトルウィルスが嬉しそうに尻尾をふりながらついてきて、ウサギなどの小動物がいないかと、くんくんにおいを嗅いだ。

とりわけ天気のいいある日の午後、ジーネットはコールドチキンにドライフルーツ、ビスケットやワインをバスケットに詰め、水彩絵の具と筆と画用紙を用意した。ダラーが小さな一頭立て二輪馬車《ギグ》に馬をつなぎ、軽食と絵の道具を後ろに積み、ジーネットに手を貸して隣りに座らせた。

「きみもシャノン川の河口がきっと気に入ると思う」ダラーは言った。「川が海と合流しているところだ。少し走ったら、潮の甘いにおいがしてくるだろう。午後を過ごすにはもってこいの美しい場所だ」

ダラーの言ったとおり、海岸線は緑に彩られとても美しかった。ふたりは大きなブランケットを広げ、小鳥のさえずりを聞きながら食事をし、ときおり通りかかる舟に向かって子どものように無邪気に手をふった。

「デザートは食べられる？」ジーネットはカラントのケーキをバスケットから取り出した。

「きみが作ってくれたものなら、まだ食べられる」ダラーは片ひじをつき、とろんとした目で微笑んだ。「食べさせてくれないか」

ジーネットはケーキを切り、ダラーに言われたとおりひと口ずつ食べさせた。その合間にダラーがジーネットの指をなめ、手のひらにキスを浴びせた。ジーネットは自分の分のケーキも小さく切り分けて食べたが、ダラーに唇へのキスを迫られてくすくす笑った。キスはだんだん激しさを増した。

ふたりは後ろに倒れ、手足をからませて唇を求め合った。もう一枚持ってきていたブランケットにくるまれ、ダラーはジーネットの欲望を満たし、その肌をじっくり愛撫して快楽の世界に連れていった。

それからしばらくして、ジーネットは風景画を描こうと鉛筆と絵の具を取り出した。ダラーも上着のポケットから小さなスケッチブックを出し、ジーネットの鉛筆を借りて絵を描きはじめた。ジーネットはそのスケッチブックを見るまで、ダラーに絵の才能があることを知らなかった。だがよく考えてみれば、建築家である彼が芸術のセンスに恵まれているのは当然のことだった。

やがてダラーはスケッチブックを脇に置いて目を閉じた。お腹がいっぱいになり、愛し合った疲れも手伝って眠くなったのだろう。ジーネットはダラーがぐっすり寝入るまで待ち、スケッチブックを拾い上げてぱらぱらめくりはじめた。そしてそこに描かれていた絵に目を見張った。

ページを繰るたび、世界じゅうのさまざまな場所が目の前に現われた。ローマにベニス、もちろんロンドンの絵もある。下のほうに流麗な字で書かれた通りの名前を見ると、これはきっとパリだろう。太陽が照りつけ、古代の建物の並んだ暑そうなギリシャも描かれている。前にダラーが話していたとおり、自分の想像をはるかに超えた風景だ。

そしてジーネットは最後の二ページに、自分の絵が描かれているのを見つけた。驚きで胸がどきりとした。一枚は、自分がウィルダと一緒に庭にいるところだ。ウィルダがバラの剪《せん》定《てい》をしているのを、つまらなそうな顔で見ている。そしてもう一枚は、屋敷の近くの野原で、古いケルトの十字架を見ながら絵を描いている自分だ。背景はざっと描かれているが、自分の部分だけは違う。細かいところまで入念に描かれ、自分が絵の中心《テーマ》であることはひと目で明らかだ。

いったいいつ描いたのだろう? 自分に気づかれないよう、どうやって描いたのか? ダラーが目を覚ます前に、ジーネットはスケッチブックを急いで元の場所に戻した。

だが家に帰ってからも、そのことがいつまでも頭から離れなかった。

もしかすると、彼はわたしを愛しているのだろうか?

ジーネットは身震いした。嬉しさと同時に、恐ろしさがこみあげてきた。

それで、わたしは彼のことをどう思っているのだろう?

正直に言って、自分でもよくわからない。感情と欲望がごちゃまぜになっている。はっきり言えることは、ダラーの腕に抱かれていると、安らぎを覚えるということだ。そして自分は、その満ち足りた気持ちがいつまでも続いてほしいと願っている。

それから数日経った日の午後、ジーネットが子羊のもも肉を銅の大きなローストパンに入れていると、玄関をノックする音がした。すぐ近くに民家はなく、ジーネットは誰だろうといぶかった。

定期的に訪ねてくる人といえば、アインともうひとり、レッドという年配の男性だけだ。ジーネットの知る限り、レッドは英語をまったく話せない。一日に二度やってきて、馬の世話と牛の乳搾《ちちしぼ》り、鶏の餌やりと採卵をしている。あとは週に一度かそこいら、小売商人がコンロと暖炉用の燃料《ピート》を持ってくるぐらいだ。

レッドか小売商人のどちらかにちがいないと思いながら、ジーネットはキッチンタオルで手を拭いて玄関に向かった。ドアを開けると、そこに立っているのは見知らぬ人物だった。長身でがっしりし、二十代後半と思しき男性だ。ほっそりした顔にウェーブした短い茶色の髪をしている。ツイードの上着とシンプルな麻のシャツ、ズボンにブーツという乗馬用のいでたちだ。好奇心もあらわにこちらの顔をじっと見ているが、その澄んだブルーの瞳にはどこか妙に見覚えがある。

ジーネットはドア枠にかけた手をこぶしに握った。「なにか御用ですか?」

男は首を伸ばして家のなかをのぞきこみ、片頬で笑った。「ええ。こちらにダラー・オブライエンはいますか?」

「いますわ。失礼ですが、夫になにか御用でしょうか?」

男は口をあんぐり開けた。「失礼、いま夫とおっしゃいましたか?」

「言いましたけど」ジーネットは答えた。「あなた、どなたですか? ご用件は?」

男がひざをぱんと叩き、ジーネットはびっくりして跳び上がった。「いやはや、こいつは驚いた」

男がいきなりなかに入ってきて、ジーネットを力いっぱい抱きしめた。足が完全に床から浮き上がり、ジーネットは悲鳴を上げた。そして男がキスをしてくるとまたもや悲鳴を上げた。男は満面の笑みを浮かべ、背をそらして笑い声を上げている。

大変だわ、おかしな人を家に入れてしまった。〝ダラー、いったいどこにいるの?〟

ジーネットの心の声が聞こえたのか、それとも悲鳴が聞こえたのかはわからないが、力強い足音が廊下に響いた。そのすぐ後ろから、ウィトルウィルスが爪で床をかきながら歩いてきて、低い声で二度吠えた。

「いったいなにごとだ?」ダラーは一瞬絶句した。「なんてことだ、マイケル。早く彼女を下ろしてくれ」

男はダラーの顔を見た。「美人だな、ダラー。どこで会ったんだ?」

「どこだっていいだろう。さあ、放してやってくれ。肋骨が折れてしまう」

「痛くなんかしてないさ」男は銀色がかったブルーの瞳をジーネットに向けた。「そうだろう、お嬢さん?」

「わたし……あの、下ろしてもらえるかしら。お願い」ジーネットはあえぎながら言った。「下ろしてちょうだい」

その言葉にマイケルという名のいかれた男は、ジーネットを床に下ろした。そしてにっこり笑ってウィンクをすると、駆け寄ってきたウィトルウィルスをなでようと腰をかがめた。

ジーネットはウィトルウィルスが男に嚙みつくか、少なくともうなり声を上げて威嚇《いかく》するだろうと思っていた。だがウィトルウィルスは愚かにも、興奮で体をくねらせ、男の大きな手で硬い毛をなでられて喜んでいる。

「大きくなったな。この前会ったときは、まだほんの子犬だったのに。でも、お前はぼくを覚えているようだ。そうだろう?」マイケルはあやすような声を出した。「よしよし、いい子だ。ぼくを覚えているんだな」

ウィトルウィルスに顔をなめられ、マイケルは笑った。そして背筋を伸ばし、ダラーに向き直った。「一年近くも会わなかった弟に、ハグもしてくれないのか?」

〝弟ですって?〟

ジーネットはふたりの顔を交互に見た。たしかに目元がよく似ている。

ダラーが一歩前に進み、腕を大きく広げた。ふたりは抱き合い、互いの背中をこぶしや手のひらで叩き、それから体を離した。

ダラーがジーネットに言った。「こいつがマナーをわきまえていないせいで、正式な紹介が少しばかり遅くなってしまった。さっきのことは許してやってくれ。弟のマイケルだ」

ジーネットは気持ちを落ち着かせようとしながら、礼儀に則りひざを曲げてお辞儀をした。

「マイケル、妻のレディ・ジーネットだ」

マイケルがまたしても喜色満面になった。お辞儀をしてジーネットの手をとり、甲にキスをした。「家族になれて光栄です。結婚のことを知っていたら、お祝いを用意してきたのに」

ダラーを見て片方の眉を上げた。「どうして知らせてくれなかったんだ?」

そのとおりだ。ジーネットは思った。どうして家族に知らせなかったのだろう? ダラーは家族の話をほとんどしない。近くに住む弟がいることさえ、自分はいままで知らなかったのだ。

「いまはハネムーン中なんだ」ダラーがジーネットのウエストに手をまわし、その体を抱き寄せた。「お前たちがみんなでそろって押しかけてくれれば、ジーネットが怯えて出ていくだろう。そうなる前に、しばらく彼女を独り占めしたかった」

みんなでそろって？　オブライエン家の人々は、いったい何人いるのだろう？　だがダラーにたくさん親族がいることは、容易に想像がついたはずだ。アイルランド人は家族が多いことで知られている。

ジーネットはダラーをちらりと見た。「でもわたしはあなたのご家族に会いたいわ、ダラー。というより、すぐに挨拶もしないなんて、とても失礼なことよ」

「時機を見てちゃんと挨拶に行こう」ダラーはなぜかはぐらかすように言った。「かなりの長旅だったんじゃないか、マイケル？」

「ああ。馬で一日がかりだった」

「だったら、とても疲れたでしょう」ジーネットはダラーの腕をほどいた。「居間に案内するわ。でも今日はメイドがお休みなの。ふたりで先に行っててちょうだい。なにか軽食を用意するわ。お茶はいかが？」

マイケルはダラーを不思議そうな目で見た。「ああ。喜んでいただこう」

「少し待ってもらえたら、ローストも用意するわ。夕食までいられるんでしょう？」

「いや、無理だ」ダラーが口をはさんだ。

「もちろんいられるさ。それと、もし部屋があれば一晩泊めてもらいたい」

「部屋はない」ダラーが言った。

「ダラー」ジーネットはダラーの失礼な態度をたしなめると、マイケルのほうを向いた。「予備の寝室を荷物置き場に使ってるから、少し不便かもしれないけど、もしよかったら泊まっていってちょうだい。いいわよね、ダラー?」

ダラーは気乗りのしない顔をしていたが、やがてぶっきらぼうにうなずいた。

「どうぞ、居間に行って座ってて」

ジーネットはふたりが居間に向かうのを見送り、キッチンに戻った。

「いったいどういうことだ?」

「お前には関係ない」ダラーは英語からゲール語に難なく切り替え、低い声で言った。「それと、ジーネットに今夜はやっぱり泊まらないと言うんだ。どこか宿屋を探してくれ」

マイケルもゲール語で答えた。禁止されている言語だが、とくにここ西部ではいまだに使われている。「このあたりに宿屋はない。エニスまで行けばあるが、ここからは逆方向だし時間もかかる」

マイケルはあごを突き出した。「なぜそんなにぼくを追い出したがるのかい? それに、ゲール語で話すのはどうしてだ? 彼女に聞かれたくないことでもあるのか? 二週間前、ダーモット・オシャイとばったり会ったら、このあたりを旅しているときに兄さんと出くわしたというじゃないか。おかしな態度をとり、あまり話したがらなかったそうだな。オシャイは不思議に思い、兄さんのあとをこっそりつけて、ここを見つけたそうだ」

ダラーは腹立たしげに言った。「ダーモット・オシャイをむちで打ってやりたい。詮索好きなやつめ」

「ぼくのこともむちで打ちたいと思うだろうな」マイケルは先を続けた。「西部に戻ってきているのに、どうして家族にまったく連絡がないのか、ぼく自身も不思議に思ってこうして訪ねてきた。一緒に住んでいるあの女性が愛人だから、秘密にしておきたいんだろう。もし妻なら――」

「彼女はぼくの妻だ」

「だったらどうして隠す必要がある？　イングランド人だからか？　もちろん、兄さんの妻がアイルランド人の女性でないということを、メアリー・マーガレットはしばらく受け入れられないかもしれない。でもぼくは違う。兄さんが彼女に参ったのもわかる。目がくらむほどの美人だ」

「だったら、目も口も閉じていろ。とくにメアリー・マーガレットには言うんじゃないぞ。お前がここに来ていることを、彼女は知ってるのか？」

「いや、誰にも言ってない。だけど兄さんも、いつまでもみんなに隠してはおけないだろう」

「いつまでも内緒にしておくつもりはない。あと二週間したら、打ち明けるつもりだ」

あと二週間で目的を果たせればいいのだが。ジーネットの口から、もうすぐあの言葉が聞けるような気がする。自分が聞きたくてたまらないあの言葉。愛を告白する、甘いささやきが。

最初のころはうまくいかないこともあったが、最近の彼女の態度には変化が感じられる。それまで見せたことのなかったような笑顔を、自分に向けてくれるのだ。自分とのおしゃべりを楽しみ、一緒にいるとくつろいだ様子を見せ、自分を甘えさせてくれるようなところもある。自分の舌を満足させるため、新しい料理に挑戦することに大きな喜びを感じてもいるようだ。

それに、ベッドでの反応も……。前に本人が言ったようなたんなる肉欲以上のものが、ジーネットの心のなかに芽生えていることは間違いない。女性が愛を感じていない相手に、少しでも離れたくないというように一晩じゅう寄り添って抱きつくものだろうか？

いや、そんなはずはない。ジーネットは肉欲以上のものを感じている。そしてもうすぐ、それを自分に打ち明けるはずだ。

「二週間後になにがあるんだ？」

「なにもない」

「なにもない？　そんなわけがないだろう。だったら、ぼくが彼女に直接訊いてみる――」

ダラーはさっと手を伸ばし、マイケルの腕をつかんだ。「ジーネットは知らないんだ。わかったか？　ぼくが誰か、彼女は知らない」

マイケルはダラーの顔をじっと見た。「兄さんが誰かを知らないとは、いったいどういうことだ？　さっき彼女は何度も兄さんの名前を呼んでたじゃないか。だったら知ってるはずだろう」

「いや、知らないんだ。その……これは込み入った話で、いまお前にすべてを説明している暇はない。手短に言うと、ジーネットはぼくの肩書きを知らないんだ。彼女はぼくのことを、ただのダラー・オブライエンだと思っている。ミスター・ダラー・オブライエンだ」

「でも兄さんは、彼女をレディ・ジーネットと呼んでいた」

ダラーは首をふった。「ああ。ジーネットは伯爵の娘で、生まれながらのレディだ。だが彼女はぼくに肩書きがないと思っている。ぼくもその誤解を解いていない。それにジーネットは、ここがぼくたちの唯一の家だとも信じている。屋敷のことや領地のことは、なにも知らない。ジーネットにとってぼくは、中産階級の建築家、しかも貧乏な建築家だ」

マイケルはダラーの顔から目を離さなかった。銀色がかった瞳に驚きの色が浮かんでいる。そしてふいにダラーの頭を両手でつかんで自分のほうに引き寄せ、髪の毛をかき分けはじめた。

ダラーはマイケルの手をふり払おうとした。「なにをしているんだ？」

「傷を探してるんだ。頭を打って怪我をしたにちがいない。馬に蹴られたのか、それとも建築中の建物の階段から転げ落ちたのか？」

「放せ、ばかなやつだな」ダラーは身をよじってマイケルの手から逃れ、頭をなでた。

「ばかなのは兄さんのほうだろう。頭がいかれたのか？　自分の花嫁をだますなんて。しかもぼくの勘違いでなければ、兄さんは彼女をこの小さな家のキッチンに立たせ、料理をさせているじゃないか。伯爵の娘に料理をさせるなんて、聞いたことがない。しかも相手はイングランド人だぞ。いったいどうして、こんなばかげた計画を思いついたんだ？」

「これには理由《わけ》がある」ダラーの返事は歯切れが悪かった。

「なるほど。本当のことを知ったら、彼女はかんかんに怒るだろうな。いまのうちに白状したほうがいい。彼女がもし自分で真実を知ったら……肉切り包丁で大事なところをちょん切られるかもしれないぞ」

その言葉に、ダラーは股間がぎゅっと縮まるのを感じた。落ち着くんだ。そう自分に言い聞かせた。「ばかなことを言うんじゃない」

「兄さんこそ、ばかなことはもうやめるんだ。すぐに彼女に打ち明けたほうがいい。いまならまだ、許してもらえるかもしれない」

ダラーは罪悪感で胸が詰まった。マイケルの言うとおりだ。自分にだまされていたことを知れば、ジーネットは怒りに震えるだろう。だがそれと同時に、ほっと胸をなで下ろすはずだ。これからは粗末なコテージに住み、料理をし、自分で服を縫う生活をしなくてもすむとわかれば、感謝の念さえ覚えるのではないだろうか。自分が本当は伯爵夫人で、大勢の使用人がいる豪華な館《やかた》に住み、一生優雅な暮らしができるほど富に恵まれているのだということを知れば、ジーネットは喜ぶにちがいない。

最初は怒りをあらわにするだろう。だがきっと、自分の真意をわかってくれる。自分が結婚生活を成功させ、幸せな未来を築くため、こういう方法を選んだことを理解してくれるだろう。

　そう祈るばかりだ。

「ジーネットにはちゃんと頃合いを見て話すつもりだ」ダラーは胸にくすぶる疑念をふり払うように、きっぱりと言った。「それまではこのことについて、彼女になにも言わないでくれ」マイケルが口を開きかけたが、ダラーはそれをさえぎった。「なにも言うな」

　マイケルはわかったよというように両手を挙げた。「好きにすればいい。どうなっても知らないからな。もし奇跡が起きて、彼女が兄さんを許してくれたとしても、まだ三人の妹たちがいる。なかでもメアリー・マーガレットは、自分が兄さんの結婚式に招かれず、結婚した事実すら教えてもらえなかったことに憤慨するだろう。シボーンとモイラも、フラワーガールの役を務められなかったことにがっかりするだろうな」

「お前の結婚式でやればいい」

　マイケルは鼻を鳴らした。「まだまだ先の話だ。いまは獣医の仕事が楽しくて仕方がない。馬や犬の世話をし、たまに病気の猫も診ている。これ以上、妻の世話という重荷まで引き受けるのはごめんだ」

「誰かを愛すれば、重荷だとは思わなくなる」

「彼女が真実を知ったあと、兄さんの口からもう一度その言葉を聞きたいもんだ」マイケルはダラーの肩をぽんと叩いた。「あんたは勇敢な男だ、ダラー・オブライエン。愚かだが勇敢だ」

入り口で人の動く気配がして顔を上げると、ジーネットがお茶のトレーを持って立っていた。

「ぼくが運んであげよう」ダラーは英語に切り替えて言った。

ジーネットは嬉しそうに微笑み、ダラーにトレーを運んでもらうと、席に着いてお茶を注ぎ、ビスケットの入った皿を手渡した。「ところで、ふたりでなんの話をしていたの?」

20

マイケルは一晩泊まり、翌朝出ていった。優秀な雌のサラブレッドがいるらしく、そのことで人と会うのだと言っていた。

最初の挨拶のときこそ面食らったが、マイケル・オブライエンは感じがよく愉快な男性だった。兄と同じく、少しひねりの利いたユーモアのセンスを持っている。兄であるダラーと自分の子ども時代の話をして場を盛り上げ、ジーネットからも幼いころの武勇伝をいくつか引き出した。

マイケルが帰ったあと、ジーネットは自分がどれだけ人付き合いに飢えていたかを実感した。だがそれと同時に、自分がダラーとふたりきりの生活に不思議と満ち足りた気持ちを覚えていることもわかった。どうして自分がこんなふうに変わってしまったのか、よくわからない。

その日の夜、ダラーに激しく求められ、ジーネットの全身は情熱の炎に包まれた。自分を満たすことができるのは、ただひとりしかいない。ダラー以外に、自分を満たせる人はいない。

自分はもう、彼なしでは生きていけないだろう。

そのときジーネットは気づいた。自分はダラーを愛している。どうしてこんなことになったのだろう。いつからダラーを愛するようになったのか。自分でも気づかないうちに、少しずつ彼への愛が心のなかに積もり、いつのまにかこんなに大きくなってしまった。

愛を告白する言葉が、ジーネットののどまで出かかった。彼に伝えたい。だが以前、自分が愛していると告げた相手は、自分の心を粉々に打ち砕いた。ダラーは優しく思いやりにあふれた男性だが、愛などという甘い言葉をその口から聞いたことは一度もない。この気持ちを打ち明けたら、彼の目には驚きの色が浮かぶだろう。もしかすると、自分を哀れむような目で見るかもしれない。

自分たちは仕方なく結婚したのだ。スキャンダルをもみ消すためにあわてて式を挙げるという、あまりにお粗末なスタートを切った。たしかに人から羨まれるような暮らしをしているわけではないが、それでも自分たちのあいだには絆《きずな》が生まれている。それが愛に発展してもおかしくはない。愛があれば、どんな苦労にも耐え、ふたりで一緒に生きていくことができるだろう。

ジーネットはその翌週、自分のなかに新しく芽生えた感情についてずっと考えつづけた。

ある日、シーツとウールの毛布とベッドカバーを整え、自分のネグリジェとダラーのシャツを二枚、洗濯かごに入れながら、ダラーにこの気持ちを打ち明けるべきかとまたもや思いをめぐらせた。

今朝ダラーはわたしにキスをし、馬でエニスに出かけていった。製図用の器具など、このへんではなかなか手に入らない道具を買いにいったのだ。わたしが書いた何通かの手紙を投函し、誰かから手紙が届いていないか見てくるとも言っていた。これまで受け取った手紙は、バイオレットからの一通だけだ。エイドリアンやキットやイライザとともに無事にイングランドに着いたことを知らせる内容で、またすぐ手紙を書くと記してあった。両親からはなにも連絡がない。娘であるわたしがみじめな結婚をしたことを、恥じているのだろう。だがもうこうして結婚してしまったわけだから、ふたりともその事実を認めるべきではないか。娘の夫であるダラーのことも、受け入れるよう努力するべきだ。

ダラーはこちらがいらいらするくらい、これからどうするかということをまったく話したがらない。どうしてだか不思議だ。でもそのうち、ここアイルランドかヨーロッパ大陸のどこかで、建築の仕事を請け負うことになるだろう。もしかすると、イングランドに行くことだってあるかもしれない。

ダラーの素晴らしい腕前を知っている自分の家族のつてで、イングランドで仕事を見つけることもありえない話ではない。それで充分なお金が稼げれば、この小さなコテージを出て、イングランドにそれなりの家を建てることができるだろう。そうすれば自分も、社交の場に返り咲くことができる——もちろん、社交界のトップの座に君臨することはもう無理だろうが、そこそこの地位は得られるはずだ。そしてダラーが出世し、大きなことを成し遂げるのを支えよう。

だがまずは疑念をふり払い、勇気を出して伝えなければ。今夜こそ、ダラーに打ち明けよう。彼が帰ってきたら、心を開いて愛していると伝えるのだ。そうすれば、ダラーも同じ言葉を返してくれるだろう。

もうこれ以上、迷うのはよそう。

ジーネットはその日の夜を特別なものにしようと、腕をふるってご馳走を作ることにした。料理ができたら、ダイニング・ルームの戸棚で見つけたレースのテーブルクロスをかけ、きれいな花模様で彩られた上等の磁器を並べるつもりだ。

それからアインに手伝ってもらい、おしゃれなドレスを着て髪を美しく結わなければ。ライラック・ウォーターを耳の後ろにふり、乳白色の真珠のロングネックレスをつけることにしよう。

ダラーは驚くだろうか？　喜んでくれるだろうか？

ジーネットは鼻歌を歌いながら、夕食の準備を始めた。今夜のメニューはキューカンバーとミントの冷製スープ、ロースト・ポークのキャベツ添え、にんじんのバター炒め、そしてデザートのアップルコブラーだ。

ジーネットがバターと小麦粉を手でこねていると、ドアをノックする音がした。ジーネットはタオルで手を拭きながら廊下に出た。こんな時間にいったい誰だろうか。ダラーのきょうだいの誰かではないだろう。こんなに早く、また誰かが訪ねてくるはずがない。

ジーネットは客を迎えようと、愛想のいい笑顔を浮かべてドアを開けた。そしてそこに立っている身なりのいい年配の紳士四人の顔を、思わずまじまじと見た。

みな仕立てのいいズボンに燕尾服、複雑な刺繍《ししゅう》の施されたシルクのベストという華やかな格好をしている。四人の肩越しに、四頭の馬が牽《ひ》く大きな黒い四輪馬車《バルーシュ》が私道に停まっているのが見える。

ごま塩頭で、先の細くとがった時代遅れのバンダイク型のあごひげを生やした、一番年長と思しき紳士が前に進み出た。

紳士は帽子をさっと脱ぎ、優雅にお辞儀をした。「すみません《ミ・スクージ》、シニョーラ。わたしは伯爵のアルナルド・フィオレッロと申します。こちらにおりますピオ、グリエルモ、フィクッチョと一緒に旅をしてまいりました。閣下《グランド・シニョーレ》にお会いしたく存じます。よろしければ、お目にかかってお話がしたいと伝えていただけませんか」

ジーネットは目を丸くした。この人たちは道に迷い、違う家にたどり着いたらしい。「ごめんなさい、家をお間違いのようですわ。どなたをお探しか存じませんが、ここにはおりません」

紳士が眉をひそめた。「そんなはずはないと思います。ここを訪ねるように言われたのですから。マルホランド卿は、こちらにお住まいだと聞きました」

今度はジーネットが眉をひそめる番だった。マルホランド卿？　ジーネットは思い出した。この人たちは、自分とダラーが結婚したときに馬車を貸してくれた貴族を探しているのだろうか？　結局、マルホランド卿という貴族の屋敷がどこかはわからなかったが、ここに到着した翌日にお礼の手紙を書いた。ダラーが代わりに出しておいてくれたはずだ。

「シニョーリ」ジーネットはイタリア語に切り替えた。流暢《りゅうちょう》とは言いがたいが、充分通じるイタリア語だ。「お探しの方の名前は聞いたことがありますが、ここにはいらっしゃいません。どこに住んでいるか、わたしにはわからないのですが」

四人はジーネットが自分たちの母国語をしゃべることに、ほっとしたようだった。「イタリア語をお話しになるのですね？」

「ええ、少しばかり」

「わたしどもは偉大な建築家、マルホランド卿にお話があって訪ねてまいりました。わたしたち自身も建築家で、マルホランド卿を尊敬しております。閣下のご意見を仰ぎたいことがあり、こうしてはるばるイタリアからやってきたのです。いまはお屋敷ではなく、こちらにご滞在だとお聞きしたのですが」

ジーネットはいらいらしてため息をつきそうになるのをこらえた。「申し訳ありません。誰からお聞きになったか知りませんが、それは違いますわ。この家に住んでいるのは、夫のダラー・オブライエンとわたしだけです」

紳士の顔がぱっと輝いた。「ええ、その《シ》マルホランド卿にお会いしたいのです」

ジーネットは混乱し、自分が間の抜けたことを言っているような気がした。奇妙な耳鳴りがしはじめた。「わたしの聞き間違いでしょうか。わたしの夫はダラー・オブライエンです。

マルホランド卿ではありません」今度は英語で言った。

紳士は困惑顔になり、英語で答えた。「はあ。ダラー・オブライエンとマルホランド卿は同じ方のはずですが」

ジーネットは足元の地面がぐらりと揺らいだような気がした。鍵のかかったドアがかちりと開くように、すべてを理解した。


ダラーが北から戻ったころには、あたりは初秋の夕闇に包まれていた。ダラーは急いで馬を小屋に入れ、ブラシをかけて水と餌をやった。そして買い物してきたものを集め、小走りに家へと向かった。

玄関を開けたとたん、ロースト肉と蒸し野菜と甘いデザートのにおいに迎えられた。そのにおいを胸いっぱいに吸いこむと、ますます空腹を感じた。夕食が待ち遠しくてたまらない。そしてにおいに導かれるまま、キッチンに入っていった。

ジーネットがコンロの前で顔を上げた。ゆったりした白いエプロンの下に着ているのは、美しいドレスだ。胸元を真珠のネックレスで飾り、淡いブロンドの髪を上品なアップスタイルにまとめている。左右の頰にゆるくカールした髪を一筋ずつ垂らしているのが女らしい。

料理もおいしそうだが、ジーネットもそれに負けず劣らず魅力的だ。ダラーはジーネットに近づき、腰をかがめてキスをしようとしたが、新妻はさりげなく身をかわした。

「道に迷ったんじゃないかと心配してたのよ」ジーネットは鍋をかき混ぜながら言った。

「もうすぐ夕食ができるわ。着替えていらっしゃい」

もう一度キスをしようとしたダラーは、ふとテーブルに目を留めた。きれいなセッティングだ。美しいレースのテーブルクロスがかかっている。上等の磁器が並び、いつもの獣脂のろうそくの代わりに、甘い香りのする貴重な蜜蠟のろうそくが灯っている。「今夜はどうしたんだい？」

「別にたいしたことじゃないわ。ちょっとだけ特別な夜にしたかったの」ジーネットは柄の長い木のスプーンを鍋のふちでとんと軽く叩き、脇に置いた。ダラーに歩み寄ると、肩に手を置いて後ろを向かせ、軽く押すようにした。「さあ。早く着替えてきて。馬のにおいがするわ」

ダラーは詫びるようにひょいと頭を下げた。「ああ、そうしよう」

そしてジーネットが逃げる前に、今度こそ念願のキスをしようと顔を近づけ、さっと唇を奪った。

だがジーネットはキスを返さなかった。そしてすぐに体を離した。

ダラーはそのことをとくに気に留めなかった。一日じゅう馬に乗って旅をしていたせいで、きっとひどいにおいがするのだろう。寝室に入ると、服を脱いで冷たい水をたらいに注ぎ、顔や手を洗った。ジーネットの格好に合わせ、瞳の色を引き立てる極上の紺の服地のスーツを着た。そして髪を梳かして歯を磨き、ジーネットへのプレゼントを取りに玄関に向かった。繊細な金のロケットで、ふたに野バラの模様が彫られている。なかにはいつか生まれてくる子どもの肖像画を入れるつもりだ。

われながら感傷的だと思う。だが自分をこんなふうに変えたのは、ジーネットだ。

ダイニング・ルームに戻ると、スープの入ったふた付きの壺がテーブルの上に置いてあった。「ぼくが取り分けようか?」

「いいの」ジーネットがせかせかした足取りでキッチンから現われた。「あなたは座ってて。あとはわたしがやるわ」

ダラーは椅子に腰かけた。

ジーネットが淡い色をしたなめらかなスープをすくった。とてもおいしそうだ。冷製スープは作るのがむずかしい。スープを冷やす氷を貯氷庫に取りに行くことも含め、ずいぶん手間がかかったにちがいない。

ダラーはわくわくしながら待った。ジーネットがスープのたっぷり入った深皿を、ダラーの前に置こうとした。そのとき手が滑り、ミントの香りのするピューレしたキューカンバーのスープが飛び散って、ダラーの胸から脚のあいだまでかかった。

ダラーは小さく声を上げ、とっさに椅子をがたがたいわせながら立ち上がった。だがそのせいでかえってスープがズボンやシャツに染み、靴やじゅうたんにもしずくがかかってしまった。

「まあ、大変」ジーネットは叫んだ。「だいじょうぶ? わたしったら、いったいどうしたのかしら。手が滑ったんだわ」申し訳なさそうな目でダラーを見て、舌打ちした。「どうしましょう。ごめんなさい」

「気にしなくていい」ダラーはナプキンを取り、染みを拭こうとした。だがそれもほとんど意味がなかった。服が濡れ、胸や下腹部が冷たい。ズボンのウエストバンドをぐいと引っぱってみたが、気持ちが悪いことに変わりはなかった。

「服を着替えてきたらどう？　そのあいだにここを片づけて、次のお料理を用意しておくわ」

「スープは？」

「ごめんなさい、ちょうど二杯分しか作らなかったの。よかったらわたしのをあげるわ」

「いや、いいんだ。きみが飲むといい」

ダラーはため息をついた。楽しみにしていたキューカンバーのスープを、飲むのではなくかぶる羽目になってしまったが、それも仕方がない。汚れたナプキンをテーブルの上に放り、寝室に戻ろうとした。そのときジーネットの唇に、かすかに笑みのようなものが浮かんでいるのが見えた。だがもう一度よく見ると、その表情は消えていた。

きっと気のせいにちがいない。ダラーはそろそろと歩きながら寝室に向かった。

ダイニング・ルームに戻ったところ、テーブルはきれいに片づいていた。ただ、椅子の下の床に大きな染みが残っている。ダラーが椅子に背を預けていると、ジーネットがキッチンから現われた。手に持った大皿には、ロースト・ポークのスライスに蒸したキャベツとニンジンが載っている。

ジーネットは大皿をテーブルに置き、料理を取り分けにかかった。「さっぱりした?」

「ああ。乾いた服ほどありがたいものはない」

ジーネットは赤ワインをふたつのグラスに注いだ。ダラーが自分の分のグラスに手を伸ばして口に運ぶと、ジーネットが取り分けた料理を目の前に置いてくれた。

「一日がかりで作ったのよ」ジーネットは言った。「お口に合うといいんだけど」

ダラーは微笑んだ。「最近のきみの料理はみんなおいしいし、これもとてもいいにおいだ。口に合うに決まっている」空腹を我慢して、ジーネットが自分の分の料理を取り分けるのを待ち、フォークとナイフを手に取った。ポークを一口大に切り、口に運んだ。

その瞬間、口のなかが燃えそうに熱くなった。舌も唇もやけどしそうだ。ダラーは咳きこんで目をしばたいた。目にうっすら涙がにじみ、鼻の奥がつんとして鼻水が出てきた。口のなかのものを吐き出したくてたまらなかったが、どうにかそれをこらえた。ジーネットが期待に満ちた顔で見ている前で、それだけはできない。無理やり飲み下したが、敏感なのどの粘膜が焼けるように熱くなり、すぐに後悔した。

〝いったい、なにを入れたのか?〟ダラーは呆然とした。黒コショウではない。もっと強烈な香辛料だ。これは……トウガラシではないか。

ジーネットが表情も変えずにロースト・ポークを食べるのを見て、ダラーはあんぐり口を開けそうになった。〝あの辛さに気づかないとは、口のなかが錫《すず》めっきでもされているのではないか?〟

ポークには手をつけないほうがよさそうだと思い、ダラーは今度はキャベツを頬ばった。バターを含んだ、ヒメウイキョウ風味のとろけるような味がするはずだ。だがキャベツはひどく硬く、嚙むとじゃりじゃりと音がした。そのまま嚙みつづけたが、砂のこすれるような耳障りな音はひどくなる一方だった。

ダラーはキャベツを飲みこみ、ジーネットが満足そうに料理をつついているのをじっと見つめた。まさかおいしいと思って食べているはずがない。最初のじゃがいも料理を除けば、これまで彼女が作ったなかで最悪の料理だ。このところジーネットはめっきり料理の腕を上げ、自分はその手際のよさと覚えの速さに感心していたのだ。

今夜の料理は、どうしてどれもこれもひどい代物なのだろう？　わざとそういうふうに作ったとしか思えない。ダラーは目を細めてにんじんを見た。もしかすると、いまにも爆発するのではないだろうか。黄金色の小さな丸いにんじんに、どういうひどい仕掛けがされているのだろう？　だがそれより問題なのは、ジーネットがどうしてこういうことをしたのかということだ。今朝、自分が家を出てから日が暮れて戻るまでのあいだに、いったいなにがあったのか。

ジーネットが無邪気な目でダラーを見た。「お味はどう？」

「そうだな……おもしろい味だ」ダラーはフォークを下ろした。「だけど、思ったほどお腹が空いてないようだ」

「あら、そうなの。デザートは食べるでしょう？　あなたの好きなアップルコブラーよ」

〝今度はどんな仕掛けをしたのか？〟ひもじさとこれまで食べた料理のまずさで、胃がひっくり返りそうだ。アップルコブラーには惹かれるが、ここはやめておいたほうが無難だろう。

「ありがとう。だが遠慮しておくよ」

「残念だわ。でも、そのほうがいいかもしれないわね」ジーネットは甘い声を出した。「ウィトルウィルスに味見させたから」

「なんだって？」

「喜んで食べたわよ。犬があんなにりんごが好きだなんて知らなかったわ。ウィトルウィルスの食べ残しでよければ、エサ入れをすくえば少しぐらいかき集められると思うけど」

自分の名前が聞こえたらしく、ウィトルウィルスがダイニング・ルームにやってきて床にどさりと座った。そしてうめくような声を上げた。デザートをたらふく食べたせいで、毛の生えたお腹がぱんぱんに膨れている。

〝大変だ〟ダラーはウィトルウィルスがそこらじゅうに吐くのではないかと心配になった。

ジーネットはもうひと口ポークとキャベツを食べ、ワインをすすった。「今日はどんな一日だった？」しばらくして言った。「わたしのほうは、おもしろい一日だったわ。紳士が何人か、あなたを訪ねてきたの。伯爵とそのお友だちで、はるばるイタリアからいらしたそうよ」

ダラーの胃が不安でぎゅっと縮まった。「なんの用で？」

「偉大な建築家、ダラー・オブライエンに相談があったみたい。でも不思議なことに、あなたのことを別の名前で呼んでいたけれど」ジーネットは思い出そうとするように、指で頬をとんとんと叩いた。「なんだったかしら？　マルホランド。そう、マルホランド伯爵だわ」ジーネットはダラーの顔をじっと見据えた。料理に入れた香辛料と同じく、燃えるような目をしている。「そうよね、閣下？」

〝ああ、彼女に知られてしまった〟「待ってくれ、ジーネット――」

「気安く呼ばないでちょうだい」ジーネットはテーブルをどんと叩いた。「よくもわたしをだましてくれたわね。妻であるわたしに、自分の正体を隠すなんて」

ダラーは落ち着くよう自分に言い聞かせた。「きみが怒る気持ちはわかるが、説明させてくれ――」

「なにを説明するというの？　あなたがとんでもなく卑怯《ひきょう》な嘘つきだということを？」

マイケルの言葉がダラーの頭のなかによみがえってきた。マイケルはジーネットが真実を知ったら、肉切り包丁で大事なところを切ろうとするかもしれない、と言ったのだ。ダラーはナイフに目をやり、ジーネットが刃物を手にしないことを祈った。

「これには理由があるんだ」ダラーは椅子から立ち上がった。

「どんな理由かしら？　自分が伯爵だということなど、わたしにはまったく関係ないことだとでも思っていたの？　わたしに打ち明ける機会がなかったみたいな言い方をしないでちょうだい」

ダラーは背筋を伸ばし、弁解するように言った。「最初に会ったときから、何度もきみに話そうとした。だがその都度、ぼくの身分ならちゃんとわかっているというように、きみが話をさえぎったんじゃないか」

「そのあとのことは？　どう言い訳するつもり？」

「言い訳はしない。ただ、ぼくが肩書きを持っているかどうかが重要なことだとは思えなかった。だからきみの勘違いを、そのまま放っておくことにしたんだ」

「結婚したあとも？」ジーネットは大きく手をふった。「このコテージはなんなの？　イタリア人の伯爵から、あなたが立派なお屋敷を持っていると聞いたわ！　どうしてわたしをここに連れてきたの？　ここしか住むところがないなんて、どうして言ったのよ？　この奇妙な家は、領民の誰かのものなんでしょう？」

「領民じゃなくて、友だちの家だ」ダラーの顔がかすかに赤くなった。「ここはハネムーンにぴったりの静かな場所だ。しばらくここで過ごすことは、誰にも邪魔されずにお互いのことを知るいい機会になるんじゃないかと思った」

「誰にも邪魔されずにとは、どういう意味かしら。使用人や料理人のことを言ってるの？」

ジーネットはふとあることを思い出した。「しかもあなたは、ベッツィーを解雇したのよ！」

「きみが思うほど、悪いことでは――」

「いいえ、最悪だわ。あなたはわたしに料理をさせ**た**んじゃないの！」

ふたりの言い争う声にウィトルウィルスが立ち上がり、心配そうにひと声吠えた。

ダラーは小さな声でウィトルウィルスをなだめ、ジーネットに向き直った。「きみは料理が好きだろう。この前、自分でそう言ってたじゃないか」

「わたしが料理を楽しんでいるかどうかなんて、この際関係のない話だわ。レディは労働をしないのよ。肩書きを持っている紳士なら、それくらいのことは知ってるでしょう。でもあなたは、いままで一度だって紳士らしくふるまったことがなかったものね」

「もうやめよう」ダラーは穏やかな口調で言った。

「どうして？　なにをやめるの？　わたしを苦しめる新しい方法でも考えついたわけ？」怒りと悲しみで、ジーネットの目に涙があふれた。「どうしてこんなことをしたの？　復讐《ふくしゅう》のつもり？　したくもなかった結婚をさせられた腹いせなの？　こんなに残酷で計画的なやり方でだますなんて、わたしのことがよっぽど嫌いなのね」

ダラーは頭を抱えた。自分が望んでも計画してもいなかった方向に、ものごとが進んでいる。ジーネットは自分の意図を曲解し、すべてを悪いほうに考えているのだ。

ダラーは懇願するように手を差し伸べた。「そうじゃないんだ。説明させてくれ」

ジーネットはその手をふり払い、それ以上ダラーの顔を見ていることに耐えられなくなってまつげを伏せた。「説明ならもう充分聞いたわ。あなたがなにを言おうと、それもまた嘘かもしれないじゃないの」

「ジーネット――」

「疲れたから寝室に下がるわ」

「わかった。部屋で話そう」

「だめよ。来ないでちょうだい」

「きみがなにを言おうと、ぼくの妻であることに変わりはない」

ジーネットは唇を震わせた。「そのことを一生後悔するわ」

怒りと悲しみが言わせているのだとわかっていても、ジーネットの言葉はダラーの胸をぐさりと刺した。「だとしても、ぼくたちは夫婦だ。誓いの言葉どおり、死がふたりを分かつまで夫と妻でありつづける」ダラーはそこで言葉を切った。「だが少し考えてみれば、きみだって嬉しいはずだろう」

ジーネットは唇をぎゅっと結んだ。「なにが嬉しいというの？ 洗い場担当のメイドにされたこと？ それとも嘘をつかれたことかしら？」

ダラーは言わなければよかったと後悔した。ジーネットの険しい表情を見ると、自分は事態をますます悪化させているだけのようだ。だがここまで来たら同じことだと思い、先を続けることにした。

「きみは欲しかった肩書きを手に入れた。マルホランド伯爵夫人になったんだ」ダラーは髪をなでつけた。「いい家にも住みたがっていただろう。これからは〝海の城《カシュローン・ミュア》〟と呼ばれる大きな古城がきみの家だ。それから、使用人やお金も欲しがっていたな。これからはそのどちらにも不自由はしない。そうしたことを聞けば、きみもほっとするはずだ」

「ええ、ほっとするべきでしょうね。わたしが望んでいるものがそれだけなら」

「ほかになにがあるんだ？」ダラーはだんだん苛立ってきた。「これ以上、いったいなにが欲しいんだ？　公爵夫人にでもなりたいのか？　残念だが、その望みを叶えてやることはできない」

ジーネットは一瞬ぎくりとしたような目をし、それから悲しげな顔になった。「そうね、あなたにはそれも期待できないでしょう」

ダラーは困惑で眉をひそめた。ジーネットがくるりと背中を向け、ダイニング・ルームを出ていった。押し殺したように小さくすすり泣く声が、廊下から聞こえてくる。やがて寝室のドアが閉まり、かちりと鍵のかかる音がした。

〝とうとう鍵を見つけたらしい〟窓にもかんぬきを差したにちがいない。

〝なんてことだ〟

ダラーはふり向きざまに飾り戸棚を蹴った。なかに入っていた磁器が、かたかた音をたてた。

ウィトルウィルスがくうんと鳴いて尻尾をふり、頭を低くした。

ダラーの怒りがふと和らいだ。腰をかがめてこちらに来るようウィトルウィルスに合図をし、そのつやつやした大きな頭をなでると、少し気持ちが慰められた。

「今夜はお前と一緒に寝ることになりそうだ。これからずっと、それが続かなければいいんだが」

21

翌朝ジーネットは、くたびれ果てて目を覚ました。昨夜はダラーに聞こえないよう、声をひそめて一晩じゅう泣いていた。昨日の悪夢のような出来事が頭から離れず、ほとんど寝ていない。

空が白みはじめると、それ以上ベッドでじっとしていることに耐えられなくなり、顔を洗って着替えをすませ、紅茶を淹れようとキッチンに向かった。きっと悲惨な光景が待っているだろうと覚悟していた。昨夜の食べ残しの皿がそのまま置かれ、汚れた鍋やフライパンが転がっているにちがいない。ところがいざキッチンに行ってみると、ダラーがきれいに片づけてくれていた。まだ食べられそうな残り物も、きちんとしまってある。だがこんなささいなことで自分の機嫌が直ると思ったら、大間違いだ。

あんなにひどい仕打ちを受けたのに、どうしてもう一度彼を信じることができるだろう。心を許すことも、愛することもできるはずがない。ダラーは自分から、なにもかも奪い去ったのだ。

ダラーのついた嘘のことを考えるだけで、ティーポットから湯気が立つように怒りと悲しみがこみあげてくる。ジーネットはパンを一切れ焼いた。腹立ちまぎれに、金属のオーブンのふたと弓形のトースターをわざとぶつけて大きな音をたてた。いまの音でダラーが目を覚ましたらどうしようか？　いや、むしろそのほうがいい。自分と同じように、寝不足でみじめな思いをすればいいのだ。

愛されているかもしれないと勘違いするなんて、自分はなんと愚かだったのだろう。

しばらくしてダラーがドアのところに現われた。その場に立ったまま、じっとこちらを見ている。青白く、げっそりした顔だ。ジーネットはダラーのほうをちらりとも見ようとしなかった。

ウィトルウィルスがやってきて、床に座っておとなしく朝ごはんを待った。最近ではジーネットから朝ごはんをもらうのが習慣になっている。恨んでいるのは犬ではなくその主人のほうなので、ジーネットは昨夜の残りのポークを細かく切ったものを容器に入れてやった——ダラーの分にたっぷりかけたトウガラシが混ざらないよう、気をつけて取り分けた。

ウィトルウィルスの世話がすむと、ジーネットは紅茶とトーストを銅のトレーに載せて寝室に戻った。その間ずっと、ダラーがそこにいないようにふるまった。そして一日じゅう、寝室に閉じこもって過ごした。

翌朝早く、馬車がやってきた。気分の悪いことに、それはここに来るときに乗ってきたのと同じ、扉にこれ見よがしにマルホランド家の紋章の描かれた馬車だった。御者が飛び降り、穏やかな声で「閣下」と挨拶した。その呼称は、ダラーの身分を雄弁に物語るものだった。

ジーネットのトランクが荷馬車に積みこまれた。アインがやってきたが、ふたりが急に旅立つことになったことに驚きを隠せない顔をしていた。そして、自分が責任を持って家を片づけ、シーツを洗濯して家具にほこりがつかないよう布をかけておくからと言った。ジーネットは残っていた生鮮食品をすべて、アインとレッドに持たせてやった。レッドは笑みを浮かべたが、それはジーネットが初めて見る彼の笑顔だった。家畜は家を貸してくれたダラーの友人の持ち物で、レッドがあとはちゃんと面倒を見ると請け合った。

アインに手伝ってもらって美しい旅行用ドレスに着替えると、ジーネットは久しぶりに本来の自分に戻ったような気がした。だがそれまで親身になって助けてくれたアインの顔を見ているうちに、昔の自分なら考えられなかった感情が湧いてきた。衝動的にアインを抱きしめ、それまでの親切に感謝した。そしてなにかあったら、すぐに仕事を世話するからと言った。カシュローン・ミュアにいらっしゃい。わたしが面倒を見てあげるわ。

出発の時間がやってきた。ジーネットはダラーを無視していたが、ダラーもそのことについてあえてなにも言わなかった。ダラーは新妻と一緒に馬車に乗っていくのではなく、馬で行くことに決めていた。

ようやくこの土地を去ることができて、ジーネットはせいせいするはずだった。だがコテージを最後にもう一度見たとき、胸にこみあげてきたのは悲しみと愛惜の念だった。

新しいわが家に着くころには、高く昇った太陽も西の空に傾きはじめていた。灰色の石造りの古い館が大きく横に広がり、緑深い周辺の土地を圧倒するようにそそり立っている。ダラーが言ったとおりの屋敷だ。だがそのことに、ジーネットの心はますます暗くなった。

これまで見たなかで間違いなく一番大きな館で、いかめしい造りをしている。三階建ての建物の底辺からてっぺんまで石が積み重ねられ、各階に細長い窓があるのが見える。東端にある巨大な城館は、あとから建て増しされたものらしい。青々としたアイビーが壁を伝い、胸壁までおおっている。

近くに見える小さな墓地と、かつて教会だったと思しき廃墟の隣りにあるのは、コロニアル様式の丸い塔だ。堂々と天に向かってそびえ、その昔、手ごわい敵の襲来に備えて造られたものだということがひと目でわかる。

四頭立ての馬車が止まったが、ジーネットは気持ちがふさいでぼんやりし、目の前の光景がほとんど理解できていなかった。従僕の手を借りて馬車のステップを降りた。そのとき、階段の近くで出迎えの列を作っている使用人のなかに懐かしい顔を見つけ、嬉しさのあまり叫びそうになった。

「ベッツィー」ジーネットはメイドに駆け寄った。「まあ、こんなところで会えるなんて。あなたはてっきり……」つっかえながら言った。「夫がイングランドに……帰したものだとばかり思ってたわ」

「ええ、そのとおりです。里帰りして楽しい時間を過ごしてまいりました。コーンウォールにまるまる一カ月、滞在できたんです。それからアイルランドに戻ってきて、おふたりをお待ちしていました」ベッツィーは声をひそめ、耳元でささやいた。「ですがカシュローン・

ミュアに着くまで、ミスター・オブライエンが普通の方ではなく、肩書きを持った紳士だとは知りませんでしたわ。あの方は伯爵だそうですね。伯爵夫人になられたのに、一言もそうおっしゃらないんですもの」

「ええ、そうね」ジーネットはつぶやいたが、自分もつい二日前に知ったばかりなのだとは言えなかった。

つまりダラーは、ほかのさまざまな嘘に加え、ベッツィーを解雇したことについても自分をだましていたのだ。しかもベッツィーが一生忘れられないような、長い休暇まで与えた。いまやベッツィーは、ダラーのことを聖人だと思っているにちがいない。

〝なるほどね。ペテン師の守護聖人というところかしら〟

だが自分も同じではないか？　バイオレットと入れ替わって世間を欺き、家族や友だちに嘘をついたのだ。それを考えると、ダラーにだまされたことは自業自得なのかもしれない。嘘つきがだまされるとは、なんという運命の皮肉だろう。

それでも、過去に自分が悪いことをしたからといって、ダラー自身に迷惑はかけていないはずだ。そうではないか？

ジーネットは、真実を知ったとき、エイドリアンもこのような気持ちになったのだろうかと考えた。心が打ち砕かれ、人間としての尊厳もずたずたになったにちがいない。配偶者――ほかの誰よりも信じられるはずの存在――への信頼が欺《あざむ》かれ、裏切られたのだ。

もしそうなら、とても申し訳ないことをしてしまった。

「ハネムーンはいかがでしたか？」ベッツィーがはずんだ声で訊いた。「とてもロマンチックなところだったんでしょう？」

ダラーはベッツィーにそう説明したのだろうか。自分を連れて人気のないロマンチックな場所に行き、ふたりきりでのんびり過ごすのだとでも言ったのだろう。一カ月前の自分なら、どれだけひどい目にあわされたかを訴え、人目もはばからずベッツィーの肩に顔をうずめて泣いていたかもしれない。だがジーネットは胸のうちを隠し、なにも言わなかった。自分が屈辱を受けてつらい思いを味わっていることは、あまり周囲に知られないほうがいい。

「そうね……隔離されたような場所だったわ」

そのとき屋敷のドアが開き、華奢《きゃしゃ》な体型の少女が飛び出してきたかと思うと、甲高い叫び声が響いた。三つ編みにした黒っぽい髪を揺らしながら、少女がダラーをめがけて走ってくる。そして足首までの長さのスカートをひるがえし、ダラーの腕に飛びこんだ。「ダラー、帰ってきたのね！」少女は叫び、意味のわからないゲール語でなにかをまくし立てた。

ダラーは笑い声を上げ、少女を抱きかかえてぐるぐるまわした。頰にキスをし、ゲール語で返事をすると、ようやく少女を地面に下ろした。

少女も笑った。そして物珍しそうにジーネットを見ると、くすくす笑いながらダラーになにか耳打ちした。まだ幼い少女だ。せいぜい十一歳くらいだろう。ふっくらした顔に、大きな愛らしいグリーンの瞳をしている。力強さと好奇心に満ちた、猫のような目だ。

ジーネットが見ていると、ダラーが少女の手を引いてやってきた。

「ジーネット、もうおわかりだと思うが、このじゃじゃ馬が妹のシボーンだ」

「レディ・シボーン」ジーネットは挨拶した。

少女はまたもやくすくす笑い、それからにっこり微笑んだ。「イングランド人にしては、きれいな発音ね」

ジーネットは片方の眉を上げたが、なんと返事をしようかと迷っているうちに、オブライエン家の人々がまた新たに三人現われた。

モイラは十五歳になるかならないかというところで、ちょうど少女から大人の女性に変わろうとしている、赤褐色の髪をした美しい娘だ。色も形もダラーにそっくりの目を持ち、ほっそりした顔型もよく似ている。妹のシボーンよりも控えめで行儀もよく、うやうやしくお辞儀をしてジーネットに挨拶した。

次にフィンがやってきた。兄弟のなかで一番筋骨たくましく、木を倒せるのではないか——おそらく素手で——と思われるほどだった。おそらく十九歳かそこいらで、まだもう少し大きくなりそうだ。いまはダラーよりも一インチばかり背が低い。ジーネットは優しそうなグリーンの瞳をし、遠慮がちに自分の手をとってお辞儀をするフィンのことが気に入った。

それから、この前会ったマイケルがやってきた。

マイケルはウィンクをし、ジーネットにキスした。「カシュローン・ミュアにようこそ。こんなに早くまた会えるとは思っていなかった」

「そうね。あなたもマルホランド卿も、こんなに再会が早いとは思っていなかったでしょう」ジーネットはからかうような口調で言った。

マイケルはきまりが悪そうにしていたが、ジーネットが「心配しないで。わたしが怒っているのはあの人だけよ」と耳元でささやくと、ほっとした顔になった。

「よかった。それを聞いて安心した」

ダラーにはあとふたり、ホイトとメアリー・マーガレットという弟妹がいるらしいが、今日は来ていないという。ふたりとも結婚してそれぞれ所帯を持ち、この屋敷には住んでいないが、近いうちに訪ねてくるそうだ。

使用人に花嫁を紹介していないことを思い出したらしく、ダラーがやってきてジーネットの手をとった。ジーネットはそれをふり払いたかったが、たくさんの人が興味津々の顔で自分たちを見ていることに気づき、おとなしくダラーの腕に手をかけた。

使用人が二十四、五人並んでいる――正真正銘のフランス人シェフもいる――のを見て、ジーネットはうんざりした。ダラーが紹介するあいだじっと我慢していたが、ありがたいことにそれほど時間はかからなかった。挨拶が終わると、家族と一緒に屋敷に入った。

ジーネットは陰気で薄暗く、古臭い屋敷を想像していたが、ひとたび足を踏み入れてみると内装はびっくりするほど明るくモダンだった。澄んだクリーム色の玄関ホールには、きれいな花が飾られていた。複雑な渦巻き模様のスタッコ細工が壁に施され、中央階段の旋盤で仕上げられた美しい手すりを引き立てている。ダラーの弟妹がそろって、屋敷のなかを案内してくれた。どれもみな素晴らしい部屋ばかりだ。金の色調の大広間や、肖像画の飾られた長い回廊もある。回廊には絵画に加え、先祖から受け継いだタペストリー、幅広の刀、鎧《よろい》、武器などが飾られている。

ダラーの母親は何年も昔、借金や税金の支払いを迫られたとき、一族の骨董品を隠してその多くを守ったのだという。

弟や妹たちは口々に、兄がいかに落ちぶれた家を再興し、今日のような見事な館に再建したのかを身ぶり手ぶりを交えながらジーネットに話して聞かせた。兄であるダラーへの誇りが、その言葉の端々ににじみ出ていた。

やがて弟妹が立ち去り、ダラーがひとりで主寝室のある古い城館にジーネットを案内することになった。ふたりきりになるやいなや、ジーネットはダラーの腕から手をほどいて一歩脇によけた。

ダラーはジーネットの顔をじっと見たが、そのことについてなにか言うのはやめ、先に立って歩きだした。ジーネットがそのあとに続いた。

伯爵夫人の居室は広々とした三つの部屋――寝室、化粧部屋、洗面室――からなり、最上階に位置していた。風通しのいい優しい雰囲気の部屋で、ピンクとベージュの淡い色調でまとめられ、ところどころにアクセントとして鮮やかなグリーンが使われている。深みのある色のウォールナット製の家具が、温かく居心地のいい空間を作り出していた。自分がその部屋を気に入ったとダラーに思われたくはなかったが、ジーネットはひと目見た瞬間に、美しい自室が大好きになった。

ダラーは自分の居室が一階下にあり、ジーネットの寝室とは部屋の隅にある小さな階段でつながっていると言った。そしてそこに案内しようと申し出た。

「結構よ」ジーネットは静かな声で言い、階段に通じるドアのところにあった鍵を、ダラーが気づく前にさっと取り上げてポケットに入れた。

ダラーは微笑んで首をふった。「そんな小さな鍵で、ぼくを締め出すことはできない。その気になれば、きみの寝室に入ることぐらいできる」

「だったら、その気になんかならないでちょうだい。わたしの部屋には来ないで。さあ、みんなのところに戻ったらどうなの。きっと歓迎してもらえるわよ」

「ジーネット、頼む——」

「ベッツィーを呼んでもらえるかしら。もっとも、お金がなくてまた彼女を解雇するつもりなら仕方ないけど」ジーネットはダラーに背中を向け、窓のところに行って外をながめた。だが窓外の景色も目に入らず、胸が締めつけられるようだった。

ダラーはため息をついた。「このことについては、また今度話そう。とりあえずいまは、きみが話を聞く気になってくれるのを待つことにする」

ジーネットがなにも答えず、そのまま後ろを向いていると、やがてダラーが部屋を出ていく音がした。ジーネットは首をうなだれ、頬を伝う一筋の涙をぬぐった。

ダラーは一週間待った。もうそろそろ、ジーネットの怒りが収まって傷ついた心も癒《い》え、自分の話を聞いてくれてもいいころではないか。

それにしても、ジーネットの冷たい態度は、荒々しく吹きつける北風よりも自分の心を凍らせる。あの温かい体を腕に抱ける日がふたたび来るのだろうかと、不安を覚えるほどだ。

ジーネットは誰に対しても、愛想よくにこやかに接している。まだ見ぬイングランド人の兄嫁への反感をむき出しにしてやってきたメアリー・マーガレットでさえ、ジーネットの魅力と洗練されたマナーに夢中になった。小説と詩に人生を捧げている芸術家肌の弟のホイトも、心から愛する妻がいるにもかかわらず、ジーネットをひと目見たとたん、その美しさにぼうっとなった。

ずっとふたりきりで暮らしていたので、これまでジーネットが人をもてなすところを見る機会はほとんどなかった。だが応接室に集って一時間もしないうちに、ジーネットがなぜ二年続けてロンドン社交界の花と呼ばれていたかがよくわかった。

ジーネットはお茶を注ぎ、サンドイッチを手渡し、おしゃべりをしてその場にいる全員を楽しませた。一人ひとりを、自分の特別な友人であるようにもてなすのだ。ジーネットのいる場には、ぱっと明るい光が差しているように見える。

だが、自分にだけはその光が届かない。ジーネットは自分を汚らわしいもののように無視している。ただ家族と一緒のときだけは、なにごともなかったようにふるまっているのがせめてもの救いだ。

それでも自分たちの関係がぎくしゃくしていることは、やはり完全には隠しきれないらしい。とくにマイケルは、ときおり同情するような目でこちらを見て、だから言っただろうというように首をふっている。自分は奥歯を嚙みしめて辛抱し、ジーネットに時間をやろうとしてきた。時間が経てばジーネットも新しい暮らしに慣れるにちがいない、そして自分としばらく距離を置くことで、こちらに悪意がなかったこともわかってくれるだろうと思ったのだ。

もちろん、本当はもっと早く自分の口から説明したかった。ジーネットが聞く耳さえ持っていれば、とっくにこちらの本意を説明していただろう。最近わかってきたことだが、ジーネットは自分が不当な扱いを受けたと感じると、鋼のように頑《かたく》なになる。

そろそろ決断するときだ。ふたりのあいだの溝がますます深くなるかもしれないと知りつつ、このままなにもしないのか、それとも関係を修復するために毅然《きぜん》として行動を起こすのか。ジーネットがどう思おうが、今夜こそちゃんと話をしよう。そしてその後、ベッドをともにするのだ。

これまで何カ月も夜ごとに素晴らしいセックスを楽しんできたのに、それがぱたりと途絶えてしまった。まるで拷問にあっているようだ。水風呂に入っても、なかなか欲望を紛らすことができない。

夕食のあいだじゅう、ダラーは歯嚙みしながら今夜のことを考えていた。ジーネットが家族のみなと楽しそうに話をしている——ただひとり、自分をのぞいて。マイケルが最後までテーブルに残り、ポートワインを飲みながらジーネットと談笑していた。

しばらくするとマイケルは、ダラーの視線に気づいてぴんときたような顔をした。

「さて、ぼくもそろそろ失礼して部屋に下がることにしよう。その……つまり……獣医学の機関誌の最新号に目を通さなくちゃならないんだ」

「そう」ジーネットはティーカップを置いた。「だったら、わたしもそうしようかしら。読書を楽しんで、ゆっくり休んでちょうだい」

マイケルは立ち上がり、お辞儀をした。「ああ、きみもゆっくり休んでくれ。おやすみ、ジーネット。ダラー」

ダラーがジーネットの椅子を引こうと近づいてきた。ジーネットは体を硬くして椅子から立ち上がった。その背後でダラーがマイケルにうなずくと、マイケルが声に出さずに〝頑張れ〟と唇を動かした。ダラーはジーネットのあとを追い、ダイニング・ルームを出た。

そして階段を上がるジーネットのすぐ後ろに続いた。やがてふたりは伯爵夫人の居室に続く階段の踊り場に着いたが、ジーネットはそれまでずっとダラーを無視していた。

ジーネットがふり返った。「どこに行くおつもりかしら?」

「きみと一緒に上へ行く」

ジーネットは首をふった。「あなたのお部屋は廊下の先でしょう、閣下。そちらに行ったらいかが」

そのよそよそしい口調に、ダラーはうんざりした。カシュローン・ミュアにやってきてからというもの、ジーネットはずっとこういう口調なのだ。自分のことを〝閣下〟と呼ぶのも、今夜限りやめさせたい。すべてがうまくいけば、明日の朝からジーネットは自分をもう一度〝ダラー〟と呼んでくれるようになるだろう。

「けんかはもうやめにしないか」ダラーは言った。「話をしよう。今夜こそぼくの言い分を聞いてくれ。きみの部屋なら、誰かの耳に入る心配もない」

「また今度にしていただけるかしら。疲れているから、もう休みたいの」

いつまで待ったところで、どのみち彼女には自分の話を聞くつもりなどないのだ。ダラーはすかさず手を伸ばし、ジーネットの腕をつかんだ。「今夜話そう」

ジーネットは挑むようにダラーの目を見た。ダラーの固い決意とともに、その官能的な魅力が痛いほど伝わってくる。ダラーの体が欲望で火照っているのがわかる。自分たちの関係は冷えこんでいるが、お互いの肌にひとたび触れれば、またたく間に激しい炎が燃え上がるだろう。だが自分はこのところずっと、彼が与えてくれる悦びなしで過ごしてきた。これからも、それなしでやっていくことができるはずだ。

「放してちょうだい、マルホランド卿」

ダラーはあごをこわばらせ、ジーネットの腕をさらに強くつかんだ。「ぼくを一生無視しつづけることはできないぞ、ジーネット」

「そうかもしれないけど、やれるだけやってみるわ」ジーネットはダラーの手をふりほどいた。「おやすみなさい、閣下」

「とにかく話を聞いてくれ。頼む」ダラーは階段を手で示し、先に行くようジーネットを促した。「レディ・ファーストだ」

ジーネットは怒りを覚えた。「だめよ、来ないでちょうだい」

「ぼくはきみの夫で、ここはぼくの屋敷だ。ぼくには自分の好きなところに行く権利がある」

ジーネットはダラーに向き直った。ボディスの下で胸が激しく上下し、乳房が小刻みに震えている。もちろん怒りのせいだが、同時に欲望を感じている自分に腹が立つ。ダラーがジーネットの胸に視線を落とした。その瞳が欲望でぎらぎらと輝いている。

このままぐずぐずしていては、階段をのぼっている途中で抱きすくめられることにもなりかねない。ジーネットはスカートを持ち上げて走りだした。

ダラーは一瞬、獲物のにおいを嗅いだ動物のように足を止め、階段を駆け上がるジーネットの美しい足首に見ほれた。

そして熱いため息をひとつつき、そのあとを追った。

階段をのぼりきったところで追いつき、ジーネットのひじをつかんだ。ジーネットは抵抗し、ダラーをひっぱたこうと手を上げた。だがジーネットが手を打ち下ろす前に、ダラーがその手首をつかんだ。

「こういうことはなしだと言っただろう。まだわかってないようだな」

「ひとでなし」ジーネットはダラーの手から逃れようと身をよじった。

ダラーはジーネットがそれ以上抵抗できないよう、ウエストに腕をまわした。「いまここで放したら、一緒におとなしく部屋に行ってくれるかい?」

ジーネットは返事の代わりにダラーのむこうずねを蹴《け》った。

ダラーは痛みで一瞬息が止まった。「そうか、わかった。きみがそういうつもりなら仕方がない」そう言うと腰をかがめ、ジーネットを抱きかかえて肩に担いだ。

ジーネットは悲鳴を上げ、頭を下にした状態でダラーの背中をこぶしで叩いた。こぶしが腎臓のあたりに当たると、ダラーがふんわりしたペチコートとスカート越しにジーネットのお尻をぴしゃりとぶった。

ダラーが猟で仕留めた獲物のように自分の女主人を肩に担ぎ、ドアを開けて入ってくるのを見て、寝室で待っていたベッツィーは目を丸くして言葉を失った。「やあ、ベッツィー」ダラーが言った。

「こ――こんばんは、閣下。お――奥様」

「今夜はもう下がっていい。彼女の世話はぼくがする」

「だめよ。誰か従僕を呼んでちょうだい」顔がダラーのシャツに押しつけられているせいで、ジーネットの声はくぐもっていた。「マイケルかフィンでもいいわ。誰でもいいから、この野蛮人からわたしを助けられる人を呼んできて」

「ちょっとした夫婦げんかだ、ベッツィー。たいしたことじゃない。ジーネットならだいじょうぶだ。下がってくれ」

ベッツィーはしばらくためらっていたが、やがてさっとお辞儀をして小走りに部屋を出ていった。

ドアが閉まると、ジーネットはダラーの背中を強く叩いた。ダラーはまたしても息を呑んだ。

「よくもベッツィーを脅してくれたわね。さあ、下ろしてちょうだい」

「そうだな。このままでは背中があざだらけになってしまう」ジーネットに叩かれたところがずきずき痛んだ。

ダラーが部屋を横切ってベッドに向かい、ジーネットをマットレスの上にどさりと下ろすと、その体が二度ほどバウンドした。ダラーは素早く後ずさりした。ジーネットが上体を起こし、水をかけられた猫のように全身の毛を逆立たせて怒っている。

「出ていって！」

「いま来たばかりじゃないか。それに、まだ話をしていない」

怒りで目をらんらんとさせながら、ジーネットはベッドから降りてダラーの横を大またで通り過ぎた。鏡台の前に行くと、ふかふかした椅子に腰を下ろした。「話があるんでしょう？　わかったわ、さっさと話しなさいよ。でも手短にお願いするわ。早くベッドに入りたいの」

ダラーはにやりとした。「ベッドに行きたいならいつでもどうぞ、お嬢さん。服を脱ぐのを手伝ってやろうか」

「わたしに触らないで、このうぬぼれ屋」

「ほう、おもしろい。その呼び名は初めてだな」

「もし出ていかないなら、もっとひどい呼び方をするわよ。さあ出ていって、オブライエン」

ダラーは眉を高く上げた。「今度は昔のようにオブライエンと呼ぶのかい？　身分や階級にうるさいきみのことだから、マルホランド伯と呼ぶのかと思った」

ジーネットは恐ろしい形相でダラーをにらんだ。「わかってるわ、閣下」

そしてあわただしい手つきで髪の毛からピンをはずしはじめた。乱暴に放ったピンが、はめこみ細工の施された美しい鏡台の天板に当たり、小さな音をたてている。まとめ髪がほどけ、肩と背中にふわりと金色の雲が広がった。

その姿をちらりと見ただけで、ダラーの下腹部が欲望でうずいた。さっきまでジーネットを担いでいた肩のあたりからライラックとりんごの花の香りが漂ってきて、狂おしい気持ちになった。

ジーネットがブラシに手を伸ばした。

ダラーは足音を忍ばせてジーネットに近寄った。腰をかがめ、ジーネットが感じやすい首筋に衝動的に唇を押し当てた。するとジーネットがブラシでダラーを叩いた。

ダラーは後ずさった。「痛いじゃないか！」鏡台の鏡越しにジーネットと目が合った。

「話がしたいんじゃなかったかしら」

「ああ、そうだ」ダラーは額をなでながら言った。「だけど別のこともしたい」

「別のこと、、は忘れてちょうだい。わたしにあんなひどいことをしたくせに」

「ぼくはそんなにひどいことをしたんだろうか。たしかに、きみのプライドを少しばかり傷つけてしまったかもしれないが」

「そんなふうに思ってるの？　わたしが怒っているのは、プライドを傷つけられたからだと？」

「違うのか？　きみは料理や家事をしなくちゃならないことに、屈辱を感じると言ってたじゃないか。だが実際にやってみると、そんなに悪いものじゃなかっただろう？」

「自分が利用されていることがわかってたら、やはり屈辱を感じてたわ」

「きみを利用したわけじゃない。ぼくの妻になってほしかっただけだ」

「あなたの妻は伯爵夫人よ。メイドじゃないわ。あなたはわたしに嘘をついたの。一番ひどいやり方で、わたしをだましたのよ」

「きみは誰もだましたことがないのかい？」

ジーネットは痛いところを突かれ、頬がかっと熱くなるのを感じた。そして鏡越しにダラーの顔を見た。

「たしかにぼくは、自分の身分とコテージのことで嘘をついた。きみの気持ちを傷つけたのは悪かったが、マルホランド伯爵夫妻として、この館で家族や大勢の使用人に囲まれて裕福な暮らしをする前に、ふたりきりで過ごす時間が必要だと思ったんだ」

「だったら、そう言ってくれればよかったじゃない。どうしてわざわざ手の込んだ芝居をしてわたしをだまし、自分を別の人物に見せかけたりしたの？」

「ぼくは自分がどういう人間かということについて、きみをだましたことは一度もない。肩書きのことでは嘘をついたかもしれないが、ぼくはつねにありのままの自分を見せていたつもりだ。その点に関しては、ぼくはずっと正直でありつづけた」

「それはわたしも同じだわ。わたしはレディなの。レディとしての人生を送るように育てられたのよ。いい悪いは別にして、召使いの仕事をするようには育てられてないの。そうよ、あなたはたしかにわたしのプライドを傷つけたわ。というより、わたしのプライドを踏みにじってわたしを貶《おとし》めたのよ。それをどう言い繕うつもりかしら」

「ぼくはきみを貶めてなどいない。ただきみに、大切なことを教えてやろうとしただけだ」

ジーネットは口をあんぐりと開け、ふたたび怒りが湧き上がるのを感じた。「なんてひどい人なの」

「きみはわがままで身勝手だ。少なくとも、昔はそうだった。コテージで暮らす前、きみは一度でも立ち止まり、ほかの人のことを考えたことがあっただろうか。もちろん友だちや家族のことは気にかけていたかもしれないが、それも自分の都合のいいときだけだったんじゃないかと思う」

ジーネットははじかれたように椅子から立ち上がり、ドアをまっすぐ指さした。「もう充分よ。出ていって」

ダラーは腕を組んだ。「まだ話は終わっていない。きみは最初に会ったときから、ぼくなど自分にはふさわしくないという態度をあからさまにしていた。自分は洗練されたイングランド人の美女、ぼくは身分の低いアイルランド人の建築家で、一度か二度キスをする分にはかまわないが、本気で相手にする男ではないと思っていただろう」

「そんなことはないわ」

「そうかい？　舞踏会のあった夜、ぼくに肌を許す数時間前に〝あなたはこの場にふさわしくない〟から帰ってくれと言わなかったかな？　〝ここにいるのはあなたの付き合うような人たちじゃない〟とも言っただろう？」

「仕方がないでしょう。あなたが紳士だとは知らなかったんだから」

「紳士かどうかということが、なぜ問題なんだ？　ぼくたちは何度も会って話をした。ブランケットの上で、きみの隣りに横たわって昼寝をしたこともある。ぼくがどういう人間かを知る機会なら、たくさんあったはずだ。ぼくが肩書きを持っているかいないかで、どうしてすべてががらりと変わってしまうのか？」

ジーネットは眉をひそめ、下を向いて両腕で自分の体を抱いた。

「ぼくがどうしてきみをコテージに連れていったのか教えよう。きみを貶めたり、困らせたりするために連れていったんじゃない。平民だろうが貴族だろうが、ただ普通の夫婦として、なんの制約も受けずに過ごす時間が欲しかった。それに、もうひとつ理由がある」ダラーの声が低くなった。「たぶん、それが一番大きな理由だ」

「いったいなんだというの？」

「愛だ」

ジーネットは顔を上げ、ギリシャの海のように美しい瞳でダラーの目を見た。

「きみがぼくを愛してくれるかどうかを知りたかった。肩書きや領地やお金に関係なく、ひとりの男としてぼくを愛してくれるかどうかを」

ジーネットは一瞬驚き、考えこむような顔になった。だがすぐに、ふたたび表情をこわばらせた。「わたしを人里離れた荒れ地に閉じこめ、のほほんとした農夫の妻みたいに料理や掃除をさせれば、自分を愛するようになるとでも思ったの?」

「ぼくの読みは当たっただろう? 認めるんだ。きみはぼくを愛している。ぼくにはそれがわかる」

ジーネットが笑ったが、その声は冷ややかで、ダラーの胸に不安がよぎった。だがダラーはそれをふり払い、ジーネットを抱きしめようと手を伸ばした。「さあ。愛していると言うんだ」

ジーネットは両手でダラーの胸を押した。「愛してなんかいないもの。放して」

「今度はきみが嘘をついている」ダラーはジーネットを放そうとしなかった。「ぼくたちは最初に会ったときから、強く惹かれあっていた」

「それは欲望と呼ばれるものよ。その話なら、前に一度したでしょう」

「ああ、そうだ。だがぼくたちのあいだには、それ以上のものがあるはずだ」

ジーネットが目を伏せると、淡い金色のまつげが頬にうっすら影を作った。「それ以上のものなどないわ」

「だったらきみの親戚の屋敷でふざけ合っていたのは、いったいなんだったんだ？　ちょっと変わったやり方ではあったが、ぼくたちはあれで自分の気持ちを相手に伝えていたようなものじゃないか。それにきみはメリウェザー家の庭でぼくに唇を許した。それから何日か経ったときにも、池のそばでキスをしただろう」

ジーネットは首をふり、ため息まじりにつぶやいた。「言ったでしょう。欲望のせいよ」

「それに舞踏会の夜、数時間すればぼくがいなくなることを知りながら、温室の闇のなかで身を任せたのはなぜなんだ？」

「身を任せてなどいないわ」

「そうかな？　軽い恋の戯れに慣れた社交界の花が、誰かに見られるかもしれないと知りつつ、ぼくのような男に肌を許したんだぞ。ぼくが思うに、きみは誰かに見つかることを心のどこかで望んでいた」

ジーネットの目がきらりと光った。「ばかげているわ。あなたの話は、荒唐無稽《こうとうむけい》なたわごとよ」

「なるほど。だったらどうして、ここがビーズのようにとがっているんだ？」ダラーはジーネットの胸に手を伸ばし、硬くなった乳首を親指でボディス越しになでた。

ジーネットは息を呑み、ダラーの手から逃れようともがいた。

ダラーはジーネットを抱きしめ、濃厚で甘いキスをしようとした。ジーネットは一瞬抵抗するのをやめ、おとなしくダラーに唇を許した。そしてふとわれに返り、自分がなにをしているかを思い出したように、ダラーの唇を思い切り嚙んだ。

ダラーは後ずさりした。血の味が口のなかに広がっている。欲望で頭がずきずきするのを感じながら、一瞬目を細めた。それからさっと頭をかがめ、ジーネットの下唇を、けがをしない程度に少し強めに嚙んだ。

ジーネットは顔を離し、胸を大きく上下させた。ダラーをじっと見つめる瞳のなかで、意志と欲望が闘っている。このまま体を離そうとするのではないかとダラーが不安になったそのとき、ジーネットが押し殺したような奇妙な声を出し、ダラーの頰を両手で包んだ。

ジーネットは安堵《あんど》のため息をついたダラーの顔を引き寄せ、唇を押し当てた。

22

ダラーの唇の感触に、ジーネットの全身が火照った。その短い髪に指をからませ、キスをしやすい角度に顔を傾けながら、むさぼるように唇を吸った。ダラーが舌を入れてきて、ジーネットも激しい愛撫でそれに応えた。

頭のどこかで、こんなことはやめるべきだという声がする。下腹部を鉄の棒のように硬くし、がむしゃらに自分を求めてくるダラーを、いまこの場で突き放さなければ。だがダラーを否定するということは、自分の欲望を否定するということだ。そんなことはできない。彼が与えてくれる悦びを求め、体が熱く燃えている。

自分たちは同じひとつのことを求めている。ふたりで手にすることの快楽を、どちらも狂おしいほど強く求めているのだ。

ジーネットは衝動的にダラーのシャツを引き裂き、裾をズボンから引き出して温かく厚い胸に両手を這《は》わせた。そしてそこに生えている茶色い毛に指を差しこんだ。胸を情熱的になでさすり、乳首を軽くつまむと、ダラーが低い声を出して体を震わせた。

ジーネットはそのまま手を下に這わせ、硬くいきり立ったものに触れた。それを優しく愛撫すると、ダラーの口からうめき声が漏れ、手のなかのものがさらに硬く大きくなった。自分が優位に立っていることを知り、ジーネットは喜んだ。

だが次の瞬間、立場は逆転した。ダラーに激しいキスを浴びせられ、ジーネットのひざから力が抜けて脚ががくがくした。さっきの愛撫で眠っていた野性が目覚めたように、ダラーは貪欲《どんよく》にジーネットの唇を吸った。

ジーネットが気づかないうちに、ボディスが半分脱げていた。シュミーズも肩から落ち、むき出しの乳房をダラーが手でもてあそんでいる。そのうっとりするような感触に、ジーネットは叫び声を上げた。そしてダラーが腰をかがめ、今度は唇と舌を使って乳房を愛撫すると、またもや甲高い声を出した。目をつぶると、まぶたの裏に熱い血潮が流れているのが見えた。体の奥から激しい欲求が突き上げてくる。

ジーネットはダラーの頭をなでながらシャツを脱がせ、汗でかすかに湿ったたくましい肩や背中や腕に両手を這わせた。

ふいにドレスやペチコートが足元に滑り落ち、光沢のある布の塊になった。身に着けているものはストッキングだけだ。ジーネットはストッキングを脱ごうとしたが、ダラーがそれを止めた。そして顔を上げ、ジーネットを抱きかかえた。

ダラーは、欲望で脚をもぞもぞさせているジーネットをベッドに横たえた。服を脱ぎ捨ててジーネットの脚を広げ、そのあいだにひざをついた。ジーネットはダラーが自分を奪ってくれるものと思って待った。だがダラーはそのまま上体を倒し、大きな手をジーネットの顔の横について唇を重ねてきた。腕を支えにして、体をわずかに浮かせている。唇を動かすたびに肌と肌がかすかに触れ、ジーネットは狂おしさに身悶えした。

ジーネットは激しい欲求と渇望を覚えた。ダラーの腰をつかんで自分のほうに引き寄せた。だが彼はジーネットの望みを叶えようとはしなかった。

ジーネットはもどかしげな声を上げ、ダラーの唇を夢中で吸った。ダラーが情熱的なキスでそれに応えると、ジーネットの欲望はさらに高まった。ダラーがふいに体を離し、ジーネットの全身にキスを浴びせ、ところどころ吸ったり嚙んだりした。きっとキスマークが残るにちがいないとジーネットは思った。

まるでわたしに、自分の印《マーク》をつけたがっているようだ。だが彼は、わたしのすべてをとっくに手に入れているではないか。肌よりももっと深いところに、自分の印をつけている。

ジーネットがそれ以上我慢できなくなったころ、ダラーが両脚をさらに大きく開かせ、がっしりした手で腰を固定した。ダラーをようやく迎え入れ、ジーネットは歓喜の声を上げた。速く深く突かれると、快楽の波に呑みこまれてなにも考えられなくなった。

ああ、なんという悦びだろう。懐かしい彼のものが、自分をいっぱいに満たしている。そのときダラーが片方の腕をジーネットの背中の下に差し入れ、くるりと反転するようにして自分が下になった。

ダラーに馬乗りになったジーネットは、開いた口で激しく呼吸をしながらその顔を見下ろした。ダラーがジーネットの肌に両手を這わせた。肩や乳房、ウエスト、ヒップ、太ももなどをなでられ、興奮で全身がぞくぞくする。

「愛していると言ってくれ」ジーネットの肌を愛撫しながら、ダラーが低くかすれた声でつぶやいた。

〝言う?〟ジーネットはため息をついた。快感で頭がぼうっとしている。

ダラーがジーネットを突き上げると、その唇からあえぎ声が漏れた。「きみはぼくを愛している。さあ、言ってくれ」

「わたし、ああ……」ダラーに揺さぶられ、ジーネットは唇の端を噛んですすり泣くような声を出した。

「さあ。聞かせてくれ」

ダラーがもう一度腰を動かすと、ジーネットの全身が官能の渦に巻きこまれた。

「〝わたしは〟」ダラーが優しく促すように言い、ジーネットの体を突いた。

「わたしは」ジーネットはつぶやいた。

「〝あなたを〟」ダラーが腰を動かした。

「あなたを」ジーネットはめまいを覚えながら、ダラーの言葉を繰り返した。

「〝愛してる〟」ダラーが突き上げた。

「愛してる」ジーネットはささやいた。〝ああ、わたしはいったいなにを言ってしまったの?〟

「なんだって? ぼくを愛してるのかい? 言ってくれ、ジーネット」

「ええ」ジーネットは叫んだ。ダラーに突かれ、またもやあえぎ声が漏れた。「そうよ」

ダラーが腰を動かした。

「愛してるわ！」呼吸が乱れ、心臓が早鐘のように打っている。だがジーネットは快楽に酔いしれ、そんなことなどもうどうでもよくなっていた。

ダラーは微笑み、ジーネットの顔を引き寄せて甘く官能的なキスをした。「教えてくれ。きみがいま感じていることを」

ジーネットは本能が命じるままに情欲的なキスをした。そしてダラーの上で踊るように腰を動かすと、ふたりはなにも考えられなくなった。

ジーネットはだんだん激しく腰を動かした。もう限界だ。そしてダラーにヒップをつかまれると同時に、絶頂に達した。ダラーに深く貫かれながら、ジーネットは体を弓なりにそらし、震える太ももにこぶしを強く押し当てた。肉体の悦びに叫び声を上げ、押し寄せる快感にもみくちゃにされた。

ほどなくしてダラーが体をこわばらせ、クライマックスを迎えたときも、ジーネットの体はまだ小刻みに震えていた。ジーネットはへとへとになってダラーの上に崩れ落ちた。

それから温かいシーツと毛布にくるまれ、ダラーの腕に抱かれてぐっすり眠った。

だが空が白みはじめる少し前に目が覚めたとき、ジーネットの心を占めていたのは幸福感や安心感ではなかった。

ダラーはなんということをしてくれたのだろう。どうしてわたしにあんなことを言わせたのか。

〝愛していると言ってくれ〟ダラーは言った。〝きみの愛を示してほしい〟

そしてわたしは、彼の望むとおりにした。

なのにダラーは、同じ言葉を返してくれなかった。自分も愛しているとは言ってくれなかったのだ。

ジーネットは不安に駆られて起き上がった。隣りを見ると、ダラーが少年のようにあどけない笑みを浮かべて眠っている。

彼はわたしを愛しているのだろうか？　それとも、わたしを自分の意のままにできることを示したくて、そう言わせただけなのだろうか。結婚の誓いどおり、わたしを完全に自分のものにするために。

ダラーに気持ちを確かめることもできる。彼を起こし、「あなたはわたしを愛してるの？」と訊いてみればいい。

だが、もし答えがイエスだとして、それがどうだというのだろう。わたしは彼を信じることができるだろうか。ダラーは嘘をつき、わたしの心からの信頼を裏切ったのだ。

過去にもうひとり、わたしに嘘をついた人がいた。耳元で永遠の愛をささやいておきながら、わたしを捨てて去っていったトディ。

ダラーもいつか、わたしに背を向けるのではないだろうか？　たしかに彼はほかの女性のもとに走ったわけではないが、浮気して誰かと体の関係を持つことだけが裏切りではない。

そのことを、ほかならぬダラーが証明した。

わたしはダラーを愛している。その気持ちに迷いはない。だが本当にそれでいいのだろうか。もしここでダラーに心を許し、またしても裏切られたら、わたしは二度と立ち直れないだろう。

ジーネットは両手で顔をおおい、懸命に考えた。〝どうすればいいのだろう?〟頭が混乱し、自分の気持ちも、本当はどうしたいのかもわからない。

〝故郷に帰りたい〟

イングランドに帰り、家族に会うことができたらどんなにいいだろう。バイオレットならきっとわたしを助けてくれる。バイオレットがそばにいてくれれば、混乱した気持ちを整理し、これからのことを冷静に考えられるにちがいない。過去にけんかをしたこともあったが、バイオレットはいつもわたしのそばにいて、優しく慰めてくれた。親身になって話を聞き、心からの思いやりを持って接してくれたのだ。それに、今度はわたしがバイオレットの力になれるかもしれない。出産を間近に控え、きっと不安になっているはずだ。

隣りでダラーが目を覚まし、眠そうな顔で体をもぞもぞさせた。手を伸ばしてジーネットの肩に触れ、子猫のような珍しい形をしたあざを指でなぞったが、ジーネットは身じろぎもしなかった。やがてダラーの手がだんだん下におりると、心とは裏腹に、ジーネットの体がぴくりと動いた。このままではまた、体が心を裏切ってしまう。ジーネットは立ち上がった。

部屋を横切り、昨夜ベッツィーが用意しておいてくれた花柄の柔らかなウールのガウンを羽織った。

ダラーがこちらを見ている気配がする。シーツがすれる音がし、ベッドを出たようだ。ジーネットは鏡台の前に行き、ブラシを手に取った。さっと髪を梳かし、引き出しからリボンを出して後ろでひとつに結んだ。

ダラーが裸足のまま、じゅうたんの上を足音もたてずにやってきて、ジーネットの首筋にキスをした。ジーネットはびっくりしてかすかに身震いした。ダラーがゆっくりと顔を上げ、ジーネットの目の前に手を差し出した。

広げた手のひらに、東雲《しののめ》の光を受けて輝く楕円形の金のロケットが載っていた。「プレゼントだ」

ジーネットはそれをじっと見つめ、しばらく迷ったのち手に取った。ふたの部分に、シンプルだが美しいバラの彫刻が施されている。

「気に入ったかい？　この前エニスに行ったときに買ったんだ。これを見た瞬間、この模様と同じミドルネームを持つきみのことが頭に浮かんだ」

ジーネットはエニスという地名に体をこわばらせ、親指でバラの模様をなでた。「ええ、きれいね」

美しいロケットだった。だがどんなに気のきいた素晴らしい贈り物であっても、ダラーにされたことを考えると喜んで受け取る気にはなれない。彼は自分に嘘をつき、手の込んだ芝居をしてだましたのだ。ぎゅっとロケットを握りしめると、鎖が指に食いこんだ。

「着けてみてくれないか」ダラーはかすれ声でささやいた。「それからベッドに戻ろう」

ジーネットは足を一歩前に踏み出し、ダラーから離れた。「やめておくわ」

「どうしてだい？　まだ早朝だ。もう少しベッドにいたって、誰も気にしないさ」

「わたしがいやなの」

「どうしたんだ、ジーネット？　なにがあった？」

「なんでもないわ。いいえ、なにもかもいやなの」ジーネットはダラーに向き直り、両手で自分の腕をさすった。「ずっと考えていたんだけど……わたし、家に帰りたい」

ダラーは顔をしかめた。「なんだって？」

「イングランドに帰りたいの。お金ならたくさん持っているんだから、なにも問題はないでしょう」

ダラーの目に暗い影が宿り、一瞬パニックにも似た光を帯びたように見えた。だがまばたきをした次の瞬間、その光は消えた。

「あなたが手配してくれる？　それとも、わたしが自分でやりましょうか」

ダラーの表情が険しくなった。「だめだ」

「だめだって、どういう意味？」

「言葉どおりの意味だ。イングランドには行かせない」

「でもわたしは行きたいの。それに、バイオレットにもうすぐ子どもが生まれるのよ。わたしにそばにいてもらいたがってるわ」

「本人が手紙でそう伝えてきたのか?」

「いいえ、そうじゃないけど——」

「だったらきみがいなくても、バイオレットはちゃんとやっていける。きみはここにいるんだ。第一、いまは長旅に向いた季節じゃない。春になったら考えよう」

その口調からすると、いつまで待ってもダラーが本気でイングランド行きを考えるとは思えなかった。「春じゃだめなの」ジーネットは言った。「いますぐ行かせて」

ダラーはあごをこわばらせた。「いまはだめだ。あきらめてくれ」

「なんてひどい人なの。あなたなんて大嫌いよ」

「昨夜はそう言ってなかったじゃないか」

ジーネットは呆然とした。ダラーが自分に無理やり口にさせた愛の告白を、この場で引き合いに出したことが信じられなかった。

「出ていって! こんなものいらないわ」ジーネットは怒りに任せ、ロケットをダラーの胸めがけて投げつけた。

ダラーはそれを手で受け止め、金の鎖をぐっと握りしめながら、かすかに傷ついた表情を浮かべた。「欲しくないなら、そう言ってくれればいいだろう」

「そんなもの欲しくないわ」

〝あなたのことも欲しくない〟

ジーネットの心のつぶやきが聞こえたように、ふたりはしばらく無言で見つめ合った。

「好きにすればいい」ダラーは顔をこわばらせたまま、腰をかがめて床からズボンを拾い上げた。そしてさっさと脚を通してボタンをかけた。

「わたしは家に帰りたいだけなの」

ダラーは恐ろしい形相になった。「きみは家にいるじゃないか。この屋敷がきみの家だということを、よく覚えておくんだ。ぼくの姓を名乗ったその日から、きみはこの家の一員になった。アイルランドの人間になったんだ」

ジーネットは言い返そうと思ったが、そのときダラーの瞳に冬の湖のように冷たい光が宿っていることに気づいた。ダラーがこんなふうに怒りをあらわにするところを見るのは初めてだ。これ以上、怒らせないほうがいいだろう。

ダラーは頭からシャツをかぶり、靴と上着をひったくるようにして取った。「ぼくたちのあいだの問題は、今朝やっと解決したと思っていたが、どうやらそれは違っていたらしい。これで失礼させていただくよ、レディ・マルホランド。もう少し気分のいいときに会おう」大またで自室に続くドアに向かい、立ち止まって上着のポケットに手を入れ、鍵を取り出した。

ジーネットが目を丸くして見ていると、ダラーが小ばかにしたような顔をした。

「ああ、そうだ」ダラーは言った。「いつでも好きなときに使えるよう、予備の鍵を持っている。いつかまたこれを使いたくなる日が来るかもしれないが、そのときはぼくを締め出そうなどとは考えないほうがいい。そんなことをしても無駄だということは、昨夜よくわかっただろう。このドアを開けることなど簡単だ」

ダラーは鍵を開けて暗い階段の吹き抜けに出ると、枠ががたがた鳴るほど勢いよくドアを閉めた。

ジーネットは体を震わせ、ベッドに突っ伏して泣きはじめた。

ダラーは荒々しく階段を踏み鳴らし、寝室に向かった。

家に帰りたいだと？

昨夜のあの言葉には、まったくなんの意味もなかったというわけだ。自分が言わせたあの愛の告白は、快楽のあまり叫んだ言葉にすぎなかったらしい。ジーネットは、自分のもとを去りたいと言っているも同然だ。ダラーは胃がぎゅっと縮むのを感じながら、乱暴にドアを閉めた。

彼女が行きたいと言っているのなら、行かせてやったほうがいいのだろう。イングランドに送り出し、もうすぐ双子の赤ん坊が生まれるバイオレットのところに行かせてやるべきなのかもしれない。だがもし、ジーネットがもう戻ってきたくないと言い出したら？　昔のような生活を送るうちに、二度とアイルランドには戻りたくないと言うかもしれないのだ。

自分がジーネットの頼みをにべもなくはねつけた本当の理由はそれだ。いまここでジーネットを行かせたら、もう自分のところに戻ってこなくなるような気がして怖かった。

そのうち自分も一緒に行くことにしよう。イングランドに行こうと言えば、ジーネットは喜びで顔を輝かせるだろう。だが自分はずっとイングランドに住むつもりはない。ダラーはため息をつき、ピートをふたつ暖炉に放りこむと、そばにあったアームチェアにどさりと腰を下ろした。

自分は何年も世界じゅうを旅してきた。見知らぬ土地を訪ね、魅力にあふれた人々との出会いを楽しんだ。だが外国にいても、いつも頭にあるのはアイルランドのことだった。草木が青々と生い茂り、静けさに満ちたこの古い歴史を持つ国こそ、自分の心を満たしてくれる故郷なのだ。アイルランドを離れることなどできない。少なくとも、次にいつ戻れるかもわからないまま、別の土地にとどまることは考えられない。ジーネットの思いも、それとまったく同じなのではないか。ダラーは不安でたまらなかった。

たとえ一時的な里帰りだとしても、一緒に行くことはできない。いますぐは無理だ。これまでずいぶん長いあいだ、カシュローン・ミュアを留守にしていた。領地のことで片づけなければならない問題が山積みになっているし、ふたりの幼い妹のこともある。自分がまたすぐに家を明けると言ったら、モイラとシボーンはひどくがっかりするだろう。ダラーの胸に罪悪感がこみあげた。これまで何カ月もふたりを放っておいたのだ。両親、とくに母親を亡くした悲しみから、ふたりはまだ立ち直っていない。自分がそばにいてふたりを導き、支えてやらなければ。

とりあえずいまは、ジーネットにはこの館での生活に慣れてもらわなければならない。もう少し時間が経てば、ジーネットもここを愛するようになるだろう。そしていつか傷ついた心も癒えて、昨夜の告白どおり、自分を本当に愛してくれるようになるかもしれない。

ダラーは唇を固く結んだ。ジーネットがコテージのことで自分を許してくれないのがつらい。あれはふたりのためにしたことだと、どうしてわかってくれないのだろう。人里離れた静かな場所でしばらく一緒に過ごすうちに、自分たちは親密な関係を築くことができたではないか。嘘をついたことはたしかに悪かったと思うが、そのことを後悔はしていない。いまは自分の手元から離さないという決断にも、迷いはない。

ジーネットは自分の妻だ。ここは彼女の家で、彼女はここの人間だ。春になったら、考えてみてもいい。海を渡って家族のところに行こうと誘い、ジーネットを驚かせよう。それまでは我慢してもらわなければ。


それから何週間も、ふたりはほとんど口をきかなかった。だがダラーも、ジーネットに負けず劣らず芝居がうまかった。

ダラーは家族の前ではジーネットを優しく気遣い、溺愛《できあい》しているようにふるまった。だがふたりきりになると、まるで傷ついたのがジーネットではなく自分だというように、よそよそしい態度をとった。

それでも夜になると、ダラーはジーネットのベッドにやってきた。わざと時間をかけて愛撫し、ジーネットの体に火をつけ、欲望で身悶《みもだ》えさせた。そしてお仕置きをするようにさらに焦《じ》らしたあげく、懇願するジーネットのなかに入り、その口から屋敷じゅうに聞こえるのではないかと思うほどの歓喜の叫び声を上げさせた。

口にこそ出さないが、ダラーは自分たちの関係が修復できるかどうかは、ひとえにジーネットにかかっているといわんばかりの態度をとっている。ジーネットがたった一言、イングランドに行くのはあきらめたとさえ言えば、これまでのことは水に流してやろうと思っているらしい。

だがジーネットは、本心をごまかしてまでそんなことを言うつもりはなかった。たしかに自分にも欠点はあるが、今回のことに限って言えば、なにも悪いことはしていない。悪いのはダラーのほうなのに、本人がそれを認めようとしないのだ。そのせいで自分は、日中は夫の冷たい態度に耐え、夜になると肉体の悦びに打ち震えるという毎日を送るはめになっている。

それでも日が経つにつれ、ここでの生活にもダラーの妻という新しい務めにも、だんだん慣れてきた。屋敷のなかのことや使用人の監督は、伯爵夫人である自分の仕事なのだ。

「旦那様もそろそろ花嫁をお迎えになるころだと思っていました」ハウスキーパーのミセス・コフランは、最初の打ち合わせのときに言った。「そろそろ腰を落ち着けて、たくさんお子様をもうけたほうがいいと心配しておりました。お子様はたくさん欲しいでしょう?」

ジーネットは、それについてはなにも答えないほうがよさそうだと思った。子ども? もちろん子どもは欲しい。でも、たくさんですって? よくわからないが、少なくともクリケット・チームが作れるほどたくさんの子どもを産むつもりはない。

屋敷のことでやることがないときは、刺繍をしたり絵を描いたり、手紙を書いたりピアノを弾いたりして過ごしている。雨が降っていなければ、ダラーの妹たちと午後に散歩を楽しむこともある。まだ幼いふたりだが、元気な妹たちと一緒にいるのは楽しかった。夜になるとフィンやマイケルが、ホイストかハーツをしないかと誘ってくる。オブライエン家の男たちがみなカードゲームの才能に恵まれていることは、ここに住むようになってすぐにわかった。とくにフィンは大きな体とあどけない顔に似合わず、賭博のプロのように次々と強い手を繰り出してくる。

社交と名のつくものに縁のない生活ではあるが、これまで何人かの客が訪ねてきた。最初にやってきたのは地元の教区司祭のホイットサンドとその妻で、帰るまでずっとイングランドで暮らしていたころの思い出話をしていた。そしてジーネットにも故郷の話をするよう促した。来客があったのは嬉しかったが、あまりにイングランドの話ばかり聞かされているうちに、ダラーとの冷えこんだ関係が思い起こされ、ジーネットはふたりが帰るころにはすっかり暗い気持ちになっていた。

次にマクギンティー夫妻がやってきた。子どもが八人いるざっくばらんな性格の馬好きの夫婦だった。経営している種馬飼育場は繁盛し、マイケルもそこで結構な稼ぎを得ているという。ふたりは結婚のお祝いとして、ジーネットに真っ黒な毛並みと琥珀《こはく》色の大きな瞳を持つ愛らしい子猫をくれた。子猫はジーネットのひざの上ですぐに丸くなり、ごろごろとのどを鳴らした。ひざに乗った子猫を見下ろし、小さな可愛い鳴き声を聞いているうちに、ジーネットのなかに母性にも似た温かい感情が湧き上がってきた。そして自分でも驚いたことに、その贈り物を心からの笑顔で受け取った。

ジーネットは子猫をスモークと名づけ、家族の一員として迎えた。最初はウィトルウィルスのことが心配だった——大きなウルフハウンドにかかっては、スモークなどひとたまりもない。だが子猫とウィトルウィルスは、しばらく見つめ合ったあと、すぐに大の仲良しになった。

それから二カ月近くが過ぎた。ジーネットはやんちゃなスモークの足にからまった糸をほどき、裁縫箱のなかにしまった。ここならスモークに見つからない。うっかり糸を飲みこむようなことがあっては大変だ。ジーネットはスモークのために作ったベルベッドのボールを投げてやった。そのとき家族用の居間のドアをノックする音がした。

「どうぞ」ジーネットは声をかけ、ボールを追いかけるスモークを見て微笑んだ。

従僕が手紙を持って入ってきた。ジーネットは若い従僕にお礼を言うと、クリーム色の分厚い羊皮紙の手紙を裏返した。ラエバーン公爵家の赤い蠟印で封がされている。封を開け、バイオレットの子どもが生まれたという喜ばしいニュースを伝える手紙に目を走らせた。

双子の男の子だとエイドリアンは書いている。バイオレットは十五時間もお産で苦しんだらしく、エイドリアンは途中で妻が命を落とすのではないかと不安になったそうだ。だがバイオレットもお腹の子どもも頑張り、ついに母親譲りの笑顔を持つ双子が誕生した。ふたりはセバスチャンとノアと名づけられた。七分半違いで、セバスチャンがアシュトン侯爵の名を継ぐことになった。

バイオレットがまだ本調子ではないので、エイドリアンが一刻も早く自分にこのニュースを知らせようと、みずからペンを執ってくれたらしい。そしてダラーと一緒にいつでも訪ねてきてほしい、バイオレットがよろしく伝えてくれと言っていると書いてあった。

ジーネットはひざに手紙を置き、陽気なレモンイエローの壁をした部屋のなかをぼんやりと見まわした。自分の心も、この部屋と同じように明るければいいのに。双子の誕生という嬉しいニュースを聞いたのに、なぜか気持ちがふさいでいる。

バイオレットが出産するとき、自分もその場にいたかった。手紙で知るのではなく、一緒に幸せな出来事を分かち合いたかったのだ。無駄だとは思ったが、一カ月ほど前、ダラーにもう一度イングランドに行きたいと言ってみた。だが自分がその話を切り出すやいなや、ダラーは冷ややかな口調で却下した。ダラーが頼みを聞いてくれなかったせいで、とうとう双子の誕生に立ち会うことができなかった。

最近のダラーの不機嫌で横暴な態度を見ていると、自分の本当の気持ちもよくわからなくなってくる。自分たちはまるで、天国と地獄のあいだにあるというリンボで暮らしているようだ。こうした状態がいつまで続くのだろうか。

その答えがわからないまま、ジーネットはエイドリアンの手紙にもう一度目を通すと、折りたたんでスモークにいたずらされないよう裁縫箱にしまった。バイオレットに直接お祝いの手紙を書こう。でも自分のいまの状況については、黙っていることにしよう。子育てで大変なバイオレットを煩《わずら》わせるわけにはいかない。もちろんバイオレットの体調によっては、面と向かって相談することならできるかもしれない。だが手紙で伝えるのでは、ただ心配をかけるだけだ。いまはなにも言わないほうがいい。

なにか贈り物をしなければ。なにがいいだろう？　どこで買えるだろうか？　ロンドンで買うのは無理そうだ――そう簡単には行けそうにない。ミセス・コフランに相談してみよう。美しいブランケットのセットやレースで縁取られた洗礼式用の服など、アイルランドの手工芸品でなにかいいものを教えてくれるにちがいない。

ジーネットはため息をついた。スモークはどこか別の部屋に行っているらしい。バイオレットに返事を書こうと立ち上がったとき、従僕がふたたびドアをノックした。「失礼いたします。お客さまがお見えになりました」

「名前はお聞きした？」

従僕が返事をしようと口を開きかけたとき、聞き覚えのある声が割りこんできた。もう二度と聞くことはないと思っていた声だ。「ああ、名前は告げた。だがこの若者に、ぼくたちは古くからの親しい友人だから、わざわざ取り次ぐ必要はないと言ったんだ。そうだろう、愛《カラ》しい人《・ミーア》？」

ジーネットは驚きで口をあんぐりと開けた。自分の心と純潔を奪ったトディ・マーカムが、つかつかと部屋に入ってくる。

相変わらずすらりとし、危険な香りを漂わせたトディは、ジーネットの前で立ち止まって女王でも感心するような優雅なお辞儀をした。そしてジーネットの両手をとり、指の付け根に交互にキスをした。あまりに親しげで意味深なキスだったので、ジーネットは思わず手を引っこめた。従僕が興味津々の顔でこちらを見ている。

「もう下がっていいわ、スティーブン」ジーネットは従僕が立ち去るのを待ち、かつての恋人に向き直った。この一分の隙もないファッションを見て、彼がしょっちゅうお金に困っていると思う人はいないだろう。

ぴしりと折り目のついた黄褐色のズボンを穿《は》き、白いシャツに糊《のり》の効いたタイを締め、それに黄褐色のベストと暗緑色の上着を合わせている。きっと〈ウェストン〉の主人に作らせたにちがいない。ぴかぴかのヘシアンブーツは、靴墨と二十年物のシャンパンで磨いたといつか自慢していたものだ。右手に輝くサファイアの印章指輪《シグネットリング》は、ずいぶん前にカードで勝って手に入れたと聞いている。

茶色の髪は手入れが行き届き、センスよくまとめられている。貴族的な顔立ちだが、ハンサムというわけではない。にもかかわらず、トディには男女を問わず人を惹きつける魅力がある。あの透き通った琥珀色の目に、自分も一度は惹かれた。だがもう二度と、同じあやまちは犯さない。

「こんなところでなにをしているの?」

トディはしゃあしゃあと、びっくりしたような顔をしてみせた。「これはご挨拶だな。きみに会いたくて、はるばるやってきたというのに。ぼくの愛しいジーネット、この片田舎での生活はきみの精神に悪影響を与えているようだ」

「わたしの精神のことならご心配なく。それにわたしは、あなたの愛しい人なんかじゃないわ。忘れないでちょうだい、ミスター・マーカム」

「やけに他人行儀だな。前に会ったときはもっと情熱的だったのに」

「イタリアにいたのよ。情熱の国なんだから当たり前でしょう」

トディは唇をゆがめた。「ぼくの言いたいことはわかっているだろう。まあ、きみが怒るのももっともだ。だからぼくは仲直りをしたいと思ってここに来た」

「どういうこと？　あの伯爵夫人とはどうなったの？　寒い季節なんだから、ふたりで暖かいところにでも行けばよかったのに」

トディの目がきらりと光った。「カルロッタとは別れた」ジーネットにじっと見据えられ、トディは肩をすくめた。「彼女の兄弟がぼくのことを毛嫌いし、別れるように言ってきたんだ」

「脅されたの？」トディはけんかを売られて引き下がるような男ではない。「兄弟は何人いたの？」

トディは声を上げて笑った。「八人だ。それと、叔父貴ふたりにも反対された。だまらせてやってもよかったんだが、イタリア人というのは復讐が好きだからな。面倒なことになりそうだからやめておいた」

トディは現実主義者でもあるのだ。「それでわざわざ船に乗り、わたしに会いにきたというわけなのね」

「じつは最初にロンドンに立ち寄ったんだ。きみがアイルランドに行ったと聞いて、ぼくがどれだけ驚いたかわかるかな。これ以上、苦しんでいるきみを放っておくわけにはいかないと思った」

「あなたは知らないようね。わたしは結婚したのよ」

「ああ、そのことなら知っている。マルホランド伯爵夫人だっけ？　だが、きみが自分で望んだ結婚じゃなかったというじゃないか。新たなスキャンダルを収拾するため、あわてて結婚することになったと聞いている。かわいそうに、どんなに落ちこんでいることか」

トディはまたもやジーネットの手をとり、とびきりの笑顔を浮かべた。「ぼくが悪かった。きみを捨てたりするんじゃなかったよ。本当のことを言うと、きみが恋しくて仕方がなかった。いまでもきみを愛している。ぼくは愚かにもお金に目がくらみ、真実の愛を見失ってしまった。ぼくを許してくれ。もう一度やり直そう。この未開の荒れ地からきみを助け出したい。一緒にロンドンに戻ろう。そこできみは輝きを取り戻すんだ」

一年前、もしかすると半年前の自分なら、トディの甘い言葉にころりとだまされていたかもしれない。あともう少しで、彼の胸に飛びこんでいただろう。だが自分はもう昔の自分ではない。いまの自分には、人の弱みにつけこむトディの本性がよく見える。

それから、もうひとつはっきりわかったことがある。トディがどんなにうまい言葉で自分を誘おうと、自分の心は動かない。自分はもう彼を愛していない。なぜなら、ほかに愛する人がいるからだ。

「トディ、わたし――」

「スティーブンから客が来ていると聞いた」

入り口を見ると、ダラーが立っている。

〝どうしよう、いつからいたのだろう？〟というより、どこまで話を聞かれただろうか？ きっとだいぶ前から聞いていたのだろう。いつもは穏やかな目が敵意で燃えている。

ダラーが自分の手に視線を落とすのを見て、ジーネットはぎくりとした。まだトディと手を握ったままだ。ジーネットはトディの手をあわててふりほどき、さっと一歩後ろに下がった。だがすぐに、これではまるでやましいことをしていたように見えるではないかと後悔した。

ダラーがゆっくりとした足取りで部屋に入ってきて、ジーネットのそばに立った。「よかったら紹介してくれないか」

ダラーとトディは、敵対する群れの狼《おおかみ》が闘いの前に相手を観察するように、所有欲と敵意をむき出しにしてお互いをじろじろ見た。ジーネットはふたりが狼のようにうなるのではないかとさえ思った。

「こちらはミスター・テオドール・マーカムとおっしゃるの。ミスター・マーカム、夫のマルホランド伯爵よ。ダラー、ミスター・マーカムはロンドンのときの知り合いなの」

ダラーとトディはうなずいたが、礼儀に則《のっと》って握手をすることはしなかった。ふたりに親しげに挨拶をする理由など、あるわけがない。

「知り合いだって？」ダラーが言った。

「ええ、昔からの友人です」トディがジーネットににっこり笑いかけた。「堅苦しい呼び方をするような付き合いじゃないだろう。どうしてぼくをマーカムだなんて呼ぶんだ？　ついさっきまで、トディと呼んでいたのに」

「トディ、あなたはなんの用でアイルランドに来たんです？」ダラーが穏やかだがとげのある口調で訊いた。「この季節に、わざわざ西部にやってきたのにはどんな理由があるんでしょう。イングランドの男性には、アイルランドの厳しい冬に耐えられるほどの体力はないと思っていましたが」

「あいにく、わたしはありあまる体力の持ち主でして」トディは気取った口調で言った。

「そうだろう、ジーネット？」

ダラーがジーネットの横で体をこわばらせた。全身から怒りの炎がめらめらと立ちのぼっているのが見えるようだ。ジーネットはとがめるような目でトディを見た。彼が下品であからさまな当てこすりを言ったことが信じられなかった。

いったいどういうつもりなのだろう？　トディは自分たちの関係がまだ続いていると、ダラーに思わせたいらしい。ダラーを怒らせ、自分に闘いを挑むよう仕向けているようだ。

まさかとは思ったが、次の瞬間、ジーネットはトディが本気でそうしようとしているのだと気づいた。おしゃれのことしか頭にないように見えるトディだが、じつは剣の使い手で、優れた拳銃の腕前も持っている。ダラーも相当腕力が強いので、素手で戦うとどちらが勝つかはわからない。だが自分は、その答えを知りたくなどない。

ジーネットは流血の惨事を避けようと、ふたりのあいだに割りこんだ。「ミスター・マーカム、長旅で疲れたでしょう。誰かに部屋に案内させて、お茶を運ばせるわ。夕食の前にしばらく休んでちょうだい。夕食は六時からよ」部屋を横切って呼び鈴を鳴らした。

「きみと一緒に夜の十時に食事をしていたころを思い出すよ。サパー・ダンスのときは、深夜に食べることもあった」

「そうね。でもここはロンドンじゃないわ」

「残念だな」

メイドがやってきた。

「ミスター・マーカムを赤いインテリアの寝室に案内してちょうだい。今夜はここにお泊まりよ」

「宿屋に泊まればいいだろう」ダラーが吐き出すように言った。

ジーネットはダラーの顔をちらりと見て、わざと穏やかな声を出した。「このあたりに宿屋はないじゃないの」そしてメイドに向かって言った。「ノラ、ミスター・マーカムをお部屋にご案内して」

ノラは目を丸くし、おもしろい見世物でも見るように三人の顔をしげしげとながめた。やがてはっとわれに返ってお辞儀をした。「かしこまりました。どうぞ、こちらです」

琥珀色の瞳を輝かせながら、トディが近づいてきてジーネットの手をとった。「じゃあ夕食のときに」腰をかがめてまたもや手の甲にくちづけたが、それはあまりに親密でなれなれしいキスだった。ジーネットはダラーがなにか言う前に、さっと手を引っこめた。

トディは背筋を伸ばし、ダラーのほうを向いた。「マルホランド伯」

ダラーは険しい顔をした。「マーカム」

トディが部屋を出ていくやいなや、ダラーはジーネットに向き直った。「あいつをここに泊まらせるつもりはない」

「泊めないわけにはいかないでしょう。いまは冬だとあなたが言ったのよ。外に追い出したら凍えてしまうわ」

「馬車で寝ればいい。あの厚顔無恥な男なら、どこでもぬくぬくと寝られるだろう」

「お供の人たちと馬はどうするの？　この寒空の下に放り出すつもり？」

ダラーはジーネットをにらんだ。「あいつだけなら、とっとと外に放り出してやりたいんだが」こぶしを握った手を腰に当てた。「わかった、泊めてやろう。だが今夜だけだぞ。明日の朝になったら出ていかせるんだ」

「それはまた明日考えましょう」ジーネットは命令するようなダラーの物言いに、かちんときた。

ダラーは体を硬くし、目を細めてジーネットを見た。「考えることなどなにもない。朝日が昇ると同時に出ていってもらう」そこで言葉を切った。「あいつなんだろう？」

ジーネットの心臓がひとつ大きく打った。トディがよけいなことをぺらぺらとしゃべるからだ。しかも、わざと自分たちの関係をにおわせるようなことを言っていた。「なんのこと?」ジーネットはとぼけてみせた。

「例の男だ。あいつがきみの純潔を奪い、窮地に陥ったきみを見捨てた男なんだろう。もう関係は終わったはずじゃなかったのか」

「終わってるわ」

「だったらどうしてあいつがここにいる? よほどのことがなければ、国境を越えて海を渡り、きみを訪ねてきたりはしないだろう?」

「わたしにもわからないわ」

「へえ、そうなのかい?」ダラーの目が細くなった。「言いたくないだけなんじゃないのか?」

ジーネットは頭をがんと殴られたような気分になり、ダラーの冷たい目を見返した。「なんてことを言うの。そんなひどい質問には答えられないわ。いまの言葉を取り消してちょうだい、閣下」

「納得できる答えが聞けたら取り消そう。きみはここに来るよう、あいつに手紙を書いたのか、それとも書いていないのか?」

ダラーの言葉が鋭いナイフのようにジーネットの胸を刺した。結局のところ、ダラーはわたしが自分をだまし、浮気をしていると責めているのだ。気がつくとジーネットは手を上げ、ダラーの頬をひっぱたいていた。

ダラーの頬に赤い手形がついた。ダラーは怒りで目を光らせ、ひりひりする頬に手を当ててジーネットにぶたれたところをさすった。「今夜、あいつを上階に来させるんじゃない。きみの部屋の近くにあいつがいるところを見つけたら、その場で殺してやる。恋人にそう言っとくんだ」

ダラーは背中を向け、荒々しい足取りで部屋を出ていった。

ジーネットはがくがくする脚でソファに向かい、崩れるように座りこんだ。震える唇にこぶしを当て、悲しみの波に呑みこまれないよう必死でこらえた。

夕食の席は緊張した空気に包まれていた。

トディはいかにも親しげな口調で、ジーネットに最近のロンドンの噂話《うわさ》をして聞かせた。誰がなにをしたとか、この話は知ってるかとか、あのことは覚えているかなどと、一方的にまくし立てた。

五分も過ぎると、ジーネットはトディの首を絞めたくなった。フォークの先端をトディの手に突き刺して悲鳴を上げさせ、黙らせてやりたいとさえ思った。だが暴力に訴えたり文句を言ったりする以外に、トディの挑発的なふるまいをやめさせる方法は思いつかなかった。

しかも、ほかの人たちの目がある。

ダラーの弟妹は緊張したテニスの試合でも観戦しているように、黙ってことの成り行きを見守っている。ジーネットとトディはテーブルの同じ側に座っていた。ダラーは反対側の席に着き、暗い顔で真っ赤なボルドーワインをあおるようにして飲んでいる。

いつものダラーは浴びるほどお酒を飲んだりしない。ジーネットが覚えている限り、ダラーが酔っぱらうところを見るのはそれが初めてだった。ダラーが酩酊《めいてい》しているのに気づき、マイケルがそろそろ食事は終わりにしようと言った。幸いなことに、その日の夕食は内輪の形式張らないものだったので、女性だけが席を立って男性が食後のポートワインとシガーを片手に話をする必要はなかった。ダラーは書斎に向かい、妹ふたりは階段を上がった。

ジーネットは自分も寝室に下がったほうがいいとわかっていたが、まだ夜も早く、ダラーの顔色を気にしてあわてて逃げ出すようなまねはしたくなかった。いやな思いをしているのは、なにもダラーだけではない。夫に信じてもらえず、自分だって傷ついているのだ。

自分はトディに手紙など書いていないし、彼とのあいだにはもうなにもない。そうはっきり言ったのに、ダラーが自分の言葉を信じられないというなら仕方がないではないか。

ジーネットは居間に入った。トディがついてきて、あれこれ話しかけてくる。トディの言葉のひとつひとつに、昔の懐かしい暮らしが思い出された。ジーネットの胸に切なさがこみあげてきた。パーティに行き、友だちや仲間に会いたい。みんなとまた付き合いたい。

もうずいぶん長いこと、アイルランドから出ていない気がする。この館での生活は思ったほど悪くないが、一生田舎に閉じこもって暮らすのはまっぴらだ。

自分にも楽しい思いをする権利はあるはずだ。しかも伯爵夫人になったのだから、上流階級の人々と付き合い、社交界に返り咲いたっていいではないか。たかがアイルランドの伯爵夫人とせせら笑う人もいるかもしれないが、いくらなんでもあからさまに自分を無視するようなことはしないだろう。入念に計画してうまく立ちまわれば、ロンドンの社交界で注目を集める存在になれるかもしれない。そしてそれこそ、自分がずっと昔から望んでいたことではないか。

ダラーとの関係が冷えこんでいなければ、そんなことはもうどうでもいいと思っていたかもしれない。だがもし、夫婦の仲がうまくいっていたら、ダラーはわたしをロンドンに連れていこうとしたにちがいない。妻が喜ぶ顔を見たいと思っていたはずだ。

ダラーは愛のことを言っていた――わたしの彼に対する愛だ。だが彼自身の愛については、なにも言わなかった。ダラーのわたしに対する気持ちは一方的なものだ。わたしを自分に服従させ、献身を求めているだけで、自分からはなにも返すつもりがないように見える。プライドが邪魔をして愛してると言えないのか、それともわたしに対して肉欲以上のものを感じていないだけなのか？　もし本当にわたしを愛しているのなら、その気持ちを正直に認めてわたしに謝り、二度と嘘はつかないと約束するはずだろう。

だがダラーは、わたしに愛を告白することも謝ることもしない。

ジーネットがトディと話していると、同じ居間でチェスをしているマイケルとフィンが、何度もとがめるような視線を送ってきた。ジーネットはそろそろ潮時だと思い――マイケルとフィンの視線にもトディのおしゃべりにもうんざりだ――立ち上がって部屋に下がると告げた。

トディが廊下までついてきて、ジーネットの体に軽く触れた。「さっき言ったことをよく考えてくれ。一週間ばかりでイングランドに帰れるんだ。たった一言、うんと言ってくれれば、ぼくがきみを連れて帰り、社交界に華々しい復活を果たす手助けをしてやろう。きみは不幸せそうな顔をしている。あのアイルランド人の亭主は、教養のかけらもない男じゃないか。きみがうんと言うまで、ぼくは帰らない」トディは頭を下げ、ジーネットの手にキスをした。「考えるんだ、ぼくの可愛い人《マ・プティ》。きみはこんなところで古臭いケルトの岩に囲まれ、くすぶっているような人じゃない」

ジーネットは自分が思った以上に動揺していることに気づいて顔をしかめ、おやすみなさいとぶっきらぼうにつぶやいて寝室に向かった。

それから数時間後、真夜中にふと浅い眠りから覚めたジーネットは、ベッドのそばの暗がりに男が立っていることに気づいた。心臓が早鐘のように打ったが、男が見慣れた体つきをしていることに気づいて安心した。

〝ダラーだ〟

ジーネットはダラーがベッドに入ってくるのを待った。さっきの酩酊状態と不機嫌な態度を思い出すと、どう反応していいのかわからない。だがダラーはベッドの支柱に片手をついたまま、黙って自分を見下ろしている。ジーネットは眠ったふりをし、じっと動かなかった。

ダラーはしばらくそこにいたが、やがてくるりと後ろを向き、やってきたときと同じように足音を忍ばせて部屋を出ていった。階下の寝室に続く階段を下りるときも、猫のように静かな足音だった。

ジーネットは胸騒ぎを覚え、そのままベッドで丸くなっていた。疲れているのに眠れない。いろんな思いや感情が、荒れ狂う川の流れのように頭のなかをぐるぐるまわっている。東の空が白みはじめてまもなく、結論が出た。自分自身とその尊厳を守るため、しなければならないことがある。

ベッツィーがそろそろ起きる時間になると、ジーネットは呼び鈴を鳴らした。いつになく言葉少なにレモンカード添えのトーストという簡単な朝食を食べ、いまではすっかり好物になっているアイルランドの濃い紅茶を飲んだ。それから洗面をすませると、着心地のいい赤紫のベルベットのドレスに着替え、プラム色のカシミヤのショールを肩にかけた。

ジーネットはショールを抱きしめながら、ダラーを探して屋敷のなかを歩いた。ダラーは仕事部屋にいた。青白く疲れた顔をし、ほとんど眠れなかったように目をしょぼしょぼさせている。昨夜ワインを飲みすぎたせいで、二日酔いになっているのだろう。

ダラーが力の入らない手で鉛筆を握ったまま、顔を上げた。「ジーネット」

「ちょっといいかしら、閣下。お話があるの」

ダラーは鉛筆をゆっくりと製図版の上に置いた。「ああ、もちろん。座ったらどうだ?」

椅子を手で示し、座面に置かれた本や書類をどかそうとした。

ジーネットはそんな必要はないというように首をふった。「結構よ、立ってるから」そして両手をぎゅっと握りしめ、決意が揺らぐ前に切り出した。「いろいろ考えたんだけど、わたし決めたの」

「なんの話だ？」

「イングランドに帰るわ」

ダラーは眉根を寄せた。「その話ならもうすんだはず――」

「ええ、あなたははっきり答えを出したわ。でも状況が変わったの」

「なんの状況だ？」

「わたしの置かれた状況よ。わたしは選択肢を与えられたの。つい昨日まではなかったものよ。でも最後にもう一度、あなたに訊くべきだと思って。ダラー、わたしをイングランドに連れていってくれる？」

23

ダラーは細めた目でジーネットを見た。ワインのせいで頭がずきずきする。おまけに体が鉛のように重く、ひどい疲労感で押しつぶされそうだ。あれだけお酒を飲んだのに、昨夜はほとんど眠れなかった。神経が昂り、普段は穏やかな自分が一晩じゅう怒りに震えていた。ジーネットのせいだ。自分をこれほど激怒させたのは彼女が初めてだ。

そして、あのマーカムという男も。

よくもぬけぬけと、この屋敷にやってこられたものだ。自分のテーブルに座り、自分の食べ物を口にし、自分のワインを飲み、しかも幼い妹たちも含めてみなが見ている目の前で、自分の妻を寝取ったも同然のふるまいをした。

なんという男だ。

しかもジーネットは、あの男のふるまいを許していた。

昨夜の自分は、あの男を絞め殺してやりたいという衝動を抑えるのに精いっぱいだった。マーカムの首に両手をまわし、あのイングランド人の悪党が茹《ゆ》でたビートのように顔を赤くして息絶えるまで、絞め上げてやりたかった。

だが自分はそれをこらえ、苦しさを紛らせようとワインを浴びるほど飲んだ。しかしそれも無駄なことだった。アルコールも自分の苦痛を和らげることはできなかった。それから疑念がどんどん膨らみ、嫉妬でいても立ってもいられなくなり、真夜中にジーネットの部屋に行った。あの男が彼女のベッドにいることを、なかば確信していたのだ。

だがそこにマーカムの姿はなかった。ジーネットは子どものように無邪気な顔をして、すやすやと眠っていた。それでも自分はジーネットに触れていいものかどうかわからず、そのまま部屋をあとにした。本当は彼女の隣りにもぐりこみ、甘い香りのする温かい体を抱きたくてたまらなかった。

そしていま、ジーネットは自分の目の前に立ち、またしても故郷に帰りたいと言っている。故郷はここだということが、まだわからないのだろうか？

ダラーは鼻梁《びりよう》をさすり、ため息を呑みこんだ。「その話はもう終わったはずだ。冬は旅に向いた季節じゃない。また春になったら話そう」

ジーネットは唇を結んだ。「いま話したいの。言いそびれていたけど、昨日ラエバーン公から手紙が来たわ。バイオレットに子どもが生まれたの。元気な双子の男の子だそうよ。バイオレットも順調に回復しているらしいわ」

ダラーは心から嬉しそうな笑みを浮かべた。「そうか、それはよかった。すぐにお祝いを贈ろう」

「直接会って渡したいわ。すぐにここを発って、ウィンターレアの屋敷にしばらく滞在しましょう。それからイースターのころにロンドンに行くの。社交シーズンの始まりにちょうど間に合うわ」

イースター？　イースターはまだ何カ月も先だ。ダラーの頭痛がひどくなった。

ダラーが黙っていることを了解のしるしだと受け取ったらしく、ジーネットが先を続けた。

「メイフェアにタウンハウスを借りたらどうかしら。バークリーやセント・ジェイムズ・スクエアはちょっとむずかしいかもしれないけど、ジャーミン・ストリートなんかいいわね。マウント・ストリートやアッパー・ブルック・ストリートも素敵だわ。そうよ、そのどこかに家を借りましょうよ。手配してくれる不動産業者を探さなくちゃ。ラエバーン公に心当たりがないか訊いてみるわ」

ダラーは椅子の背もたれをつかみ、ジーネットの顔を見つめた。本気で言っているのだろうか？　体調も気分も最悪で、うまく切り返す言葉が思い浮かばなかったため、ダラーは単刀直入に言うことにした。

「イングランドに半年以上も行こうという話をしているのなら、いますぐそんな考えは捨ててくれ。これまでずっと家を留守にしていたのに、またすぐモイラとシボーンを置いていくわけにはいかない」

「だったらふたりも連れていけばいいでしょう。本人がそうしたいなら、フィンも一緒に来るといいわ。フィンも若い男性なんだから、そろそろロンドンの社交界で洗練というものを学ぶべきよ。でもマイケルは動物の世話があるから無理ね。きっと一緒に来たいでしょうに、残念だわ」

ダラーの脈が速くなり、胸騒ぎがした。昨日の夕食のとき、ジーネットはロンドンの思い出話をしながら目を輝かせていた。そしてうっとりした顔で、マーカムの言葉に耳を傾けていたのだ。

ここしばらく胸にくすぶっていた不安が、一気に押し寄せてきた。いったんイングランドに戻って古い友人と再会し、懐かしい場所に足を踏み入れれば、ジーネットは以前と同じ暮らしにどっぷり浸かってしまうだろう。たいして愛着もないこの屋敷のことなど、記憶の彼方に消えてしまうにちがいない。

そしてあのマーカムという男が、さっそくジーネットのまわりをうろつきはじめるだろう。ほかの男が言い寄ってこないとも限らない。ジーネットはとびきりの美女なのだ。ダラーは吐き気を覚えた。ジーネットは本当にあの男をここに呼んではいないのか？　自分がそう言って責めたとき、彼女はひどく怒っていたが、それでも疑念はぬぐえない。

「ロンドンはモイラとシボーンが行くようなところじゃない」ダラーはぶっきらぼうに言った。妻の頼みを、にべもなくはねつけるような言い方だった。「フィンも都会に行けば、いろいろ厄介なことに巻きこまれるだろう。ぼくも領地のことで、やらなければならないことがある。それにもうすぐ建築の仕事を請け負う予定だ。依頼主はここからそう遠くないところに住んでいる」

ジーネットは体をこわばらせたまま、しばらくダラーの顔を見ていた。「それがあなたの答えなのね」

ダラーはジーネットを見つめ返したが、その顔に傷ついた表情が浮かんでいるのを見て動揺した。「そうだ。答えはノーだ」そしてもう話は終わりだというように、ジーネットから目をそらして鉛筆を手に取った。

「わたしに選択のチャンスはくれないのね」

「どういう意味だ？」

「あなたが連れていってくれないなら、わたしだけで行くわ」

「だめだ、きみをひとりで行かせるわけにはいかない」

「心配しないで、ひとりじゃないから。トディが連れていってくれるわ」

ダラーの目の周りの筋肉がぴくりとした。「トディが連れていってくれるだと？　なるほど、きみは早くあいつのもとに行きたくて仕方がないんだな。今朝早く、あいつの馬車が私道を走っていくのが見えた」

「少し先で待っているの。わたしが一緒に行くと言うまで出発しないそうよ」ジーネットはあごを上げた。「あなたが連れていってくれるからと断りましょうか。それとも、わたしが彼と一緒に行ってもいいの？」

ダラーの手のなかで、鉛筆がぽきりとふたつに折れた。ダラーはそれを脇に放った。「それがきみの望みなのか？　恋人と駆け落ちしたいと？」

「彼はわたしの恋人じゃないし、駆け落ちするわけでもないわ」

ダラーは恐ろしい形相でジーネットをにらんだ。

「ただわたしを故郷に連れていってくれるだけよ」

「きみの故郷はここだ」

ジーネットは首をふった。「そうかしら。慣れ親しんだものから引き離されて、家族にも会えず、ときどきどうしようもなく孤独を感じることがあるのよ。そんなとき、ここは海で隔てられた島国なんだとつくづく思うわ」

「イングランドも島国だろう」

「でもわたしの故郷よ。ここがあなたの故郷であるように」

ダラーはパニックに襲われ、心臓が早鐘のように打つのを感じた。このままジーネットを行かせることはできない。この腕に抱きしめ、行かないでくれとすがりたい。きみのことが大好きだ、けんかはもうやめようと言えたなら。だがここで折れて彼女の頼みを聞き入れることは、どうしてもプライドが許さない。

ジーネットは自分の妻ではないか。妻の居場所は夫のそばだ。もし彼女が本当に自分を愛しているなら、自分を置いてイングランドに行くとは言い出さなかっただろう。夫婦の絆《きずな》を大切にしようと思うのであれば、昔の恋人に甘い顔を見せ、駆け落ちしてやるなどと言って自分を脅したりしなかったはずだ。マーカムを追い払い、その後ろ姿をせいせいした顔で見送るはずではないか。

頭痛も手伝い、ダラーは堪忍袋の緒が切れそうになった。「だめだ、ここを出ていくことは許さない。話は以上だ」

「どうやってわたしを止めるつもり？　部屋に鍵をかけて閉じこめるとでもいうの？」

ジーネットの言葉に動揺し、ダラーは一瞬言葉を失った。ふいにひどい疲れを覚え、一月の風のように荒涼としたものが体を駆け抜けた。

「いや」ダラーは言った。「ここに住むのがいやでたまらず、ぼくと一緒にいるのが耐えられないというきみを、閉じこめるつもりはない。行きたいなら行けばいいだろう。あいつと一緒に行くことがきみの望みなら、それを止めはしない」

ジーネットはショックを受け、地面がぐらりと揺れたように脚ががくがく震えた。ダラーに考え直してもらうため、自分が危険な賭けに出ていることはわかっていたが、まさか本当にマーカムと一緒に行けと言われるとは思っていなかった。自分が強い態度に出れば、ダラーが折れ、きみなしでは生きていけないという言葉がついにその口から聞けるだろうと思ったのだ。ダラーは自分を抱き寄せ、唇を重ねながら甘い愛の言葉をささやくはずだった。そしてその後、きみの望むとおり一緒にバイオレットの屋敷を訪ねよう、それからロンドンに行こうと言ってくれるはずだった。

だが自分は賭けに負け、苦しい立場に追いこまれてしまった。残された選択肢はふたつだが、そのどちらも自分が望んでいたものではない。プライドをかなぐり捨て、さっき言ったことはただの脅しだった――ダラーと一緒でなければどこにも行くつもりはない――と認めるか、自分が突きつけた最後通牒《つうちょう》の言葉どおり、ここを出ていくか。

ジーネットは胸が張り裂けそうな思いで答えを出した。「わかったわ。荷物をまとめて今日じゅうに発つわね」

ダラーはジーネットに表情を見られまいと、わずかにうつむいて製図用の机に視線を落とした。「好きにすればいい。だが、これで自由の身になれると思ったら大間違いだ」

「なんですって？」

「どこに住もうが、きみがぼくの妻であることに変わりはない。どんなにみじめな結婚生活でも、きみを離縁するつもりはない。ぼくたちは一生添い遂げるんだ。きみがもし、イングランドに戻ったら恋人と結婚しようと思っているのなら、それはあきらめてくれ」

ジーネットの美しい顔が悲しそうにゆがんだ。「そんなことは考えてないわ」

「早く行ったらどうだ」ダラーは突き放すように言った。〝さあ、行くんだ〟心のなかでつぶやいた。〝ぼくがひざまずき、行かないでくれと懇願する前に〟

ジーネットはしばらくその場を動かなかったが、やがて後ろを向いて部屋を出ていった。

ダラーはぐったりと椅子にもたれ、震える手で頭を抱えながら、ジーネットにふたたび会える日は来るのだろうかと考えた。

「奥様、おやすみのところ申し訳ありません。到着いたしました」

ジーネットはベッツィーの優しい声で目を覚ました。目を開けると、馬車の窓から美しい石造りの、ウィンターレアの屋敷の巨大な正面玄関が見えた。二百五十年以上前から、ウィンター一族の主住居となっている屋敷だ。イギリス屈指の大邸宅であるその館は、巨大なライオンが横たわっているような大きさを誇っている。堂々とした豪奢《ごうしゃ》な館で、たたずまいの美しさも敷地の広さも突出し、建築的にも見るべきところが多い。

ダラーがいたら、この屋敷の構造に感嘆の声を上げていただろう。いまこの瞬間にも、建物のあちこちを検分しようとしていたにちがいない。だがダラーは、自分と一緒にダービシャーに来ることを拒んだ。

ジーネットは悲しみで胸が詰まった。どうしてすべての歯車が、これほど狂ってしまったのだろう。でももしかすると、これでよかったのかもしれない。ずっとアイルランドに住むことなど、自分には考えられない。せめて一年のうち何カ月かは、イングランドで暮らしたいのだ。ダラーがロンドンの社交界に興味がなくても、自分は違う。それだけはどうしても譲れない。自分がどういう人間でどんな環境で育ったのか、ダラーだって承知のうえで結婚したはずではないか。

けれどダラーは、もともと望んで結婚したわけではなかった。自分と同じく、どうにもならない状況に追いこまれて仕方なく結婚したのだ。そして自分はいつのまにかダラーを愛するようになり、心に深い傷を受けた。

だがもう、そんなことはどうでもいい。早く元気を取り戻し、念願どおり社交界に返り咲いて楽しもう。いつか心の傷も癒え、昔の自分に戻れる日が来るにちがいない。いったん新しい生活に慣れて落ち着けば、やたらに涙がこぼれることもなくなり、ダラー・オブライエンのことなど思い出さなくなるだろう。何年か経てば、愛人を作る気になるかもしれない。だがいまは、誰とも付き合う気はない。相手がトディ・マーカムならなおさらだ。

四日前、ロンドンの駅馬車宿《コーチ・イン》で別れたとき、トディはひどく腹を立てていた。

「愛しいジーネット」そのときトディは、ジーネットの両手を握りしめて言った。「ぼくのそばにいてくれ。きみを幸せにしてみせる。たしかにぼくは以前、きみにひどいことをした。そのことについては心から申し訳なく思っている。ぼくにもう一度チャンスをくれないか」

そして指の付け根に交互にキスをした。「楽しかったころのことを覚えているかい？　これからはもっと楽しもう。きみの家の近くに、ぼくも家を借りることにする。そうすればしょっちゅう会えるだろう。とくにきみの亭主が遠く海を隔てたところにいるとなれば、会うのは簡単だ。きみをひとりで行かせるなんて、マルホランド伯も愚かな男だな」

ジーネットはトディの手をふり払った。「そうかもしれないわね。それでもあの人はわたしの夫なの。ほかの男性のもとに走って、夫を裏切ることはできない。でもイングランドに連れてきてくれたことについては、本当に感謝しているわ」

トディは唇を固く結んだ。「たったそれだけなのか？　連れてきてくれてありがとう、の一言で終わりだというのか？」

「ええ。わたしたちはもう終わったのよ、トディ。わたしたちの関係は、とっくの昔に終わっているの」

トディがまたもや手をつかもうとしてきたが、ジーネットはそれをかわした。

「そんなことは信じないぞ。きみは傷ついて、やきもちを焼いているだけだ。愛してる、ジーネット。きみだってぼくをまだ愛しているだろう」

「ごめんなさい。わたしはもう、あなたを愛してないわ」

トディの顔が青ざめ、一瞬その目に傷ついたような光が浮かんだ。だがトディはまばたきをして胸を張り、優雅にお辞儀をしてみせた。「きみのばかな亭主が目を覚まし、許しを請うてくるといいな。あんなやつ、きみにはふさわしくない」

そう言うとトディは去っていった。

ジーネットははっとわれに返り、ベッツィーの顔を見た。「よかった、やっと着いたのね。あなたもスモークもほっとしたでしょう」

ジーネットはカシュローン・ミュアを出るとき、子猫も一緒に連れていくことにした。スモークは籐のバスケットのなかでときどき鳴く以外は、道中ずっとおとなしくしていた。ジーネットはスモークをベッツィーと従僕に任せ、屋敷に入った。

ウィンターレアの執事としての威厳に満ちたマーチが、うやうやしくジーネットを出迎えた。ジーネットはそのとき、自分がアイルランドの使用人の気さくでざっくばらんな態度に、すっかり慣れてしまっていることに気づいた。マーチの態度がよそよそしいというわけではない。むしろ彼は、イギリス屈指の名家の使用人の長《おさ》として必要なものを、すべて備えているのだ。

「みなさまがお見えになったことを、公爵にお伝えしてまいります。公爵夫人は図書室においでです。ご案内いたしましょう」

ジーネットは図書室の場所を知っていたが、たとえじつの妹であっても、ここは礼儀に則って案内してもらったほうがいいだろうと思い、なにも言わなかった。

バイオレットは双子を産んだばかりだというのに、もう大好きな読書を楽しんでいるらしい。ジーネットとマーチが図書室に入ると、座り心地のよさそうな革のアームチェアに深々と腰を下ろしたバイオレットが、眼鏡の細い縁越しにふたりを見て、驚いたような笑みを浮かべた。

「レディ・マルホランドがお見えになりました、奥方様」マーチはお辞儀をすると、部屋を出ていった。

バイオレットが読みかけの本を置き、ジーネットに駆け寄ってきた。この前会ったときよりもずっと身のこなしが速くなっている。まだふっくらしているが、昔のほっそりした体型に少しずつ戻りつつあるようだ。ふたりはしっかりと抱き合った。「まあ、いったいどうしたの？　来るなんて言ってなかったじゃない」

「エイドリアンの手紙を読んだら、赤ちゃんとあなたに会いたくてたまらなくなったの。今度はわたしが突然現われて、あなたたちを驚かせる番だと思って」

「ええ、そりゃあ驚いたわよ。でも嬉しいわ。ちょうどみんなが帰ったばかりなの。今年のホリデーシーズンも、いつもどおり家族がやってきたわ。エイドリアンは子どもが生まれたばかりだから、今年はみんなを招くのをやめようと言ったの。でもエイドリアンのお母様はそんなことには耳を貸さないだろうし、わたしも別に人が来てもかまわないと思って。あと一カ月もしたら洗礼式があるのに、エイドリアンがとにかくいったん帰れとみんなを追い出したのよ。わたしの体が回復するまで、静かな環境でゆっくり休むべきだと言うんだけど、本当に回復が必要なのはエイドリアンのほうだわ」バイオレットはにっこり笑い、入り口に目をやった。「それで、ダラーはどこにいるの？　まだ馬車のところかしら、それともエイドリアンと会って話しこんでいるのかしら？」

ジーネットは小さな机にゆっくり近づき、その上に置かれていた本を手に取ると、すぐにまた元の位置に戻した。「ううん。ダラーは……その……来られなかったの。領地のことやら建築の仕事やらで忙しくて」

ジーネットはバイオレットに打ち明けるつもりだった。ずっとそうしたいと思っていたのだ。だがいざ本人を目の前にすると、ジーネットは結婚生活がうまくいっていないことをどうしても言い出せなかった。

「まあ。洗礼式には来てくれるといいんだけど」

ジーネットはバイオレットと目を合わせなかった。「ええ、そうね」

「あなたひとりで来たの？」

「いいえ、あの……その……メイドと一緒だったわ」ジーネットはトディのことは言わないことにした。バイオレットはトディを快く思っていないのだ。「それと子猫も一緒よ。可愛い猫を飼いはじめたの。わたしの部屋で寝かせてもいいかしら？」

バイオレットは戸惑ったような笑みを浮かべた。「もちろんよ。子猫は大好きだわ。名前はなんというの？」

「スモークよ。近所の人から結婚のお祝いにもらったの」だがスモークをくれたマクギンティー夫妻は、もう近所の人ではない。自分はクレア県を出た。もう二度と戻ることはないだろう。

「煙《スモーク》がどうしたんだ？　なにか燃えてるのか？」エイドリアンがつかつかと部屋に入ってきた。くだけた格好をしているにもかかわらず、どこから見ても高貴な身分の公爵そのものだ。

バイオレットが笑った。「そうじゃないわ。ジーネットの猫の話をしていたの」

エイドリアンがジーネットの手をとってお辞儀をし、小声で挨拶した。「猫を飼ってるのかい？」

「ええ。とても可愛くていい子よ」

バイオレットとエイドリアンが目配せするのが見えたが、ジーネットは気にしないことにした。ただでさえいろいろ悩みを抱えているのに、これ以上ほかのことまで考える必要はないだろう。

「やっと到着してほっとしたわ。アイルランドからの旅は、結構くたびれるわね」

「それはそうよ。食事はいつしたの？　お腹が空いてのども渇いたでしょう。居間に行って軽食でもとらない？」

三人は上階の居間に向かった。エイドリアンがバイオレットの手をとり、自分の腕にかけた。産後の肥立ちは良好そうなのに、まだ妻の体が心配で仕方がないらしい。

「マルホランド伯はどこだ？」居間に入って腰を下ろすと、エイドリアンが訊いた。ジーネットとバイオレットがソファに並んで座り、エイドリアンがその向かいの椅子に腰かけている。「もうオブライエンと呼ばなくてもいいんだろう」

ジーネットはダラーの裏切りを思い出し、唇をぎゅっと結んだ。「ええ、そのとおりよ。手紙で書いたとおり、あの人の本当の身分はもうわかっているわ。でもあなたはずっと前からそのことを知っていたんでしょう、閣下？」

ジーネットはエイドリアンの目を見た。

エイドリアンはジーネットの目をまっすぐ見つめ返した。「ああ、知っていた。そのことを聞いたとき、きみにとっては手痛いしっぺ返しになると思った。だました者が今度はだまされるのだと」

ジーネットはしばらく黙っていたが、やがて口を開いた。「つまりわたしたちは、これでお互いの痛みがわかったというわけね。そのことについて、わたしはあなたに謝らなくちゃならないわ。嘘をつかれるのは、とてもつらいことですもの」

エイドリアンの顔に驚いたような表情が浮かんだ。「ああ、あまり愉快なことじゃない」

エイドリアンはバイオレットに視線を移した。心から愛おしそうな目で、妻の顔を見つめている。ジーネットはふと自分がふたりの邪魔をしているような気がして、目をそらした。

「だが、そのことはもういいんだ。そのお陰でぼくは」エイドリアンはつぶやいた。「あのときの苦しさを補ってあまりあるものを手に入れた。ぼくはこれまでの人生をまったく後悔していない」

バイオレットは顔を輝かせ、手を差し出した。エイドリアンはその手をとり、一度強く握ってから放した。

そしてジーネットに向かってうなずき、和解の意思表示をした。あの結婚式の日以来、ずっと続いていたふたりの冷戦状態にようやく終止符が打たれた。

ジーネットは大きく息を吸った。「ところでさっきの話だけど、ダラーは今回一緒じゃないの。彼は……アイルランドで仕事があって」

ジーネットがその先を続ける前に、絶好のタイミングでドアを軽くノックする音がした。メイドがふたり、紅茶の載ったトレーと、おいしそうな食べ物が山のように盛られたトレーを持って入ってきた。

「よかった、軽食が来たわ」バイオレットが言った。「キットが悔しがるわね」

「そうだわ、クリストファー卿はどこにいるの？」ジーネットは手袋をはずした。

「友だちとヨークシャーに狩りに行ってるの。でも洗礼式に間に合うように帰ってくると言ってたわ」

バイオレットは慣れた手つきでお茶を注ぎ、食べ物を皿に取り分けてジーネットとエイドリアンに手渡した。

ジーネットはお茶をひと口飲み、三角形のサンドイッチを一切れ食べると、皿を脇に置いた。「申し訳ないんだけど、なんだか急に疲れたわ。部屋に下がって休んでもいいかしら？服も着替えたいし」

「ええ、もちろんよ。気がつかなくてごめんなさい」バイオレットが立とうとしたが、エイドリアンが先に立ち上がり、呼び鈴を鳴らしに行った。

「また午後に会いましょう。赤ちゃんにも会わせてね」「ぜひそうしてちょうだい。いつも二時にお乳を飲ませているの。二時半ごろ子ども部屋に来てもらえるかしら」

バイオレットの顔がぱっと嬉しそうに輝いた。

「わかったわ、二時半ね」

ジーネットは二時半に階段をのぼり、三階の子ども部屋に向かった。お風呂に入って休憩し、新しい服に着替えると、だいぶ元気が出て乱れていた心も落ち着いた。

ジーネットはドアをそっとノックして部屋に入った。壁は鮮やかな若草色で彩られ、床と家具には深みのある色合いのウォールナット材が使われている。安心して過ごせる、居心地のいい部屋だ。大きな揺りかごがふたつ、暖炉と窓に対してちょうどいい角度に置かれている。充分な明るさと暖かさを確保しつつ、赤ん坊の体に悪影響がおよばないようにちゃんと考えられた角度だ。

バイオレットが揺りかごのそばのロッキングチェアに座り、赤ん坊のひとりにお乳を飲ませている。ジーネットはバイオレットと笑みを交わし、授乳の邪魔をしないよう静かにして待った。

ばら色の頬をした若い子守係がやってきて、バイオレットの授乳が終わるとそばに歩み寄った。バイオレットは服のボタンをかけると、眠っている赤ん坊を子守係に預け、もうひとりの赤ん坊の隣りの揺りかごに寝かせてもらった。子守係は入ってきたときと同じように、足音もたてずに部屋を出ていった。

「なんて可愛いのかしら」ジーネットは揺りかごの足元に立ち、双子の寝顔を見下ろした。

バイオレットが小声で言った。「親ばかだと言われるかもしれないけど、わたしもそう思うの。こんなに愛らしい赤ちゃんは、世界じゅうどこを探してもいないわ。エイドリアンに目元が似ているでしょう」

「負けん気の強そうなあごの線も似てるわね。わたしたちと同じように、このふたりもそっくりだわ。あなた、この子たちを見分けられるの？」

「ノアの髪の毛でわかるわ。ノアは生まれたときから髪の毛がふさふさしていたのよ。でもセバスチャンは、卵みたいにつるつるの頭だったの」

よく見ると、たしかに一方の赤ん坊は、小さな白いレースの帽子の下から黒っぽい髪の毛をのぞかせている。

「でも大きくなってどちらにも髪が生えてきたら、ほかに見分ける方法を考えなくちゃいけないわ」

「入れ替わったりしたら、大変ですものね」

バイオレットはにやりとした。「ええ、そんなことになったら大変だわ。ところで、あなたたちは子どもはまだなの？」

ジーネットは双子を見つめ、ふいに切ない気持ちになった。「まだよ」

イングランドに来る途中で月のものが始まった。もし身ごもっていたら、問題がますます複雑になるところだったので、本当ならそのことに胸をなで下ろすべきなのだ。だが赤ん坊を見下ろすジーネットの心は、悲しみで押しつぶされそうになっていた。

「わたしになにか話したいことがあるんじゃない？」長い沈黙のあと、バイオレットが口を開いた。

ジーネットは揺りかごの柵をぐっと握りしめた。「なんのこと？」

「あなたがここに来た本当の理由を聞かせて。ダラーがどうして一緒に来なかったのか」

ジーネットはなにも問題などないとしらを切るつもりだったが、気がつくといままでのつらかったことをすべて、バイオレットに打ち明けていた。バイオレットはなにも言わず、黙ってジーネットの話に耳を傾けた。

「……だからわたしたち……そう、別れて暮らすことになったの。あの人とわたしは、求めているものが違うのよ。わたしたちの結婚生活は、最初から順調というわけではなかったわ。ダラーはアイルランドに住みたがっているけど、わたしはイングランドに住みたいの。ねえ教えて、自分の生まれ育った国で暮らしたいと思うのは、そんなにいけないことかしら？」

「いいえ。ダラーもあなたも、そう思うのは当たり前のことだわ。でもジーネット、あなたたちは夫婦なのよ」

「だからダラーには、一緒にイングランドに行こうと何度も言ったわ。頭を下げて頼んだのに、あの人はそれを拒否したのよ」

「彼を愛してる？」

ジーネットはうなずいた。「ええ。でもだからといって、いまさらどうにもならないわ。あの人とわたしは遠く離れて暮らすことになったのよ。どこか中間地点で会うことも、きっとないでしょう」

「そんなに絶望的な状況では――」

「ダラーはわたしを愛してないわ。愛されていると思ったこともあったけど、彼は一度もそれを口に出して言ってくれなかった。ああ、バイオレット、わたしたちはもう終わりなのよ」

バイオレットはジーネットの手に自分の手を重ね、ぎゅっと握りしめた。「かわいそうに。わたしになにかできることはない？」

ジーネットはぱっと手をひるがえし、バイオレットの手を握り返した。「あるわ。しばらくここに置いてもらえないかしら。わたしが独り立ちできるようになるまででいいの。そんなに長くはかからないわ。数週間もあれば充分じゃないかしら」

「好きなだけいてくれていいのよ」

「エイドリアンはなんと言うかしら？」

バイオレットは肩をすくめた。「エイドリアンがどうしたというの？　わたしたちは姉妹なのよ。家にもう一組、双子が増えるだけの話じゃないの」

24

ジーネットはウィンターレアに四週間滞在した。

屋敷ではバイオレットとエイドリアン、そして双子の赤ん坊と一緒に過ごしたが、自分がこれほど子どもを可愛いと感じるとは思ってもみなかった。午後になると、居間の床に敷いたブランケットの上にふたりを寝かせてあやし、その笑顔を見て楽しんだ。ある日、セバスチャンの笑い声をたしかに聞いたような気がしたが、誰もその話を信じてくれなかった。バイオレットはそのとき、一晩じゅうむずかる双子と格闘してへとへとになり、近くの椅子で居眠りをしていたため、セバスチャンが笑った現場を見ていなかったのだ。普通なら乳母を雇うところだが、バイオレットはできるだけ母乳で育てたがった。そのほうが母と子の絆がより深まるというのが、バイオレットの考えだった。

一方のジーネットは、以前の生活に戻って朝遅くまで眠り、ベッツィーをはじめとする使用人に身のまわりの世話をしてもらうようになっていた。だが以前とは違い、使用人の仕事の大変さが身にしみてわかっていたので、あまりあれこれ命じて彼らの手を煩わせないように気をつけた。

このところ夜寝つけないことが多くなっていたが、そういうときでもキッチンに下りていき、自分でホットミルクを沸かした。飲み終わると、自分がキッチンにやってきたことを誰にも気づかれないよう、コンロに炭を足してポットとカップを洗った。

自分で飲む分のミルクを沸かすなど、当たり前のことができるようになったのは、ダラーのお陰だ。そしてほかになにもすることがないしんと静まり返った真夜中、ふたりで過ごしていたころのことを思い出し、眠れずに悶々《もんもん》としているのもダラーのせいだ。だがどれだけつらくても、もう後戻りはできない。

ジーネットがウィンターレアで過ごした最後の週に、双子の洗礼式が執り行なわれ、国じゅうから血縁の人々が集まった。ジーネットとバイオレットの両親もやってきた。両親との久しぶりの再会は、最初のうちは気まずくぎこちない空気に包まれていた。両親はジーネットが結婚した謎のアイルランド人の男について、矢継ぎ早に質問を浴びせた。彼が伯爵であることを、どうして最初に言わなかったのか？ それに、バイオレットとエイドリアンにお祝いの品とカードを送ってきただけで、本人が洗礼式に来なかったのはなぜなのか？

それでも二時間も経つと、母の態度も軟化し、雑誌『ラ・ベル・アサンブレ』に載っていた最新流行のファッションについてぺらぺらと話しはじめた。そして日が暮れるころには、両親と仲違いしていたことなどまるでなかったように、すっかりなごやかな雰囲気になっていた。ジーネットはついに許してもらえたのだ。

友だちからも次々と手紙が届いた。ウィンターレアにいるあいだに、ハウスパーティへの招待状が四通と、バースでの冬祭りへの招待状が一通届いた。ジーネットは仲良しの友人、クリスタベル・モーガンが主催する泊まりがけのハウスパーティに出席することにした。クリスタベルは、いまではレディ・クローバリーになっている。

クリスタベルが結婚したのは、自分がメリウェザー夫妻のところに滞在していた八月のことだったらしい。相手は年上の紳士で、十代の娘がいる男やもめだが、家名を継ぐ跡取りを欲しがっていた。ケント州に所有する広大な領地に加え、ロンドンにも豪奢《ごうしゃ》なタウンハウスを持っている。そこで一年の大半を過ごし、貴族院の議員として精力的に活動しているそうだ。クリスタベルはロンドンで暮らせることが嬉しくてたまらず、裕福な相手と結婚できてよかったと喜んでいる。

ケント州の屋敷に到着してすぐに、ジーネットはふたりが愛のために結婚したのではないとわかった。クリスタベルは愛の喜びを知ることはないだろう。だが、愛ゆえに苦しむこともないのだ。それにクローバリー卿は悪い人ではない。意地悪でも冷たい人柄でもなく、ただ若い花嫁の相手をすることより仕事に興味があるというだけだ。

せっかく懐かしい友人に囲まれているのだから、ハウスパーティを思い切り楽しまなくては。ジーネットと十五人の招待客は、天気がいい日には乗馬や射撃の練習――女性はアーチェリー、男性は拳銃――をした。寒くて外に出られないときは、夜遅くまでカードやジェスチャーゲームに興じたり、ジーネットを含めた女性たちがさまざまな楽器を演奏するのを聴いたりして楽しんだ。

自分はずっとこうしたパーティに出たいと思っていた。世の中にパーティほど楽しいものはない。もちろん、毎日が楽しくて仕方がない。現に自分は、一日の半分を笑って過ごしているではないか。

それなのになぜか、大騒ぎして過ごす毎日がむなしく思え、心に埋められない穴がぽっかり開いているようだ。夜になるとベッドに横たわり、満たされない思いを抱えながら眠くなるのをじっと待っている。以前の自分なら、遊びつかれて満足した気持ちで眠りに就いていただろう。

ダラーの手紙が自分の楽しみを台無しにしたのだ。ウィンターレアを発つ直前、ダラーから手紙が届いた。用件だけが手短に記されたその手紙を読んだとき、ジーネットは椅子に座ったまま凍りついた。

ダラーはその手紙で、ジーネットが自由に使える口座をロンドンに開いたこと、そこに充分な額の手当を振りこんだことを知らせてきた。封筒のなかには、ジーネット名義になっているメイフェアのタウンハウスの権利証書も入っていた。必要最低限の使用人もすでに雇ってあるという。もし屋敷が気に入らなければ、別のところに移ってもいいとのことだ。そのときはいまの屋敷を売り、新しい屋敷を買う手はずを整えてくれるらしい。また、馬と軽四輪馬車《フェートン》、大型四輪馬車の手配もすませてあった。そしてほかになにか必要なものがあれば、ロンドンにいる自分の代理人に連絡するように、と書いてあった。

モイラとシボーンの手紙も同封されていた。ふたりともジーネットがいなくて寂しい、いつアイルランドに帰ってくるのかと書いていた。だがダラーの手紙には、個人的な心情は一切つづられていなかった。前に離縁するつもりはないと言っていたが、ダラーは自分を別れたも同然のように扱っている。

ジーネットは手紙を読んだあと、結婚式の日にダラーが左手の薬指にはめた金の指輪をくるくるまわしながら、午後から夜更けまでずっと泣いていた。翌朝になって涙が乾くと、ダラーのことを脳裏から消し去り、彼への愛を葬ろうと決めた。

こんなに喜ばしいことはないではないか。自分は望んでいたものをすべて手に入れたのだ。ロンドンに自分名義のタウンハウスを所有し、既婚のレディとして社交界で自由にふるまうことができる。それこそ自分がずっと夢見ていた生活だ。しかも、夫に邪魔をされることもない。ダラーはアイルランドで暮らし、自分はロンドンで暮らす。これほど都合のいい話があるだろうか。そしていつか彼が跡継ぎを望んだら、義務を果たして男の子を産んでやればいい。

だがいまは、そのことを考えるのはよそう。いまは陽気に騒ぐときだ。とくに社交シーズンが始まったら、とびきり楽しい毎日が送れるだろう。クリスタベルのハウスパーティもなかなかのものだが、しょせん田舎のパーティにすぎない。自分には都会の生活が必要なのだ。ロンドンに行きさえすれば、わくわくするような出来事や場所にはこと欠かないだろう。

クリスタベルのパーティが終わったら、また別のハウスパーティに行こう。そうこうしているうちに春の足音が聞こえ、シーズンが始まってみながロンドンに戻ってくる。そのとき本当の意味で、自分の新しい人生が始まるのだ。きっと幸せな日々が待っているにちがいない。そう願うばかりだ。


「兄さんの番だ」

「うん？」ダラーはぼそりとつぶやいた。

マイケルが椅子の上で体を動かした。「兄さんの番だと言ったんだ。集中して考えないと、あと二手でルークを取るぞ」

「なんだって？」ダラーはふとわれに返り、チェス盤を見つめた。

〝ちくしょう。どの駒をどこに進めればいいのかわからない〟ダラーはなかなかゲームに集中できなかった。最近はなにをしていても、ついぼんやりしてしまうことが多い。マイケルが待っているので、ダラーはとりあえず相手の白いポーンを取ろうと、黒い大理石のナイトを前に進めた。

マイケルは舌を鳴らし、さっさと駒を動かして黒いポーンをふたつ片づけ、さっきの言葉どおり次の手でダラーのルークを取れる位置にクイーンを置いた。「素直に寂しいことを認めて、彼女を追いかけたらどうなんだ？」

ダラーはマイケルをにらんだ。「放っといてくれ。お前の出る幕じゃない」

マイケルはウィスキーグラスを口に運んだ。「兄さんの不機嫌にこっちもとばっちりを食っているから、放っておけないんじゃないか。それだけかっかしていたら、葉巻にだって火がつけられそうだ」そう言うと葉巻を持ち上げて吸い、ゆっくり煙を吐き出した。「昨日はモイラを泣かしただろう」

「怒鳴って悪かったと謝った。モイラはわかってくれた」

「ああ。みんなわかっている。兄さんにはジーネットが必要なんだ。いじいじ考えてないで、彼女を連れ戻しに行けばいいだろう」

そんなに単純なことではないのだ。ダラーは思った。ジーネットがいなくなってから、自分は暗い毎日を送っている。最初のころはジーネットの気が変わり、あのマーカムという男に頼んで引き返してくるのではないかと、淡い期待を抱いていた。だがジーネットは戻ってこなかった。一日が二日になり、五日が一週間になった。やがて一カ月、二カ月と月日は流れ、寒い冬がやってきた。そして草木が青々と生い茂る春が、もうすぐそこまで来ている。

これまでジーネットからは、短い手紙が二通届いただけだ。最初の手紙はイングランドに無事に着いたことを知らせる内容で、ダービーシャーの妹夫婦のところにしばらく滞在すると書いてあった。二通目はその数週間後に届いたが、それは充分な額の手当と〝魅力的で快適そうな〟ロンドンの屋敷について、礼を述べるものだった。

いまどういう気持ちでいるかというようなことは、なにも書かれていなかった。トディ・マーカムと付き合っているのかどうかもわからない。アイルランドに戻ってくる気があるのかということも、文面からうかがい知ることはできなかった。

もちろん自分も、そっけない返事を送っただけだ。最初は怒りからだったが、やがて悲しみに沈むあまり、ペンを執ることができなくなった。

ウィスキーを飲み干すと、のどが焼けるような不快感を覚えたが、そのことがむしろ心地よかった。「ジーネットは戻ってきたくないんだ。ここを出ていくとき、本人がはっきりそう言った」

「黙って彼女を行かせるなんて、ばかなことをしたな」

「どうやって止めればよかったというんだ？　古い地下牢に閉じこめろとでも？　それとも、丸い塔に監禁すればよかったのか？　彼女はここを出ていきたがっていた。黙って行かせる以外、どうしようもないだろう」

「愛していると言おうとは思わなかったのか？」

「ぼくの気持ちなら、彼女はわかっているはずだ」

だが本当にそうだと言い切れるのか？　自分はジーネットに〝愛している〟と口に出して言ったことが一度でもあっただろうか。ジーネットに愛を伝えたいと思ったことは、数え切れないほどある。自分はそれをあらゆる方法で示してきたつもりだ。とくにベッドでは、思いのたけを込めてジーネットを愛した。だがカシュローン・ミュアに着き、ふたりの仲が冷えこんでからは、そうした愛情表現をすることもなくなった。もし自分の気持ちを言葉にして伝えていれば、ジーネットはここを出ていかなかったかもしれない。

だが、ふたりで過ごしてきた時間をふり返れば、ジーネットも自分が愛されていることくらいわかりそうなものではないか。自分たちのあいだには激しい情熱の炎が燃え上がっていた。あれが愛じゃなくて、なんだというのだろう。

「もうどうだっていいだろう」ダラーがテーブルにグラスを乱暴に置くと、チェス盤の上の駒がかたかたと揺れた。「ジーネットはここは自分の故郷ではないと言った。イングランドで暮らしたいそうだ。だがぼくはここで暮らしたい。ほかに方法があるか？」

「本気で望むなら、どんなときも方法はある。問題は、兄さんにとってジーネットがどれほど大切な存在かということだ。本気で彼女を愛しているなら、恐れやつまらないプライドは捨てられるはずだろう。それとも、彼女を二度と取り戻せなくてもいいのか？　それを決めるのは兄さんだ」

ジーネットはハンサムな紳士の腕に抱かれて踊っていた。無数のろうそくが灯り、四十組近くの男女がダンスフロアでぎゅうぎゅう詰めになって踊っている。クローブの香りのハニーウォーターやバラの香油に混じり、シャンパンや整髪料や汗のにおいがする。

夜会は押し合いへし合いの大盛況だ。広間に招待客がごった返しているさまは、市場に連れていかれる羊の群れを連想させる。主催した女主人は、夜会の成功に鼻高々だろう。出席者の顔ぶれやその服装、晩餐《ばんさん》のメニューなどとならび、誰が誰と何回踊ったかという記事が明日の新聞の社交欄を飾り、上流階級の人々がこぞってそれを読むのだ。

自分はずっとこうしたパーティに出ることを望んでいた。だが今夜もやはり、ちっとも楽しいと思えない。シーズンが始まってから七週間が過ぎ、これまで夜会や音楽会やカードパーティ、朝食会や晩餐会などの集まりに、数え切れないほど出席した。ドレスもすべて新調したが、うきうきした気分はすぐに消えてしまった。午後のお茶の時間に友だちを訪ね、最近の出来事やスキャンダルの話をするのにも、もう飽き飽きだ。自分の愛人《シシスベオ》の座を射止めようと、魅力的な男性がたくさん言い寄ってくるが、それすら煩わしく思える。自分は愛人を作るつもりはない。どんなに素敵な紳士でも、しばらく一緒にいると面倒くさくなってくる。

ロンドンに行きさえすれば、憂うつな気分も晴れて元気になれると思っていた。たしかに着いてすぐのころはそうだった。喧騒《けんそう》に包まれた忙しい都会の生活を満喫《まんきつ》し、目に映る景色に胸を躍らせ、さまざまな音やにおいを楽しんだ。だがすぐに、退屈を覚えるようになった。いつも同じ人たちと顔を合わせ、同じゲームに興じ、来る日も来る日も代わり映えのしないことばかりやっているのだ。パーティだけは別だと思ったが、ひどくつまらないことに変わりはない。いままで気がつかなかったが、みんななんて退屈で薄っぺらな人たちなんだろう。

〝これが自分の人生なのだろうか？　パーティに出て、社交界の面々に囲まれて過ごす日々がこれから延々と続くのだ。自分の人生にはそれしかないのだろうか〟

だがそれ以外に、なにを望むというのだろう。いまの生活こそ、自分がずっと手に入れたいと願っていたものだ。いったいなにが、自分を変えてしまったのか。

〝ダラーだ〟頭のなかでささやく声がした。〝ダラーとアイルランドが自分を変えたのだ〟

自分はもう一年前の自分ですらない。目の前にかかっていた幕が開き、人生がいままでとはまったく違う角度から見えるようになった。もちろんパーティなど人の集まる場所が好きな気持ちに変わりはないが、ダラーがそばにいなければなにもかもがむなしく思える。

音楽が鳴りやみ、ダンスが終わった。ジーネットはダンスフロアを離れ、エスコートしてくれたパートナーの紳士にお礼を言った。近くの壁に沿って立っている背の高い時計を見ると、もうすぐ一時になろうとしている。広間にはまだ大勢の人がいるが、そろそろ帰りたい。ジーネットは重いため息をつき、一緒に馬車に乗ってきた母を捜した。

「ママ、もう帰りたいわ」

伯爵夫人は心配そうにジーネットを見た。「どうして？　どこか具合でも悪いの？　きっと頭痛がするのね。人が多すぎて空気が悪いもの。シーラも少しは窓を開ければいいのに、すきま風が入るのをいやがるんだから」

今夜の夜会の主催者のレディ・ファーナムは、風邪を引くことをひどく恐れている。そこで窓を全部閉め切っているのだが、そのせいで室内はむっとするような温度になっていた。

ジーネットは首をふった。「そうじゃないの。ちょっと疲れただけよ。もしママが残りたいなら、いったん帰ってから馬車をもう一度よこすわ」

「いいえ、いいのよ。みなさんにご挨拶をしてくるから、それが終わったら帰りましょう」

伯爵夫人の挨拶は一時間近くかかった。ようやく馬車に乗りこんで帰路に着いたころには、ジーネットはすっかり不機嫌になっていた。

ジーネットはサテン地のクッションにもたれかかり、暗い窓の外に目をやった。通りの敷石を踏む馬のひづめの優しい音が、耳に心地よかった。

「今夜は楽しかったわね」伯爵夫人が扇をバッグにしまいながら言った。「人でごった返していたけど、シーラ・ワットのもてなしは素晴らしかったわ。いままで食べたなかで一番おいしい料理だったんじゃないかしら。なんでもオックスニーのところのシェフを引き抜いたそうよ。オーストリア人だと聞いたわ。牛肉料理《ビーフ・メダイヨン》とブランデー風味のひな鳥は絶品だったわね。お父様がいたら、きっと大喜びだったでしょう。お父様はご馳走に目がないんですもの。なのに今夜は、どうしてもクラブに行くと言ってきかなかったのよ」そしてふんと鼻を鳴らした。「まったく男というものはどうしようもないわ。あんなにへそ曲がりな生き物はいないわね」

母がそういうことを言うのはいつものことなので、ジーネットは黙っていた。

「へそ曲がりな生き物といえば、あなたもアイルランドにいる夫に手紙を書くべきだわ。シーズンが始まったというのに、あなたをエスコートもせず放ったらかしにして。しかもまだ結婚一年目じゃないの。みんなあれこれ噂してるわ。あなたが社交界の人気者でなければ、あからさまに無視する人だっていたはずよ」

ジーネットは母の顔を見た。「どういうことかしら、ママ?」

「気を悪くしたらごめんなさい。でも本当のことでしょう。だってあなたが結婚したのは、しょせんアイルランド人なんですもの」

ジーネットは唇をぎゅっと結んだ。「アイルランド人のどこがいけないの」

「もし彼がイングランド人なら、義理の両親はもちろん、社交界の人たちにもちゃんと挨拶するくらいの礼儀はわきまえていたはずよ。なぜ顔も見せずに隠れているの？　みんなどうしてだろうと、いろいろ噂しているのよ」

ジーネットはひざの上でこぶしを握った。「ダラーは隠れているわけじゃないわ。前にも説明したでしょう、ママ。彼はとても忙しいの。その……今回は来られなかったというだけよ」

「そうね。建築の仕事だったかしら？」

「それに領地の仕事もあるわ」

「領地の仕事なら、シーズンの期間中くらい管理人に任せておけばいいでしょう。それからもうひとつの建築の仕事とやらだけど、それはいただけないわね。報酬を受け取っているともっぱらの噂よ」伯爵夫人はあきれ返ったように言った。

ジーネットはあごを上げた。「ええ、そうよ。それで家族を支えているの」

伯爵夫人はぎょっとした。「まあ、すぐにやめさせなくちゃ。気晴らしに建築のまねごとをするくらいならともかく、それでお金をもらっているなんて……本物の紳士は仕事で生計を立てたりしないものよ」

ジーネットの胸に怒りがこみあげてきた。「でもダラーはそうなの。そしてわたしは、それを恥ずかしいことだとは思わないわ」

「ジーネット――」

「彼のしていることは、立派で人の役に立つことよ。とても素晴らしいことだわ。カスバートとウィルダに頼まれて建てた新しい棟は、目を見張るほど立派な出来栄えよ。あんなに素敵な建物は見たことがないわ。それにダラーは財産を守り、一度は没落しかけた家を見事に再興したの。一族の富と名声を回復するため、懸命に努力して建築を学んだのよ。たしかに彼は生まれながらの紳士だけど、努力の見返りとしてお金を受け取るのが恥ずかしいことだとはちっとも思わない」

「イングランド人の紳士なら、仕事をしてお金を受け取ったりしないわ」

「そうね。お金のための結婚ならするんでしょうけど。わたしに言わせれば、財産のために結婚するほうがよほど不名誉なことだわ」

伯爵夫人は胸に手を当てた。「あなた、いったいどうしたの？　本当はこんなこと言いたくないけど、アイルランドから帰ってきてからのあなたは変よ。きっとそのアイルランド人と結婚したせいね。どうせがさつで教養のない人なんでしょう」

「ダラーほど教養のある人はいないわ」その言葉が口をついて出たとたん、ジーネットはそれが真実であることを悟った。ダラーはとても立派な人間だ。あれほど教養のある人は、自分の知る限りほかにいない。信念と強い意志を持ち、誰かに決められたことではなく、自分が正しいと思うことをするのだ。

「そのダラーとやらのせいで、あなたがおかしな考えを持つようになっているのなら」伯爵夫人は続けた。「イングランドに戻ってきてくれて本当によかったわ。あなたはその男から悪い影響を受けているのよ。でもまあ、彼がロンドンに来ないのなら安心ね。そばにいても、あなたの足を引っぱるだけでしょうから」

「そんなことはないわ。ダラーはマルホランド伯爵で、わたしの夫なのよ。わたしはいつどこであろうと、彼のそばにいられることを誇りに思うわ」

「でも彼は、あなたの邪魔をするだけよ。ねえ、考えてもみてちょうだい。あなたはずっと社交界の頂点に立つことを夢見てきたじゃないの。あなたの夫がどういう人物かみんなにわかったら、その夢は叶わなくなってしまうわ。お祖母《ばあ》様のような女性にはなれないのよ」

昔の自分なら、母のその言葉を深刻に受け止め、ショックを受けていただろう。だがジーネットはなにも感じなかった。後悔も失望も覚えなかった。ただ重い荷物がふいに肩から下りたような、奇妙な安堵感がこみあげてきた。自分がずっと求めていると信じていたものは、いまではどうでもいいことのように思える。社交界の人たちには、好きなように思わせておけばいい。自分も思ったとおりのことをする。

「わたしはお祖母様のようにはなりたくない。たしかに美人で人気もあったし、社交界の中心的存在として非の打ちどころのない女性だったかもしれないわ。でも本当は、頑固で冷たくて不幸な人だったじゃない」

「ジーネット！」伯爵夫人は声を荒げた。「そんなことを言うもんじゃないわ」

「どうして？　本当のことじゃないの。ママは一度でもお祖母様に抱きしめられ、あなたはそのままでいいと言ってもらいたいと思ったことはないの？　誰かが決めたことに従って生きる人生に、疑問を感じたことはない？　バイオレットは疑問を持ったわ。もちろん周囲に合わせることもするけれど、バイオレットはいつだって自分の心に従って生きているの。社交界のことなんて気にしてないわ。ダラーもそうよ。いまのわたしには、バイオレットやダラーの生き方が正しいとわかるわ」

「ワイトブリッジ邸に着いたら、すぐに医者を呼びましょう」

「医者なんか必要ないわ、ママ。わたしが必要なのはダラーなの。ロンドンにいても、幸せを感じられないのはそのせいよ。以前なら楽しくてたまらなかったことが、ちっとも楽しいと思えないの。わたしはダラーを愛しているわ。彼に会いたくてたまらないのよ。なのにわたしは、努力してふたりのあいだの溝を埋めなくちゃならないときに、そこから逃げてしまったの」

だがまずは、ダラーがコテージでわたしをだまし、嘘をついたことを許さなければならない。ダラーは自分たちふたりのためについた嘘だと言ったが、そのときはまったくばかげた言い訳だと思った。ダラーが自分のしたひどい仕打ちをどうにか言い繕おうと、適当なことを並べているようにしか思えなかったのだ。

だがダラーは、わたしを傷つけるつもりでだましたわけではなかった。いまだからわかることだが、ダラーの指摘は当たっていた。わたしはおそろしくわがままで自分勝手だった。鼻持ちならないスノッブで、ダラーがどういう人間かということより、社会的な地位ばかり気にしていた。

でもわたしは、もう一度彼を信じることができるだろうか？　ダラーは自分の正体についてわたしを欺いていた。彼の嘘を水に流し、前に進むことができるのか。心を開き、彼を愛することができるだろうか。もしかすると、心に大きな傷を受けることになるかもしれない。だがわたしはとっくに傷ついている。ダラーがいないと、毎日がつらくてたまらない。どうせつらい思いをするなら、一緒にいられるほうがいい。ダラーを信じることは賭けだが、幸せをつかもうと思うのであれば、危険を冒すことは避けられない。そもそも愛とはそれ自体、危険なものなのだ。

〝もしダラーがわたしを愛していなかったら？〟

ジーネットは一瞬弱気になったが、すぐに自分を奮い立たせた。彼がわたしを愛していないなら、愛するように仕向ければいい。ダラーがわたしに欲望を感じていることはたしかだ。わたしがその気になれば、ダラー・オブライエンを夢中にさせることぐらいできるだろう。いつかきっと、わたしなしでは生きていけないと言わせてみせる。

「かならず言わせてみせるわ」ジーネットはつぶやいた。

「え？　なんですって？」伯爵夫人は怪訝《けげん》そうな顔をした。

「アイルランドに帰ると言ったの。ダラーのところに戻り、もう一度やり直すわ。わたしは彼を愛しているの。やっといま、その理由がわかったわ。ダラーと一緒だと、わたしは本当の自分になれるの。嘘もいつわりもない、本当の自分に。そばにいると、なにも飾らないありのままの自分でいられたわ。わたしは彼との生活を取り戻したいの。もう一度チャンスが欲しいのよ。もしかすると、ダラーもわたしと同じように思ってくれるかもしれないわ」

25

「ベッツィー、桃色のシルクの手袋は、トランクじゃなくて旅行かばんのほうに入れてくれた？」

「はい。ハンカチとヘアリボンの横に入れました」

「昨日箱詰めしたプレゼントは？　割れ物が入っていることを従僕に伝えてくれたかしら？　モイラとシボーンに買ったマイセンの化粧道具と、メアリー・マーガレットに買ったセーブルのティーセットよ。男の人たちへのプレゼントは、簡単に壊れるものじゃないからあまり心配はいらないと思うけど。でもマイケルにプレゼントする馬の彫像は、丁寧に扱わないと傷がついてしまうかもしれないわ」

ベッツィーは薄い布でジーネットのイブニング・ドレスを包んだ。「従僕一人ひとりに念押ししました。取り扱いに注意が必要な荷物はどれか、ちゃんと伝えてあります。従僕頭のトーマスが、細心の注意を払って運ぶと請け合ってくれました」

ジーネットは満足そうにうなずいた。「ありがとう、ベッツィー。いつもどおり見事な手際ね。あなたがいなかったら、わたしはとてもやっていけないわ」

ベッツィーの目がぱっと輝いた。「そんなことはありません、奥様ならだいじょうぶですわ。でもわたしの仕事に満足してくださっていると聞き、とても嬉しいです」

「ええ、そのとおりよ。それにわたしと一緒にアイルランドに戻ることにしてくれて、本当に感謝しているわ。じゃあ、あとはお願いするわね。明日の朝早くクリストファー卿が迎えにくるから、そうしたらすぐに発ちましょう」

キット・ウィンターがウェールズの港町、スウォンジーまで送ると言ってくれたのには驚いた――バイオレットが頼んだことは間違いない。だがそれを快く引き受けてくれるとは、キットも親切だ。ウェールズに着いたら、ベッツィーと信頼できる下男と一緒に長い船旅をしてアイルランドのコークに渡る。そこで馬車を雇い、カシュローン・ミュアを目指して北に向かうつもりだ。

この数日というもの、家族や友だちに用件を伝える簡単な手紙を書き、出席する予定だったパーティや食事会などをすべて断り、その合間を縫うようにして使用人と一緒に屋敷を片づけている。今朝は執事に、誰かが訪ねてきても取り次がないように言った。このところ友人や知人が押しかけてきて、シーズンの途中で突然ロンドンを離れるのはどうしてかと質問攻めにするのだ。これ以上いちいち説明する気はないし、その時間もない。

ベッツィーが開け広げたトランクにジーネットのドレスを一枚しまい、ほかのドレスを取ろうと大きなマホガニーの衣裳だんすに向かった。

ジーネットは腰のあたりを人さし指でとんとん叩いた。「そうだ、玄関の脇の応接室に裁縫箱を置きっぱなしにしていたわ。いまのうちに取りに行かないと、明日の朝になったらばたばたして忘れてしまうわね」

ベッツィーが外套《ペリース》を腕にかけたまま、荷造りの手を止めた。「わたしが取ってきます。それとも誰かに行かせましょうか？」

「いいえ、いいのよ。あなたもほかの人たちも、みんな忙しいんですもの。たいした時間はかからないでしょう。わたしが自分で行ってくるわ」

ジーネットは藤色のスカートを揺らしながら、寝室を出て応接室に向かった。細長い上げ下げ窓から暖かい午後の陽差しが注いでいる。カメオ細工が施されたウェッジウッド製のグリーンの花びんがサイドテーブルに置かれ、みずみずしいピンクのバラが芳香を放っていた。昨夜自分が置き忘れたまま、裁縫箱がソファの横にある。

ただ、昨夜はなかったものがなかに入っていた。つやつやの真っ黒な毛をしたスモークが、刺繍の上で丸くなって眠っている。

ジーネットは顔を近づけた。「いけない子ね。わたしがクロスステッチしたファイアースクリーン（暖炉用衝立）を毛だらけにして」だがスモークを追い払うことはせず、手を伸ばしてそのすべすべした毛を撫でた。スモークは金色の目を片方開け、気持ちよさそうにのどを鳴らした。

そのときドアをノックする音がした。「お邪魔して申し訳ありません」執事の声にジーネットは背筋を伸ばした。「お客様はお断りするようにとのことでしたが、紳士がお見えになり、どうしてもお目にかかりたいとおっしゃいまして。なんでも奥様の――」

「夫だ」執事の背後から、低く伸びやかな声がした。

ジーネットの心臓がひとつ大きく打った。「ダラー！」

こんなにすらりとして背が高く、肩幅も広かっただろうか。整った顔立ちとたくましい体つきをしたダラーが、あたりを払うような威厳を漂わせながら部屋に入ってきた。ジーネットはふいに空気が薄くなったような気がして、深く息を吸いこんだ。緊張で胸がどきどきしている。

〝なにをしに来たのかしら？　どうしてここに？〟

執事がお辞儀をして部屋を出ていったが、ジーネットはそのことにもほとんど気がつかなかった。目はダラーに釘付けになっている。あの胸に飛びこみ、顔じゅうにキスを浴びせたい。だがジーネットは両手を体の脇に下ろしたまま、その場にじっと立っていた。伝えたいことは山ほどあるのに、いざ本人を目の前にするとなにも言葉が出てこない。

「やあ、ジーネット。元気そうだね。藤色がよく似合っている」

ジーネットはスカートをつまんだ。「これのこと？　新しく作ったんだけど、あの……ありがとう。あなたも元気そうね」本当はやつれた顔をしている。だがジーネットの胸は、ダラーへの愛おしさでいっぱいだった。「どうしてここに？」

「きみに会いたかった。その……」ダラーは足元に目をやった。スモークが毛でおおわれた体をズボンにこすりつけ、のどをごろごろ鳴らしている。そして甘えたような声で鳴き、ダラーの脚にじゃれついた。「スモークか？　大きくなったな」

「ええ、そうよ。もう子猫じゃないわ。スモーク、こっちにいらっしゃい」ジーネットは太ももを軽く叩いた。

「いや、いいんだ」ダラーは腰をかがめてスモークを抱き上げ、そのすべすべした体を大きな手でなでた。自分にも同じことをしてほしいと、ジーネットは思った。

しばらくしてダラーはスモークをソファに下ろし、ジーネットに向き直った。「いきなり来たりして悪かった。でも正直なところ、きみがどういう顔をするかと思うと事前に伝える勇気が出なかった。ホテルに部屋を取ってあるから、心配しなくていい。ここに泊まるつもりはない」

ジーネットは唇を噛んだ。ダラーが同じ家で寝泊まりしたくないと思うくらい、自分たちの関係はこじれているのだろうか。だがもしそうなら、彼はなぜわざわざロンドンまでやってきたのだろう。それは自分と直接会って話をする必要があるからだ。自分を離縁することに決め、ロンドンの裁判所に申し立てをしにきたにちがいない。ジーネットの胃がぎゅっと縮み、パニックで胸が苦しくなった。

「ダラー、お願い――」

「待ってくれ」ダラーは片手を挙げ、ジーネットの言葉をさえぎった。「まずぼくの話を聞いてくれないか。きみになんと言えばいいか、この何カ月かずっと考えてきた。だがいざここに来てみると、言葉がまったく頭に浮かばない」

ダラーは頭をかき、髪をぼさぼさにした。それから顔を上げ、ジーネットの目をじっと見た。「ぼくはばかな男だった。傲慢《ごうまん》で愚かで独善的だったと思う。よかれと思ってしたことだとはいえ、きみをだましてコテージのことで嘘をつき、自分の正体までいつわったりしたのは間違っていた。だけどきみに本当のことを言えば、肩書きや財産でしかぼくのことを見てくれないんじゃないかと思ったんだ。だがぼくは、きみのことを見くびっていたらしい。もう遅いかもしれないが、本当にすまなかった」

ジーネットは驚きで口をあんぐり開けた。

ダラーが足を一歩前に踏み出し、ジーネットの両手をとって片ひざをついた。「ひとつだけ弁解させてもらえるなら、きみが近くにいるとぼくは心がかき乱され、冷静さを失ってしまう。きみに言わなくちゃならないことがある。もっと早く打ち明けるべきだったが、きみに頭がおかしくなったんじゃないかと思われるのが怖かった」

「打ち明けるってなにを?」ジーネットは小声で言い、ダラーの明るいブルーの瞳を見つめた。

「きみを愛してるということを。きみを初めて見た瞬間、ぼくは恋に落ちた。ぬかるみにはまった馬車のなかで、きみがハエを退治していたときのことだ。きみほど気高く美しい女性を、ぼくはそれまで見たことがなかった。あのときぼくは、きみの美しさに文字どおり息を呑んだ」

「ダラー――」

「だけど最初のころは、きみがぼくのことなど洟も引っかけてないことはわかっていた。結婚することになってからは、たとえ伯爵であることがわかっても、きみが本気でぼくを好きになってくれるかどうか不安だった。そこでぼくはきみの気持ちを確かめようと、愚かにも自分の正体を隠すことにしたんだ。だがそれは、大きな間違いだった。ぼくはすべてを台無しにし、きみを追い払ってしまった。本当ならなんとしてもきみを引き留め、自分の素直な気持ちを伝えるべきだったのに。きみがいなくなってからというもの、ぼくはずっとうつろな毎日を送ってきた。ふさぎこんで周囲に八つ当たりし、みんなを閉口させた。そこできみをこの手に取り戻すため、ここに来ることに決めたんだ。ジーネット、ぼくにもう一度チャンスをくれないだろうか？」

ダラーはのどをごくりとさせ、悲痛な面持ちでジーネットを見た。「もう遅いだろうか。頼むからまだ間に合うと言ってくれ。それともきみは――あのマーカムという男を愛しているのか？」

「まさか」ジーネットはあわてて否定した。「わたしと彼のあいだにはなにもないわ。去年イタリアで別れたとき、あの人との関係は終わったのよ。向こうが勝手にアイルランドまでやってきたの。わたしが来てくれと頼んだわけじゃないわ。あの人のことなんか、なんとも思っていないもの。ロンドンに着いてすぐに別れ、それからは一度も会ってないわ」

ダラーの顔に安堵の表情が広がった。そしてジーネットに促されて立ち上がり、その体をぐっと抱き寄せた。「ここから新しく始めよう。きみをちゃんと愛したい。山のような花束を贈らせてくれ。公園で馬車にも乗ろう。パーティにもいくらでもエスコートする。シーズンはまだ数週間残っているから、お互いのことを理解する時間はある」

ジーネットが口を開きかけた。だがダラーはそれを制し、ジーネットの唇に指を当てた。

「きみがここを離れたくないことはわかっている。だからこれからは、きみの家族や友だちが住むイングランドで暮らそう。ときどきはアイルランドに帰らなくちゃならないが、生活の拠点はロンドンに置くことにしよう。シボーンとモイラを放っておくわけにはいかないから、ふたりもここに連れてくるつもりだ。フィンとマイケルなら、もう自分たちでやっていけるだろう」

「わたしのためにロンドンで暮らすというの？」

ダラーは真剣な面持ちになった。「ああ、きみと一緒にいられるならそうするつもりだ。きみがいなくてもやっていけると思ったが、どうしてもだめだった」

ジーネットはダラーの首に抱きついた。ダラーへの愛が胸にあふれ、幸せで頭がどうにかなりそうだ。「ああ、ダラー、愛してるわ！　わたしもあなたがいなくてとても寂しかったの。わたしは間違っていたわ。あなたが言ったとおり、わたしは高慢で横柄で身勝手な人間だった。それに、とてもわがままだったわ。自分の気持ちを素直に伝えることもしないで、あなたのもとを去ったりするべきじゃなかった。正直に言うと、わたしは自分の気持ちに抗ったわ。あなたに惹かれる気持ちを否定しようとしたの。でもそれは無駄なことだった。最初はあなたを好きになっていく自分に逆らおうとしたけれど、いまならはっきり言えるわ。

あなたを心から愛してる」

ダラーはジーネットの頰を両手で包んだ。「しっ、黙って」

「あなたと別れてから、とてもつらかったわ。もう二度と離れたくない」

ダラーはジーネットを強く抱きしめ、濃厚なキスをした。ジーネットはあえぎ、脈が激しく打つのを感じた。

「寝室に行こう」ダラーはかすれ声で言った。

「いまわたしの寝室に行ったら、ベッツィーがぎょっとするわ。荷造りしてもらっているの」

ダラーは眉根を寄せた。「どこに行くつもりだったんだ?」

「アイルランドよ。あなたのところに帰るつもりだったの。あなたが明日着いていたら、ちょうど行き違いになっていたわね。廊下に荷物が積んであるのを見なかった?」

「ああ、しかし……そんなことだとは――」

「ロンドンで暮らせればそれで幸せだと思ったけど、そうじゃなかったわ。あなたのいないロンドンなんて、むなしいだけだった」

「これからはぼくと一緒にここで暮らそう。きみを幸せにしたいんだ」

ジーネットは微笑んだ。「わたしは幸せよ。アイルランドのわが家に帰りましょう」

ダラーは驚きで目を丸くした。

「わたしはあなたの妻でいたいの、ダラー。これからもずっと、あなたの妻でいさせて。わたしを離さないと言ってちょうだい」

「ああ、絶対に離さない。だがぼくのために、そこまで自分を犠牲にすることはない。ぼくはきみと歩み寄れないかと思ってここに来た。中間を取るというのはどうだろう?」

「どういう意味?」

「一年の半分をここで、残り半分をアイルランドで過ごすんだ。どこかほかに行きたいところがあったら、そこで過ごすのもいい」

ジーネットの顔にゆっくり笑みが広がった。「本当に?」

「きみさえそばにいてくれたら、ほかに望むものはない」

「ああ、ダラー、愛してるわ。もう一度キスして」

ダラーはジーネットを抱きしめ、唇を重ねた。ふたりは自分たちが心から望む場所に、ようやくたどり着いた。

訳者あとがき

二〇〇七年RITA賞最優秀新人賞に輝いた『あやまちは愛』に続く、シリーズ第二弾をお届けします。

伯爵令嬢のジーネットは、土壇場で公爵との結婚から逃れるために双子の妹と入れ替わるというとんでもないことをしでかした罰として、アイルランドの親戚のところに行くよう両親に命じられます。華やかな都会の暮らしをこよなく愛しているジーネットにとって、それは死刑宣告にも等しい罰でした。

暗い気持ちで海を渡り、陸路で親戚の家に向かっているとき、ジーネットはひょんなことからダラーというハンサムなアイルランド人の男性と知り合います。ダラーは平民であるにもかかわらず、無礼な言動でジーネットの神経を逆なでするのでした。腹を立てながらも、なぜかダラーのことが気になるジーネット。そしてその翌日、偶然にも親戚の屋敷で彼と再会します。ダラーはジーネットの親戚が、屋敷の改修工事のために雇った建築家だったのです。毎朝早くから工事を始めるダラーに対し、朝寝を楽しみたいジーネットは抗議しますが、ダラーはまったく聞く耳を持ちません。そこでジーネットはあの手この手を使い、早朝の工事を阻止しようとします。もちろんダラーも負けてはいません。そうして始まった駆け引きを、ふたりはいつしか楽しむようになります。そしてとうとう、あるスキャンダルをきっかけにふたりは結ばれることになるのですが、ダラーはジーネットの本心を確かめるため、ひとつの賭けに出ることを決意します。それは、ジーネットに自分の本当の身分を隠すことでした。そのことがやがて、ふたりのあいだに大きな亀裂《きれつ》を生むとも知らずに——。

前作をお読みになった方ならご存知のとおり、ヒロインのジーネットはロンドン社交界随一の美女ながら、とても勝気でわがままな女性です。その彼女がどうやってラブストーリーのヒロインになるのか、訳者も正直なところ半信半疑で原書を開きました。ところがいったん読みはじめると、ページをめくる手が止まらなくなりました。

ヒーローのダラーは、強さと優しさを兼ね備えた男性です。普通ならかちんとくるはずのジーネットの言動をおもしろがるような、気持ちのゆとりとユーモアのセンスも持っています。そして高慢なジーネットが本当は気高くまっすぐな心の持ち主であることを、鋭い洞察力でいち早く見抜きます。物語の舞台であるアイルランドの自然にも似て、相手を包みこむようなおおらかさとたくましさを持ったダラーは、まさにヒーローらしいヒーローといえるでしょう。ジーネットでなくとも、女性なら誰でも惹《ひ》かれるのではないでしょうか。

一方のジーネットも、人間の価値は身分では決まらないと考えているダラーと接するうちに、少しずつ心に変化が芽生え、人として大きく成長していきます。このあたりの心理描写の巧みさに、作者の力量を強く感じました。ふたりの丁々発止のやりとり（といっても、やりこめられるのはもっぱらジーネットのほうです）にくすりとさせられる前半から一転、後半は胸が苦しくなるほどのせつないストーリーが展開されますが、そのコントラストもまた、この作品の読みどころのひとつになっています。

さて、作者のトレイシー・アン・ウォレン女史は、すでに新しい三部作を発表しています。新シリーズの「ミストレス三部作」は、トラップ三部作と同じヒストリカル作品でありながら、サスペンスの要素も盛りこまれ、作者の新しい魅力を感じさせる仕上がりになっています。処女作ですでにその実力を見せつけた作者ですが、これからの活躍がますます楽しみです。

最後になりましたが、拙訳に丁寧に目を通してくださった二見書房編集部に、この場をお借りして心よりお礼を申し上げます。どうもありがとうございました。

二〇〇八年五月

ザ・ミステリ・コレクション

愛《あい》といつわりの誓《ちか》い

著者　トレイシー・アン・ウォレン

訳者　久野郁子《くのいくこ》

発行所　株式会社　二見書房
東京都千代田区神田神保町1-5-10
電話　03(3219)2311［営業］
03(3219)2315［編集］
振替　00170-4-2639

印刷　株式会社　堀内印刷所
製本　関川製本

落丁・乱丁本はお取り替えいたします。
定価は、カバーに表示してあります。

ISBN978-4-576-08062-8
http://www.futami.co.jp/

あやまちは愛
トレイシー・アン・ウォレン
久野郁子［訳］

双子の姉と入れ替わり、密かに想いを寄せていた公爵と結婚したバイオレット。妻として愛される幸せと良心の呵責の狭間で心を痛めるが、やがて真相が暴かれる日が…

奪われたキス
スーザン・イーノック
高里ひろ［訳］

十九世紀のロンドン社交界を舞台に、アイス・クイーンと呼ばれる美貌の令嬢と、彼女を誘惑しようとする不品行で悪名高き侯爵の恋を描くヒストリカルロマンス！

パッション
リサ・ヴァルデス
坂本あおい［訳］

ロンドンの万博で出会った、未亡人パッションと建築家マーク。抗いがたいほど惹かれあい、互いに名を明かさぬまま熱い関係が始まるが…。官能のヒストリカルロマンス！

あなたの心につづく道（上・下）
ジュディス・マクノート
宮内もと子［訳］

十九世紀、英国。若くして爵位を継いだ美しき女伯爵エリザベスを待ち受ける波瀾万丈の運命と、謎めいた貿易商イアンとの愛の旅路を描くヒストリカルロマンス！

夜の炎
キャサリン・コールター
林　啓恵［訳］

若き未亡人アリエルは、かつて淡い恋心を抱いた伯爵と再会するが、夫との辛い過去から心を開けず…。全米ヒストリカルロマンスファンを魅了した「夜《ナイト》トリロジー」、第一弾！

青き騎士との誓い
アイリス・ジョハンセン
酒井裕美［訳］

十二世紀中東。脱走した奴隷のお針子ティーアはテンプル騎士団に追われる騎士ウェアに命を救われた。終わりなき逃亡の旅路に、燃え上がる愛を描くヒストリカルロマンス

二見文庫　ザ・ミステリ・コレクション